HEYNE BÜCHER

SCIENCE FICTION

Herausgegeben
von Wolfgang Jeschke

Ein Verzeichnis aller STAR TREK-Romane finden Sie am Schluß des Bandes.

L. A. GRAF

# STAR TREK CLASSIC®

# DER SABOTEUR

*Roman*

**Star Trek®**
**Classic™**
**Band 69**

Deutsche Erstausgabe

WILHELM HEYNE VERLAG
MÜNCHEN

HEYNE SCIENCE FICTION & FANTASY
Band 06/5469

Titel der Originalausgabe
DEATH COUNT
Übersetzung aus dem Amerikanischen
von Harald Pusch

*Umwelthinweis:*
Dieses Buch wurde auf
chlor- und säurefreiem Papier gedruckt.

Redaktion: Rainer Michael Rahn

Erstausgabe by Pocket Books/Simons & Schuster, Inc., New York

Printed in Germany 1997
Umschlagbild: Pocket Books/Simon & Schuster, New York
Umschlaggestaltung: Atelier Ingrid Schütz, München
Technische Betreuung: M. Spinola
Satz: Schaber Satz- und Datentechnik, Wels
Druck und Bindung: Ebner Ulm

ISBN 3-453-11890-1

# 1

Ein unerwarteter Ausbruch von Neutronenstrahlung verursachte eine Störung auf Sulus Steuerungsdisplay und überdeckte für einen entscheidenden Moment den Fokus, den er auf das Doppelsternsystem Beta Herculani ausgerichtet hatte. Das Notsignal des beschädigten Shuttles, dem er folgte, ging im statischen Rauschen unter, als es von der starken Gammastrahlung des Neutronensterns überlagert wurde, der auf der Steuerbordseite näher heranrückte.

»Chekov!« Sulus Finger huschten in dem verzweifelten Versuch, den alten Kurs wieder aufzunehmen, über die Kontrollen. Er spürte ein unheilverkündendes Rucken, als das Schiff in den Gravitationssog des Doppelsterns glitt. »Ich brauche einen Fokus auf den Hauptstern.«

»Genau das versuche ich ja.« Das blutrote Glühen ionisierten Wasserstoffs erfüllte den Navigationsschirm und warf Schatten über Chekovs Gesicht, als er sich über die Konsole beugte. »Aber ich kann ihn nicht finden.«

»Was soll das heißen, du kannst ihn nicht finden?« Sulu sah gerade lange genug von den Navigationskontrollen hoch, um seinem Kollegen einen ungläubigen Blick zuzuwerfen. »Das ist ein roter Riese! Wie kann man einen derart großen Stern verfehlen?«

»Das ist ganz leicht, wenn die Schiffssensoren nicht richtig arbeiten!« Chekov klang genauso verstört, wie sein Gesicht in dem von unten einfallenden Licht wirkte. »Unser letzter Fokus lag bei zwo elf Punkt sechs. Versuch es damit.«

Sulu tippte die Kursangabe in den Computer und stöhnte dann auf, als sich ihr Kurs auf dem Display abzeichnete. »Schlecht geschätzt, Pavel.«

Er schwang seinen Sessel herum, um dem Navigator einen Schlag gegen die Schulter zu versetzen. Seine Faust prallte von einem derart verspannten Muskel ab, daß er sich fragte, ob der Russe den Stoß überhaupt gespürt hatte. »Wir werden in den Gravitationsschacht stürzen.«

»Vielleicht können wir uns wieder herauskatapultieren.« Chekov sah hoch und runzelte die Stirn, als der Strahlungsalarm aufheulte. »Es wäre ganz hilfreich, wenn du dich um deine Anzeigen kümmern würdest.«

»Nein, wäre es nicht. Wir sind tot.« Sulu lehnte sich in dem gepolsterten Sessel zurück und betrachtete den Hauptschirm, der von dem grellen, blauweißen Feuer der Strahlung des Pulsars erfüllt wurde. »Wenn wir schon in einen Neutronenstern stürzen, will ich wenigstens wissen, wie so ein Ding aussieht.«

»Sulu, das ist überhaupt nicht komisch ...«

Ohne jede Vorwarnung erloschen sämtliche Anzeigen auf ihren Displays. Luft zischte in die Kabine, und die Tür des Raumsimulators öffnete sich mit einem schmatzenden Geräusch. »Habt ihr es immer noch nicht geschafft, dieses Shuttle zu retten?« fragte Uhura von draußen. Ihr dunkles Gesicht, das im orangefarbenen Licht der Raumstationsbeleuchtung schimmerte, wirkte gleichzeitig amüsiert und resigniert. »Ihr seid schon seit einer halben Stunde hier drin.«

»Wir haben es fünfmal gerettet.« Sulu bemerkte ihre verdutzte Miene und lächelte. »Chekov stellt immer wieder den nächsthöheren Schwierigkeitsgrad ein. Wenn Sie mich fragen, fehlt ihm nur seine Arbeit als Navigator.«

Der Sicherheitschef fuhr auf seinem Sessel herum und starrte Sulu an. Direkt über dem Kragen seines dunklen Hemdes wurde ein Streifen geröteter Haut sichtbar. »*Du* bist doch derjenige, der bemerkt hat, daß die *Exeter* bei ihrem letzten Besuch unseren alten Rekord gebrochen hat. Willst du nun einen neuen aufstellen oder nicht?«

Sulu öffnete den Mund, um zu antworten, doch das markerschütternde Dröhnen eines ankommenden Schiffes unterbrach ihn. »Ankunft von ATS *Shras* auf Space Station Sigma Eins«, meldete die metallisch-scharfe Stimme des Verkehrskontrollcomputers. »Passagiertransporter *Shras,* registriert auf Andoria, dockt jetzt an Liegeplatz 416C an.«

»Heute ist unser letzter freier Tag auf Sigma Eins«, erinnerte Uhura die beiden, nachdem der Lärm des Andockmanövers nachgelassen hatte. »Den wollen Sie doch sicher nicht im Simulator zubringen, oder?«

»Warum nicht?« Chekov sah überrascht hoch.

Sulu stieß ein Schnauben aus. »Weil es zugleich auch unser *erster* Urlaubstag auf Sigma Eins ist, wofür wir uns beim Präsidenten des Obersten Rechnungshofs der Föderation und seiner Effizienzprüfung bedanken dürfen!« Er drehte sich mit seinem Sessel, um das Kontrollpaneel hinter ihnen zu beobachten, wo das Ergebnis addiert wurde. Die Anzeige blieb schließlich im unteren Hunderttausenderbereich stehen, und er hörte, wie Chekov ein enttäuschtes Grunzen ausstieß. »He, was hast du denn erwartet?« fragte Sulu. »In den letzten drei Tagen mußte ich so viele Effizienzprüfungen für die Föderationsbuchhalter durchführen, daß ich glatt vergessen habe, wie man ein Schiff steuert.«

»Ich hoffe, du findest dein Gedächtnis wieder, bevor wir die Station verlassen«, erwiderte der Russe. »Sonst bleibe ich nämlich lieber hier.«

»Bei den Buchhaltern?« fragte Uhura spöttisch.

»Hmm.« Ein Lächeln breitete sich über Chekovs Gesicht aus. »Wenn es so ist, versuche ich es vielleicht doch mit Sulu.«

»Ich fühle mich geschmeichelt.« Sulu löste den Sicherheitsgurt und lockerte seine verkrampfte Schultermuskulatur. »So – bin ich jetzt an der Reihe zu entscheiden, was wir als Nächstes machen?«

Uhura nickte, und Chekov bedachte ihn mit einem hoffnungsvollen Blick. »Wir könnten weiterspielen«, schlug er vor.

»Auf keinen Fall.« Sulu kletterte aus der Simulationskammer, bevor Chekov ein neues Spiel starten konnte. Er staunte immer wieder darüber, wie hartnäckig der Russe ein einmal gestecktes Ziel verfolgte. »Ich habe nicht vor, meine gesamte Freizeit damit zu verbringen, ein Schiff zu steuern. Das kann ich auch tun, wenn ich im Dienst bin.«

»Ich nicht«, bemerkte Chekov.

»Trotzdem.« Sulu lächelte über die frustrierte Miene seines Freundes, als er sich durch die enge Schleuse zwängte, sich aufrichtete und die Falten in seinem grauen Overall glattstrich. »Nun komm schon. Es gibt noch einen Ort, den ich aufsuchen möchte, bevor wir zur *Enterprise* zurückkehren.«

Chekov stöhnte, während er ebenfalls die Kammer verließ. »Wir gehen doch nicht schon wieder essen, oder?« Rings um sie drängte sich eine bunte Mischung aus zivilen Raumfahrern und Starfleetangehörigen auf der Galerie der Station und frequentierte eifrig die dort befindlichen Geschäfte. Zwischen ihnen bewegten sich ein paar wuchtige Gestalten in dunkelroten, gepanzerten Polizeiuniformen, die inmitten der funkelnden Lichter und Leuchtreklamen fehl am Platze wirkten. »Ich bin es langsam leid, nach Restaurants zu suchen, die ihr beiden noch nicht besucht habt.«

»Keine Sorge, das müssen Sie auch nicht.« Uhura brachte ihre bisher hinter dem Rücken versteckten Hände nach vorn und hielt Sulu eine dampfende Pastete unter die Nase. Der würzige Duft gebackener Früchte erfüllte die gefilterte Luft der Station. »Während ihr mit Neutronensternen gespielt habt, habe ich eine neue Bäckerei entdeckt. Hier, ich habe für jeden ein Stück mitgebracht.«

Sulu nahm das Fruchtgebäck lächelnd entgegen. »Genau deshalb schätze ich es, gleichzeitig mit Ihnen dienstfrei zu haben, Uhura. Mmm, das schmeckt toll!«

Chekov hielt sein Stück in Augenhöhe und betrachtete es mißtrauisch. »Was ist das für ein gelbes Zeug da drin?«

»Ich bin mir nicht sicher.« Uhura griff in ihre Umhängetasche, um eine dritte Pastete herauszuholen. Ihr Gewand, dessen bunte afrikanische Farben fast so lebhaft wirkten wie ihr feingezeichnetes Gesicht, umspielte bei dieser Bewegung ihre Figur. »Ich habe nicht genau verstanden, wie der Bäcker es nannte. Elysianischen Wolkenapfel, glaube ich ... he, passen Sie auf, wo Sie hintreten!«

Ein rotgekleideter Polizist drängte sich zwischen ihnen hindurch, ohne auf Uhuras Protest zu achten. Die kleine Kommunikationsoffizierin war gezwungen, zur Seite zu springen, um nicht umgerannt zu werden, und verlor dabei ihre Pastete. »He!« rief sie abermals und diesmal mit mehr Ärger in der Stimme, als die hellgelbe Füllung über den Boden spritzte. »Haben Sie mich nicht gehört?«

»Offensichtlich nicht.« Sulu streckte einen Arm aus, um sie zu stützen, während sich der gepanzerte Polizist zwischen ihnen durchschob. Mit der anderen Hand hielt er Chekov zurück. »Wir sind hier nicht auf der *Enterprise*«, ermahnte er den Sicherheitschef. »Du bist hier nicht zuständig, sondern sie.«

»Nein, sind sie nicht.« Chekov reichte Uhura seine Pastete, drehte sich um und beobachtete, wie der Polizist in der Menge verschwand. »Die Sicherheitskräfte auf Sigma Eins tragen Schwarz, nicht Rot. Und sie laufen auch nicht in einem Aufzug herum, als würden sie einen Aufruhr erwarten. Ich weiß nicht, was das für Leute sind, aber zum Sicherheitspersonal der Station gehören sie nicht.«

»Wenn Sie einen Blick auf die Nachrichtenschirme der Station geworfen hätten, statt sofort in den Simulator zu springen, wüßten Sie, wer das war«, bemerkte Uhura, die sich die Obstspritzer vom Kleid wischte. »Es sind Orioner.«

»Orioner?« Chekov drehte sich mit gerunzelter Stirn zu ihr um. »Was machen Orioner auf einer Raumstation der Föderation?«

»Und wieso tragen sie Uniformen?« Sulu starrte verblüfft hinter der sich entfernenden Gestalt her. Bis jetzt hatten die einzigen Orioner, die er zu Gesicht bekommen hatte, zu dem Piratengesindel gehört, das Starfleet ständig aus den Grenzregionen der Föderation zu vertreiben suchte. Diese in Kampfmontur gekleideten, mit Phasergewehren und grimmig wirkenden Visierhelmen ausgerüsteten Aliens gehörten jedoch offensichtlich einer völlig anderen Gruppierung an. »Hat Starfleet ein orionisches Kriegsschiff hier andocken lassen?«

Uhura schüttelte den Kopf so heftig, daß ihre Ohrringe klirrten. »Es handelt sich um einen orionischen Polizeikreuzer, offenbar auf einer Art Überprüfungsmission. Die Nachrichtenschirme behaupten, Sigma Eins habe ihnen temporäre Vollmachten eingeräumt, aber ich glaube, die Orioner haben die Station einfach mit ihren überlegenen Waffen bedroht.«

»Dann müssen sie schon vor der *Enterprise* hier gewesen sein«, meinte Chekov tonlos. »Wie lange befinden sie sich schon an Bord von Sigma Eins?«

»Das weiß ich nicht genau.« Uhura sah sich um, als empörte Stimmen den Weg markierten, den die Polizisten durch die dichtgedrängte Menge nahmen. »Ich vermute, sie sind schon so lange hier, daß es ihnen langweilig wird. Obwohl das bei Orionern natürlich wenig zu besagen hat.«

James T. Kirk genoß stillvergnügt die angenehme Atmosphäre in der Taverne. Er hatte die Beine unter dem Tisch ausgestreckt, die Füße auf den gegenüberstehenden Stuhl gelegt und spürte deutlich, wie sich seine innere

Anspannung abbaute und dahinschmolz. Er schloß die Augen und seufzte tief, angetan von den anachronistischen Düften dieses Raums – feuchte Wolle, erwärmtes, gewachstes Holz und der unverkennbare Geruch des Cognacs in dem noch unberührten Glas, das er mit beiden Händen hielt. Dies hier war nicht unbedingt die Sorte von Lokal, die er vor zwanzig Jahren während eines Landurlaubs aufgesucht hätte, doch für einen von Verwaltungsaufgaben geplagten Captain eines Raumschiffs, der gerade die Vierzig überschritten hatte, war es genau der passende Ort.

»Mr. Scott«, sagte er zu seinem Chefingenieur, »das war die beste Idee, die Sie seit langer Zeit gehabt haben.«

»Aye, Sir.« Kirk konnte das Lächeln im breiten Akzent des Ingenieurs praktisch hören. »Ich dachte mir schon, es würde Ihnen gefallen.«

Ein kräftiges Schnauben neben Kirk veranlaßte den Captain, ein Auge zu öffnen. »Man könnte es aushalten, wenn sie hier richtiges Essen servieren würden«, bemerkte Leonard McCoy, der stirnrunzelnd die Speisekarte betrachtete. »Was, zum Teufel, ist ›Bubble and Squeak‹[1]?«

»Etwas, womit mein Vater uns Angst einzujagen pflegte, als wir noch Kinder waren.« Scott rutschte mit seinem Stuhl zu McCoy hinüber und drehte die Karte so, daß er sie ebenfalls lesen konnte. Das schwarzrote wollene Schottentuch über seiner Schulter hob sich leuchtend von der weißen Wolljacke ab. »Ich fürchte, man kann nicht auf jedes schottische Gericht stolz sein«, meinte er mit einem besorgten Blick auf den Doktor. »Schließlich haben wir der Welt ja auch Haggis[2] beschert.«

---

1 Schottisches Gericht – zusammen mit Gemüse aufgebackenes Rindfleisch. – *Anm. d. Übers.*

2 In Kalbs- oder Hammelmagen gekochtes Gericht aus Herz, Lunge, Leber, Nierenfett und Hafermehl. – *Anm. d. Übers.*

»Oh, du lieber Himmel ...«

Kirk lachte und schob die Ärmel seiner Sommerjacke hoch. Er hatte bereits bedauert, das Schiff in so leichter Kleidung verlassen zu haben – er hatte vergessen, wie kühl es auf Raumstationen sein konnte; doch in der Kneipe war es warm genug. »Sei mutig, Pille. ›Bubble and Squeak‹ ist schließlich nur ein Name.«

»Klingt aber nach gekochten Mäusen.« McCoy warf die Speisekarte mit einem Seufzen auf den hölzernen Tisch. »Den nächsten Landurlaub nehme ich zusammen mit Uhura. Die weiß wenigstens, wo sich die guten Restaurants befinden.«

Kirk grinste und schloß die Augen wieder. »Der Mensch lebt nicht vom Brot allein.«

»Von ›Bubble and Squeak‹ aber auch nicht«, gab der Doktor zurück.

Der Captain lachte, erwiderte aber nichts. Soweit es ihn selbst betraf, hatte er bereits seit einer ganzen Weile nicht mehr ans Essen gedacht, und er war auch nicht sonderlich überrascht, daß er auch jetzt keinen Gedanken daran verschwendete. Nachdem ihm während der letzten drei Tage vier geschäftige Effizienzprüfer der Föderation, die sein Schiff von oben bis unten durchwühlten, ständiges Magengrimmen bereitet hatten, konnte er sich kaum vorstellen, daß ihm der Sinn nach Essen stehen würde, bevor sich die *Enterprise* nicht wieder in sicherer Entfernung von Sigma Eins befand. Er beabsichtigte, sofort abzulegen, sobald die letzten Mitglieder der Mannschaft heute abend von ihrem Landurlaub aufs Schiff zurückgekehrt waren – was ihn selbst einschloß.

»Jim, hast du vor, diesen Cognac zu trinken, oder willst du ihn nur anstarren?«

»Du bist doch derjenige, der mir ständig erzählt, es wäre gesünder, ihn nur anzusehen, Pille.«

McCoy schlug mit der Hand gegen Kirks Füße, und der Captain mußte sich hastig aufrichten, um zu verhindern, daß sich der Cognac über seine Hose ergoß. »Spiel hier nicht den Oberschlauen, Captain. Du bist schließlich hier, um dich zu entspannen.«

Mit einer etwas indignierten Miene stellte Kirk beide Füße auf den Boden und setzte den Cognac vor sich auf dem Tisch ab. »Ich entspanne mich ja.« Er schnupperte abermals an dem Alkohol, kam zu dem Schluß, daß er ihn noch immer nicht mochte und schob das Glas zu McCoy hinüber. »Was ist denn los? Entspanne ich mich nicht effizient genug?«

Scott kicherte beifällig, und auf McCoys faltigem Gesicht zeigte sich der Anflug eines Lächelns. »Aha! Machen meine erprobten medizinischen Sinne hier eine gewisse latente Feindseligkeit aus?«

»Wieso latent?« Kirk verschränkte die Arme, kam zu dem Schluß, daß diese Geste zu defensiv wirken würde, und stützte sich statt dessen mit den Ellbogen auf den Tisch. »Ich habe gar nicht genug Feindseligkeit zum Ausdruck gebracht, daß man auch nur von ›latent‹ reden könnte.«

»Das ist schon richtig, Sir.« Scott hob sein Glas zu einem ironischen Salut. »Ich glaube, meine Jungs haben genug Feindseligkeit gezeigt, daß es auch für den Rest der Crew reicht.«

Kirk quittierte die Bemerkung des Ingenieurs mit einem Kopfnicken. »Was wollen diese Leute überhaupt? Die *Enterprise* braucht eine Effizienzprüfung so dringend wie Spock einen Psychologen.« Er ließ sich in den Sessel zurücksinken und verschränkte nun doch die Arme. »Ich habe die beste, effizienteste Mannschaft der ganzen Flotte, und das weiß der Präsident des Rechnungshofs ebensogut wie jeder andere. Die ganzen Überprüfungen und Inspektionen haben schließlich nur unsere ohnehin schon knapp bemessene Urlaubszeit verschwendet.«

»Sie haben auch ein paar Inspektoren in die Krankenabteilung geschickt.« McCoys Tonfall klang so, als wolle er die Männer versöhnlich stimmen, und Kirk warf ihm einen warnenden Blick zu, um Schlimmeres zu verhüten. Der Doktor reagierte darauf, indem er die Hände hob. »Ich sage ja nur, daß keiner damit besonders glücklich war, Jim. Aber Befehl ist Befehl – es war schließlich nicht so, als hättest du irgend etwas tun können, um sie daran zu hindern, an Bord zu kommen.«

Kirk überlegte, daß er Chekov hätte anweisen können, Wachen an jedem Transporter aufzustellen und jeden niederschießen zu lassen, der ein Klemmbrett und ein Inspektionshandbuch bei sich trug. Aber das war es wohl nicht, was der Doktor gemeint hatte. »Wenigstens ist es vorbei«, seufzte Kirk und bemühte sich, seine Muskeln zu entspannen und den ganzen Ärger zu vergessen. »Und solange ich lebe, werden wir damit auch nichts mehr zu tun haben.«

Scott ruinierte diesen angenehmen Gedanken, indem er am Captain vorbeischaute und mit finster gerunzelter Stirn zum Eingang deutete. »Ich fürchte, wir sind da etwas zu voreilig ...«

»Kirk?« Schwere Schritte wurden hinter ihm laut, dann klopfte ihm jemand hart auf die Schulter. »Ich muß mit Ihnen sprechen, Captain. Ihre Leute machen wie üblich Probleme.«

Kirk unterdrückte den Impuls, John Taylor wütend anzufunkeln, senkte statt dessen den Kopf und rieb sich mit der Hand über die Augen. »Mr. Taylor, ich habe Urlaub. Mr. Spock befindet sich an Bord, falls Sie also Fragen haben ...«

»Fragen habe ich allerdings!« Taylor trat einen Schritt vor, so daß er in Kirks Blickfeld geriet. Offensichtlich wartete er darauf, daß der Captain ihn ansah. Darauf würde er lange warten können, dachte Kirk. »Ihr Commander Spock hat erklärt, es wäre uns untersagt, die *Enterprise* abermals zu betreten. Ist das wahr?«

»Vulkanier lügen nicht, Mr. Taylor.« Kirk drehte endlich seinen Sessel in Richtung des Mannes und zog überrascht die Augenbrauen hoch, als er sah, daß alle vier Inspektoren – darunter zwei Frauen – dort Aufstellung bezogen hatten. Sie wirkten nervös und ungeduldig. Er konzentrierte sich auf den größeren der beiden Männer. Drei Tage voller unangenehmer Erfahrungen hatten ihn gelehrt, daß Taylor sowohl das Sprachrohr als auch die treibende Kraft dieser Gruppe war. Und zudem ein Sprachrohr, wie es sich Kirk kaum schlimmer hätte vorstellen können.

»Sie haben keine Erlaubnis, die *Enterprise* zu betreten«, erklärte Kirk, »weil Ihre Arbeit dort beendet ist. Man hat mich angewiesen, Sie bei Ihrer Inspektion zu unterstützen, solange das Schiff angedockt hat. Gestern abend haben Sie gesagt, die Inspektion sei beendet, daher gibt es seit heute morgen für Sie weder einen Anlaß noch eine Vollmacht, mein Schiff oder meine Mannschaft zu inspizieren. Ich danke Ihnen, daß Sie uns den Rest unserer Urlaubszeit ungestört verbringen lassen.« Er nickte den drei anderen Inspektoren zu und machte Anstalten, sich wieder von ihnen abzuwenden in der Hoffnung, sie würden den Hinweis verstehen und ihren Boss bewegen, ihn in Ruhe zu lassen.

»Nicht so schnell, Captain.« Taylor unterbrach Kirks Bewegung, indem er eine Hand auf den Sessel legte und ihm einen Plastikausdruck mit dem Briefkopf der Föderation unter die Nase hielt.

Kirk nahm das Blatt entgegen, weigerte sich aber, die Zugangsberechtigung oder die hochoffizielle Unterschrift zur Kenntnis zu nehmen. »Was ist das?«

»Meine Befehle.« Taylor verschränkte die Arme. Seine Lippen verzogen sich zu einem zufriedenen Lächeln. »Mir sind ein paar Diskrepanzen aufgefallen, als ich die Berichte meiner Leute über Ihre Crew zusammengestellt habe. Der Präsident des Rechnungshofes hielt es für eine gute Idee, Ihr Schiff im Verlauf einer normalen Mission zu beobachten. Auf diese Weise können wir feststellen, wer einen Fehler gemacht hat, bevor mein endgültiger Bericht zu den Akten geht.«

Kirk ballte die Faust, bis die Genehmigung fast zur Unlesbarkeit zerknüllt war.

»Einen Fehler?« In McCoys blauen Augen blitzte etwas auf, was Kirk im Lauf der Jahre als Mißbilligung zu erkennen gelernt hatte. »Sie verwandeln die Arbeit und die Erfahrung der Menschen in einen Haufen kleiner Zahlen und glauben dann, jemand mache Fehler, nur weil diese Zahlen nicht mit den Vorstellungen übereinstimmen, die irgendein Schreibtischhengst von Effizienz hat? Lieber Himmel! Wie sollen wir denn effizient sein, wenn Ihre Leute die ganze Zeit über ihre Nasen in alles stecken?«

»Latente Feindseligkeit«, erinnerte Kirk den Doktor. McCoy schnitt eine Grimasse und schwieg.

»Sie können nicht mit uns kommen.« Kirk ließ den Sessel abermals herumschwingen, um Taylor ins Gesicht zu sehen und unterdrückte dabei schuldbewußt ein Gefühl der Genugtuung, als der Inspektor hastig ein paar Schritte zurückwich, um nicht mit dem Captain zusammenzustoßen. »Ungeachtet dessen, was der Präsident des Rechnungshofs meint, gehören Sie immer noch zu den zivilen Angestellten der Föderation. Die *Enterprise* hat den Auftrag, bei ihrem nächsten Flug drei verschiedene Planeten im Canopis-Sektor zu erforschen. Als Captain habe ich das Recht, jede dieser Untersuchungen als zu gefährlich für Zivilisten einzustufen.« Er breitete die Hände aus und setzte ein geradezu verletzend freundliches Lächeln auf. »Und hiermit stufe ich sie so ein.«

Scott lehnte sich über den Tisch und zuckte bedauernd die Schultern. »Sie können die Effizienz einer Mannschaft schlecht begutachten, wenn Sie gar nicht in der Lage sind, diese Mannschaft zu begleiten, nicht wahr?« Das Bedauern in seiner Stimme klang so echt, wie es nur möglich war. »Vielleicht klappte es ja beim nächsten Mal.«

Taylor kniff die dunklen Augen zusammen und ließ

den Blick zwischen den drei Offizieren hin und her wandern. Kirk konnte sich kaum noch erinnern, ob Taylor ihm von Anfang an unangenehm gewesen war oder ob sich die gegenseitige Abneigung zwischen ihnen erst mit der Zeit entwickelt hatte. Aber wahrscheinlich spielte das jetzt auch keine Rolle mehr. »Und wenn Sie nicht in Richtung Canopis fliegen?«

»Das werden wir aber«, sagte Kirk. »Selbst Sie werden daran nichts ändern können.«

Taylor schnippte mit einem Finger gegen das zerknüllte Blatt in Kirks Hand. »Muß ich auch nicht. Commodore Petersen hat das bereits erledigt.«

Die innere Anspannung kehrte mit unangenehmer Schnelligkeit zurück. Kirk glättete das Blatt in seiner Hand und überflog stirnrunzelnd die verschachtelten Anweisungen, bis ihm Worte wie »Orion« und »Überwachung« regelrecht ins Auge sprangen. »Das ist doch nicht möglich.« Er warf einen Blick auf Taylor und empfand plötzlich den Wunsch, dem Inspektor seine Arroganz aus dem Gesicht zu schlagen. »Wieso hat man mich nicht davon unterrichtet?«

Taylor zuckte die Achseln und schnappte sich das Blatt wieder. »Ich bin sicher, eine entsprechende Nachricht wartet bereits an Bord auf Sie. Aber vielleicht überprüfen Sie die Nachrichteneingänge nicht oft genug.«

Und vielleicht war das alles auch nur ein dummes Mißverständnis und der Präsident des Rechnungshofs versuchte nicht wirklich, einen Raumschiff-Captain dazu zu treiben, eines seiner Inspektorenteams zu ermorden. Kirk erhob sich und nahm Taylor das Blatt aus der Hand, allerdings erheblich höflicher, als der Inspektor es ihm entrissen hatte.

»Was haben Sie vor?« fragte Taylor, als Kirk an ihm vorbeiging.

»Ich werde mit Commodore Petersen sprechen. Hier muß ein Irrtum vorliegen.« Kirk blieb an der Tür stehen und schaute zurück. »Pille, Scotty, ich fürchte, ich werde mir die Einladung zu diesem Essen gutschreiben lassen müssen.«

Die beiden waren jedoch schon aufgesprungen und kamen hinter ihm her. »Machst du Witze?« grummelte McCoy, während die Inspektoren vor ihm auseinanderstoben wie eine Schar aufgescheuchter Tauben. Taylor drehte sich wütend und mit offenem Mund um, versuchte aber nicht, den Doktor aufzuhalten. »Wenn ich schon etwas essen soll, das sich ›Bubble and Squeak‹ nennt«, erklärte McCoy, »dann ist das letzte, was ich dabei brauche, jemand, der die Effizienz meiner Verdauung beurteilt.« Er stieß Scott mit dem Ellbogen an und bedachte gleichzeitig die Inspektoren mit einem finsteren Blick. »Kommen Sie, Scotty – suchen wir uns ein Lokal, das etwas höhere Ansprüche an die Leute stellt, die dort eingelassen werden.«

# 2

»Das waren die unhöflichsten Polizisten, die mir je begegnet sind.« In Uhuras Stimme schwang noch immer die Empörung mit. »Seht sie euch nur an – sie stoßen jeden herum!«

Sulu nickte, während er mit finsterer Miene die rotgekleideten Gestalten beobachtete, die sich durch die Menge drängten. Ihre Bewegungen wirkten zu zielgerichtet, um zufällig zu sein. »Ich glaube, sie suchen nach jemandem. Oder nach etwas.«

»Nun, ich hoffe, sie finden es nicht.« Uhura biß in die Pastete, die sie in der Hand hielt, und blickte das Gebäck dann überrascht an.

»Pavel, haben Sie mir Ihre Wolkenapfelpastete gegeben?«

Der Sicherheitschef blickte über die Schulter zu ihr zurück. Seine finstere Miene wurde durch eine Sorgenfalte auf der Stirn abgelöst. »Nein, mein Stück war dasjenige, das auf den Boden gefallen ist«, erklärte er. »Das da ist Ihr Stück.«

Uhura warf ihm einen zweifelnden Blick zu. »Sind Sie sicher?«

»Absolut.«

Sulu grinste. Er wußte, wie ungern Chekov Essen probierte, das er nicht kannte, und dieses Wissen machte es noch lustiger, dabei zuzusehen, wie er sich aus dem Problem herauswand. »Feigling«, sagte Sulu und leckte sich die letzten Spuren des Gebäcks von den Fingern. Dann sah er sich auf der Suche nach einem Hinweisschild um. »Kommt jetzt. Wir haben nur noch eine Stunde Urlaub, und der Laden, den ich besuchen möchte, befindet sich am anderen Ende der Galerie.«

»Das mußte ja so kommen.« Doch trotz dieses Seufzers folgte Chekov Sulu bereitwillig die gewundene Galerie entlang und wartete gerade lange genug, um Uhura den Vortritt zu lassen. Sulu bemerkte, daß der Russe ein wachsames Auge auf die rotgekleideten Gestalten hatte, die sich durch die Menge drängten. »So, und welches Hobby ist in dieser Woche dran?«

Sulu blinzelte angesichts der treffenden Frage überrascht. »Woher weißt du ... ich meine, wie kommst du auf die Idee, ich hätte ein neues Hobby?« Er warf einen Blick über die Schulter, als er hörte, wie sich Uhuras leises, amüsiertes Kichern mit dem tieferen Lachen Chekovs mischte. »Was ist denn so komisch?«

»Sulu, es gibt ein paar Dinge, die wir stets tun, wenn wir den Landurlaub zusammen verbringen«, sagte Uhura lächelnd. »Chekov überredet Sie immer zu Simulationsspielen ...«

»Uhura findet stets irgend etwas Absonderliches zum Essen«, fügte Chekov hinzu und verzog das Gesicht.

»... und Sie entdecken stets ein neues Hobby, mit dem Sie zur *Enterprise* zurückkehren.« Uhura schaute sich nach dem Sicherheitschef um, als sie den breiten Durchgang passierten, der zu den Landedocks der Station führte. »Was war es beim letzten Mal? Arkturianisches Yoga?«

Chekov schüttelte den Kopf. »Das war beim vorletzten Mal. Zuletzt hat er Modelle berühmter Raumschiffe aus iotianischem Kristall geschnitzt.«

Sulu spürte, wie ihm leichte Röte ins Gesicht stieg, und er hob die Hand, um davon abzulenken. »Ich arbeite noch immer an diesen Raumschiffen«, betonte er. »Und woher sollte ich wissen, daß man für arkturianisches Yoga zwei komplette Waffensätze braucht?«

»Sulu, jeder, der einmal Arkturianer beim Yoga gesehen hat, wüßte das!«

»Details, Details.« Sulu erspähte den Laden, den er schon früher besucht hatte. Das gemalte Ladenschild wurde fast vollständig von Efeu und den Blumen überdeckt, die in Kaskaden über das Gitter herabfielen, das die Vorderfront bildete. »Hier ist es. Kommt mit herein.«

Im Innern des von Pflanzen erfüllten Ladens mischte sich das freundliche Plätschern von Wasser mit einem Zirpen ähnlich dem von Grillen. Sulu blieb an der Schwelle stehen und nahm einen tiefen Atemzug. Der Geruch von Erde, Blättern und knospenden Blumen erfüllte die Luft mit einer beinahe planetaren Frische. »Ist das nicht toll?«

»Es erinnert an deine Kabine.« Chekov blieb neben ihm stehen und runzelte die Stirn, als das Zirpen lauter wurde. »Ich dachte, Insekten wären auf Raumstationen der Klasse vier verboten.«

»Das sind keine Insekten.« Sulu hob einen aus denebianischen Lianen gebildeten Vorhang, damit Uhura darunter durchschlüpfen konnte, und achtete nicht auf den Schauer zarter Sporen, der dabei auf ihn herabrieselte. Hinter dem Vorhang aus wildem Wein plätscherte Wasser in einem geschwungenen Becken aus schwarzem Marmor und versetzte die grünen Blätter von Wasserlilien in sanfte Schwingungen. Durchscheinende, saphirfarbene Blüten erhoben sich auf fragilen, gebogenen Stengeln aus dem Wasser, während sich kleine, goldgesprenkelte Eidechsen wie Katzen auf den Blättern zusammengerollt hatten. Ihre Kehlsäcke vibrierten unter den zirpenden Lauten.

»Oh!« Uhuras melodische Stimme klang vor Begeisterung ganz sanft, als sie neben dem Becken in die Knie sank. »Sulu, die sind ja wunderschön! Was sind das für Tiere?«

»Halkanische Wasserchamäleons. Passen Sie auf.« Sulu bückte sich und spritzte mit den Fingern etwas Wasser auf. Das Zirpen verwandelte sich in Alarmrufe und verstummte dann völlig. Auf jedem der Blätter deutete lediglich noch ein moosgrüner Schimmer die Stellen an, wo sich die kleinen Echsen befunden hatten. »Sehr hübsch, nicht?«

»Willst du jetzt Echsen züchten?« Chekov duckte sich unter den Lianen hindurch und blickte zweifelnd auf den Lilienteich hinab. »Welchen Nutzen hat es, Tiere zu besitzen, die man nicht einmal sehen kann, geschweige denn mit ihnen spielen?«

»Mir gefällt das Geräusch, das sie machen. Davon abgesehen braucht man sie auch, um die Blumen zu bestäuben.« Sulu tauchte seine Hand in das Wasser und umschloß eine der durchscheinenden Lilien mit den Fingern. Sobald seine Fingerspitzen die Blütenblätter berührten, leuchtete im Innern der Pflanze ein fahler Schimmer wie von Glühwürmchen auf. Einen Moment später schoß eine Fontäne phosphoreszierender Pollen aus dem Zentrum der Blüte. Die winzigen Funken landeten auf Sulus Hand und glommen kurz weiter, bis sie schließlich erloschen. »So etwas habe ich bisher nur in Büchern gesehen. Es sind halkanische Feuerlilien. Ich dachte mir, ich könnte sie meiner Pflanzensammlung hinzufügen.«

»Ich wüßte gerne, wo ...« Ein lautes Krachen aus dem vorderen Teil des Ladens unterbrach Chekovs Frage. Der Sicherheitsoffizier fuhr herum und duckte sich unter dem Vorhang aus Weinranken hindurch. Sulu und Uhura folgten ihm auf den Fersen. Sie tauchten gerade noch rechtzeitig auf, um zu sehen, wie eine Gestalt in der vertrauten dunkelroten Rüstung eine eingetopfte Zykadee von ihrem Platz fegte. Der Keramiktopf zersplitterte auf dem gekachelten Boden.

»He!« Ein stämmiger, grauhaariger Mann stürzte aus einer Seitentür in den Laden. In den Händen hielt er einen Besen, als wäre es ein Kampfstab. Ungläubig starrte er auf die Erde und die zertretenen Blätter auf dem Boden und richtete dann seinen Blick auf den Polizisten. »Was, zum Teufel, soll das bedeuten?«

Der Orioner wandte das von einem dunklen Visier bedeckte Gesicht dem Ladenbesitzer zu, während sich seine in einem Handschuh steckende Hand bereits um die nächste Pflanze krümmte. »Standardmäßige Vorgehensweise bei einer Durchsuchung«, sagte er mit barscher, unmodulierter Stimme und ließ die Pflanze zu Boden krachen.

»Von wegen standardmäßig! Wir sind hier in der Föderation!« Der Ladenbesitzer versuchte sich zwischen den Orioner und seine Waren zu drängen. Sulu sog scharf die Luft ein, als er bemerkte, daß Chekov Anstalten machte, sich einzumischen. Er legte eine Hand auf die Schulter des Sicherheitsoffiziers, um ihn zurückzuhalten, während der Orioner den stämmigen Händler mit einer Leichtigkeit durch den Raum schleuderte, wie sie nur jemand entwickelt, der an eine erheblich höhere Gravitation gewöhnt ist. Das Zirpen aus dem hinteren Teil des Ladens verstummte bei dem Krach.

Chekov blieb einen halben Meter vor dem Orioner stehen und beobachtete ihn aufmerksam, während Uhura zu dem stöhnenden Ladenbesitzer eilte und bei ihm niederkniete. Sulu hielt den Atem an, als sich der gepanzerte Polizist umwandte und auf die eher schmächtige Gestalt des Sicherheitschefs der *Enterprise* hinuntersah. »Chekov«, raunte Sulu, »laß mich nur drei Worte sagen, bevor du dich hier auf etwas einläßt: Schwerkraft zwei G.«

»Ich weiß.« Die linke Hand des Russen schob sich auf seinen Rücken, die Finger öffneten und schlossen sich zweimal. Sulu blinzelte und trat einen kleinen Schritt zurück. »Uhura, geht es dem Ladenbesitzer gut?«

»Sieht so aus, als wäre er mit dem Kopf aufgeschlagen«, antwortete Uhura. Ihre Stimme klang besorgt.

»Kümmern Sie sich nicht um mich.« Der untersetzte Mann stützte sich auf einen Ellbogen, als Sulu abermals einen Schritt zurücktrat. »Rufen Sie nur die Sicherheitskräfte der Station. Ich will, daß sie diesen Affen einsperren.«

»Das wird nicht nötig sein.« Chekovs Hand zuckte erneut, und sofort riß Sulu ein paar der Lianen herunter. Er legte die Pflanzenstränge zu einer Schlinge zusammen und warf sie dem Orioner um den Hals. Der gepanzerte Mann knurrte und riß sie mit einem Ruck von seinem Nacken, doch in diesem kurzen Moment, in dem seine Hände beschäftigt waren, beugte sich Chekov rasch vor und riß die Phaserpistole aus seinem Gürtel. Der Sicherheitsoffizier mußte sich zur Seite werfen, um der Umklammerung durch den Orioner zu entgehen, doch er rollte sich ab, und als er wieder hochkam, deutete der Phaser genau auf die Brust des Polizisten. Der Orioner erstarrte, als wären die Gelenke seines Anzugs plötzlich arretiert.

»Raus hier«, befahl Chekov. »Sofort.«

Die Hände des Orioners krümmten sich, als ob sie nach dem Phasergewehr auf seinem Rücken greifen wollten, doch Chekovs eisiger Blick – und die ruhige Hand, mit der er den Phaser hielt – überzeugten ihn offenbar, besser keinen Versuch zu wagen. Mit einem wortlosen Grollen drehte er sich um und ging zur Tür.

»Uhura, rufen Sie den Sicherheitsdienst der Station.« Chekov erhob sich, ohne den Blick von der sich zurückziehenden, rotgekleideten Gestalt zu nehmen. »Sagen Sie ihnen, ihre orionischen Besucher verstoßen auf Deck Fünf gegen die Stationsvorschriften.«

Die Kommunikationsoffizierin nickte. »Ausgerechnet jetzt habe ich natürlich keinen Kommunikator bei mir. Wo ist Ihr Interkom?« fragte sie den Ladenbesitzer.

»In meinem Büro.« Der stämmige Mann deutete mit dem Kinn auf die Tür, durch die er hereingekommen war, stöhnte dann auf und tastete unsicher mit der Hand nach seiner Stirn. Während sich Uhura auf die Suche nach dem Kom machte, entdeckte Sulu ein sauberes Tuch neben einem Wasserhahn, der zur Bewässerung der Pflanzen diente, und ging damit zu dem Ladeninhaber, um es ihm auf die Stirn zu legen.

Der Mann reagierte mit einem raschen, herzlichen Lächeln. »Danke. Sie haben diesen Orioner genau richtig behandelt – besser, als es das Sicherheitspersonal getan hätte. Ich nehme an, Sie kommen von dem Raumschiff, das kürzlich hier angelegt hat?«

»Das stimmt.« Chekov behielt noch immer die Tür im Auge, den Phaser schußbereit in der Hand. »Was ist denn mit Ihrer Sicherheitsmannschaft los? Die dürften die Orioner mit diesem Benehmen nicht durchkommen lassen.«

Der Ladenbesitzer seufzte. »Als sie zuerst hier auftauchten, haben sie sich auch noch nicht so benommen.« Er hörte das zweifelnde Schnauben, das Chekov ausstieß, und sagte: »Nun ja, unhöflich waren sie schon, aber derartige Zerstörungen haben sie nicht angerichtet. Sie haben sich einfach nur zwei- oder dreimal im Laden umgesehen und sind dann wieder gegangen.«

»Wonach haben sie denn gesucht?« fragte Sulu und ließ sich neben dem älteren Mann auf den Fersen nieder.

»Ich habe nicht die geringste Ahnung.« Der Händler setzte sich aufrecht hin und blinzelte. »Sie sagten, es gehe um orionische Deserteure, aber das ergibt keinen Sinn. Kein Orioner, der noch bei Verstand ist, würde sich eine Station aussuchen, die sich so tief im andorianischen Raumgebiet befindet. Jedenfalls nicht nach dem Haslev-Zwischenfall.«

Chekov warf einen Blick über seine Schulter. »Haslev-Zwischenfall?«

»Einer der besten andorianischen Physiker ist vor ein paar Monaten aus dem Raumforschungsprogramm ausgestiegen und hat dabei irgendeine streng geheime Technologie mitgehen lassen. Die Andorianer glauben offenbar, die Orioner hätten etwas damit zu tun. Aber wenn Sie mich fragen, suchen beide Seiten nur nach einem Vorwand für einen Kampf.« Der Ladenbesitzer kämpfte sich auf die Füße und benutzte dabei Sulus Schulter als Stütze. »Kommen Sie mit nach hinten. Ich möchte Ihnen etwas dafür geben, daß Sie den Orioner verjagt haben.«

»Das ist nicht nötig«, erklärte Chekov und verstaute den orionischen Phaser unauffällig in der Tasche seiner schwarzen Lederjacke. »Es gehört zu unseren Aufgaben, die Bestimmungen Starfleets durchzusetzen.«

Der stämmige Mann schüttelte eigensinnig den Kopf. »Ich bestehe darauf.« Er packte Sulus Schulter, und der Steuermann ließ sich von ihm in den vollgestopften Lagerraum führen, wobei er registrierte, daß Chekov an der Tür stehen blieb und den vorderen Bereich des Ladens genau im Auge behielt. Der Händler wandte sich einer Ecke zu und zog ein schützendes Tuch von einem unförmigen Gegenstand. Schwarzer Marmor glitzerte im reflektierten Licht. »Hier – wie gefällt Ihnen das?«

»Oh …« Sulu starrte auf den geschwungenen ovalen Teich, einen kleineren Verwandten desjenigen draußen im Laden. »Sie wollen mir das schenken?«

Der Ladenbesitzer nickte. »Als kleines Dankeschön dafür, daß Sie mein Geschäft beschützt haben.«

Sulu blickte über die Schulter zu Chekov hinüber, der sich als Silhouette im Durchgang abzeichnete. »Aber ich bin doch nicht derjenige, der es gerettet hat.«

»Nein, aber Sie sind derjenige, der seine Freunde hergebracht hat.« Das Lächeln des Händlers wirkte überraschend warm. »Wenn ich mich nicht irre, sind Sie heute zum dritten Mal hergekommen, um sich die Wasserchamäleons anzusehen. Ich nehme an, Sie wollen ein paar davon kaufen, und dann werden Sie etwas brauchen, worin Sie sie unterbringen können.«

»Ich wollte sie in ein altes Aquarium setzen, das ich habe.« Trotzdem trat Sulu vor und strich mit der Hand über die glatte Oberfläche des Marmorbeckens. Metallische Einsprengsel glitzerten in dem pechschwarzen Material und verliehen ihm einen Schimmer wie polierter Glimmer. Mit einem bedauernden Seufzen trat er zurück. »Es ist wunderschön … aber ich fürchte, die Bestimmungen Starfleets lassen es nicht zu, derart teure Geschenke anzunehmen.«

Der Ladenbesitzer knurrte nur und machte sich daran, das Becken aus der Ecke zu ziehen. »Machen Sie sich darüber keine Gedanken, dieses Ding ist nicht mal einen tellurianischen Nickel wert. Ich stelle diese Teiche selbst her, aus Marmor-Epoxit, und der hier ist Ausschuß.« Er kippte das Becken leicht, um Sulu die Säule zu zeigen, auf dem es stand. »Sehen Sie den Streifen dort an der Basis? Dort ist zuviel Silber in die Masse geraten und hat das ganze Ding ruiniert.«

»Sind Sie sicher?« Die winzige Fehlstelle schien Sulu kaum der Rede wert.

»Was glauben Sie denn, warum ich es hier hinten aufbewahre, statt es im Laden auszustellen.« Der Händler grinste Sulu fröhlich an. »Außerdem gebe ich Ihnen nur das Becken. Ich denke mir, daß Sie dann die Echsen und die Lilien selbst kaufen.«

Sulu kicherte anerkennend. »Nun, in dem Fall ...« Er half dem Besitzer, das Becken in den Hauptraum hinüberzutragen, wobei er feststellte, daß es nicht annähernd so schwer war, wie es aussah. Chekov trat einen Schritt zurück, um sie vorbeizulassen, und setzte eine zweifelnde Miene auf.

»Bist du sicher, daß du in deinem Dschungel noch genug Platz für einen Swimmingpool hast?« fragte er, während er den beiden zu dem größeren Lilienteich folgte.

»Ich werde den nötigen Platz schon schaffen.« Sulu zog die Augenbrauen hoch, als Uhura die Lianen beiseite schob und sich zu ihnen gesellte. »Was haben Sie denn so lange gemacht?«

»Die Sicherheitsleute haben mich hingehalten.« Ihre Lippen preßten sich zusammen. »Ich habe mich schließlich auf meinen Rang als Kommunikationsoffizier berufen, damit ich weiterverbunden wurde. Die Sicherheitschefin meinte, sie würde so bald wie möglich herkommen. Ich hatte den Eindruck, sie hätte in letzter Zeit eine ganze Menge Anrufe wegen der Orioner bekommen.«

Uhura warf einen Blick auf das kleine Marmorbecken. »Was für ein hübscher Teich!«

»Danke. Chekov hat ihn mir besorgt.« Sulu grinste, als der Russe ihn finster anstarrte, und schaute dann zu, wie der Ladenbesitzer eine eingetopfte Lilie mit einer langstieligen Schöpfkelle aus dem Wasser holte. Ein Dutzend unsichtbarer, ängstlich zirpender Chamäleons kamen mit hoch, und der Mann schüttelte sie routiniert in zwei kleine Plastikbeutel.

»Ich bin mir noch immer nicht sicher, ob das wirklich eine gute Idee ist.« Chekov stellte sich mit gerunzelter Stirn neben die beiden Männer. »Was passiert, wenn deine Eidechsen ausreißen? Eine Horde unsichtbarer Reptilien, die frei auf der *Enterprise* herumlaufen, hat uns gerade noch gefehlt.«

Der stämmige Mann grunzte, während er die Beutel so verschloß, daß in jedem eine Luftblase entstand. Gedämpftes Zirpen drang durch das Plastik, als die Chamäleons vergeblich versuchten, sich der transparenten Folie anzugleichen. »Machen Sie sich darüber mal keine Sorgen. Halkanische Chamäleons entfernen sich nie sehr weit von ihrem heimischen Teich. Und sie benötigen auch keine Spezialnahrung, einfaches Fischfutter reicht völlig. Das macht dann zwanzig Credits.«

Chekov schnaubte. »Das ist eine Menge Geld für eine einzige Pflanze und einen Haufen singender Eidechsen, die einen die ganze Nacht über wachhalten.«

»Oh, Chekov, jetzt seien Sie doch nicht so miesepetrig.« Uhura nahm die Beutel von dem Ladenbesitzer entgegen und hielt sie schützend in der Armbeuge, während Sulu die Rechnung bezahlte. »Ich glaube, das ist das schönste Hobby, das Sulu je hatte.«

»Sie haben leicht reden«, bemerkte der Russe säuerlich. »Sie sind ja auch nicht diejenige, die diesen Swimmingpool zum Schiff schleppen muß.«

»He, du bist doch unser Gewichtheber, nicht ich.« Sulu nahm die Wasserlilie auf, wobei er sorgsam darauf achtete, die von Pollen bedeckten Blüten nicht zu berühren, und bedankte sich dann bei dem Ladeninhaber mit einem Nicken. Der stämmige Mann erwiderte das Nicken und schaute lächelnd zu, wie sie sich marschbereit machten.

»Das sagst du doch immer, wenn wir etwas Schweres zu tragen haben.« Trotz seines Protestes hob Chekov das Becken mit Leichtigkeit hoch und stützte es an der Schulter ab. Sulu und Uhura tauschten ein Lächeln, als sie ihm durch die Tür folgten. »Erinnert mich daran, nie wieder Landurlaub zusammen mit ...«

Die Stimme des Russen brach abrupt ab, als er auf die Galerie hinaustrat, doch weil ihn die grellen Lichter blendeten, konnte Sulu nicht erkennen, was vor sich ging, bis er und Uhura ebenfalls herausgekommen waren. Ein Halbkreis schwarzgekleideter Sicherheitsleute stand vor der Ladentür, die Phaser fest auf die drei gerichtet.

»Keine Bewegung«, befahl eine scharfe weibliche Stimme. »Wir gehören zum Sicherheitsdienst der Station ...« Sie deutete mit einem Finger anklagend auf Chekov. »... und Sie, Sir, stehen unter Arrest.«

Kirk wurde den Eindruck nicht los, daß Maxwell Petersen nicht so aussah – oder klang –, als bringe er Verständnis für seine Situation auf.

»Es tut mir leid, Jim«, seufzte der Commodore und hob die Hände in einer Geste der Hilflosigkeit. »Es gibt nichts, was ich tun könnte.« Er bedeutete Kirk, in dem Sessel ihm gegenüber Platz zu nehmen. »Sie wissen, daß ich handeln würde, wenn ich könnte.«

Kirk warf einen Blick auf den angebotenen Sessel, entschied dann aber, lieber weiter auf und ab zu gehen. »Sie könnten sie auf der Station zurückhalten«, schlug er vor und fügte, um Petersens Widerspruch zuvorzukommen, hinzu: »Sie sind in diesem Sektor der verantwortliche Offizier, Max. Sie können alles tun, was Sie wollen, das wissen wir beide. Und dazu gehört auch, vier Föderationsinspektoren lange genug aufzuhalten, damit ich hier verschwinden kann.«

Petersen lachte. »Jim, wenn man bedenkt, daß Sie Starfleets bester Offizier sind, führen Sie sich mitunter bemerkenswert einfältig auf.«

Kirk blieb dicht vor dem Schreibtisch des Commodores stehen, schluckte aber die unfreundliche Bemerkung, die ihm auf der Zunge lag, herunter. Sarkasmus gegenüber einem Commodore zu äußern – selbst wenn es sich dabei um jemanden handelte, dem er zu dieser Position verholfen hatte –, würde kaum dazu beitragen, seiner Crew sechs Wochen voller Belästigungen zu ersparen. »Es freut mich, daß Sie das Ganze lustig finden.«

»Ich finde es nicht lustig; ich finde, Sie reagieren zu heftig.« Petersen beugte sich vor, um eine bewegliche Skulptur auf dem Tisch vor ihm anzustoßen. Diese Energiezufuhr veranlaßte die Skulptur zu schnelleren Bewegungen, woraufhin winzige Blitze reflektierten Lichtes durch das Büro zuckten. »Es geht um Politik, Jim. Jemand im Büro des Präsidenten des Rechnungshofs steht zur Wiederwahl an – und Ihr Schiff hatte eben das Glück, genau zum rechten Zeitpunkt hier anzulegen.« Er grinste zu Kirk hoch und faltete die Hände. »Sehen Sie ein, daß wir beide nicht bedeutend genug sind, um etwas dagegen zu unternehmen«, meinte er halb spöttisch, obwohl seine dunklen Augen den Ernst verrieten, der hinter seinen Worten stand. »Akzeptieren Sie es. Und machen Sie wie gewohnt weiter.«

Kirk trommelte mit den Fingern auf Petersens Schreibtisch. Billige Ratschläge waren kaum geeignet, seine Laune zu verbessern. »Weiß der Präsident des Rechnungshofs, daß seine Leute in den andorianischen Sektor fliegen?«

Petersen zuckte die Achseln. »Ich nehme es an.«

»Und das stört Sie nicht?«

Als der Commodore nur die Augen verdrehte, beugte sich Kirk vor, um ihm direkt ins Gesicht zu sehen. »Noch weiter kann man sich nicht von der Föderation entfernen, ohne sie tatsächlich zu verlassen, Max! Außerdem kann man die politischen Beziehungen in diesem Gebiet gerade jetzt nicht unbedingt als friedlich bezeichnen. Ich bin mir nicht einmal sicher, ob wir überhaupt ein Schiff in dieses Pulverfaß schicken sollten, ganz zu schweigen von einem Schiff voller Zivilisten.« Er ließ sich schließlich doch in den Sessel fallen und starrte Petersen über die tanzende Skulptur hinweg an. »Sie wissen, daß die Andorianer schon fast bereit sind, wegen dieser Muav-Haslev-Geschichte einen Krieg vom Zaun zu brechen?«

»Wobei die Orioner schwören, nichts mit der Sache zu tun zu haben«, entgegnete der Commodore.

Kirk stieß ein Schnauben aus. »Warum sollten die Orioner auch lügen?«

»Sehen Sie, Jim ...« Petersen schob die Skulptur beiseite, stützte die Ellbogen auf die Knie und sah Kirk an, als würden sie über Probleme von allgemeiner und umfassender Bedeutung diskutieren. Der Captain hingegen behielt seine Haltung bei in der Hoffnung, durch seine Körpersprache mehr auszudrücken, als ihm mit Worten möglich gewesen wäre. »Die Andorianer sind der Grund, weswegen wir Sie dort hinausschicken«, erklärte der Commodore. »Die Orioner auf Rigel VIII sind vielleicht neutral, Andor jedoch nicht. Wir können nicht zulassen, daß die Andorianer mit einem Krieg drohen, in den die gesamte Föderation hineingezogen werden könnte. Wir hoffen, wenn Starfleet ein wenig Präsenz zeigt, werden dadurch vielleicht alle davon abgehalten, etwas anzuzetteln, das wir später sehr bereuen würden.«

Noch während der Commodore sprach, wurde Kirk klar, daß Petersen zu sehr mit seinen eigenen Problemen beschäftigt war, um sich ernstlich um vier Föderationsinspektoren zu kümmern. »Wenn die Andorianer schon so dicht vor einem Krieg stehen, daß Sie es für nötig halten, ein Schiff zu schicken, um sie davon abzubringen«, wandte er in einem letzten Versuch ein, »dann scheint mir das um so mehr Grund zu sein, keine Zivilisten in das Gebiet zu lassen.«

»Starfleet vertraut darauf, daß die Präsenz der *Enterprise* die Sicherheit des zivilen Flugverkehrs garantieren wird.«

»Verdammt, Max ...«

»Uns fehlt ein Schiff, Jim.« Etwas in der Stimme des Commodore brachte Kirk zum Verstummen, etwas Grimmiges und Harsches, wie das Knirschen von überlastetem Metall. »Auf der *Kongo* ist das Isolierfeld zusammengebrochen«, sagte Petersen in die plötzlich zwischen den beiden Männern entstandene Stille. »Es ist vor zwei Tagen passiert, bei Warp vier, eine halbe Tagesreise von hier. In der sekundären Sektion sind fast hundert Mannschaftsmitglieder umgekommen, und mindestens weitere fünfzig sind so stark verstrahlt worden, daß sie vielleicht ebenfalls sterben werden.«

Ein überdeutliches, fast flammendes Bild zuckte plötzlich in Kirks Verstand auf – eine Kombination aus Erinnerungen, Wissen und Ängsten. Es war leicht, sich das Geschehen in Gedanken auszumalen, nur diesmal handelte es sich um Kirks Schiff, dessen Triebwerke explodierten, Kirks Mannschaft, die zu Strahlungsschatten an den Korridorwänden reduziert worden war. »Mein Gott ...«

»Dieser Flug nach Andor war ursprünglich Aufgabe der *Kongo*. Im Moment ist der Captain jedoch nicht einmal sicher, ob er das Schiff ohne Hilfe hierherbringen kann. Ich habe ein paar Schlepper losgeschickt, aber wir können noch nicht sagen, ob die *Kongo* jemals wieder raumtüchtig sein wird.« Petersen seufzte, und die Aufrichtigkeit seiner Empfindungen riefen in Kirk ein Gefühl der Schuld hervor, weil er den Mann so bedrängt hatte.

»Kann die *Enterprise* irgendwie helfen?«

»Ja.« Petersen sah ihn jetzt an, ohne zu lächeln. »Sie können den Flug nach Andor übernehmen und versuchen, einen Krieg zwischen den Andorianern und Rigel VIII zu verhindern. Und Sie können aufhören, so zu tun, als wären vier Inspektoren das Schlimmste, was der Mannschaft eines Raumschiffs widerfahren kann. Sie verstehen, was ich meine?«

Kirk stellte überrascht fest, wie schnell seine ursprüngliche Verärgerung wieder hochkam. »Ja, Sir. Ich verstehe.« Er verstand, daß er für sechs endlose Wochen mit vier bleistiftspitzenden Erbsenzählern geschlagen sein würde, und das würde weder der *Kongo* noch der *Enterprise* irgendeinen Nutzen bringen.

Verdammt.

Das Interkom auf Petersens Schreibtisch summte, und eine scharfe weibliche Stimme unterbrach ihr Gespräch. »Stationssicherheit an Commodore Petersen.«

Petersen beugte sich nach links, um den Antwortknopf zu drücken, behielt Kirk dabei jedoch im Auge, als traue er dem Captain nicht über den Weg. »Petersen hier.«

»Chief Brahmson hier, Sir. Wir hatten einen Zwischenfall auf der Galerie von Deck Fünf. Angeblich geht es um eine Waffe, die einem orionischen Polizisten gestohlen wurde. Soweit wir wissen, hat niemand geschossen, aber die Orioner bestehen darauf, daß wir den Fall verfolgen.«

»Oh, zum Teufel.« Petersen stand auf. »Fünf zu zehn, daß die Andorianer damit zu tun haben. Sagen Sie den Orionern, ich bin unterwegs. Wir werden das irgendwie klären.«

»Aye, Sir.«

Petersen schnappte sich das Jackett, das über der Lehne seines Sessels hing, und sah zu Kirk hinüber, als sich der Captain ebenfalls erhob. »Andorianer und Orioner, Captain«, seufzte er. »Das ist so, als würde man Materie mit Antimaterie vermischen.« Er schüttelte den Kopf und setzte sich in Bewegung. »Hoffentlich wird es nicht noch schlimmer, als es schon ist.«

# 3

Das Beobachtungsfenster in der Tür zu Chekovs Zelle öffnete sich, und ein unbekanntes Gesicht wurde sichtbar. »Ihnen steht noch immer ein Anruf zu«, erklärte der Wachtposten, »sofern Sie Wert darauf legen.«

Chekov blickte hoch, ohne das Kinn von den Händen zu nehmen. »Kann ich meinen Captain auf der *Enterprise* anrufen?«

»Nein. Nur jemanden innerhalb der Station.«

Achselzuckend richtete er seine Aufmerksamkeit wieder auf die gegenüberliegende Wand. Ihre Antwort hatte sich nicht geändert, seit er diese Frage zum erstenmal gestellt hatte, und seine Reaktion darauf ebensowenig. Chekov nahm an, daß sie es früher oder später kapieren und aufhören würden, ihn weiter zu fragen.

Einen Augenblick später schloß sich das Fenster wieder, und Chekov blieb allein zurück.

Wer immer die Arrestzellen auf Sigma Eins entworfen hatte, war offensichtlich nicht davon ausgegangen, daß sie für einen längeren Zeitraum belegt sein würden. Chekov vermutete, daß hier hauptsächlich Betrunkene und Schläger untergebracht wurden – in der Regel also hartgesottene Raumfahrer auf Urlaub. In der Zelle befanden sich eine Toilette, eine an der Wand befestigte Mischung aus Bett und Sitzbank sowie vier entmutigend gleichförmige Ecken. Es gab nicht einmal genug Platz, um auf und ab zu gehen, da in der einen Richtung das Bett ein Viertel der Zelle einnahm; bewegte man sich in der anderen Richtung zu nahe an die Tür heran, eilten sofort die Wachen herbei, um sich zu vergewissern, daß man keinen Ausbruch plante. Da die einzige Alternative offenbar darin bestand, sich im Kreis zu drehen, hatte Chekov es vorgezogen, sich auf die Bettkante zu setzen und abwechselnd mit den Füßen und den Händen zu trommeln, weil es nichts besseres zu tun gab.

Als man ihn in den Sicherheitstrakt von Sigma Eins brachte, hatten sich die Wachen sich auf eine rauhe Art anständig verhalten.

»Sieh dir den hier an, John! Noch so ein Superheld, der den Orionern die Kanonen abnimmt.«

»Warum versuchst du nicht mal, mir meine Waffe wegzunehmen, Jungchen? Wenn du es schaffst, darfst du gehen.«

Chekov hätte den Mann fast beim Wort genommen. Er war sich ziemlich sicher: Würde dabei jemand niedergeschossen, dann gewiß nicht er selbst. Allerdings hatte er bereits Sulu und Uhura losgeschickt, um in Commodore Petersens Büro vorstellig zu werden, und der Commodore würde seinem Fall vermutlich nicht besonders aufgeschlossen gegenüberstehen, wenn die Geschichte damit endete, daß Chekov die gesamte Sicherheitsabteilung in Schach hielt. Also hatte er den Mund gehalten, während sie eine Reihe von Formularen ausfüllten und den orionischen Phaser konfiszierten.

Dann hatten sie eine Retinaüberprüfung vorgenommen und eine positive Identifikation erhalten.

»O du lieber Himmel«, hatte der aufsichtführende Sergeant mit dem strähnigen Haar gekeucht, während seine Wangen rot anliefen. »Sie gehören zu Starfleet!«

Chekov fragte sich, was die Identifikationsdatei wohl über ihn aussagen mochte. »Das habe ich Ihnen doch gesagt.«

Ein halbes Dutzend Wachen drängten sich hinter dem Sergeant zusammen und blickten über seine Schultern, als er auf ein oder zwei Punkte auf dem Bildschirm deutete. »Raumschiffssicherheit«, murmelte einer, als hätte er gerade herausgefunden, daß ihr Gefangener in Kürze explodieren würde. »Heiliges Kanonenrohr ...«

Danach hatten sie Chekov die Jacke, den Gürtel und alle persönlichen Gegenstände abgenommen. Wahrscheinlich hätten sie sogar seine Stiefel genommen, doch offenbar herrschte eine gewisse Unstimmigkeit darüber, wie man sie ihm abnehmen könnte, ohne dabei in die Reichweite derselben zu gelangen. So konfiszierten sie alles, was sie von jenseits der Barriere erreichen konnten, und eskortierten ihn dann in seine Zelle zurück, wo er augenscheinlich für niemanden als sich selbst gefährlich werden konnte.

Chekov hatte den Eindruck, Starfleet sollte vielleicht etwas unternehmen, um die Reputation der Sicherheitskräfte beim Zivilpersonal zu verbessern.

Ein lautes Rumpeln vor der Zelle lenkte Chekovs Aufmerksamkeit von der faszinierenden Betrachtung der Wand ab, und er schaute gerade rechtzeitig hoch, um zu sehen, wie die Tür zur Seite glitt und ihm einen Blick auf die nahe Freiheit gewährte. Der Wachtposten auf dem Flur trat ehrerbietig beiseite und wurde durch eine kräftige Gestalt in den vertrauten, wohltuenden burgunderroten und goldenen Farben Starfleets ersetzt.

»Lieutenant Chekov?«

Chekov sprang auf die Füße, froh darüber, jemand zu sehen, der nicht das Schwarz von Sigma Eins trug. »Lieutenant«, sagte er, sobald er den Rang des anderen erkannte, der näher trat, um ihm die Hand zu schütteln.

»Lieutenant Lindsey Purviance, aus Commodore Petersens Büro.« Obwohl er fast zwanzig Zentimeter größer war als Chekov und in den Schultern breit genug, um den ganzen Flur auszufüllen, wirkte sein Händedruck nervös und fiel bemerkenswert sanft, fast schüchtern aus. »Ich habe mit den Sicherheitsleuten der Station über die Geschehnisse gesprochen«, sagte er mit einer Stimme, die zu seinem vorsichtigen Verhalten paßte. »Sie wissen, daß Ihr Captain auf Sie wartet, damit er ablegen kann, daher übergeben sie Sie meiner Obhut. Wenn Sie versprechen, zurückzukommen und vor dem hiesigen Gericht zu erscheinen, sobald Ihre Mission beendet ist, gestatten Sie mir, Sie zur *Enterprise* zu bringen.«

Chekov beugte sich um Purviances imponierende Muskelberge herum und nickte dem Wachtposten zu. »Ich verspreche es.«

»Also gut.« Purviance reichte ihm seine Jacke, in deren Taschen bereits seine übrigen Habseligkeiten steckten. »Ein Shuttle steht bereit, und Ihre Freunde warten in der Lobby. Sind Sie soweit?«

Chekov nickte und durchwühlte rasch seine Taschen, während er dem Lieutenant folgte, um zu überprüfen, ob auch alles vorhanden war. Als sie das vordere Büro durchquerten, schaute Chekov gewohnheitsmäßig auf die Wanduhr und spürte, wie ihm die Knie weich wurden. »Du lieber Himmel! Stimmt diese Uhrzeit?«

Purviance schaute sich stirnrunzelnd um, bis er bemerkte, wohin Chekov blickte. »Nun, äh, ja. Gibt es irgendwelche Probleme?«

»Die *Enterprise* sollte schon vor achtundzwanzig Minuten ablegen.« Chekov stöhnte und verbarg sein Gesicht in der Jacke. »Ich bin schuld, daß sich ein ganzes Raumschiff verspätet.«

»Der Captain wird uns umbringen«, erklärte Sulu zum hundertsten Mal, seit sie die Schleuse von Sigma Eins verlassen hatten – oder zumindest kam es Chekov so vor.

»Wir sind doch nur vierzig Minuten zu spät«, sagte Chekov, der auf dem schmalen Gang hin und her lief, während ihr Shuttle mitten in der Landebucht der *Enterprise* aufsetzte. »Außerdem hat euch niemand gezwungen, auf mich zu warten. Schließlich habt ihr ja nicht unter Arrest gestanden.«

Sulu seufzte und nickte. »Ich weiß.« Diesen Dialog hatten sie auch schon hundertmal geführt.

»Außerdem wären wir ohne diese Orioner rechtzeitig zurück an Bord gewesen, um planmäßig abzulegen.« Chekov wünschte sich, er könnte sich hinsetzen, doch nach fast zwei Stunden in der winzigen Arrestzelle erschien ihm selbst das Passagiershuttle groß und einladend genug, um darin herumzulaufen. »Sicher weiß der Captain, daß es nicht unsere Schuld ist.«

Uhura stieß einen leisen Laut aus, der Unglauben ausdrückte, und sah sich dann um, als sich die äußere Tür zischend öffnete und damit signalisierte, daß sie aussteigen konnten. »Aber es ist unser Fehler, Chekov.« Sie blieb stehen, beide Arme um den Topf von Sulus langsam welkender Wasserlilie geschlungen. »Wenn Sie nicht die Waffe des Polizisten genommen hätten ...«

»Hätte ich zulassen sollen, daß er den alten Mann weiter verprügelt?«

»Ich sage ja nicht, daß Sie falsch gehandelt ...«

»Schon gut, schon gut.« Sulu, in jeder Hand einen Plastiksack voll Wasser, drängte seine Freunde mit weit ausholenden Armbewegungen in Richtung der offenen Luke. »Ich bin sicher, darüber läßt sich prächtig streiten, aber können wir das nicht später erledigen? Ich würde jetzt wirklich gerne meine Eidechsen in etwas Besserem als diesen Plastiktüten unterbringen, damit sie wenigstens eine kleine Chance haben, dieses Abenteuer zu überleben. Und außerdem wäre es auch ganz nett, wenn wir uns irgendwann zum Dienst melden könnten. Also beeilen wir uns, ja?«

Chekov hob den Lilienteich aus dem Sitz, ganz so, als wäre er froh, eine Entschuldigung zu haben, diese Diskussion nicht fortsetzen zu müssen. Er war die ganze Geschichte schließlich schon unzählige Male durchgegangen, während er die Einrichtung seiner Zelle betrachtet hatte, und es war keineswegs nötig, ihn ständig daran zu erinnern, daß er, so wie es ihm vorkam, niemandem außer sich selbst die Schuld zuweisen konnte. Er stemmte den Zierteich gegen seine Hüfte und trat beiseite, um den Gang für den vierten Passagier des Shuttles freizumachen.

»Brauchen Sie Hilfe?« fragte Purviance.

Chekov schüttelte den Kopf. Trotz seiner Größe zeigte Purviance alle Symptome eines Büroarbeiters, der vor jeder Anstrengung zurückschreckt. »Es ist nicht so schwer; ich schaffe das schon.«

Purviance nickte mit einem raschen, selbstbewußten Lächeln, trat dann hinter Sulu und Uhura durch die Tür und überließ es Chekov, das Schlußlicht zu bilden.

Nicht daß sich der Empfang durch den Umstand, daß er als letzter in den Hangar hinaustrat, nennenswert verbessert hätte.

»Mr. Chekov, freut mich zu sehen, daß Sie es geschafft haben.« Kirks Worte klangen freundlich, standen jedoch im Widerspruch zu seiner ernsten Miene.

Chekov spürte, wie Verlegenheit seine Wangen rötete. Es war schon schlimm genug, Kirks Mißbilligung ertragen zu müssen, aber das in Zivilkleidern zu tun, die noch nach dem Zivilistenknast stanken, machte die Situation geradezu unerträglich. »Captain, ich kann erklären ...«

»Ich bin mir sicher, daß Sie das können.« Kirk warf einen ähnlich scharfen Blick auf Sulu und Uhura. »Sofern Sie beide nicht zu beschäftigt sind, würde man Ihre Anwesenheit auf der Brücke begrüßen.«

»Ja, Sir.«

»Aye, Sir.«

Sulu blieb gerade lange genug stehen, um die beiden Plastiktüten in den Lilienteich zu legen, den Chekov trug, dann eilte er ohne ein weiteres Wort hinter Uhura und seiner Pflanze her. Im Innern der Beutel stießen die Echsen in dem aufgewühlten Wasser gegeneinander, ließen wieder einmal zirpende Alarmrufe laut werden und wurden prompt unsichtbar.

Chekov wußte genau, wie sie sich fühlten.

»Captain Kirk?« Purviance trat unsicher vor und versuchte Kirks Aufmerksamkeit zu erwecken, indem er ihm die Hand hinstreckte. Als der Captain sie nahm und schüttelte, zeichnete sich so etwas wie Erleichterung auf dem Gesicht des Lieutenants ab. »Captain, ich bin Lieutenant Lindsey Purviance aus Commodore Petersens Büro.«

Kirk nickte, doch die schmale Linie zwischen seinen Brauen zeigte Chekov, daß der Captain mit dieser Vorstellung nicht viel anfangen konnte. »Lieutenant Purviance ...«

»Commodore Petersen hat Mr. Purviance geschickt, um meine Freilassung zu arrangieren«, erklärte Chekov. Er nahm sich dabei fest vor, nicht unter Kirks Blick zusammenzuzucken, als sich der Captain wieder ihm zuwandte. »Die Dinge sollten dadurch etwas beschleunigt werden, Sir. Sobald die Sicherheitskräfte mich freiließen, sind wir sofort hergekommen.«

»Ich bin etwas verspätet dort eingetroffen«, kam ihm Purviance zur Hilfe. »Im Büro hat es gewisse Kommunikationsprobleme gegeben, daher bin ich zuerst bei ein paar Andorianern unten im ...« Er verstummte mit einem entschuldigenden Achselzucken, noch bevor Kirk seine Rechtfertigungsversuche mit einer Handbewegung beiseite wischte.

»Sie sind nicht derjenige, der eine Erklärung vorbringen muß, Mr. Purviance«, sagte Kirk. Er bedachte Chekov mit einem messerscharfen Blick. »Wenn ich Ihren Bericht über diesen Zwischenfall erhalte, sollte darin auch eine hervorragende Rechtfertigung stehen.«

Chekov nickte und umklammerte den Lilienteich fester. »Ich werde mein Möglichstes tun.«

Der Captain nickte kurz, doch Chekov wußte, daß er damit noch keineswegs entlassen war. »Mr. Purviance«, Kirk wandte sich wieder dem hochgewachsenen Besucher zu. »Ich weiß Ihre Hilfe bei der Freigabe meines Offiziers zu schätzen. Bitte richten Sie Commodore Petersen meinen Dank aus und versichern Sie ihm, daß sich etwas Derartiges nicht ...«

»Oh!« Purviance riß erstaunt die Augen auf. »Ich kehre nicht wieder zur Station zurück, Sir.« Er schien sich plötzlich wieder höchst unbehaglich zu fühlen. »Commodore Petersen hat mich als Verbindungsoffizier zum Inspektorenteam hierherbeordert. Ich soll diese Leute gewissermaßen mit den Gepflogenheiten an Bord des Schiffes vertraut machen und dafür sorgen, daß Sie nicht von ihnen belästigt werden. Ich werde also für die Dauer des ...« Er sah Kirk ein bißchen ängstlich an. »... sofern Sie damit einverstanden sind, Sir.«

Kirks Lippen preßten sich zu einer schmalen Linie zusammen, die ebenso Mißvergnügen wie Ärger ausdrücken mochte. »Ich wollte, der Commodore hätte mich angerufen«, meinte er. Dann zuckte er die Achseln. »Was macht schon ein Passagier mehr oder weniger? Willkommen an Bord.«

Purviance verfärbte sich dunkelrot. Chekov hätte nicht sagen können, ob aus Verlegenheit oder Freude. »Danke, Sir.«

»Nun, ich glaube, im Moment haben wir alle genug zu tun.« Kirk klopfte mit den Knöcheln gegen den Lilienteich, und Chekov wäre fast zusammengezuckt, so laut klang das hohle Geräusch. »Sehen Sie zu, daß Sie einen Platz finden, an dem Sie Ihren Souveniraschenbecher verstauen können, und dann bringen Sie Mr. Purviance zu den Inspektoren. Über diese andere Geschichte unterhalten wir uns, wenn das Schiff unterwegs ist.«

Chekov wäre durchaus bereit gewesen, diese andere Geschichte gänzlich unter den Tisch fallen zu lassen, nickte jedoch klugerweise zustimmend. »Ja, Sir.«

Sobald Kirk gegangen war, lockerte Chekov die verkrampften Schultermuskeln und dankte Gott dafür, daß sie einen Besucher hatten, dessen Anwesenheit dazu beigetragen hatte, Kirk von einer schärferen Standpauke abzuhalten. Als könne er die Gedanken des Russen lesen, stieß Purviance einen schweren Seufzer aus, der für sie beide reichte. »Ist er immer so furchterregend?«

Chekov blickte zu ihm hoch und lächelte schief. »Das war nicht furchterregend. Das war geradezu unglaublich höflich und zurückhaltend.«

»Puh!«

Chekov bedeutete dem Verbindungsoffizier mit einem Kopfnicken, sich in Richtung Ausgang zu begeben. Er konnte es kaum noch erwarten, den Teich endlich irgendwo loszuwerden. »Warten Sie nur, bis Sie ihn zusammen mit den Inspektoren erleben.«

Sulu hörte das leise Zischen, mit dem sich die Türen des Turbolifts draußen vor seiner Kabine öffneten, stieß ein Stöhnen aus und griff nach seiner Uniformjacke. Wenn Kirk jemanden auf der Brücke zu sehen wünschte, konnte selbst die kurze Wartezeit auf den Turbolift eine inakzeptable Verzögerung darstellen. Er schlüpfte in seine Stiefel, eilte aus der Tür der Kabine und rief: »Halten Sie den Lift auf!«

»Keine Sorge, ich habe ihn.« Im Gegensatz zu Sulu hatte es Uhura geschafft, sich komplett umzuziehen, doch ihr Haar hing im Nacken ungekämmt herunter. Mit dem Ellbogen hielt sie die Lifttüren offen, bis Sulu eingetreten war.

»Brücke«, sagte sie, den Mund voller Haarklammern, und der Lift setzte sich von Deck sechs aus aufwärts in Bewegung. Sulu zog sich die Uniformjacke an und kontrollierte die Verschlüsse, dann schaute er zu, wie die Kommunikationsoffizierin ihr Haar zu einem Knoten zusammenfaßte und mit den Klammern feststeckte. Er fand es erstaunlich, daß jemand eine derart komplizierte Operation ohne die Hilfe eines Spiegels zuwege brachte.

Er fuhr sich mit der Hand durch sein eigenes, verstrubbeltes Haar und zog eine Grimasse. »Geht es nur mir so, oder fühlen Sie sich auch wieder wie ein Kadett, weil Sie zu spät zum Dienst antreten?«

»Jetzt, wo Sie es erwähnen, ja.« Uhura überprüfte den Sitz ihrer Ohrringe und warf ihm dann einen argwöhnischen Blick zu. »Wieso passieren solche Dinge eigentlich immer, wenn ich mit Ihnen und Chekov unterwegs bin?«

Sulu versuchte eine möglichst unschuldig wirkende Miene aufzusetzen. »Genau das wollte ich Sie auch gerade fragen.«

»Ah ja.« Die Lifttüren öffneten sich zischend, bevor Uhura mehr zu dem Thema sagen konnte. Sulu trat auf das vor Geschäftigkeit summende Brückendeck hinaus und spürte den Blick des Captains auf seinem Rücken, als er seinen Platz an der Steuerung einnahm. Er zuckte zusammen und wünschte sich plötzlich, man hätte ihn einer hübschen, unverdächtigen Brückenstation wie etwa der Kommunikationsanlage zugeteilt.

»Bereiten Sie den Abflug von Sigma Eins vor, Mr. Sulu«, sagte Kirk mit sanfter Stimme und drehte dann seinen Sessel, um die Statusberichte abzulesen, die über die Bildschirme der technischen Station liefen.

»Aye, Sir.« Sulu stieß ein erleichtertes Seufzen aus, während er seinen Sicherheitscode in den Brückencomputer eintippte und den üblichen Systemcheck startete. Der Captain hatte offenbar entschieden, die Verantwortung für ihre Verspätung dem Verbindungsoffizier von Sigma Eins anzulasten. Entweder ihm oder Chekov.

Rings um ihn ließen die anderen Brückenoffiziere ähnliche Checks ablaufen und teilten einander die neuesten Daten mit ruhiger Stimme mit, während sie das mächtige Raumschiff startklar machten. Sulu beendete den Systemcheck für die Steuerung und rief dann die schematische Darstellung der Station auf. Die Hauptandockbucht glühte in grellweißer Farbe auf dem Schirm auf, unterbrochen vom Gold der Signalbrücken und den blauen Punkten, die angedockte Schiffe darstellten. Einer dieser blauen Punkte bewegte sich die Andockbucht entlang und hatte schon fast den freien Raum erreicht.

Sulu schaute zu der dunkelhaarigen Frau hinüber, die neben ihm an der Steuerungskonsole saß. »Wer fliegt da vor uns her?«

Lieutenant Bhutto warf einen Blick auf die schematische Darstellung. »Ein orionischer Polizeikreuzer – ich glaube, die Flugkontrolle hat den Namen mit *Mecufi* angegeben.« Sie deutete auf den Hauptschirm, der eine Weitwinkelaufnahme der Dockanlagen zeigte. Die Lichter der Signalbrücke am jenseitigen Ende der Anlage flackerten, als ein schlanker Schatten über sie hinwegzog. »Da fliegt sie.«

»Captain Kirk.« Uhura hob die Stimme, um das Gemurmel der Startvorbereitungen zu übertönen. »Die Flugkontrolle von Sigma Eins hat uns für den Abflug freigegeben.«

»Sehr schön.« Kirk drehte den Sessel wieder in Richtung des Hauptschirms. »Bringen Sie sie raus, Mr. Sulu.«

»Aye, Sir.« Sulu holte tief Luft und startete dann die ausgefeilte Routine, mit der ein Schiff in den Raum hinausgesteuert wurde. Die Impulstriebwerke liefen mit einem Viertel Kraft, um die Signalbrücken der Station nicht zu zerstören. Die schwach vom Sternenlicht erhellte Hülle der Station beherrschte die interstellare Nacht, in der ein Spinnennetz aus roten und grünen Positionslichtern glühte. Die *Enterprise* schob sich langsam aus dem Dock und bewegte sich unter Sulus Händen so ruhig wie ein dahingleitender Schwan. »Wir kommen in schätzungsweise fünfeinhalb Minuten von der Station frei, Sir.«

»Sehr gut. Lieutenant Bhutto, berechnen Sie einen Kurs, der uns im Sektor neun-achtzehn Punkt drei längs der andorianischen Grenze führt. Und achten Sie darauf, daß wir auf Föderationsgebiet bleiben.« Die Spannung, mit der Kirk den vor ihnen liegenden Raum beobachtete, strafte seinen munteren Ton Lügen. »Schließlich sollen wir hier einen Krieg verhindern und keinen neuen vom Zaun brechen.«

# 4

Chekov blieb gerade lange genug vor dem Spiegel in seiner Unterkunft stehen, um zu überprüfen, ob seine burgunderrote Dienstjacke korrekt saß, dann huschte er auf den Gang hinaus, wobei er noch immer versuchte, sein Haar mit den Fingern glattzustreichen.

Es war gar nicht so einfach gewesen, in Sulus Kabine einen passenden Platz für den Lilienteich zu finden. Chekov hatte schließlich zu einer Notlösung gegriffen und ein halbes Dutzend Topfpflanzen auf dem Boden unter Sulus Arbeitstisch verstaut und so genug Raum für das Becken geschaffen. Dann hatte er die halkanische Lilie aus dem Bad geholt, damit sie sich schon einmal an ihre neue Umgebung gewöhnen konnte, bis ihr Besitzer zurückkehrte. Ohne stützendes Wasser lag sie über das Becken ausgebreitet und wirkte höchst derangiert, doch Chekov wagte es nicht, den Teich mit Wasser zu füllen, solange Sulu nicht entschieden hatte, wo er seinen endgültigen Platz finden sollte. Chekov wußte schließlich nur zu genau, wer dann helfen durfte, diese Monstrosität zu entleeren und an den vorgesehenen Platz zu schaffen.

Die Plastiksäcke mit den Eidechsen hatte er in seine eigene Kabine mitgenommen. Er war sich nicht sicher, ob es ihnen schaden würde, noch eine Weile in den Plastikbeuteln zu bleiben, doch die Art, in der sie mit ihren kleinen Nasen gegen die transparenten Seiten ihres Behältnisses stießen, erinnerte ihn zu sehr an die Zeit, die er in der winzigen Zelle auf Sigma Eins zugebracht hatte. Chekovs Büro war kaum zwanzig Meter von seiner Kabine entfernt, so konnte er wenigstens hin und wieder nach ihnen schauen, nachdem er sie in einem Becken mit lauwarmem Wasser untergebracht hatte. Er fürchtete, wenn er sie in Sulus Kabine sich selbst überließ, könnte das Wasser zu sehr abkühlen und die Tiere würden sterben. Falls sie trotzdem starben, dann wenigstens an seinen guten Absichten, und nicht, weil sie in einem Plastikbeutel erstickten oder im Quartier seines besten Freundes erfroren. Chekov ließ sie leise zirpend in seinem Bad zurück, nachdem er ihnen einen Schwamm und eine saubere Seifenschale zur Gesellschaft dagelassen hatte. Zumindest klangen sie zufrieden.

Von der Sicherheitsabteilung konnte man das freilich nicht behaupten.

Aus dem Bereitschaftsraum drangen deutlich vernehmbare Stimmen trotz seiner ständigen Mahnungen, entweder die Tür zu schließen oder leiser zu sprechen. Chekov hörte den Teil eines Satzes, ausgesprochen mit dem unverkennbaren Akzent von Fähnrich Lemieux, deren Stimme lauter und schneidender als üblich klang. Die präzise Stimme, die ihr Antwort gab, verriet Chekov auch den Grund. Seufzend ging er an der Tür seines Büros vorbei in Richtung des Bereitschaftsraums, wobei er bereits ahnte, es würde ihm gleich leid tun, daß er sich nicht einfach in sein Büro gesetzt und so getan hatte, als hätte er nichts gehört.

»Ich fürchte, das steht nicht zur Debatte«, beharrte die andere Stimme. »Ich habe meine Anweisungen.«

Effizienzinspektor Aaron Kelly stand gleich am Eingang zum Bereitschaftsraum, Chekov den Rücken zugewandt, und ein Klemmbrett mit beiden Händen gegen die Brust gedrückt. Über seine Schulter hinweg konnte Chekov Barrasso und Jagr erkennen, die sich mit der Wartung ihrer Waffen beschäftigten, während Lemieux und Sweeney den Mann mit den kurzgeschnittenen schwarzen Haaren am Eintreten hinderten. »Ich habe ebenfalls meine Befehle«, erklärte Lemieux.

»Ich verstehe.« Kelly strich sich mit der Hand über seine dunkle Zivilkleidung. »Können Sie mir vielleicht mitteilen, wann Mr. Chekov zurückkommt, damit ich mit ihm sprechen kann?«

»Ich bin hier.« Chekov stemmte die Hände in die Hüften, als Kelly sich umdrehte. Jetzt, nachdem er geduscht hatte und wieder seine Uniform trug, fühlte er sich einer Auseinandersetzung mit den Inspektoren durchaus gewachsen. »Mr. Kelly, kann diese Angelegenheit nicht bis morgen warten?«

»Lieutenant Chekov.« Kelly warf einen nervösen Blick nach hinten, als Jagr und Barrasso bei Chekovs Auftauchen eilig auf die Füße sprangen. Der Lieutenant bedeutete ihnen weiterzumachen, ohne sich dabei von Kelly abzuwenden. »Ihre Leute sagten mir, Sie hätten Urlaub.«

»Hatte ich auch.« Er ging an Lemieux und Sweeney vorbei, um einen Blick auf den Bildschirm hinter ihnen zu werfen. »Irgendwelche Vorkommnisse, während ich fort war?« Er hoffte, Kelly würde sich zurückziehen, wenn sie alle den Anschein erweckten, mit anderen Dingen beschäftigt zu sein.

»Nicht an Bord, Sir«, meldete Sweeney und strich sich eine Strähne seines blonden Haars aus den Augen. »Aber der Sicherheitsdienst der Station hat einen Zusammenstoß mit Orionern mitgeteilt.«

Chekov versuchte sein Erröten zu verbergen, indem er weiter mit gesenktem Kopf auf den Bildschirm blickte. »Ja, ich weiß.« Die Meldungen waren nicht weiter bemerkenswert: eine höhere Zahl von Krankmeldungen als üblich, eine Zugriffsgenehmigung auf einen Datensatz, der sich auf den neuen Auftrag der *Enterprise* bezog, eine Handvoll Starfleet-Mitteilungen. Letztere bezogen sich in der Regel eher auf verwaltungstechnische Fragen, statt wirklich hilfreich zu sein. Er überblätterte zwei weitere Bildschirmseiten, um zu den Sektionsmeldungen zu kommen.

»Lieutenant«, meldete sich Kelly schließlich wieder zu Wort, »ich verstehe durchaus, daß Ihre Leute lediglich versuchen, ihre Arbeit zu tun, aber ...«

Chekov betrachtete stirnrunzelnd die Liste auf dem Schirm, drehte den Monitor dann in Kellys Richtung und deutete mit dem Finger auf eine Anzeige. »Was ist das hier?«

Kelly trat ein paar Schritte vor und warf einen flüchtigen Blick auf den Schirm. »Oh. Genau darüber hatte ich gerade mit Fähnrich Lemieux gesprochen.«

»Mr. Kelly ist wegen der Effizienz unserer Dienstpläne besorgt, Sir.«

»Ach?« Chekov zog die Augenbrauen hoch. Nach allem, was er heute schon durchgemacht hatte, fehlte ihm ein derartiger Unfug gerade noch. »Mir war nicht bewußt, daß irgendwelche Beschwerden vorliegen. Barrasso? Jagr? Sweeney?«

»Nein, Sir.«

»Nichts, Sir.«

»Natürlich nicht, Sir.«

Chekov drehte sich mit einem Achselzucken zu Kelly, und der Inspektor reagierte darauf mit einem etwas einfältigen Grinsen. »Die Leute wissen oft nicht, was wirklich gut für sie ist, Lieutenant.« Kelly zog sein Klemmbrett zurate und erklärte: »Entsprechend Ihren Unterlagen gibt es drei Offiziere, die während der letzten sechs Monate ausschließlich in der Nachtschicht Dienst getan haben. Das widerspricht den Vorschriften, in denen ausdrücklich festgelegt ist, daß kein Offizier länger als vier Wochen im Verlauf von jeweils zwölf Wochen in der dritten Schicht eingesetzt werden darf.«

Chekov drehte den Monitor wieder in seine Richtung. »Falls Sie von Tochet, Robinson und Trottier sprechen, so zwingt sie niemand zu irgend etwas. Jeder dieser Offiziere hat ausdrücklich darum gebeten, in den Nachtstunden Dienst tun zu dürfen. Sie ziehen es vor, in dieser Zeit zu arbeiten.«

»Die Vorlieben von Mannschaftsmitgliedern haben keinen Einfluß auf die Bestimmungen.« Kellys entspannte Höflichkeit war fast noch schwerer zu ertragen als Taylors Wutausbrüche, dachte Chekov. »Sie müssen begreifen ...«

»Ich muß gar nichts, Mr. Kelly.« Chekov begann mit der Überprüfung der Downloads. »Wenn es um derart triviale Dinge wie Dienstpläne geht, betrachte ich Ihre Vorschriften als eine Auflistung ausgezeichneter Vorschläge, auf deren Grundlage ich meine eigenen Entscheidungen treffe. Und an erster Stelle steht dabei für mich, daß meine Crew mit dem Dienstplan zufrieden ist.« Sein Blick fiel auf einen Namen inmitten einer Meldung, und seine Aufmerksamkeit konzentrierte sich plötzlich völlig auf den Schirm.

»Lieutenant Chekov«, erklärte Kelly mit steifer, fast schon ernsthaft besorgter Stimme, »es geht hier um eine Frage der *Effizienz*. Daran ist nichts trivial.«

Die Worte, bernsteinfarbene Zeichen, die sich auf dem schwarzen Untergrund bewegten, schienen keinen Sinn zu ergeben. Chekov ignorierte Kelly und schaltete zum Anfang der Meldung zurück, um die Bedeutung zu erfassen.

»*... als Ergebnis eines Zusammenbruchs der Isolierfelder der* Kongo, *Sternzeit 8747.6. Zu den einhundertsieben erfaßten Opfern gehören der Stellvertretende Ingenieur Christopher Dailey, der Erste Offizier David Stein sowie Wissenschaftsoffizier Robert Cecil, der direkt nach dem Zusammenbruch dabei half, siebenundvierzig im Maschinenraum arbeitende Besatzungsmitglieder zu retten. Posthum verliehene Ehrenmedaillen werden bei der Zeremonie ...*«

Die Worte wanderten weiter auf ihrem Marsch ins Nichts, wo sich ihre Bedeutung wieder auflöste. Chekov betrachtete sie, ohne sie wirklich zu sehen. Seine Erinnerungen trugen ihn zehn Jahre in die Vergangenheit – zu Starfleet-Akademie und den feuchtgrauen Wintern von San Francisco, die sie in Simulatoren und Trainingsräumen verbracht hatten. Und zu einer Gemeinschaftsunterkunft, die er mit vierzig anderen Kadetten geteilt hatte, darunter ein hervorragender junger Amerikaner namens Robert Cecil.

»Wir werden Helden sein«, hatte Robert einmal erklärt. Robert mit seinem aschblonden Haar, den grauen Augen und dem lässigen, nordamerikanischen Benehmen – Robert, der es irgendwie zu schaffen schien, Chekov ebenso oft zu erheitern wie in Rage zu bringen. Chekov strich mit den Fingern über den Schirm, als könne er den schrecklichen Worten durch seine Berührung zu mehr Realität verhelfen. Doch sie blieben auch weiterhin so fern – und so schwer zu glauben.

Robert war Wissenschaftler. Ein Held zu sein, bedeutete für ihn, eine neue Theorie zu beweisen oder eine bisher unbekannte, vielversprechende Welt zu erkunden. Chekovs Arbeit hingegen schloß die Möglichkeit des Todes ein, und selbst dem konnte er entgehen, wenn er Glück hatte und vorsichtig war. Doch so hätten die Dinge nicht ablaufen dürfen.

»Das ist nicht fair ...«

»Es ist zumindest fairer als das, was Sie jetzt haben«, entgegnete Kelly. Chekov sah ihn verblüfft an; er hatte für einen Moment ihr Gespräch völlig vergessen. »Und zudem effizienter.«

»Effizienter?«

»Effizienter«, wiederholte Kelly. »Die Dienstpläne.«

Die Dienstpläne. Wer, zum Teufel, scherte sich schon um Dienstpläne. Chekov fuhr sich mit der Hand durch das Haar und schaltete den Computerschirm ab. »Mr. Kelly, wenn Sie nicht augenblicklich meine Abteilung verlassen, sehe ich mich gezwungen, Sie wegen Eindringens in einen Sicherheitsbereich ohne Berechtigung unter Arrest zu nehmen.«

Beleidigt reckte Kelly seine schmächtige Gestalt, so gut ihm das möglich war. »Aber ich *bin* dazu berechtigt.«

»Raus hier!« Chekov stieß den Sessel wütend mit dem

Fuß unter den Tisch zurück, und Kelly zuckte vor Schreck zusammen. Als Sweeney herbeieilte, um den Inspektor hinauszudrängen, warf Chekov einen Blick auf die erschrockenen Wachen rings um ihn und verspürte einen Anflug von Schuld wegen seines Ausbruchs. »Ich gehe jetzt«, erklärte er ihnen. Der erste Schock, den er beim Lesen der Meldung empfunden hatte, ließ langsam nach – jetzt wallten Wut und Kummer zu heftig in ihm auf, um diese Gefühle im Zaum zu halten. »Falls mich noch jemand sprechen will ...« Er zog sich durch die Tür zurück, ohne recht zu wissen, wir er seine Abwesenheit entschuldigen sollte. »... dann sagen Sie ihm, ich hätte Wichtigeres zu tun.«

»Captains Logbuch, Sternzeit 5711.12«, sagte Kirk mit spröder Stimme. »Die *Enterprise* hat den Auftrag erhalten, längs der andorianisch-orionischen Grenze zu patrouillieren, nachdem dort ein Austausch diplomatischer Feindseligkeiten stattgefunden hat ...«

Es war nicht das Geräusch der Türen des Turbolifts, das ihn unterbrach – es war das unverkennbare Schnarren der Stimme des Föderationsinspektors John Taylor, das aus dem Lift drang. Sulu wechselte einen düsteren Blick mit Bhutto. Als Chef des Inspektionsteams hatte Taylor einen guten Teil der letzten paar Tage damit zugebracht, die Brückencrew durch einen Effizienztest nach dem anderen zu jagen. Nach Sulus Auffassung war seine Anwesenheit das letzte, was sie während des Abflugs von einer Raumstation brauchen konnten. »... von Starfleet autorisiert! Und ich bin nicht bereit, derartige Einmischungen einfach hinzunehmen.« Taylor trat aus dem Turbolift, während Lieutenant Purviance ihm wie ein zu groß geratener, widerstrebender Satellit folgte. Captain Kirk schaute auf, als die beiden hereinkamen, seufzte schwer und schaltete den Recorder seiner Konsole ab.

»Mr. Taylor.« Allein sein Tonfall brachte die Besucher

abrupt zum Stehen. »Gibt es einen Grund, weshalb Sie ausgerechnet jetzt auf die Brücke kommen?«

»Ja, den gibt es.« Taylor richtete sich zu voller Größe auf. Seine finstere Miene vertiefte die Linien in seinen adlerartigen Zügen und ließ ihn älter wirken, als er tatsächlich war. »Ich bin hier, um formellen Protest einzulegen, Captain. Commander Scott hat mich aus dem Maschinenraum ausgeschlossen.«

»Hat er das?« Kirk blickte an dem Inspektor vorbei auf Purviance, der den Sachverhalt düster nickend bestätigte. Die dicken Finger des Verbindungsoffiziers trommelten nervös auf dem Brückengeländer, als wäre er nicht besonders erpicht darauf, die nächsten Minuten mitzuerleben. »Hat er gesagt, weshalb?«

»Ich habe ihn nicht einmal zu Gesicht bekommen!« Die Wut in Taylors Stimme war unüberhörbar. »Er hat zwei Techniker abgestellt, die den Eingang blockieren, und ihnen den Befehl gegeben, mich nicht durchzulassen!«

Purviance räusperte sich und sprach dann im beruhigenden Tonfall eines erfahrenen Diplomaten. »Commander Scott meint, es sei zu gefährlich für Zivilpersonen, den Maschinenraum zu besuchen, während das Schiff unterwegs ist. Ich habe versucht, Mr. Taylor die Sachlage klarzumachen, doch er hat darauf bestanden, deswegen mit Ihnen zu sprechen, Captain.«

»Hm.« Kirk rieb sich mit der Hand über den Mund, schaffte es aber trotzdem nicht ganz, sein Lächeln zu verbergen. »Nun, Commander Scotts Anweisung klingt für meinen Geschmack durchaus vernünftig. Was meinen Sie, Mr. Spock?«

Der Erste Offizier blickte von seiner Konsole hoch. Sein schmales Gesicht, auf dem sich das rötliche Licht widerspiegelte, zeigte keine Regung. »Die Decks des Maschinenraums stellen die gefährlichste Sektion des Schiffes dar, Captain, von den Antriebsgondeln einmal abgesehen. Allerdings würde ich die Wahrscheinlichkeit eines Unfalls ...«

»... so hoch einschätzen, daß Mr. Scott es vorgezogen hat, Zivilpersonen diesem Risiko nicht auszusetzen«, beendete Kirk den Satz elegant. Der Vulkanier zog eine Augenbraue hoch, widersprach aber nicht. »Mr. Taylor, ich schlage vor, Sie verlegen Ihre Effizienzprüfungen in einen anderen Teil des Schiffes.«

»Welchen anderen Teil denn?« fragte Taylor und trat einen Schritt näher, obwohl Purviance ihn zurückzuhalten versuchte. »*Sie* weigern sich, einen von uns auf die Brücke oder in die Geschützabteilung zu lassen; Mr. Spock verlangt von uns, den wissenschaftlichen Labors fernzubleiben; jetzt dürfen wir auch den Maschinenraum nicht mehr betreten ...«

Purviance tippte dem Inspektor auf die Schulter. »Dr. McCoy hat erklärt, es würde ihn nicht stören, wenn Sie die Krankenstation untersuchen«, erinnerte er Taylor.

Die Miene des Inspektors verfinsterte sich noch mehr. »Vorausgesetzt, wir lassen unsere gesamte Ausrüstung draußen, weil sie nicht von Starfleet getestet worden ist und möglicherweise die medizinischen Sensoren beeinflussen könnte. Er hat Chaiken und Gendron gezwungen, sich handschriftliche Notizen mit normalen Stiften zu machen!«

»Das klingt allerdings nicht sehr effizient, nicht wahr?« Kirk hüstelte dezent. »Und wie steht es mit der Sicherheitsabteilung?«

Taylors Miene erhellte sich ein wenig. »Dort haben wir gewisse Fortschritte zu verzeichnen«, gab er zu. »Aaron Kelly meint, er könne wahrscheinlich die Effizienz der Diensteinteilung verbessern ...«

»Mr. Taylor.« Uhuras Stimme war trotz des höflichen Tons unüberhörbar. Der Chef der Inspektorengruppe fuhr herum und sah sie überrascht an. »Eine dringende Meldung von Deck sieben für Sie.«

»Ich nehme sie gleich hier entgegen«, sagte Taylor, ohne auch nur einen Gedanken daran zu verschwenden, um Kirks Erlaubnis zu bitten. Purviance verdrehte die

Augen, und Uhura blickte demonstrativ zum Captain hinüber, wartete auf dessen zögerndes Nicken, bevor sie das Gespräch durchstellte.

»Mr. Taylor, hier ist Kelly.« Sulu erkannte die Stimme des anderen männlichen Inspektors. »Wir haben ein Problem in der Sicherheitsabteilung.«

»Was ist denn los, Aaron?«

»Ich bin mir nicht ganz sicher, Sir, aber Lieutenant Chekov hat mich rausgeworfen und gesagt, ich sollte mich dort nicht mehr blicken lassen.«

Sulu biß sich auf die Lippen und tauschte amüsierte Blicke mit Uhura. Es wäre sicher zuviel verlangt gewesen anzunehmen, Chekov könnte die Inspektoren mit der zivilisierten Höflichkeit Spocks oder Scottys ausgefeilten Manövern loswerden. Der Russe pflegte Probleme auf geradem Weg und mit unverhüllter Gewalt anzugehen.

»Was sollte ich tun, Sir?« fragte Kelly, nachdem für einen Moment Schweigen geherrscht hatte.

Taylors Adlergesicht zeigte harte Entschlossenheit. »Machen Sie schon mal wie besprochen weiter, Aaron. Ich komme gleich zu Ihnen hinunter.« Er drehte sich wieder zu Kirk um und schwankte leicht, als die *Enterprise* die letzte der Signalbrücken passierte und in den freien Raum schwenkte. »Captain, es ist offensichtlich, daß wir von Ihrer Mannschaft systematisch blockiert werden. Ich verlange ...«

Wandernde Sterne zogen feurige Lichtbahnen über den Schirm, als die *Enterprise* auf den neuen Kurs einschwenkte. Sulu ignorierte das vertraute Bild und überprüfte statt dessen die letzten Kurskorrekturen, die Bhutto auf seine Konsole überspielt hatte. Er hörte die Navigatorin nach Luft schnappen, blickte hoch und sah, wie der Schirm unter statischen Störungen grell aufflammte. Einen Sekundenbruchteil später ertönten an jeder Station auf der Brücke die Alarmsignale.

# 5

Sulu konnte die Stimme des Captains über dem Geheul der Alarmsirenen kaum hören. »Spock«, rief Kirk, »was ist da los?«

Der Vulkanier beugte sich über seine Konsole und kniff die Augen zusammen, um sie vor dem stroboskopischen Licht zu schützen, das ihm entgegenschlug. »Es scheint so, als wären wir von einer Art Subraumstrahl getroffen worden, Captain. Er hat sämtliche Computerschaltkreise unterbrochen.«

»Was ist mit diesem Alarm?« fragte Kirk. »Haben wir so viel Schaden abbekommen?« Sulu machte unter den anderen Sirenen das Heulen des Dekompressionsalarms aus und begriff, weshalb die Stimme des Captains so drängend klang.

»Das glaube ich nicht.« Spock warf einen Blick auf die zischenden, rot und violett aufflammenden Eruptionen auf dem Schirm. »Selbst das, was wir gerade auf dem Schirm sehen, entspricht nicht der Realität, sondern zeigt nur die durch die Strahlung ausgelösten Interferenzen. Die Alarmsignale sind nur eine Reaktion auf die elektromagnetischen Störungen innerhalb der Stationen auf der Brücke, aber kein Hinweis auf strukturelle Schäden am Schiff.«

Sulu wandte den Blick von den statischen Interferenzen auf dem Hauptschirm, nur um festzustellen, daß über seinen eigenen Monitor ganz ähnliche elektronische Störungen waberten. Schlagartig empfand er ein Gefühl primitiver Angst, als ihm klar wurde, daß er, so weit es die Außenwelt betraf, blind, taub und stumm war – und das Schiff trotzdem noch durch diese äußere Welt lenkte. »Captain, ich habe keine Kontrolle mehr über die Steuerung«, rief er mit scharfer Stimme. »Ich unterbreche jetzt den Impulsantrieb – nein, einen Augenblick, ich glaube, die Steuerung funktioniert wieder.« Er schaute hoch und sah wieder das gewohnte diamantene Funkeln der Sterne auf dem dunklen Schirm. »Was ist passiert?«

»Die Strahlung ist abgeklungen.« Spock betätigte die Kontrollen an seiner Konsole, und eine Reihe der Alarmsirenen verstummten. »Das Schiff scheint wieder zum Normalzustand zurückgekehrt zu sein.«

»Dann sollten wir zusehen, daß wir die restlichen Alarmsignale auch noch abschalten.« Kirk behielt den Schirm argwöhnisch im Auge, als rechne er mit einem neuerlichen Fehlverhalten. »Mr. Sulu, liegt immer noch Kurs nach Sektor neun-achtzehn Punkt drei an?«

Sulu schaute auf seinen Konsolenmonitor, wo die beruhigend vertrauten Daten leuchteten. »Ja, Sir.«

»Dann verschwinden wir jetzt hier.« Kirks Stimme war besser zu verstehen, als weitere Alarmsignale verstummten. »Warp sechs, Mr. Sulu.«

»Warp sechs.« Gewohnheitsmäßig warf Sulu noch einen Blick auf den Hauptschirm, um die Position der Sterne zu überprüfen, bevor er die Warptriebwerke aktivierte. Seine Finger erstarrten über den Kontrollen, dann riß er die Hand zurück, als hätte das dunkle Metall seine Haut verbrannt. Er schlug auf den Schalter, der den Impulsantrieb unterbrach. »Captain, wir sind vom Kurs abgekommen!«

»Was?« Kirk sprang auf, stellte sich neben ihn und betrachtete das Display. »Mr. Sulu, was erzählen Sie da? Die Kursdaten sind völlig korrekt.«

»Aber der Kurs stimmt nicht.« Ungläubig beobachtete Sulu die Bewegung der Sterne, dann versuchte er, einen neuen Kurs in die Steuerung einzugeben. Die Anzeige auf dem Monitor änderte sich nicht. Er schaute kurz zu Kirk hoch, gerade lange genug, um die Besorgnis im Gesicht des Captains wahrzunehmen, dann arbeitete er weiter an den Kontrollen. Einen Moment später hörte er Bhutto abermals nach Luft schnappen. Er blickte auf und sah, wie die Lichter von Sigma Eins auf dem Schirm auftauchten. Die *Enterprise* driftete langsam auf die Station zu.

»Captain!« Uhuras Stimme klang drängend. »Anfrage von Sigma Eins, Sir. Sie wollen wissen, weshalb wir den Kurs geändert haben.«

»Laut Steuerungscomputer haben wir das gar nicht.« Kirk warf einen Blick auf den Navigationsschirm, der ihre gegenwärtige Flugbahn darstellte, eine leuchtend rote Linie, die abrupt an einer großen, weißen Fläche endete. »Der Navigationsschirm zeigt uns auf direktem Kollisionskurs mit Sigma Eins, doch der Steuerungscomputer besteht darauf, wir lägen noch immer auf dem ursprünglichen Kurs.«

»Die Steuerung reagiert nicht auf Korrektureingaben, Sir.« Sulu verspürte den dringenden Wunsch, mit der Faust auf die Konsole zu schlagen, die sie auf den einmal eingegebenen Kurs festlegte. »Ich habe keine Ahnung, was damit los ist.«

Kirk warf einen Blick über die Schulter. »Spock, können Sie die Steuerungskontrollen umgehen?«

»Ich werde es versuchen, Captain.« Die Stimme des Ersten Offiziers klang so ungerührt wie immer, doch an den Geräuschen, die seine Konsole von sich gab, konnte Sulu erkennen, daß Spock dem Schiffscomputer Befehle in einer Geschwindigkeit eintippte, die kein Mensch hätte erreichen können. »Die Strahlung, der wir ausgesetzt waren, hat offenbar zu einem völligen Ausfall dieses Sektors des Computers geführt.«

»Captain, Sigma Eins kontraktiert uns wieder.« Uhura machte eine kurze Pause. »Sie sagen, wenn wir unsere Fehlfunktion nicht beheben, stoßen wir in zweieinhalb Minuten mit der Station zusammen.«

»Verdammt.« Kirk sah zum Schirm hinüber, die haselnußbraunen Augen vor Konzentration zusammengezogen. »Wenn der Steuerungscomputer eine Kursänderung nicht zuläßt, müssen wir uns eine andere Möglichkeit ausdenken.« Er drehte sich um und ging zu seiner Kommandokonsole zurück. »Brücke an Maschinenraum.«

»Scott hier.« Die Alarmsignale mußten den Chefingenieur längst darüber informiert haben, daß etwas nicht stimmte. »Was brauchen Sie, Captain?«

»Ich will unsere Flugrichtung ändern, Scotty, aber ich kann die Steuerung nicht benutzen. Gibt es eine Möglichkeit, das Schiff nur mit Hilfe der Impulskontrollen zu manövrieren?«

Scotts Stimme klang zweifelnd. »Nun, ich könnte die Polarisierung der Impulstriebwerke umkehren, so daß sie Gegenschub liefern. Manövrierbar wird das Schiff dadurch jedoch nicht – wir ändern lediglich die gegenwärtige Flugrichtung um hundertachtzig Grad.«

Sulu überprüfte seinen Monitor und drehte sich dann zu Kirk um. »So würden wir uns zumindest von Sigma Eins entfernen, Sir.«

Kirk schob die Lippen vor und nickte. »Machen Sie sich an die Arbeit, Scotty.«

»Aye, aye, Sir.« Es gab eine Pause, und man konnte undeutlich vernehmen, wie eine Reihe von Anweisungen erteilt wurde. »Wir haben gerade damit angefangen, Captain. Es dauert ein paar Minuten, bis alle Schalter umgelegt sind.«

»Sie haben zwei Minuten, Mr. Scott.« Unerwarteterweise klang Kirks Stimme plötzlich amüsiert. »Seien Sie effizient.«

Sulu warf einen Blick auf die Warpkontrollen, die er fast betätigt hätte, und erschauerte. Selbst ein Sekundenbruchteil bei Warpgeschwindigkeit hätte die *Enterprise* bei dem festgelegten Kurs mit Sigma Eins kollidieren lassen. Als er wieder aufsah, stellte er fest, daß Lieutenant Bhutto ihn anstarrte. »Woher wußten Sie, daß der Steuerungscomputer eine Fehlfunktion hatte, Sir?« fragte sie über das schrille Heulen des letzten noch aktivierten Alarms.

»Ich bin mir nicht sicher.« Sulu betrachtete stirnrunzelnd den Hauptschirm, auf dem das Spinnennetz aus den Lichtern der Station plötzlich erlosch. Offenbar hatte der Stationskommandant Notfallmaßnahmen eingeleitet, die Schleusentore verschlossen und die Energieversorgung unterbrochen, um den Schaden durch den Zusammenstoß so klein wie möglich zu halten. »Ein Kurs mit Punkt drei hätte uns in Richtung des Orionnebels führen müssen, doch den konnte ich nirgends auf dem Schirm entdecken.«

Kirk warf ihm einen undeutbaren Blick zu. »Mr. Sulu, auf diese Entfernung dürfte der Orionnebel genauso aussehen wie jeder andere Stern dort draußen.«

»Ich weiß, Sir«, gab Sulu zu. »Ich bin mir nicht sicher, wie ich ihn erkenne, aber üblicherweise schaffe ich es.«

»Anderthalb Minuten bis zum Zusammenstoß, Captain«, meldete Uhura ruhig. Kirk knurrte und wandte der dunklen Station mit einer Ruhe den Rücken zu, die Sulu erstaunte. Hinter dem Captain hatte sich John Taylor bis zum Turbolift zurückgezogen. Sein Gesicht wirkte grau, und er umklammerte das Brückengeländer, als hätte er kein rechtes Vertrauen in das Schiff, auf dem er sich befand. Purviance, der neben ihm stand, wirkte lediglich besorgt.

»Wie steht es mit der Reprogrammierung, Spock?«

»Ich habe gewisse Fortschritte bei der Wiederherstellung der Computerfunktionen gemacht, Captain, aber es ist mir noch nicht gelungen, die Steuerung zu reaktivieren.« Der Vulkanier wandte den Blick nicht von den Zahlenkolonnen ab, die über seinen Schirm liefen. »Wir bleiben weiterhin auf Kollisionskurs mit Sigma Eins.«

»Das spielt keine Rolle, wenn wir es schaffen, die Impulstriebwerke auf Umkehrschub zu schalten.« Kirk tippte auf den Schiffskommunikator. »Scotty, haben Sie die Maschinen repolarisiert?«

»Wir sind fast fertig, Sir.« Ein schwaches Zittern durchlief die *Enterprise*, auch wenn die dabei entstehenden Geräusche von der letzten Alarmsirene übertönt wurden. »Polarisierung vollständig, Captain. Die Triebwerke liefern jetzt Umkehrschub.«

»Gut.« Kirk fuhr auf dem Absatz herum und ging zur Steuerungskonsole. »Dreiviertel Impulskraft, Mr. Sulu.«

»Aye, Sir.« Sulu biß die Zähne zusammen, stieß ein stummes Gebet aus und schaltete den Impulsantrieb ein. Mit einem leichten Ruck kehrte die *Enterprise* ihren Kurs um und entfernte sich von der Station. Sulu stieß den angehaltenen Atem aus, als Sigma Eins von einem massiven Himmelsobjekt zu einem kleinen dunklen Fleck zwischen den Sternen schrumpfte.

»Sigma Eins meldet sich wieder, Captain.« Während Uhura noch sprach, bemerkte Sulu, wie die Lichter der Station wieder aufflammten. »Sie wollen wissen, ob wir Hilfe bei der Behebung unserer Fehlfunktion brauchen.«

Kirk sah den Ersten Offizier fragend an. »Benötigen wir Hilfe, Mr. Spock?«

»Das glaube ich nicht, Captain.« Spock tippte einen letzten Befehl in seine Konsole und wandte sich dann an Sulu. »Mr. Sulu, wenn Sie jetzt den Steuerungscomputer überprüfen, sollten Sie feststellen, daß er wieder voll funktionstüchtig ist.«

Sulu berührte einen der Schalter für Kurskorrekturen und beobachtete, wie das Display leicht aufflackerte, als die Kursangaben sich entsprechend änderten. »Bestätigt, Sir. Wir können jetzt den Warpantrieb einschalten.«

»Noch nicht.« Kirk drehte sich langsam im Kreis und warf einen prüfenden Blick auf jede Konsole der Brücke. »Bevor wir irgendwohin fliegen, will ich wissen, weshalb dieser verdammte letzte Alarm noch immer aktiviert ist.« Er hielt inne und starrte auf die Sicherheitsstation mit ihren blinkenden Lichtern. »Nun, Mr. Howard?«

Der hochgewachsene Sicherheitsmann blickte verzweifelt über die Schulter. »Es sieht so aus, als könnte ich ihn nicht abschalten, Sir. Ich habe schon alles mögliche versucht.«

Kirks Augenbrauen hoben sich. »Dann handelt es sich vielleicht gar nicht um falschen Alarm. Wodurch ist er denn angeblich ausgelöst worden?«

»Nach diesen Angaben ...« Howard überprüfte die Bildschirmanzeigen, und seine Stimme schwankte leicht. »... handelt es sich um einen Eindringling, Sir.«

Der Hauptantrieb der *Kongo* glühte im fahlen Plasmaschein einer Kernüberladung. Hocherhitztes Gas waberte in der zentralen Warpkammer, und die Transstahllegierungen der Wände des Maschinenraums wiesen die Narben von Strahlungsblitzen auf. Alarmsirenen heulten wie gequälte Seelen, doch hier existierten nur noch die schwarzen Schatten der Ingenieure, für immer als unbewegliches Bild an die verbrannten Wände gebannt.

»Der Kern ist ziemlich heiß, aber ich glaube, wir können ihn erreichen.« Das Gesicht auf dem Interkomschirm – dunkle, stechende Augen inmitten rotverbrannter Haut – wurde durch statische Störungen fast unkenntlich gemacht. Hätte der Mann versucht, jemanden zu erreichen, der weiter entfernt war als die Brücke der *Kongo,* wäre von der Sendung vermutlich gar nichts mehr angekommen. »Ich werde die Jefferies-Röhre Nummer zwei schließen, Mr. Stein kümmert sich um Nummer eins.« Ein greller Lichtblitz zuckte in dem Raum hinter ihm auf, und der Mann duckte sich automatisch, drehte sich jedoch nicht um. »Wir melden uns, sobald wir fertig sind. Cecil Ende.«

Als wäre dies das Stichwort gewesen, erloschen die Lichter in der schmalen Kommunikationsnische, und das Bild auf dem Schirm vor Chekov fiel zu einem winzigen Punkt zusammen, wie ein Stern, den man mit Warpgeschwindigkeit hinter sich ließ. Chekov versuchte den Eindruck der schrecklichen Bilder abzuschütteln – ein Korridor voller aufgebahrter Leichen, der Zusammenbruch des Antriebs, wie er von den diagnostischen Systemen der *Kongo* dargestellt wurde, das Gesicht seines Freundes, auf dem sich selbst dann noch Hoffnung abzeichnete, als er sich von dem Bildschirm abwandte, um zu sterben.

»*Wir melden uns, sobald wir fertig sind.*«

Chekov wußte jetzt, daß es ein Fehler gewesen war, die *Kongo* um nähere Informationen zu bitten.

Das Kommunikationssystem schaltete sich plötzlich wieder ein, und gleichzeitig heulte die Alarmsirene auf, die auf einen unbekannten Eindringling hinwies. Die Bilder von dem Unglück auf der *Kongo* waren noch so frisch in seinem Geist, daß Chekov ein Schaudern unterdrücken mußte, bevor er das Interkom neben seinem Terminal einschaltete. »Chekov an Lemieux.«

»Deck sechs«, meldete die Frau, ohne seine Frage abzuwarten. »Sektor neununddreißig.«

Das war praktisch direkt um die Ecke. »Schicken Sie ein Team. Ich bin schon unterwegs.«

»Aye, aye, Sir.«

Die leeren Korridore verstärkten den Alarmton, so daß er die gesamte Sektion erfüllte. Chekov wählte die Abkürzung zu Sektion zehn, solange der Alarm die Geräusche seiner Annäherung übertönte. Er bog gerade um die letzte Ecke, als eine schlanke, dunkle Gestalt zu ihm herumwirbelte und den kleinen Gegenstand, den sie in der Hand hielt, auf seine Brust richtete.

Adrenalin durchflutete ihn beim Anblick dessen, was möglicherweise eine Waffe war. Er drehte sich zur Seite, warf sich mit der Schulter gegen den ausgestreckten Arm des Eindringlings und preßte ihn fest gegen die Wand. Einen gegen seinen Kopf geführten Schlag blockte er ab und reagierte seinerseits mit einem mächtigen Hieb, als Aaron Kelly voller Angst aufschrie.

Chekov spürte, wie jeder Muskel seines Arms vibrierte, als er versuchte, dem Schlag seine volle Härte zu nehmen. Noch bevor der Inspektor auf dem Boden landete, war ihm klar, daß er Kellys Nase gebrochen hatte, aber er hoffte, daß kein größerer Schaden entstanden war.

»Stehen Sie auf, Kelly.« Chekov packte den dunklen Anzug des Inspektors und zerrte den Mann auf die Füße, wobei er sich insgeheim wünschte, er hätte genug Zeit, um höflicher vorzugehen. »Sie müssen hier verschwinden.«

Kelly sackte halbbetäubt gegen den Rahmen des Durchgangs und hielt sich die Nase. »Was machen Sie hier?« murmelte er verwirrt. Blut rann unter seiner Hand hervor, tropfte auf den Boden und auf seine Schuhe. Kelly schien an den Rorschachmustern, die das Blut bildete, fast ebenso interessiert wie an Chekovs Versuch, ihn in die relative Sicherheit des Eingangs zurückzuschieben. »Kommen Sie von Deck sieben?«

Chekov hielt den Inspektor mit einer Hand fest und zischte, um ihn zum Schweigen zu bringen. »Wir haben einen unbekannten Eindringling«, flüsterte er und suchte den Gang nach irgendeiner verdächtigen Bewegung ab. Nichts war zu sehen, und wahrscheinlich hatte er auch keine Chance, jetzt noch jemanden zu überraschen. »Ich war unten im Gang, als der Alarm losging.«

»Oh ...« Kelly schwankte unsicher unter Chekovs Griff und versuchte, sich die rechte Hand über die Augen zu legen. »Oh, Lieutenant Chekov, das ist ja furchtbar!«

Chekov warf einen irritierten Blick auf Kelly und betrachtete dann den metallenen Gegenstand in dessen Hand. Eine Stoppuhr, erkannte er. Er hatte gerade einem Mann die Nase wegen einer digitalen Stoppuhr gebrochen.

Das Geräusch von Stiefeln im Laufschritt wurde laut, noch bevor der kleine Sicherheitstrupp am Ende des Korridors in Sicht kam. »Damit ist wahrscheinlich alles ruiniert«, lispelte Kelly, als sich die Wachen um ihn versammelten. Er schniefte, blinzelte und drückte schließlich mit dem Daumen einen der Knöpfe an der

Uhr. »Mr. Taylor wird das alles nicht gefallen, wenn er davon hört.«

Chekov hatte das Gefühl, daß es *ihm* schon jetzt nicht gefiel. »Mr. Kelly, wovon sprechen Sie eigentlich?«

Kelly blickte ihn aus Augen an, in denen Schmerzenstränen schimmerten. »Von dem Test.« Er schwankte ein wenig, als Chekov ihn losließ. »Ich bin ziemlich sicher, daß Ihre Anwesenheit hier den Test ungültig macht, Lieutenant.«

Die Wachen tauschten unsichere Blicke aus, doch Chekov stützte sich mit beiden Händen im Durchgang ab und fragte grimmig: »Haben Sie diesen Alarm ausgelöst, Mr. Kelly?«

Der Inspektor nickte unsicher.

Jetzt, da die Möglichkeit eines echten Notfalls nicht mehr bestand, verwandelte sich Chekovs Anspannung in kalte Wut. »Sie haben auf dem ganzen Schiff falschen Alarm ausgelöst? Weshalb?« Er packte Kellys Handgelenk und riß dessen Arm mitsamt der Stoppuhr hoch. »Um die Reaktionszeit der Sicherheitsmannschaft zu testen?«

Er spürte, wie der Inspektor unter seinem Griff zitterte. »Das ist eine wesentliche Komponente bei der Beurteilung der Effizienz«, erklärte Kelly mit schwacher Stimme.

»Zum Teufel mit Ihrer Effizienz!« Chekov ließ Kellys Hand los und unterdrückte den Wunsch, den Mann kräftig durchzuschütteln. »Ist es die Effizienz wert, das Leben von Menschen durch falschen Alarm in Gefahr zu bringen? Ist sie es wert, vielleicht selbst getötet zu werden?« Er schlug mit beiden Händen gegen den Rahmen, stieß sich dann vom Durchgang ab und marschierte wütend auf und ab. »Wie kommt es nur, daß die Menschen sich freiwillig anstellen und ihr Leben aufs Spiel setzen, nur um zu beweisen, daß sie dazu in der Lage sind?«

»Aber Mr. Taylor ...«

Chekov fuhr herum und starrte Kelly an, der mitten

im Satz verstummte. »Hat Taylor Ihnen diese Idiotie befohlen?«

Kelly nickte mit weit aufgerissenen Augen. »Er braucht gewisse Daten für seine Empfehlung, und Sie wollten mich ja nicht innerhalb Ihrer Abteilung arbeiten lassen.«

»Empfehlung?« Chekov blieb vor Kelly stehen und achtete darauf, die Hände locker herabhängen zu lassen. »Was für eine Empfehlung?«

»Seine Empfehlung an den Präsidenten des Rechnungshofs.« Kellys Blick zuckte zwischen den versammelten Wachen hin und her und blieb schließlich auf Chekov ruhen, als fürchte er sich vor dem, was nun kommen würde. »Darüber, wann und wie Ihre Abteilung umstrukturiert werden soll, wenn wir nach Sigma Eins zurückkommen.«

»Sie wollen mir erzählen, diese ganze Untersuchung findet nur statt, weil Ihnen die Art und Weise nicht gefällt, wie ich meine Abteilung führe?«

»Ja, und aus einigen anderen Gründen«, gab Taylor zu, der vor einem der Diagnosetische in der Krankenstation stand. Mit einer unwirschen Handbewegung brachte er Purviance zum Schweigen, der gerade zu einer Bemerkung ansetzte. »Offen gesagt, Lieutenant«, erklärte Taylor, ließ sich auf der Tischkante nieder und sah Chekov direkt an, »Ihre Abteilung ist ein Saustall.«

Soweit es Chekov betraf, konnte Taylor froh sein, daß sie sich momentan alle in der Krankenstation aufhielten, denn so stand ein Ärzteteam für den Fall bereit, daß sich Chekov entschied, den Inspektor Stück für Stück auseinanderzunehmen. »Captain Kirk hat sich bisher noch nicht beschwert.«

»Natürlich nicht«, stieß Taylor mit einem Schnauben hervor. »Für ein Schiff, das sich einer so großen Wertschätzung erfreut wie die *Enterprise*, gibt es hier erschreckend viele Dinge, die einer Neuorientierung bedürfen. Und Ihr Captain ist ohne jeden Zweifel die primäre Ursache für diesen Zustand.« Er sprang auf die Füße und reckte das Kinn vor. »Deshalb bin ich hier.«

»Sie sind hier, um die Effizienz des Schiffs zu prüfen«, wandte Purviance ein.

Chekov bemühte sich, die gute Absicht zu würdigen, die Purviance dazu brachte, sich Taylor entgegenzustellen, doch statt dessen ärgerte er sich über die Einmischung. »Wenn Ihre Leute sich ausschließlich um ihre offiziellen Aufgaben kümmern würden, ließen sich vielleicht so unglückliche Zusammenstöße wie dieser vermeiden.«

»Und wenn Sie sich um Ihre eigenen Angelegenheiten kümmern würden, könnten wir vielleicht mehr Zeit für unsere Arbeit aufwenden, statt ständig bei Captain Kirk vorstellig zu werden«, schnappte Taylor.

Aus den Augenwinkeln bemerkte Chekov, wie McCoy, der sich um Kellys Nase kümmerte, aufblickte, und zwang sich, sein eigenes Temperament zu zügeln, bevor sich der Doktor einmischte. Wenn er vom höchsten medizinischen Offizier des Schiffs zurechtgewiesen würde, dürfte das seine Position gegenüber Taylor kaum verbessern. »Haben Sie jemals bei Starfleet gedient, Mr. Taylor?«

Der Inspektor verschränkte stirnrunzelnd die Arme. »Natürlich nicht. Aber ...«

»Nein«, unterbrach ihn Chekov, »kein Aber. Solange Sie nicht selbst auf einem Raumschiff gedient und die Dinge erlebt haben, die sich hier praktisch täglich ereignen, solange haben Sie auch gar keine Vorstellung davon, wie man eine gutfunktionierende Abteilung einrichtet.«

»Ah, aber in genau diesem Punkt irren Sie sich.« Mit weiterhin verschränkten Armen ging Taylor rechts hinter Purviance vorbei und zwang Chekov, entweder den Kopf zu drehen oder zu warten, bis der Inspektor wieder in sein Blickfeld kam. Chekov zog es vor zu warten. »Die

Vorschriften teilen mir alles mit, was ich wissen muß, Lieutenant. Wenn ich sehe, wie Dienstpläne, Zuständigkeiten und Aufgaben aufgrund persönlicher Vorlieben und unter ständiger Mißachtung der Vorschriften praktisch nach eigenem Gutdünken verteilt werden – nun, dann ist es meine Aufgabe herauszufinden, wodurch diese Probleme verursacht werden.« Er baute sich vor Chekov auf und tippte dem Lieutenant gegen die Brust. »Und jetzt raten Sie mal, was üblicherweise der Grund ist.«

»Mr. Taylor«, protestierte Purviance schwach.

Chekov ballte die Fäuste, bis seine Handgelenke schmerzten. »Wenn es Ihnen wirklich um Effizienz geht«, sagte er langsam, »dann sollten Sie uns nach unseren Leistungen beurteilen, und nicht nach der Befolgung jeder unbedeutenden Vorschrift.«

Taylor stieß ein bellendes Gelächter aus. »Leistungen wie die, einen meiner Inspektoren beinahe umzubringen?«

»Ja!« Chekov wandte den Blick von Taylors finsterer Miene und deutete zu Kelly hinüber, der am anderen Ende des Raums auf einem Bett lag. »Wie war unsere Reaktionszeit?«

»Phantastisch!« Kelly richtete sich trotz McCoys knurrigen Protestes in eine sitzende Haltung auf und beugte sich etwas vor, um Blickkontakt zu Taylor aufnehmen zu können. »Lieutenant Chekov hat meine Position in nur achtundsiebzig Sekunden erreicht, und das reguläre Einsatzteam war kaum eine Minute später dort.« Er grinste Chekov an und wirkte trotz der sich allmählich verfärbenden Blutergüsse unter seinen Augen sehr zufrieden. »Das ist die beste Zeit, die ich je in einem Raumschiff gestoppt habe.«

»Anders ausgedrückt«, sagte McCoy über die Schulter hinweg zu Taylor, »wenn nichts kaputt ist, gibt es auch nichts zu reparieren.« Er stieß Kelly auf das Bett zurück. »Hinlegen!«

Taylor stieß einen ungeduldigen Seufzer aus, wandte den Blick aber nicht von Chekov. »Das ist nun wirklich nicht Ihre Angelegenheit, Dr. McCoy.«

»Nein«, stimmte der Doktor bereitwillig zu, »aber das hier ist meine Krankenstation, und ich kann Ihnen versichern, daß meine Effizienz nicht verbessert wird, wenn Sie beide hier stehen und sich gegenseitig anbellen.« Er legte seinen medizinischen Scanner auf Kellys Brust und warnte den Inspektor mit einer Handbewegung davor, sich zu bewegen. »Aber vielleicht können Sie sich ja auch mal nützlich machen, Taylor!« Er blickte den großgewachsenen Mann mit finsterer Miene an. »Ich versuche immer noch, den Rest Ihres Teams in die Finger zu bekommen, um eine Strahlungsprüfung vorzunehmen. Wenn Sie also nicht wollen, daß Ihre ganze Mannschaft tot zusammenbricht, sollten Sie besser dafür sorgen, daß die Leute hier erscheinen.«

Taylor zeigte sich nicht sehr erfreut über den Ton, den der Doktor anschlug. »Lieutenant Purviance ist der Verbindungsoffizier. Sagen Sie ihm doch, er soll sich darum kümmern.«

Purviance lächelte leicht. »Ich bin zwar der Verbindungsoffizier, aber Sie tragen hier die Verantwortung. Ich schlage vor, Sie tun, was der Doktor sagt, und gehen jetzt besser.«

»Sie haben es gehört«, meine McCoy grinsend. »Raus!« Als der Inspektor schließlich seinen Widerstand aufgab und sich zum Ausgang bequemte, sagte McCoy in etwas moderaterem Ton zu Chekov: »Ihren Stellvertreter muß ich ebenfalls sehen. Lemieux hat gesagt, er wäre auf der Brücke gewesen, als diese Strahlung auftrat, und ich möchte jeden überprüfen, der sich in den oberen Decks aufgehalten hat, nur um sicherzugehen, daß keine Probleme auftauchen.«

Chekov nickte, hörte aber nur mit einem Ohr zu, weil er Taylor beobachtete, der an der Tür noch einmal zögerte, bevor er schließlich doch hinausging. *Keine Sorge,* dachte er, *wir werden diese Diskussion ganz sicher zu einem späteren Zeitpunkt fortsetzen.* Besonders begeistern konnte ihn diese Aussicht freilich nicht.

»Lieutenant Chekov?«

Chekovs Gedanken kehrten in die Gegenwart zurück, und er bemerkte, daß Purviance ihn mit jenem ruhigen, professionellen Blick musterte, wie ihn offenbar nur die besten Leute bei Starfleet zuwege brachten. Irritiert schaute Chekov zu McCoy und Kelly hinüber, nur um diesem Blick auszuweichen.

»Niemand, der noch ganz bei Verstand ist, könnte behaupten, daran, wie Captain Kirk dieses Schiff führt, sei etwas auszusetzen«, sagte Purviance so leise, daß selbst McCoy oder Kelly seine Worte nicht mehr verstehen konnten. »Und soweit ich das beurteilen kann, arbeitet der Sicherheitsdienst so gut wie nur irgend möglich.« Er legte Chekov mit einem überraschend väterlichen Lächeln die Hand auf die Schulter. »Ich schlage vor, Sie tun einfach Ihre Arbeit. Idioten wie Taylor sollen sich um sich selbst kümmern.«

Leichter gesagt als getan, wenn dieser spezielle Idiot die Kontrolle über einen Prüfungsbogen besaß, der die Auflösung seiner Abteilung bedeuten mochte. »Wie schaffen Sie es, mit ihm zusammenzuarbeiten?« fragte Chekov. »Wenn Sie wissen, was er diesem Schiff antun will, wie ertragen Sie es da, sein Verbindungsoffizier zu sein?«

Purviance überlegte einen Moment, und seine hellbraunen Augen schienen nachdenklich nach innen zu blicken. »Ich mag die Vorstellung, es gäbe einen höheren Grund für meine Anwesenheit auf dem Schiff«, meinte er und grinste Chekov ironisch an. »Menschen wie John Taylor sind einfach der Preis, den man zahlen muß, wenn man seine Arbeit tun will.«

Es war nicht gerade der beste Trost, doch Chekov gefiel dieser Gedanke. »Ich werde versuchen, das im Auge zu behalten.« Er drehte sich um und nahm Blickkontakt zu McCoy auf. »Fordern Sie bitte beim Sicherheitsdienst eine Eskorte für Mr. Kelly an, sobald Sie mit der Behandlung fertig sind.«

»Eine Eskorte?« Kelly hob leicht beunruhigt den Kopf. »Wohin?«

»In die Arrestzelle.« Als der Inspektor daraufhin nur überrascht aufkeuchte, erklärte Chekov in sehr ruhigem Ton: »Nach den *Vorschriften* von Starfleet, Mr. Kelly, ist das Auslösen des Sicherheitsalarms ohne triftigen Grund ein kriminelles Vergehen. Sie verstehen das sicher.«

Purviance lachte laut auf.

»Aber ich bin doch kein Starfleet-Offizier!« rief Kelly hinter Chekov her.

»Ich weiß.« Chekov blieb kurz in der Tür stehen, drehte sich um und lächelte dünn. »Und das ist auch der einzige Grund, weshalb ich Sie nicht vor ein Kriegsgericht stellen lasse.«

# 6

Sulu seufzte erleichtert, als sich der Turbolift mit dem typischen, unverkennbaren Geräusch von der Brücke aus in Richtung der Mannschaftsquartiere in Bewegung setzte. Er rieb sich mit der Hand über die verspannte Nackenmuskulatur und sah zu Uhura, Bhutto und Howard hinüber. Seine Schichtkameraden sahen genauso erschöpft aus, wie er sich fühlte. So war das immer, wenn der Tag gleich mit einer Krise begann.

»Ich glaube, ich brauche Landurlaub«, erklärte der Steuermann.

Auf Fähnrich Howards Gesicht zeigte sich ein müdes Lächeln. »Den hätten wir ja beinahe bekommen, Sir. Wenn Sie nicht bemerkt hätten, daß die Steuerung durch die Strahlung beschädigt worden war …«

»… dann befänden wir uns jetzt wieder auf Sigma Eins.« Sulu schlug sich mit der Hand vor die Stirn. »Warum habe ich daran nicht gedacht?«

»Weil Sie zu beschäftigt damit waren, unsichtbare Nebel ausfindig zu machen«, erwiderte Bhutto. Der Turbolift hielt auf Deck fünf, und sie stieg aus. »Wir sehen uns beim Essen.«

»Genau.« Die Türen des Turbolifts schlossen sich zischend, doch dann geschah für einen langen Moment gar nichts. Uhura sah überrascht zum Monitor hoch. »Deck sechs«, wiederholte sie die bereits zuvor gegebene Anweisung.

Der Computer bestätigte den Befehl mit einem Glockenton, doch es dauerte abermals einen langen Moment, bis sich der Lift endlich in Bewegung setzte und die unterbrochene Fahrt wieder aufnahm.

»Das ist sonderbar«, bemerkte Sulu. »Ich frage mich, was die Verzögerung verursacht hat.«

Der hochgewachsene Sicherheitsmann zuckte die Achseln. »So etwas passiert auf Raumstationen ständig – der Computer nimmt zu viele Beförderungen für einen Schacht an, und dann müssen einige eben warten.«

»Aber auf der *Enterprise* ist dieses Problem noch nie aufgetreten.« Uhura sah Sulu an, und in beiden keimte der gleiche Verdacht auf. »Ich hoffe nur, diese Föderationsinspektoren versuchen nicht, die Effizienz unseres Liftsystems zu verbessern.«

Sulu kicherte. »Wenn sie das tun, schweißt Mr. Scott ihre Kabinentüren zu.« Die Türen des Turbolifts öffneten sich abermals, und diesmal blickten sie auf die vertraute Kurve ihres eigenen Korridors. »Erinnern Sie Ihren Boss daran, daß er mit uns zum Abendessen verabredet ist, Fähnrich«, sagte Sulu zu Howard, als sie ausstiegen.

»Aye, aye, Sir.«

Uhura warf ihm einen amüsierten Blick zu, nachdem sich der Lift wieder geschlossen hatte. »Glauben Sie wirklich, Chekov würde sich nach all den Notfällen, die wir heute hatten, noch die Zeit nehmen, mit uns zu essen?«

»Ein Versuch kann jedenfalls nicht schaden.« Sulu ging neben Uhura den Flur entlang, bis er seine Kabine erreichte, wo er den Öffnungscode für die Tür eintippte. »Eines Tages wird selbst dieser Bursche aufwachen und erkennen, daß er ein Privatleben braucht. Immerhin ist er ...«

Als sich die Kabinentür öffnete, erstarb Sulus Stimme. Zu Boden geschleuderte Pflanzen, verstreute Kleidungsstücke und die Bruchstücke iotianischen Kristalls säumten einen Pfad, den ein Tornado auf dem Weg von der Tür bis zum Arbeitstisch hinterlassen zu haben schien. Der süßlich-feuchte Geruch zerdrückter Blätter drang aus dem Raum.

»Sulu?« Uhuras Stimme schreckte den Steuermann auf. »Stimmt etwas nicht?«

Er unterdrückte den Impuls, ihr den Anblick des Durcheinanders zu ersparen. Das war stets sein erster Instinkt bei einer Krise – den Schaden, gleich ob emotionaler oder physischer Art, zu verbergen, damit nicht noch andere dadurch in Mitleidenschaft gezogen wurden. Glücklicherweise hatte er im Lauf der Jahre, die er nun schon mit Uhura zusammenarbeitete, gemerkt, daß sich hinter ihrem gepflegten Äußeren eine Frau verbarg, die mit einer Krisensituation besser fertig wurde als die meisten galaktischen Diplomaten.

Er seufzte und trat zur Seite, damit sie einen Blick auf die Trümmer werfen konnte. »Jemand hat mein Zimmer auseinandergenommen«, sagte er überflüssigerweise.

»Oh, mein Gott!« Uhura betrat den Raum, und ihre dunkelbraunen Augen weiteten sich vor Schreck. Erde bedeckte den größten Teil des Bodens, und darüber lagen entwurzelte Pflanzen und herausgerissene Regalbretter. Uhura kniete nieder, um ein kleines, violettes Farnkraut zu retten, das halb unter der Blumenerde begraben war. »Fehlt irgend etwas?«

Sulu seufzte und hockte sich neben sie, entdeckte den Topf der Pflanze und füllte etwas Erde hinein, in die sie die nackte Wurzel stecken konnte. Die kleine Knospe, die kurz davor gestanden hatte, sich zu einer fedrigen Blüte zu entfalten, hing jetzt von einem gebrochenen Stengel herab. Vorsichtig pflückte er sie ab.

»Das ist ziemlich schwer zu sagen«, meinte er und schaute sich um. »Im Moment kann ich nur mit Sicherheit sagen, daß die Wasserchamäleons verschwunden sind.«

Uhura warf einen prüfenden Blick in die Runde. »Sind Sie sicher, daß sie sich nicht einfach nur verstecken?«

»Wenn sie hier sind, geben sie auf jeden Fall keinen Laut von sich.«

»Aber das tun sie doch nie, wenn sie erschreckt werden.« Die Kommunikationsoffizierin suchte sich vorsichtig einen Weg durch die Trümmerspur und tastete die zusammengeknüllten Kleidungsstücke nach den Eidechsen ab. »Sie könnten hier überall sein.«

Sulu betrachtete die zerschmetterten Pflanzen und blinzelte. »O Gott, ich hoffe …«

Er sprang nervös auf, als sich der Türsummer meldete. Zum Glück befand er sich noch nahe genug an der Wand, um den Öffner zu betätigen, ohne dabei Gefahr zu laufen, vielleicht auf ein Chamäleon zu treten. Chekov kam herein und riß die Augen auf, als er die Verwüstung sah. »*Sho bardachnaya dyela!*« Sein Blick heftete sich auf den Steuermann. »Was ist passiert?«

»Wonach sieht es denn aus?« Es war schon erstaunlich, wie oft man sich gezwungen sah, jemandem eine völlig offensichtliche Situation zu erklären, dachte Sulu spöttisch. »Jemand hat mein Zimmer demoliert.«

Chekov musterte ihn stirnrunzelnd. »Während du hier warst?«

»Natürlich nicht!« sagte Sulu beleidigt. »Glaubst du, ich hätte so etwas zugelassen, wenn ich hier gewesen wäre? Und paß auf, wohin du trittst – du könntest eines der Wasserchamäleons erwischen.«

»Das bezweifle ich«, meinte Chekov, »die befinden sich nämlich noch in meiner Kabine.« Er errötete leicht unter den verblüfften Blicken der beiden anderen. »Ich habe mir gedacht, jemand sollte sie im Auge behalten, das ist alles.«

»Nun, damit wäre wenigstens ein Rätsel gelöst.« Sulu hob eine seiner Lieblingspflanzen auf, eine blaßrote Ingwerpalme, und drückte vorsichtig die Erde um sie herum fest, damit sie gerade stand. Irgendwie hatte ihn das Wissen, daß es den kleinen Echsen gut ging, soweit aufgemuntert, daß er jetzt in der Lage war, einige der Schäden zu beheben, statt einfach nur auf das Chaos hinunterzuschauen. »Ich nehme an, genau deshalb bist du der Sicherheitsoffizier und ich nur Pilot. Wenn du jetzt auch noch herausfindest, wer meine Pflanzen auf den Boden geworfen hat, schulde ich dir ein Essen auf Sigma Eins.«

Chekovs Wangen färbten sich noch dunkler. »Ich habe sie nicht dort hingeworfen«, sagte er steif. »Ich habe sie dort abgestellt, und zwar sehr vorsichtig.«

Uhura, die Hemden aufsammelte, blickte hoch. »Sie haben sie dort abgestellt?«

»Nun, ansonsten wäre nicht genug Platz für den Swimmingpool gewesen.« Chekov deutete auf den marmornen Lilienteich, der jetzt umgedreht in einem Haufen Blumenerde lag. »Außerdem wußte ich nicht, wo Sulu ihn haben wollte.«

Sulu warf ihm einen skeptischen Blick zu. »Und deshalb hast du Erde auf den Boden geschüttet, um ihn darauf abzustellen?«

Chekov schnaubte. »Nein, das hat der Eindringling getan. Ich habe ihn auf dem Arbeitstisch abgestellt.«

»Nun, das ist gut zu wissen. Ich hatte mich nämlich schon gefragt, weshalb du ihn falsch herum aufgestellt hattest.« Trotz seines Kummers mußte Sulu grinsen. Es war ihm einfach unmöglich, der Versuchung zu widerstehen, Chekov aufzuziehen. »Ich dachte eigentlich, selbst du würdest wissen, daß auf diese Weise das Wasser herausläuft.«

Der Russe warf ihm einen finsteren Blick zu. »Soll ich dir nun helfen oder nicht?«

»Tut mir leid.« Sulu wandte sich wieder den Pflanzen zu, während Chekov die Spur der Zerstörung untersuchte und ihr bis zur Tür folgte. Dort hielt er inne, tippte eine Sicherheitsfreigabe am Schloß ein und studierte die farbcodierte Information, die daraufhin aufflammte.

»Wann hast du heute die Tür offen gelassen, Sulu?« fragte er etwas geistesabwesend.

Sulu fluchte, weil er einen denebianischen Zitronenkaktus etwas zu fest angefaßt hatte. »Überhaupt nicht!

Ich habe die Tür verschlossen, als ich zu meiner Schicht auf die Brücke gegangen bin, und bis eben, als ich diese Bescherung hier vorgefunden habe, war ich nicht mehr hier unten.« Er deutete anklagend mit dem Finger auf seinen Freund. »Wenn jemand den Raum unverschlossen gelassen hat, dann du.«

Chekovs dunkles Haar flog hoch, als er heftig den Kopf schüttelte. »Nein, ich habe abgeschlossen, als ich hinausging. Glaub mir.«

Uhura warf Sulu einen zustimmenden Blick zu, während sie seine Kleidungsstücke in den Wandschrank hängte. »Sicherheitsleute neigen nicht dazu, solche Dinge zu vergessen«, meinte sie.

»Ich weiß.« Sulu stieß einen schweren Seufzer aus, hob einen Topf mit halbverwelkten Sternorchideen auf und setzte ihn auf dem Tisch ab, um die Pflanzen zu wässern. »Jemand muß den Türcode geknackt haben.«

»Ausgeschlossen«, bemerkte Chekov knapp. »Das Schloß ist so konstruiert, daß man es durch Ausprobieren nicht knacken kann – drei falsche Codeeingaben hintereinander verriegeln das Schloß, bis jemand vom Sicherheitsdienst es wieder freischaltet. Zudem sind laut diesen Aufzeichnungen heute ausschließlich korrekte Codeeingaben gemacht worden.« Er trommelte nachdenklich mit den Fingern gegen den Türrahmen. »Wer immer hier eingedrungen ist, kannte deine Codenummer.«

»Nun, das ist auch unmöglich«, erwiderte Sulu. »Niemand, der meinen Code kennt, würde meinen Pflanzen so etwas antun!«

Uhura schüttelte eine flachgedrückte Moosrose aus einer von Sulus Jacken und runzelte die Stirn. »Ich wüßte überhaupt niemanden an Bord, der so etwas tun würde«, meinte sie. »Sie etwa?«

Chekov knurrte. »Vielleicht wollten die Inspektoren herausfinden, wie effektiv wir Räume säubern können. Und unsere Kleider aufbewahren …« Seine Augenbrauen hoben sich fragend, als er sah, wie Sulu ein weiteres Hemd weglegte. »Sortierst du deine Hemden immer nach Farben?«

Sulu errötete leicht vor Verlegenheit. »Du etwa nicht?«

Uhuras glockenhelles Lachen perlte durch den Raum. »Wie sollte er? Seine Hemden haben alle nur eine Farbe: Starfleet Gold.«

»Ich besitze auch ein schwarzes für den Landurlaub«, verteidigte sich Chekov.

Sulu strafte diese Bemerkung mit dem Schweigen, das sie verdiente. »Du glaubst doch nicht wirklich, daß einer der Inspektoren hinter dem hier steckt, oder?«

»Leuten, die einen Sicherheitsalarm auslösen, nur um zu testen, wie schnell wir reagieren, traue ich alles zu«, meinte Chekov finster. »Aber nein, ich glaube nicht, daß sie es waren. Keiner von ihnen könnte deine Codenummer herausfinden.« Er beugte sich wieder über das Türschloß, als hätte ihn seine Bemerkung an etwas erinnert. »Eines gibt es wenigstens, das wir tun können.«

Sulu sah ihn zweifelnd an. »Was hast du vor?«

»Ich programmiere einen neuen Code für deine Tür.«

»Nein!« Sulu sprang erschrocken auf. »Mach das bloß nicht! Als wir ihn das letzte Mal gewechselt haben, habe ich mich eine Woche lang selbst ausgesperrt.«

Wie zu erwarten war, ignorierte Chekov ihn, und als Sulu, um Unterstützung heischend, zu Uhura hinüberblickte, zuckte die nur mit den Achseln. »Sehen Sie nicht mich an«, sagte sie, während sie den Schrank verschloß. »Ich habe nie begriffen, wieso ein Mann, der Sternkoordinaten auf einen Blick wiedererkennt, sich nicht an einen vierstelligen Zugangscode erinnern kann.«

»Aber genau das ist ja das Problem«, meinte Sulu. »Immer wenn ich versuche, Koordinaten als Code zu benutzen, kann ich mich nicht mehr erinnern, welchen Stern ich dafür ausgesucht habe.«

Chekov grunzte. »Ich mache dir einen Vorschlag. Laß mich den Zugangscode für dich auswählen. Ich könnte mir etwas völlig Sinnloses ausdenken ...«

»Ja, darin bist du gut«, stimmte Sulu grinsend zu.

Der Russe blickte ihn finster an. »Legst du Wert darauf, deine Wasserchamäleons jemals wiederzusehen?«

»Schon gut«, gab Sulu nach. »Such du einen Code für mich aus.«

Chekov tippte einen Befehl in die Schloßtastatur. »Wie klingt 7249?«

»Wie eine Zahl, die ich mir garantiert nicht merken kann.« Sulu fegte die letzten Reste von Erde und Blättern zusammen und schüttete alles in den Müllschlucker. »Wirst *du* sie denn behalten?«

»Natürlich«, sagte Chekov. »Es sind die ersten vier Ziffern der Seriennummer meines Phasers.«

»Das ist ja großartig.« Sulu bedachte ihn mit einem spöttischen Blick. »Wer also meinen Zugangscode wissen will, kann ihn jederzeit an deiner Hüfte ablesen?«

»Ich laufe doch nicht ständig mit einem Phaser bewaffnet herum ...«

Uhura räusperte sich und marschierte in Richtung Tür. »Ich gehe jetzt essen«, verkündete sie. »Kommt ihr mit, oder wollt ihr lieber hierbleiben und euch die ganze Nacht lang streiten?«

Chekov schüttelte seufzend den Kopf. »Ich muß dem Captain diesen Vorfall melden. Selbst wenn Sulu die Tür weit offengelassen hätte, muß man das, was hier geschehen ist, als einen Akt von vorsätzlichem Vandalismus betrachten. Captain Kirk muß darüber sofort informiert werden.« Er öffnete die Tür für Uhura. »Wenn ich kann, komme ich später nach.«

»Ich weiß, was ›später‹ bei Ihnen bedeutet – üblicherweise sehen wir uns dann frühestens in einer Woche wieder.« Uhura blieb auf der Schwelle stehen, während Chekov hinausging, und sah zu Sulu zurück. »Und Sie kommen auch nicht mit?«

Sulu schüttelte den Kopf. »Ich muß die Pflanzen wässern und teilweise umtopfen, wenn ich will, daß sie überleben. Wenn ihr nett sein wollt, könnt ihr mir ja etwas Eßbares mitbringen.«

»Versprochen.« Die Tür schloß sich und glitt sofort wieder auf. Chekov steckte den Kopf ins Zimmer. »Das hätte ich beinahe vergessen: Dr. McCoy sagte, du wärst heute nicht zur Untersuchung erschienen. Er möchte, daß du heute abend noch zur Krankenstation kommst.«

Sulu warf einen Blick auf seine lädierten Pflanzen und schüttelte den Kopf. »Das wird bis morgen früh warten müssen.«

Chekov machte ein besorgtes Gesicht. »Das wird ihm aber gar nicht gefallen.«

»Ich weiß.« Sulu zuckte die Achseln. »Aber es ist doch nur eine medizinische Routineuntersuchung. Wie sehr kann er sich darüber schon aufregen?«

»Mr. Sulu.« Ein Frühstückstablett landete krachend auf dem Tisch im Aufenthaltsraum, und dem Klappern folgte ein dumpfer Laut, als sich Dr. McCoy auf den freien Stuhl fallen ließ. »Haben die Worte ›permanente genetische Schädigung‹ irgendeine Bedeutung für Sie?«

Sulu zuckte zusammen und blickte schuldbewußt von seinem halbverzehrten Stapel Pfannkuchen auf. »Äh – daß ich deswegen gerüffelt werde?«

McCoy stieß ein Schnauben aus und strich Butter auf seinen Toast. »Da haben Sie verdammt recht.« Das Summen der Lebensmittelsynthetisierer, die einen stetigen Strom von Mahlzeiten für die erste Schicht ausstießen, konnte die Erschöpfung in McCoys Stimme nicht überdecken. »Das war eine dringliche Strahlungsprüfung, die Sie gestern abend versäumt haben, junger Mann, keine normale Routineuntersuchung. Es wäre Ihnen ganz recht geschehen, wenn Sie heute morgen als riesige Karotte aufgewacht wären!«

Sulu zog den Kopf ein und versuchte Uhuras amüsierte Blicke zu ignorieren, die ein Stück weiter unten am Tisch saß. McCoy würde es ihm nie verzeihen, wenn er mitten in einer Strafpredigt anfinge zu lachen. »Tut mir leid, daß ich den Termin versäumt habe, Sir. Es gab bei mir eine kleine ...«

»Doktor.« Spock, der am anderen Ende des Tisches saß, legte das elektronische Aufzeichnungsgerät, das ihm üblicherweise bei allen Mahlzeiten Gesellschaft leistete, beiseite und blickte auf. »Mir sind keinerlei Fallbeispiele von schwerer Zellmutation infolge von Subraumstrahlung bekannt, die nur für so kurze Zeit ...«

»Verdammt, Spock, das war doch nur eine Redewendung.« McCoy warf dem Vulkanier einen finsteren Blick zu, während er den Kaffee umrührte. »Wie, zum Teufel, soll ich denn irgendwem an Bord Angst einjagen, wenn Sie mir ständig widersprechen?«

»Wenn Sie dabei nicht auf extreme Übertreibungen verfallen würden, Doktor, wäre ein Widerspruch nicht nötig.«

McCoy schnaubte. »Und falls die Brückenoffiziere zur medizinischen Untersuchung erscheinen würden, wenn ich das anordne, wäre es auch nicht nötig, ihnen Angst einzujagen.« Er warf Sulu einen scharfen Blick zu und wandte sich dann seinem Tablett zu. »Und versuchen Sie gar nicht erst, sich hier wegzuschleichen. Ich schleppe Sie mit zur Krankenstation, sobald ich mit dem Frühstück fertig bin.«

Sulu sah zur Zeitanzeige auf dem in die Wand eingelassenen Monitor und schnitt eine Grimasse. »Dr. McCoy, wenn ich zweimal hintereinander zu spät auf der Brücke erscheine, wird Captain Kirk ...«

»... Ihnen verbieten, mit geschwätzigen Ärzten zu frühstücken.« Der Captain stellte sein dampfendes Tablett neben Sulu auf den Tisch. In seinen braunen Augen funkelte ein Lächeln. »Pille, ich konnte dein Gebrüll quer durch den Raum hören. Was ist denn jetzt wieder los?« Er betrachtete mit hochgezogenen Augenbrauen die Schale mit gelbem, dampfendem Schlamm auf dem Tablett des Doktors. »Eine Fehlfunktion der Nahrungsmitttelprozessoren?«

Der Arzt bedachte ihn mit einem finsteren Blick. »*Bestellt* hatte ich Grütze«, erklärte er ungehalten. »Und wenn du nicht so ein schlechtes Vorbild für deine Offiziere abgeben würdest, müßte ich sie auch nicht anbrüllen. Hältst du dich eigentlich für unsterblich?«

Kirk nahm seine Gabel und tauschte einen ergebenen Blick mit Sulu. »Pille, darüber haben wir uns doch schon früher unterhalten. Wenn die Nahrungsprozessoren beim Synthetisieren alles gesättigte Fett aus Speck und Eiern entfernen ...«

»Ich rede jetzt nicht über den bald fälligen Bypass«, erwiderte McCoy. »Ich spreche von deiner DNS. Die könnte möglicherweise noch schlimmer aussehen als dieses Rührei.« Er fuhr herum und deutete mit einem Löffel voll Grütze auf Spock. »Sagen Sie nichts.«

Der Vulkanier zog eine Augenbraue hoch. »Wenn Sie darauf bestehen, unangemessene Analogien zur Darstellung komplexer wissenschaftlicher Konzepte zu benutzen, Doktor, kann ich Sie vermutlich nicht daran hindern. Trotzdem würde ich gerne darauf hinweisen ...«

»War dieser Strahlungsausbruch wirklich so schlimm?« fragte Kirk, der über reichlich Erfahrung im Unterbrechen derartiger Streitgespräche verfügte.

McCoy zuckte die Achseln. »Woher soll ich das wissen? Laut Mr. Spock waren alle Stationen der Brücke zu sehr damit beschäftigt, die Fehlalarme auszuschalten, um irgend etwas Brauchbares aufzuzeichnen.« Er bedachte den Vulkanier mit einem anklagenden Blick, den dieser wie üblich ignorierte.

»Unsere Datenaufzeichnungen sind nur bruchstückhaft, Captain, aber die Computeranalyse deutet auf eine kurzfristige, niederfrequente Strahlung hin, die höchstwahrscheinlich von einem fernen Neutronenstern stammt. Sie scheint sich zudem auf die oberen Decks des Schiffes beschränkt zu haben.«

Erinnerungen an weit zurückliegende astrophysikalische Unterrichtsstunden wurden in Sulu wach, und er warf dem Wissenschaftsoffizier einen fragenden Blick zu. »Wäre das für stellare Subraumstrahlung nicht ein etwas sonderbares Verhalten, Sir?«

»Allerdings.« Spock verschränkte nachdenklich die Hände. »Ich vermute, der von Sigma Eins ausgehende Gravitationseinfluß ...«

»Es spielt keine Rolle, woher die Strahlung kommt oder wie sie hierher gelangt ist, Spock.« McCoy ließ seinen Löffel verärgert in die leere Schale fallen. »Solange wir nicht genau wissen, in welcher Stärke die Subraumstrahlung aufgetreten ist, will ich jeden überprüfen, der ihr möglicherweise ausgesetzt war. Das ist genau wie bei Tollwut – wenn man den Hund nicht erwischen kann, muß man sich um die Leute kümmern, die gebissen worden sind.«

Kirk seufzte, leerte seinen Teller und streckte dann die Hand aus, um sich McCoys letzten Toast zu holen. »Also gut, Pille, du hast gewonnen. Du darfst mich durch deinen DNS-Prüfer schicken.«

Der Doktor blinzelte überrascht. »Jetzt sofort?«

»Warum nicht?« Kirk nahm sein Tablett und schob es in den Müllschlucker. »Mr. Spock kann das Kommando auf der Brücke übernehmen, bis ich zurück bin.«

»Und was ist mit deinem Steuermann?« fragte McCoy und legte Sulu eine Hand auf die Schulter, während er aufstand, um sein Tablett wegzuschaffen. »Kann ich ihn auch jetzt überprüfen?«

»Wenn es dich glücklich macht, Pille.«

»Sehr schön«, meinte McCoy strahlend, schob sein Tablett in den Abfallschacht und trieb die beiden zur Tür. »Wenn ich jetzt noch diesen großen Verbindungsoffizier von Sigma Eins erwische ... wie heißt er doch gleich?«

»Purviance«, sagte Sulu.

»Genau, Purviance. Er hat sich gestern aus der Krankenstation verdrückt, bevor ich ihn mir vornehmen konnte. Aber vielleicht fange ich ja heute alle Fische auf einmal.« Das Lächeln auf seinem Gesicht wurde noch breiter, als er John Taylors hochgewachsene Gestalt erspähte, die gerade den Turbolift gegenüber dem Aufenthaltsraum verließ. »He, Taylor. Wo steckt Ihr Verbindungsoffizier?«

Der Inspektor bedachte ihn mit einem argwöhnischen Blick, als traue er ihm nicht ganz. »Er hilft heute Gendron. Ich habe die beiden losgeschickt, um die Aufzeichnungen der Transporter auf Deck sieben zu überprüfen.«

»Gut. Dann können wir dort vorbeigehen und ihn zur Krankenstation mitnehmen.« McCoy folgte Sulu in den Turbolift und streckte den Arm aus, um Kirks Ellbogen zu packen, als der Captain stirnrunzelnd vor dem Inspektor stehenblieb. »Nun komm schon, Jim. Strahlungsuntersuchung, du erinnerst dich doch?«

Kirk preßte die Lippen zusammen, ließ sich aber in den Lift ziehen. »Weshalb, zum Teufel, überprüfen Föderationsinspektoren unsere Transporteraufzeichnungen?« fragte er, sobald sich die Lifttüren geschlossen hatten. »Ich dachte, sie sollten auf dieser Reise unsere Effizienz überprüfen.«

»Deck sieben«, wies McCoy den Lift an und wandte sich dann wieder dem Captain zu. »Jim, soweit ich das beurteilen kann, verstehen sie unter Effizienzprüfung, jede einzelne Vorschrift durchzusetzen, die sich irgendein Föderationsbürokrat jemals ausgedacht hat.«

Vor Sulus innerem Auge tauchten Rotstifte und endlose Reihen von Formularen auf. »Hat ihnen denn niemand gesagt, daß einige dieser Vorschriften für Starfleet völlig ungeeignet sind?«

»Offensichtlich nicht.« McCoys Augenbrauen zogen sich zusammen. »Sie haben bereits damit gedroht, mich zu melden, weil ich es zulasse, daß meine Ärzte während ihrer Dienstzeit medizinischen Forschungsarbeiten nachgehen. Wie es aussieht, kann ich ihnen einfach nicht begreiflich machen, daß wir nicht irgendein Fabrikkrankenhaus betreiben, in dem man sich jeden Tag mit irgendwelchen Unfallopfern befassen muß.« Der Turbolift kam mit einem Zischen zum Stehen. »Haltet die Kabine hier fest«, sagte der Doktor, während er darauf wartete, daß sich die Türen öffneten. »Ich brauche nur eine Minute …«

»Pille …« Kirks Einwand ließ den Doktor innehalten, bevor er den Lift verlassen konnte. Sulu richtete den Blick auf die Stelle des Korridorbodens, den Kirk fixierte, und spürte, wie sich sein Magen vor Schreck verkrampfte. Eine dunkelrote Blutspur zog sich über den sauberen Metallboden des Flurs und verschwand hinter den verschlossenen Türen des Transporterraums.

»Was, zum Teufel …«, fragte McCoy.

Schnelle Schritte erklangen auf dem Gang. »Sir!« Ein Transporter-Techniker tauchte atemlos neben Kirk auf, den Arm voller Einsatzunterlagen. Die Augen des jungen Fähnrichs weiteten sich vor Grauen, als er bemerkte, daß die Männer den blutbefleckten Boden anstarrten. »Sir, ich schwöre … ich habe meine Station für höchstens eine Minute verlassen! Die Inspektoren meinten, sie brauchten noch weitere Transporteraufzeichnungen …«

»Machen Sie sich jetzt darüber keine Gedanken.« Kirk schob den Techniker in Richtung des Transporterraums. »Öffnen Sie uns einfach nur die Türen.«

»Aye, Sir.« Der Techniker trat vor und betätigte mit leicht zitternden Händen die Schaltung. Sulu holte tief Luft und wünschte im gleichen Moment, er hätte das nicht getan. Trotz des eifrig arbeitenden Ventilationssystems roch die Luft, die aus dem offenen Transporterraum drang, nach verrottendem Fleisch.

»O mein Gott …« McCoy drängte sich an Kirk vorbei und blieb auf der Schwelle wie angewurzelt stehen. Seine Schultern zuckten, als hätte ihn jemand geschlagen. Sulu überwand sich selbst, trat zögernd einen Schritt vor und schaute dem Doktor über die Schulter. Er keuchte auf und drehte den Kopf zur Seite, als er begriff, daß sie zu spät gekommen waren.

Alles im Innern des Raums war rot verfärbt.

# 7

Chekov verließ den Transporterraum bereits zehn Minuten, nachdem er ihn betreten hatte. Er begriff nicht, wie McCoy und das medizinische Personal den Anblick ertragen konnten. Seine Wachen mußten nun den Raum säubern, als würden sie ausgelaufene Kühlflüssigkeit im Maschinenraum aufwischen. Vielleicht würde es ihnen die Aufgabe erleichtern, wenn sie Raumanzüge benutzten. Auf diese Weise wären sie bis zu einem gewissen Grad vor der schrecklichen Realität abgeschirmt und konnten so tun, als wäre es nicht Blut, was den Boden so klebrig machte.

Chekov lehnte die verschränkten Arme an die Korridorwand, stützte den Kopf dagegen und fragte sich, ob der Maschinenraum auf der *Kongo* ebenso gerochen hatte.

Hinter ihm öffnete sich die Tür des Transporterraums zischend, und schwacher, kupferartiger Gestank breitete sich im Flur aus. »Alles in Ordnung?« fragte McCoy leise, als sich die Tür wieder schloß und die Gerüche aussperrte.

Chekov nickte, drehte sich um und lehnte sich mit dem Rücken gegen die Wand. McCoy wirkte in seinem sterilen grünen Overall schmal und professionell; die Blutflecke und der Tricorder rundeten nur das Bild des Mediziners ab. »Mir ist nur etwas übel«, gestand der Lieutenant. Er verschränkte die Arme und empfand eine gewisse Verlegenheit angesichts seiner Schwäche. »Ich fürchte, ich bin an so etwas nicht gewöhnt.«

McCoy schüttelte den Kopf und trat ein paar Schritte in den Gang hinaus. »Es ist auch nicht leicht, sich daran zu gewöhnen.« Er rieb mit dem Daumen über das Display des Tricorders. »Ich bin mir auch nicht sicher, ob es so gut ist, daß wir es überhaupt können.«

Überleben bedeutet, sich an alles zu gewöhnen, rief sich Chekov ins Gedächtnis. Man mußte weitermachen, durfte nicht anhalten. »Haben Sie schon eine Identifizierung der ... der Leiche?«

McCoy nickte, und Chekov erkannte an der Art, wie der Arzt seinen Blick auf den Tricorder konzentrierte, was er sagen würde. Er versuchte den Schock abzuschwächen, indem er die schlechte Nachricht selbst aussprach. »Es ist Fähnrich Sweeney, nicht wahr?« Dank Kellys neuem Einsatzplan hatte Sweeney seinen Dienst um Mitternacht angetreten, sich aber heute morgen um 0800 nicht abgemeldet. Niemand hatte ihn gesehen, er befand sich auch nicht in seiner Kabine, und sein Posten war seit 0700 nicht mehr besetzt gewesen. Selbst wenn Chekov gewollt hätte, wäre es ihm unmöglich gewesen, nicht zu erkennen, wohin diese Beweiskette führte.

Als McCoy schließlich hochsah, war der Kummer in seinen Augen so gut wie eine Antwort. »Während eines normalen Transportvorgangs hätte das System aufgezeichnet, wer hinausgebeamt werden sollte. Bei einem Unfall wie diesem, bei dem die Anlage offenbar ohne Vorbereitung und ohne Zielort angesprungen ist, liegen die Dinge nicht so einfach.« Er schüttelte traurig den Kopf. »Ich habe die DNS-Werte selbst überprüft. Um die DNS von Lindsey Purviance zu verifizieren, muß ich mich noch an Sigma Eins wenden, doch es gibt keinen Zweifel, daß es sich bei den beiden anderen Opfern um Roberta Gendron und Dennis Sweeney handelt.« Er seufzte wie ein Arzt, der den Eindruck hat, er hätte mehr tun müssen. »Es tut mir leid, Chekov.«

Chekov nickte und wußte nicht recht, was er sagen sollte. Zumindest war er über den Punkt hinaus, an dem er die Nachricht als Schock empfunden hätte. Das half – ein bißchen wenigstens.

»Demnach haben wir also definitiv drei Opfer?« Kirks Stimme drang klar durch den Korridor. Hinter ihm tauchte Scott auf, der eine Diagnose-Einheit bei sich trug. Chekov beneidete den Ingenieur nicht um die Aufgabe, die ihm bevorstand.

»Soweit wir das bisher sagen können«, beantwortete McCoy die Frage das Captains. »Ich fürchte, der Transporter hat nicht viel übrig gelassen, womit wir arbeiten können. Der größte Teil der Zellstrukturen war völlig aufgebrochen, aber zum Glück gab es noch genug DNS-Fragmente, um sie in einer Art medizinischem Puzzlespiel zusammenzusetzen. Bisher waren wir in der Lage, die DNS-Ketten von drei verschiedenen Menschen zusammenzusetzen. Ich hoffe nur, wir finden nicht noch mehr.«

Kirk warf einen kurzen, düsteren Blick auf den geschlossenen Transporterraum. »Befindet sich dort überhaupt genug Masse für drei menschliche Körper?«

McCoy runzelte unwillig die Stirn. »Wie, zum Teufel, soll ich das denn wissen?«

»Nun, du bist der Doktor, Pille, daher scheint es nur logisch, dich zu fragen.«

Chekov räusperte sich und trat neben den Doktor. »Der Sicherheitsdienst wird sich um die Säuberung kümmern, Sir. Sobald wir ...« Zu seinem eigenen Ärger hielt er inne und suchte nach Worten, die ihre schreckliche Aufgabe etwas bemäntelten. »... alles eingesammelt haben, können wir besser abschätzen, wieviel dort ist.«

»Oh, das ist ein trauriges Geschäft.« Scott setzte sein Diagnosegerät ab und trat nahe genug an die Tür, um den automatischen Öffner auszulösen. Chekov wandte den Kopf nicht schnell genug ab und mußte so abermals den Anblick des blutbespritzten Inneren ertragen. Scott stieß einen angewiderten Laut aus, bevor er sich umdrehte.

»Ich habe so etwas schon bei öffentlichen Lasttransportern gesehen«, sagte der Ingenieur, als sich die Tür hinter ihm schloß und der grauenvolle Geruch langsam wieder verflog. »Die Burschen dort warten nicht immer auf die Bestätigung, daß ein Schiff seine Schilde tatsächlich gesenkt hat; sie versuchen einfach, die Fracht durchzuschicken …« Er klatschte die Hände zusammen, um den Effekt einer zurückgeschleuderten Ladung zu demonstrieren. »Die Schilde werfen den Transporterstrahl zurück, üblicherweise genau entlang des Transmitterweges, und das Ganze endet damit, daß die Fracht über den gesamten Transporterraum verstreut materialisiert.«

Scott rieb sich unbewußt über das Gesicht, und Chekov fragte sich, ob dem Ingenieur genauso schlecht war wie ihm selbst. »Das gibt dann eine riesige Sauerei, ganz zu schweigen von der Justierung des Transporters, die dann auch nicht mehr stimmt.«

»Weshalb sind sie nicht als Menschen rematerialisiert?« fragte Kirk.

»Die Interaktion mit der Schildenergie verfälscht das Signal«, erklärte Scott. »Es ist der gleiche Effekt, der einen Phaserschuß daran hindert, den Schild zu durchschlagen.« Er wollte einen Blick über die Schulter werfen, überlegte es sich aber anders. »Das Schlimmste bei so einer Sache ist der Umstand, daß der Rückschlag höchstwahrscheinlich den größten Teil der Aufzeichnungen über den Unfallhergang löscht. Es dürfte sehr schwierig werden herauszufinden, was genau geschehen ist.«

»Oh, mein Gott …« Taylor rannte fast den Flur entlang auf sie zu, die Augen fest auf die Tür des Transporterraums gerichtet. »Es ist wahr, ja? Oh, mein Gott, es ist wahr!«

Kirk und Chekov setzten sich gleichzeitig in Bewegung, packten die Arme des großgewachsenen Mannes und zerrten ihn von der Tür fort, bevor die Automatik ansprechen und das Signal zum öffnen geben konnte. *Bitte, bleib zu!* betete Chekov, während er Taylor zurück zog und gegen die Wand drückte. Er hätte den Geruch nicht noch einmal ertragen können.

»Was ist passiert?« fragte Taylor. Sein blasses Gesicht

zeigte ehrliche Besorgnis, und zum erstenmal empfand Chekov so etwas wie Sympathie für diesen Mann. »Wo ist Miss Gendron?«

»Es tut mir leid«, sagte Kirk, »es hat einen Unfall gegeben.«

McCoy schlüpfte in die Rolle des freundlichen, verständnisvollen Arztes. »Sie gehen da besser nicht hinein. Miss Gendron und Mr. Purviance haben versucht, sich durch die Schirme des Schiffes zu beamen.«

»Nein, Pille.« Kirk sah zum Doktor hinüber und schüttelte den Kopf. »Die Schirme waren nicht aktiviert.«

McCoy starrte Kirk nur verwirrt an, doch Scott zog die Augenbrauen hoch und sah dann nachdenklich drein. »In dem Fall haben wir ein Problem«, meinte er. »Der Transporter-Techniker sagte, als er den Raum verließ, sei Purviance damit beschäftigt gewesen, Gendron den gesamten Ablauf des Beamens zu schildern – er weiß nicht einmal, wie Sweeney in den Raum hineingekommen ist. Ich hatte angenommen, einer von ihnen hätte zufälligerweise den Transporter aktiviert und dabei den Strahl auf die Schirme gerichtet. Doch wenn die Schirme gar nicht aktiviert waren, konnten sie das Signal auch nicht reflektieren, was bedeutet, jemand hat den Transporterstrahl absichtlich verfälscht. Es gibt keine andere Möglichkeit, wie die Materie sonst wieder in den Transporterraum hätte zurückkehren können – jede andere Fehlfunktion hätte sie einfach ins All hinausgeschleudert.«

Chekov überlief ein eiskalter Schauer, als er begriff, worauf Scott hinauswollte. »Sie sprechen von Mord.«

»Ja, mein Junge, ich glaube, genau das tue ich.«

»Und wo, zum Teufel, war der Sicherheitsdienst?« Taylor befreite sich von Kirk und Chekov und funkelte die beiden Männer an. »Ist es nicht die Aufgabe des Sicherheitsdienstes, solche Dinge zu verhindern?«

»Ein Sicherheitsposten ist zusammen mit ihnen gestorben«, erklärte McCoy kühl. »Was wollen Sie denn noch?«

»Ich will wissen, was geschehen ist«, schnappte Taylor

zurück. »Und ich will wissen, *wann* es passiert ist!« Er starrte Chekov an, und der Lieutenant spürte, wie seine frühere Abneigung schlagartig zurückkehrte. »War dieser Posten tatsächlich abgestellt, um Miss Gendron zu unterstützen?«

Angesichts der Tatsache, daß er während des vergangenen Wochenendes jeden Inspektor systematisch aus dem Sicherheitsbereich hinausgeworfen hatte, war das eine reichlich optimistische Frage, dachte Chekov. »Nein«, erwiderte er so höflich wie möglich. »Fähnrich Sweeney sollte einen Waffenschrank bewachen, der sich zehn Meter von hier entfernt im Gang befindet.« Er deutete in die entsprechende Richtung, obwohl die Biegung des Korridors Taylor daran hinderte, den Schrank zu sehen.

Trotzdem blickte der Inspektor stirnrunzelnd in die angegebene Richtung. »Was hatte Sweeney dann im Transporterraum zu suchen?«

»Gendron und Purviance müssen ihn gebeten haben, ihnen bei irgend etwas zu helfen.«

Chekov begriff, daß das die falsche Antwort gewesen war, als Taylor herumfuhr und ihn ansah. »Aber genau wissen Sie das nicht?«

»Es ist niemand mehr da, den wir fragen könnten«, erklärte Chekov. »Ihre Inspektorin und der Verbindungsoffizier wurden zusammen mit ihm getötet.«

»Was soll das Ganze eigentlich?« fragte Kirk, bevor Chekov weiterreden konnte.

Taylor stieß ein Schnauben aus, als hätte Kirk kein Recht, sich einzumischen. »Die Wachen sollen sich doch melden, bevor sie den ihnen zugewiesenen Platz verlassen, oder nicht?«

Diesmal überließ Kirk die Antwort Chekov, und der Lieutenant nickte.

»Aber Sweeney hat sich nicht abgemeldet, oder?«

»Nein.«

»Er hat nicht einmal einen Ersatzmann angefordert, bevor er einen Schrank voller Phaser unbeaufsichtigt ließ?«

»Nein, Mr. Taylor«, sagte Chekov wütend, »das hat er nicht getan. Und jetzt ist er tot, und daher kann ich ihn dafür wohl kaum noch zur Verantwortung ziehen, oder?«

Taylor lehnte sich gegen die Wand. Sein Lachen klang gleichermaßen traurig wie bitter. »Mein Gott, Lieutenant, genau davon rede ich doch! Ist Ihnen noch nie der Gedanke gekommen, daß dieser Junge vielleicht *nicht* tot wäre, wenn Sie für eine striktere Beachtung der Vorschriften gesorgt hätten?«

»Mr. Taylor!« rief Kirk aufgebracht, doch Chekov, dessen Drang, Taylor zu schlagen, fast schon unerträglich war, antwortete bereits.

»Seit ich das Kommando über den Sicherheitsdienst habe, sind die Todesfälle in dieser Abteilung um mehr als achtundzwanzig Prozent zurückgegangen! Was ist für Sie wichtiger? Daß wir unsere Arbeit tun, oder daß wir sie auf eine bestimmte Weise erledigen?«

»Wichtig ist, daß Sie sich um die Leute kümmern, die Ihnen anvertraut sind!«

Diese Bemerkung brannte sich ein wie ein Phaserschuß. »Ich würde mein Leben für meine Leute opfern«, knurrte Chekov. »Und das wissen sie.«

Taylor schnaubte. »Diese angebliche Opferbereitschaft hat Ihrem Fähnrich aber nicht viel geholfen, wie?«

»Und wieso mußte Ihre Inspektorin hochsensible Anlagen inspizieren, die sie gar nicht bedienen konnte, Mr. Taylor? Hatte sie nichts Besseres zu tun, als einen Wachmann von seinem Posten wegzurufen, nur um zu beweisen, daß nichts an Bord dieses Schiffes Ihnen heilig ist?«

»Gentlemen!« Kirk drängte sich zwischen die beiden und brachte Chekov mit einem bohrenden Blick zum Schweigen. »Es reicht jetzt.«

»Bitte unterbrechen Sie uns nicht, Captain«, widersprach Taylor. »Ich bin sehr daran interessiert, Lieutenant Chekovs Rechtfertigung zu hören.«

»Ihr Interesse ...«, setzte Kirk an, doch in diesem Moment unterbrach ihn das wenige Schritte entfernte Interkom mit einem schrillen Pfiff.

»Brücke an Captain.«

Mit einem finsteren Blick – Chekov war sich nicht sicher, ob er ihm oder Taylor galt – trat Kirk an das Kom und drückte mit dem Daumen auf die Taste. »Kirk hier.«

»Spock hier, Captain. Wir haben ein ziviles Notsignal ausgemacht, etwa zwei Parsec abseits von unserem gegenwärtigen Kurs. Mr. Sulu konnte die Registrierung des Schiffes noch nicht identifizieren, aber die Föderationsvorschriften verlangen, daß wir nötigenfalls Hilfe leisten.«

Chekov merkte, daß sich Kirks Aufmerksamkeit auf diese Geschehnisse verlagerte. Der Captain nickte leicht in Richtung Interkom: »Bringen Sie uns auf Warpgeschwindigkeit, Mr. Spock, und informieren Sie Commodore Petersen auf Sigma Eins, daß wir unseren Kurs ändern. Ich komme jetzt rauf. Kirk Ende.« Er schaltete das Interkom aus und winkte Chekov, ihm zu folgen. »Scotty, Pille – seht zu, was Ihr hier tun könnt. Wir setzen unsere Diskussion später fort. Mr. Taylor ...« Er bedachte den Inspektor mit einem kalten Blick, der Chekov veranlaßt hätte, sich für jeden seit dem Romulanischen Krieg begangenen Fehler zu entschuldigen. »Ich möchte nicht feststellen müssen, daß Sie sich in irgendeinen Aspekt dieser Untersuchung eingemischt haben. Haben Sie mich verstanden?«

Taylor biß verärgert die Zähne zusammen. »Absolut, Captain.« Dann sah er Chekov mit einer Selbstzufriedenheit an, die dem Lieutenant Magenschmerzen bereitete. »Wir sind auch noch nicht miteinander fertig, Lieutenant. Ihr Captain wird meinen Bericht sehen, bevor ich ihn offiziell einreiche, und ich verspreche Ihnen, nichts von dem, was ich zu sagen habe, wird ihm gefallen.«

Kirk zog Chekov am Arm mit sich und sagte kühl: »Glauben Sie mir, Mr. Taylor, anders wollte ich es auch gar nicht haben.«

Das Heulen des Notsignals erfüllte die Brücke der *Enterprise* wie das Weinen eines Kindes, das niemand zu trösten vermag. Sulus Finger umklammerten unbehaglich die Steuerungskontrollen. Er wußte, das Notsignal war so gestaltet worden, daß es die Statik des Subraums ebenso durchdringen konnte wie die Geräusche an Bord eines Schiffes, doch dieses Wissen machte es auch nicht leichter, den Klang anhören zu müssen. Dieser endlose Schrei um Hilfe ließ in Sulus Verstand Bilder von möglichen Unfällen und Katastrophen entstehen, Bilder, die er sich nach dem, was er am Morgen im Transporterraum gesehen hatte, nur zu gut ausmalen konnte.

»Es sieht wie eine Art Frachter aus«, bemerkte Lieutenant Bhutto leise. Sulu nickte und beobachtete, wie das antriebslose Schiff auf dem Schirm anwuchs, als die *Enterprise* näher kam. Das blauweiße Strahlen von Cygnus Eridani erschwerte es, Einzelheiten zu erkennen, doch die stumpfe, wurstähnliche Form miteinander verbundener Segmente gehörte eindeutig zu einem Frachtschiff. »Ich frage mich, weshalb sie auf unsere Funksignale nicht reagiert haben.«

»Ich weiß nicht.« Sulu hörte, wie Uhura auf der anderen Seite der Brücke immer noch vergeblich versuchte, das Schiff über die Grußfrequenzen zu erreichen. »Sie müssen über Subraumfunk verfügen, sonst hätten wir ihren Notruf gar nicht erst empfangen.«

Bhutto kniff die Augen zusammen. »Vielleicht ist niemand mehr übrig, der uns antworten könnte.«

»Über diese Möglichkeit will ich lieber noch nicht nachdenken.« Sulu biß die Zähne zusammen und versuchte, die Erinnerungen an einen Raum voller Fleischfetzen zu unterdrücken. »Wieso nehmen Navigatoren eigentlich immer gleich das Schlimmste an?«

Die Türen des Turbolifts öffneten sich, bevor Bhutto eine Antwort geben konnte. Sulu mußte sich nicht umdrehen, um zu wissen, daß Kirk den Raum betreten hatte – er spürte deutlich den Energieschub, der die Brückenmannschaft erfaßte. Aus den Augenwinkeln bemerkte Sulu Chekov, der hinter der Konsole des Captains vorbeiging, um seinen Platz an der Sicherheitsstation einzunehmen.

»Meldung, Mr. Spock.« Die Hydraulik des Kommandosessels zischte leise, als Kirk den Sitz in Richtung des Hauptschirms herumschwang.

»Wir nähern uns dem havarierten Schiff, Captain«, sagte Spock ruhig. »Es kann oder will nicht auf unsere Anrufe reagieren. Die Sensoren zeigen lediglich, daß es sich um einen interstellaren Frachter von etwas veralteter Bauweise handelt.«

»Hm.« Kirk trommelte nachdenklich mit den Fingern auf der Halterung seiner Konsole. »Mr. Spock, können Sie irgendwelche Hinweise auf mögliche Schäden an dem Schiff feststellen?«

»Nein, Sir. Nach dem Ausstoß an ionisierter Strahlung aus den Triebwerken zu urteilen, scheinen die Feldgeneratoren zufriedenstellend zu arbeiten.«

»Captain.« Chekovs Stimme klang angespannt. »Die Waffenscanner zeigen, daß sich wahrscheinlich sowohl an Backbord wie an Steuerbord Phaserbatterien in der Schiffshülle befinden.«

»Phaser auf einem Frachter?« Kirk sprang auf, machte ein paar Schritte und beugte sich über Sulus Pult. »Stoppen Sie das Schiff, Mr. Sulu, und zwar außerhalb der Phaserreichweite.«

»Aye, Sir.« Sulu warf einen Blick zu Chekov hinüber, und einen Moment später wurde der mutmaßliche Radius der Geschützreichweite vom Sicherheitscomputer in roter Farbe auf seinen Monitor überspielt. Sulu brachte die *Enterprise* knapp außerhalb der dunkelroten Sphäre zum stehen. »Wir haben gestoppt, Captain.«

»Halten Sie diese Position.« Kirk drehte sich um. »Uhura, hören Sie auf, unsere Freunde dort drüben anzufunken.«

»Aufhören, Captain?« Die Kommunikationsoffizierin klang überrascht.

»Ganz recht. Die sollen sich zur Abwechslung mal Gedanken über uns machen.« Sulu wagte einen Blick über die Schulter und sah, wie Kirk mit funkelnden Augen wieder in seinem Sessel Platz nahm. »Und jetzt warten wir ab.«

Schweigen senkte sich über die Brücke, jenes zwar gespannte, zugleich aber auch vertrauensvolle Schweigen von Menschen, die immer wieder erlebt hatten, daß die Schachzüge ihres Captains zum Erfolg führten. Nur das Notsignal schien in dieser disziplinierten Stille noch schriller zu klingen als zuvor. Eine Sekunde nach der anderen verstrich.

»Orionischer Frachter *Umyfymu* ruft Föderationsschiff.« Die tiefe, grollende Stimme jagte Sulu einen Schauer über den Rücken und erinnerte ihn an frühere Zusammenstöße mit den Orionern. Verdächtigerweise blieb der Bildschirm dunkel. »Föderationsschiff, können Sie uns hören?«

Kirk nickte Uhura zu, und die Kommunikationsoffizierin öffnete einen Kanal für ihn. »Hier ist die USS *Enterprise*«, meldete sich der Captain knapp. »Was haben Sie für Probleme, *Umyfymu*?«

Für geraume Zeit war nur das Rauschen des offenen Kanals zu vernehmen. »Schwierigkeiten mit der Maschine«, sagte der Orioner schließlich. »Eine partielle Destabilisierung der Feldkontrolle hat unseren Warpantrieb lahmgelegt.«

Sulu hörte, wie Spock sich vernehmlich räusperte. Uhura betätigte ohne Aufforderung ihre Kontrollen und sagte dann: »Ich habe den Audiokanal geschlossen, Mr. Spock, die Orioner können Sie jetzt nicht mithören.«

»Danke, Commander.« Der Wissenschaftsoffizier wandte sich an Kirk. »Captain, selbst eine partielle Destabilisierung des Feldes hätte eine Spur von Subraumstrahlung hinterlassen müssen, als die *Umyfymu* aus dem Warp gegangen ist. Unsere Sensoren können jedoch eine derartige Spur nirgendwo in der Umgebung von Cygnus Eridani feststellen.«

»Dann lügen die Orioner also. Aber warum?« Kirk rieb sich nachdenklich das Kinn. »Selbst wenn es sich um Piraten handelt, können sie doch kaum glauben, sie könnten ein Schiff der Constitution-Klasse aufbringen ...«

»Es sind keine Piraten, Captain.« Die Erkenntnis stieg in Sulu auf, bevor er begriff, wieso er das wußte. »Ich habe noch keinen orionischen Piraten getroffen, der so gut Standard gesprochen hätte.«

»Nein«, meinte Chekov finster, »aber orionische Militärs schon.« Sein Blick richtete sich auf den Hauptschirm, und Sulu, in dem der gleiche Verdacht aufkeimte, tat es ihm nach. »Stellen wir uns diese Schiffshülle ...«

»... ohne die zusätzliche Strahlungsabschirmung vor.« ergänzte Sulu. »Wenn wir dann noch die Frachtabteile entfernen ...«

»... haben wir einen orionischen Zerstörer der T-Klasse!« vollendete Chekov den Satz triumphierend.

»Ein Kriegsschiff!« Kirk sprang erregt auf. »Mr. Chekov, volle Energie auf die Schilde – sofort!« Ein phosphoreszierender Schimmer lief über den Hauptschirm, als der Sicherheitsoffizier gehorchte. »Mr. Sulu, wir ziehen uns um zehntausend Kilometer zurück, bis wir außer Reichweite für Photonentorpedos sind. Uhura, lösen Sie Alarmstufe Gelb aus.«

»Aye, Sir.« Flackerndes goldenes Licht erfüllte die normalerweise blaßblau wirkende Brücke, begleitet von den surrenden und klickenden Geräuschen, mit denen sich die Sessel in Gefechtsposition verankerten. Sulu holte tief Luft und spürte, wie Adrenalin durch seine Adern schoß, als er die *Enterprise* in eine sichere Entfernung brachte.

»Föderationsschiff, Sie lassen ein havariertes Schiff im Stich.« Die grollende orionische Stimme erschreckte Sulu einen Moment, bis er sich daran erinnerte, daß Uhura den Kommunikationskanal für eingehende Botschaften offengelassen hatte. Der Bildschirm zeigte keine Veränderung in der Position des vorgeblichen Frachters. »Das ist eine ernste Verletzung interstellarer Vereinbarungen. Wir verlangen eine Erklärung.«

Kirk schnaubte und bedeutete Uhura, den Kanal wieder zu öffnen. »Wenn Sie sich mit den interstellaren Vereinbarungen so gut auskennen, orionischer *Zerstörer Umyfymu*«, sagte er scharf, »dann sollten Sie sich ins Gedächtnis rufen, daß der Mißbrauch eines universalen Notrufs ebenfalls eine ernste Verletzung darstellt, die mit einem einjährigen Anflugverbot für alle Raumhäfen der Föderation geahndet wird.«

Stille folgte diesen Worten, dann meldete Uhura mit angespannter Stimme: »Captain, die *Umyfymu* sendet auf einem anderen Subraumkanal. Die Botschaft ist verschlüsselt, aber ich glaube, sie rufen Unterstützung.«

Spock beugte sich über sein Sensoren-Display und verfolgte den Weg der orionischen Sendung. »Extremreichweitenscanner melden ein näher kommendes Schiff, Captain, Geschwindigkeit Warp drei. Es ist gerade in Reichweite der Detektoren gekommen.« Er tippte nachdenklich auf eine der Anzeigen. »Die Scanner registrieren eine Art Geisterbild hinter dem Schiff – möglicherweise ein kleinerer Begleiter, der die Deckung des größeren Schiffes ausnutzt.«

»Handelt es sich bei der größeren Einheit um einen Orioner?« fragte Kirk.

»Diesen Daten zufolge, ja. Allerdings ...« Spock sah mit hochgezogenen Augenbrauen vom Monitor auf, »... scheint das Schiff aus dem Föderationsgebiet zu kommen.«

»Captain, ich empfange eine Nachricht von dem zweiten orionischen Schiff.« Uhura hielt kurz inne, ihre Augen weiteten sich, während sie lauschte. »Sie haben sich als orionischer Polizeikreuzer *Mecufi* identifiziert, Sir – und sie behaupten, sie wären von Sigma Eins ausgesandt worden, um uns unter Arrest zu stellen.«

# 8

Kirk rieb sich mit der Hand über das Gesicht. »Ich komme mir vor, als wäre ich gerade in ein Kaninchenloch gefallen«, meinte er. Sulu nickte in stummem Einverständnis, als er sich umdrehte, um den Schirm zu beobachten. Hinter dem lumineszierenden Schimmern ihrer Schilde reflektierte das blaue Licht von Cygnus Eridani jetzt von zwei Schiffen: der trügerisch klobigen *Umyfymu* und der schlankeren *Mecufi*. Keiner der beiden Raumer hatte sich in den Feuerbereich der *Enterprise* gewagt. »Uhura, können Sie eine direkte Verbindung zum Kommandanten des orionischen Polizeikreuzers herstellen?«

»Ich versuche es, Captain.« Die Kommunikationsoffizierin beugte sich kurz über das Pult. Ihr dunkles Gesicht wirkte angespannt, als sie mit ihrem Kollegen auf dem orionischen Schiff sprach. »Die Verbindung wird aufgebaut, Sir.«

»Auf den Schirm.« Sulu hörte, wie Kirks Sessel leise zischte, als der Captain aufstand und sich dem Bild zuwandte, das jetzt auf dem Hauptschirm entstand. Die breite Gestalt des orionischen Polizei-Commanders mit ihren an eine hohe Schwerkraft angepaßten Muskeln und Knochen machte den Eindruck, als sei sie regelrecht in die rote Uniform hineingequetscht worden. Der dichte schwarze Bart war mit militärischer Präzision geschnitten, und von den Schläfen hingen zwei lange, von silbernen Ösen zusammengehaltene Zöpfe herunter. Bronzefarbene Augen hoben sich blitzend von der dunkelgrünen Haut ab.

»Raumschiff *Enterprise,* ich bin Polizei-Commander Shandaken.« Genau wie der Orioner an Bord der *Umyfymu* sprach auch der Commander zwar steifes, aber fehlerfreies Standard. »Sie werden uns auf der Stelle gestatten, an Bord zu kommen und Ihr Schiff zu durchsuchen.«

»Abgelehnt.« Kirks Lippen preßten sich zusammen. »Neutrale Polizeikräfte besitzen keinerlei Autorität über Starfleet-Schiffe.«

»Aber Sie befördern von den Orionern gesuchte Kriminelle.« Der Commander hob anklagend einen Finger. »Dort, direkt auf Ihrer Brücke!«

*»Was?«* Kirk fuhr herum und blickte in Chekovs verblüfftes Gesicht. »Ich habe keine Ahnung, wovon Sie sprechen, Shandaken. Dieser Mann ist einer meiner Brückenoffiziere.«

»Er ist auch ein gesuchter Krimineller.« Shandaken verschränkte die Arme vor der mächtigen Brust und schob das Kinn verächtlich vor. »Er hat einen meiner Beamten auf Sigma Eins angegriffen und verletzt ...«

»Das ist nicht wahr!« Die Tatsache, daß sein Akzent viel stärker als üblich zutage trat, zeigte noch deutlicher als die Worte, wie aufgebracht Chekov war. »Ich habe ihn lediglich entwaffnet!«

»Das reicht, Mr. Chekov«, sagte Kirk ruhig.

»... außerdem hat er eine orionische Waffe gestohlen«, fuhr der Commander unerbittlich fort. »Und sie an Bord Ihres Schiffes geschmuggelt.«

»Das hat er nicht!« Aufgebracht über diese Beschuldigung fuhr Sulu herum. »Chekov hat den orionischen Phaser dem Sicherheitsdienst von Sigma Eins ausgehändigt, Captain. Das habe ich selbst gesehen.«

Kirk schüttelte warnend den Kopf. »Mr. Sulu, ich sagte, es reicht.«

»... ganz zu schweigen von der Einmischung in eine legale orionische Durchsuchungsaktion.« Shandaken setzte eine grimmige Miene auf. »Wegen dieser Vergehen verlangen wir ...«

»Captain, das war keine legale Durchsuchung!« Diesmal war es Uhura, die sich empört einmischte. »Dieser Orioner hat Föderationsbesitz ohne jede Provokation zerstört ...«

Kirk runzelte die Stirn. »Commander Shandaken, bitte entschuldigen Sie mich für einen Moment, während ich mich mit meiner Crew berate.« Der Orioner grunzte, als sein Abbild vom Schirm verschwand und durch den Sternenhimmel ersetzt wurde. Der Captain fuhr herum und fixierte Chekov mit verärgertem Blick. »Also schön, Lieutenant. Erinnern Sie sich an die Erklärung, die in ihrem Bericht über Sigma Eins stehen sollte? Ich glaube, Sie liefern sie mir besser jetzt sofort.«

»Ja, Captain.« Der Sicherheitsoffizier saß in steifer Haltung vor seiner Station. Selbst von der Steuerung aus konnte Sulu erkennen, daß sich die Knöchel des Russen weiß verfärbt hatten, so fest umklammerte er die Kontrollen. »Wir kamen zufällig hinzu, als ein orionischer Polizist einen der Händler auf Sigma Eins tätlich angriff. Ich habe ihm lediglich den Phaser abgenommen. Er muß mich dem Sicherheitsdienst der Station gemeldet haben; dort habe ich dann den Phaser abgegeben, als man mich unter Arrest stellte.« Eine leichte Röte zeigte sich auf seinen Wangenknochen. »Den Rest kennen Sie.«

»Hm.« Kirk machte keine Anstalten, Uhura oder Sulu um eine Bestätigung zu bitten; offenbar kannte er seinen Sicherheitsoffizier gut genug. »Das scheint mir aber kaum ein ausreichender Grund zu sein, um hinter Ihnen herzujagen, Mr. Chekov.«

»Ich weiß, Sir.« Chekov warf einen forschenden Blick auf die beiden Schiffe, die auf dem Schirm zu sehen waren. »Ich verstehe das auch nicht.«

»Orioner sind bekanntlich nachtragend«, meinte Sulu. »Vielleicht dachten sie ja auch, sie könnten daraus einen interstellaren Zwischenfall konstruieren und die Föderation bloßstellen.«

»Möglich.« Kirk nickte Uhura zu. »Stellen Sie die Verbindung zu dem orionischen Polizei-Commander wieder her.«

»Ja, Captain.« Auf dem Schirm zeigte sich wieder die Brücke der *Mecufi*. Shandaken blickte von einem tragbaren Kommunikator auf und blinzelte überrascht.

»Ist Ihre Konferenz schon beendet, Captain?« fragte er.

»Ja, und jetzt habe ich eine Frage an Sie.« Kirks Stimme klang sanft. »Da sich der Zusammenstoß mit Ihrem Polizisten auf einer Raumstation von Starfleet zugetragen hat, ist Ihnen doch sicher klar, daß jegliche Strafverfolgung von Lieutenant Chekov in die Zuständigkeit der Föderation fallen würde?«

Die buschigen Augenbrauen des Orioners zogen sich zusammen. »Das können wir nicht akzeptieren ...«

»Dennoch ist das die einzig legale Möglichkeit, die Ihnen offensteht«, bemerkte Spock ruhig.

Shandaken schlug mit der Faust auf die Lehne seines Sessels. »Wir weigern uns ...«

Der Schirm flackerte ohne Vorwarnung auf, und der rotgekleidete Orioner wurde durch jemand in bronzefarbener und schwarzer Uniform ersetzt – offensichtlich jemand von dem anderen Schiff. Das breite Gesicht des Mannes zeigte einen Bart, der sogar noch sorgfältiger gestutzt war als der des Polizei-Commanders, und von einem großen, dunkelgrünen Ohr hing das Abzeichen eines Captains herab. Hinter ihm blitzte eine auf Hochglanz polierte militärische Brücke, die einen seltsamen Kontrast zu den alten Frachtbehältern bildete, die durch die schmalen Fenster zu sehen waren.

»Raumschiff *Enterprise*, Sie befinden sich auf direktem Kurs in orionisches Gebiet.« Die tiefe, grollende Stimme gehörte eindeutig jenem Mann, der zuvor von der *Umyfymu* aus zu ihnen gesprochen hatte. »Das stellt eine Verletzung der orionischen Neutralität dar.«

Kirk preßte die Lippen zusammen. »Unser Kurs zielt auf die Grenze der Föderation, Commander, und unsere Befehle lauten, auf unserer Seite zu bleiben.«

Der militärische Commander schnaubte. »Die übliche Doppelzüngigkeit der Föderation! Wozu sollten Sie die Grenze anfliegen, wenn Sie nicht irgend etwas auf der anderen Seite vorhätten? Ich warne Sie – wenn Sie Ihren Kurs nicht sofort ändern, sind wir gezwungen, das Feuer zu eröffnen.«

»Chekov.« Kirk ließ den fremden Commander nicht aus den Augen. »Welche Höchstgeschwindigkeit kann ein orionischer Zerstörer der T-Klasse erreichen?«

»Warp vier, Captain.«

»Und der Polizeikreuzer?«

Chekov schüttelte den Kopf, nachdem er einen Moment lang die Monitoranzeige studiert hatte. »Laut unseren Unterlagen nicht schneller als Warp drei.« Er sah auf, und in seinen Augen spiegelte sich ein bestimmter Verdacht. »Wenn die *Umyfymu* uns nicht mit ihrem falschen Notsignal aufgehalten hätte, hätte uns die *Mecufi* niemals eingeholt.«

»Dieser Gedanke ist mir auch gerade gekommen, Lieutenant.« Kirk legte Sulu eine Hand auf die Schulter. »Mr. Sulu, werfen Sie den Warpantrieb an. Bringen Sie uns zur orionischen Grenze.« Er schaute mit einem schadenfrohen Lächeln zum Schirm. »Mit Warp sechs.«

Der Korridor draußen war zum Glück menschenleer, als Kirk etwa fünfeinhalb Stunden später endlich die Krankenstation verließ. Er reckte die Schultern, um die Muskeln zu entspannen, und überschlug kurz und ohne rechtes Interesse, wie weit es noch bis zur orionischen Grenze sein mochte. Ungefähr einen Tag mochte die Reise noch dauern, bis sie sich mit den Spannungen auseinandersetzen mußten, die sich dort entwickelt hatten. Himmel, es war ein deprimierender Gedanke, daß alles, was bisher geschehen war, lediglich eine Art Vorspiel für ihren richtigen Einsatz darstellte.

Er bog in den nächsten Korridor und schlug den Weg zu einem der Turbolifte ein. Seine Fäuste ballten sich rhythmisch, während er nachdachte. Die Erfahrung hatte ihn gelehrt, daß Missionen, die schlecht anfingen, sehr häufig auch genauso endeten. Die Tatsache, daß keines ihrer gegenwärtigen Probleme in Beziehung zu den orionisch-andoranischen Feindseligkeiten stand, stellte auch keine Erleichterung dar. Alles, was im Moment für ihn zählte, war der Umstand, daß sein Schiff einen Strahlungsschaden erlitten hatte, ein Mitglied seiner Besatzung gestorben war und sein Chefmediziner aufgrund dieser beiden Ereignisse bis zum Hals in Arbeit steckte. McCoy hatte nicht einmal Kirks Strahlungsprüfung überwacht; er war zu sehr damit beschäftigt, einen von massiven Schuldgefühlen geplagten Transporter-Techniker zu betreuen, der Argumenten kaum mehr zugänglich schien.

»Mr. Taylor«, hallte eine Frauenstimme durch den Gang, »ich fürchte, ich kann nicht gestatten, daß Sie diesen Bereich verlassen.«

Die Inspektoren waren natürlich auch noch da.

Kirk blieb ein Dutzend Schritte vor dem Korridor der Sicherheitsabteilung stehen, direkt an der Abzweigung, die zum Turbolift und fort von hier führte. Er hörte, wie die Stimmen näher kamen, und unterdrückte gerade noch eine angewiderte Grimasse, als John Taylor plötzlich im Eingang der Abteilung erschien. Irgendwie, dachte Kirk, schien es nur passend, daß einer der Inspektoren auftauchte, um selbst eine so simple Angelegenheit wie den Weg zu seinem Quartier zu ruinieren.

»Versuchen Sie nicht, mich einzuschüchtern«, fuhr Taylor die junge koreanische Frau an, die ihm aus der Sicherheitsabteilung folgte. »Mir haben schon ganz andere als Sie gedroht, Fähnrich Paek, doch auch von denen hat mich niemand zwingen können, Befehlen zu gehorchen.« Sein Profil war Kirk zugewandt, und seine Lippen bildeten eine schmale, gerade Linie.

»Ich versuche nicht, Sie einzuschüchtern«, setzte Paek an, doch Taylor übertönte sie einfach.

»Falls Ihr Lieutenant wundersamerweise heute abend

noch erscheinen sollte, dann sagen Sie ihm, daß mich seine Kraftmeierei absolut nicht beeindruckt. Entweder zieht er alle Beschuldigungen gegen Aaron Kelly zurück und läßt den Mann wieder frei, oder der Präsident des Rechnungshofs bekommt einiges über den Mißbrauch von Starfleet-Vorschriften zu hören. Kapiert?«

Kirk fragte sich, ob man Inspektoren wegen des gleichen Mißbrauchs anzeigen konnte.

»Mr. Taylor«, sagte Paek und blieb dicht hinter dem Inspektor, als dieser sich umdrehte, um in Kirks Richtung zu gehen, »der Versuch, den Schirm einer Arrestzelle auszuschalten, ist prinzipiell mit einem Ausbruch gleichzusetzen. Wenn Sie jetzt versuchen, den Sicherheitsbereich zu verlassen, sehe ich mich gezwungen, auf Sie zu schießen.« Sie warf Kirk einen hilfesuchenden Blick zu; ihr Phaser hing noch an ihrer Hüfte.

Kirk nickte; er war nicht sonderlich daran interessiert herauszufinden, wie Taylor diesen neuerlichen Zwischenfall darstellen würde, wenn Paek erwartungsgemäß reagierte und ihre Pflicht tat. »Nicht schießen, Fähnrich.« Sie ließ in stummer Erleichterung die Schultern sinken, und Kirk trat Taylor in den Weg, als der Inspektor an ihm vorbeizueilen versuchte. »Sie scheinen auf jedermann diese Wirkung auszuüben«, meinte Kirk freundlich. »Ist das ein angeborenes Talent, Mr. Taylor, oder eine erworbene Fähigkeit?«

Taylor blieb stehen, um nicht mit Kirk zusammenzustoßen, und seufzte schwer. »Ich habe nicht viel für Ihren Sarkasmus übrig, Captain.« Er nickte über die Schulter nach hinten. »Ist Ihnen bekannt, daß Ihr Sicherheitschef einen meiner Inspektoren eingesperrt hat?«

Kirk imitierte bewußt Taylors Geste und zog zugleich die Augenbrauen hoch. »Mir ist bekannt, daß einer Ihrer Inspektoren die Starfleet-Vorschriften verletzt und Lieutenant Chekov dementsprechend reagiert hat.« Er legte den Kopf schief. »Ich dachte eigentlich, Sie wären derjenige mit dem großen Respekt für Vorschriften.«

»Für Vorschriften schon, Captain«, erwiderte Taylor mit finsterer Miene. »Aber nicht für deren Benutzung als Vorwand, um Vertreter der Föderation zu schikanieren. Es ist schließlich nicht so, als hätte Aaron jemanden ermordet oder Starfleet-Geheimnisse an die Klingonen verraten.«

»Durch die Auslösung eines Fehlalarms hat Mr. Kelly die Sicherheit von jedem an Bord des Schiffes gefährdet«, erinnerte ihn Kirk.

»Gefährdet?« Taylor lachte maliziös. »Also wirklich, Kirk – *Ihr* Mann hat meinem Mann die Nase gebrochen, oder haben *Sie* das schon vergessen?«

Kirk verschränkte die Hände hinter dem Rücken, um zu verhindern, daß er automatisch die Fäuste ballte. »Er kann froh sein, daß ihm Chekov nicht das Genick gebrochen hat.«

Fast im gleichen Moment hätte sich Kirk am liebsten auf die Zunge gebissen. Taylors Mund zeigte ein schmales Raubtierlächeln, als er unschuldig fragte: »Darf ich diese Aussage zitieren?«

Kirk wünschte sich, Taylor hätte anstelle von Gendron den Transporter inspiziert. »Tun Sie, was immer Sie wollen, solange Sie es von Ihrem Quartier aus tun.«

Taylor blinzelte überrascht. »Wie bitte?«

Wenn Taylor ohnehin vorhatte, den Präsidenten des Rechnungshofs mit einer Flut von Beschwerden zu überschwemmen, dann, dachte Kirk, konnte er auch dafür sorgen, daß der Bericht hundertprozentig negativ ausfiel. Seine Mannschaft sollte diese Sache jedenfalls nicht allein ausbaden müssen.

»Sie haben Stubenarrest, Mr. Taylor«, sagte Kirk und imitierte dessen unschuldigen Tonfall. Und zumindest verspürte er eine gewisse Genugtuung angesichts der Verärgerung, die sich in Taylors Miene abzeichnete. »Der Sicherheitsdienst hat drei Todesfälle zu untersuchen, ganz abgesehen von den üblichen Aufgaben, die auch weiterhin zu erfüllen sind. Lieutenant Chekov kann gut darauf verzichten, daß Sie sich hier einmischen, um die Effizienz seiner Leute zu prüfen, und ich selbst kann ebenfalls sehr gut darauf verzichten, Sie jedesmal auf der Brücke zu sehen, wenn irgend etwas nicht nach Ihrem Geschmack läuft. Also ...« Er winkte Paek näher heran, ohne den Blick von Taylor zu wenden. »Fähnrich Paek, warum begleiten Sie Mr. Taylor nicht zu seiner Unterkunft? Und sorgen Sie auch gleich dafür, daß sich Inspektorin Chaiken ebenfalls in ihrem Zimmer aufhält. Ich glaube nicht, daß wir einen Wachposten vor die Tür stellen müssen, aber ich bin sicher, auch das ließe sich arrangieren, falls Mr. Taylor das vorziehen sollte.«

Taylor riß sich mit einer heftigen Bewegung los, als Paek seinen Ellbogen packen wollte. »Ich glaube nicht, daß das nötig ist«, knurrte er und starrte den Fähnrich an.

Kirk lächelte knapp und nickte. »Freut mich zu hören.«

»Dürfen wir unsere Unterkunft wieder verlassen, sobald Ihre Leute die Untersuchung beendet haben?«

Kirk zuckte die Achseln. »Darüber sprechen wir, wenn es soweit ist.« Er wies Paek mit einem Kopfnicken in Richtung Turbolift, und sie gehorchte eilig, Taylors Ellbogen trotz seines Sträubens fest im Griff. »Allerdings muß ich Sie warnen«, sagte Kirk, als sie an ihm vorbeigingen. »Untersuchungen verlaufen nicht oft so, wie man es gern hätte. Und Lieutenant Chekov hat noch eine Menge anderer Dinge zu tun.«

Gegen 23 Uhr wünschte sich Chekov schon beinahe, Kirk hätte sich dafür entschieden, gegen die Orioner zu kämpfen. Auf diese Weise wäre Chekov zumindest davon befreit gewesen, seine Crew bei der Reinigung des Transporterraums zu beaufsichtigen. Und vermutlich müßte er sich dann auch um andere Dinge Sorgen machen als um einen dreifachen Mord, die von Scotty vor kurzem bemerkten Bagatelldiebstähle im Maschinenraum und Taylors Pläne, seine Abteilung auseinanderzunehmen. Die drei Infrarotsichtgeräte, die er bei sich trug, klickten leise aneinander, als er sich an die Wand des Turbolifts lehnte, lauschte, wie die Kabine vor Deck sieben abbremste und dabei hoffte, er würde nicht in der absurd langen Zeit einschlafen, die es dauerte, bis sich die Türen endlich öffneten.

Chekov hatte Taylor seit ihrer Auseinandersetzung an diesem Nachmittag nicht mehr gesehen. Kurz nachdem die Orioner außer Sicht geraten waren, hatte sich der Lieutenant zusammen mit Scottys Leuten im Maschinenraum umgesehen und eine Liste der Schneidegeräte, Kapazitoren und Meßgeräte zusammengestellt, die plötzlich nirgendwo mehr aufzufinden waren. Die Junior-Ingenieure waren überzeugt, jemand hätte die Ausrüstungsgegenstände fortgeschafft; Chekov hingegen glaubte eher, daß ihnen ihre Nerven nach dem Transporterunfall einen Streich spielten. »Was sollte denn jemand mit all diesen Sachen anfangen?« hatte er mehr als einen von ihnen gefragt. Daraufhin hatten sie nur die Achseln gezuckt, ihm die Infrarotgeräte gegeben, die er ihnen einige Tage zuvor zur Reparatur geschickt hatte, und sich wieder an die Arbeit gemacht. Offensichtlich waren sie nicht bereit, Spekulationen zu äußern.

*Zu schade, daß Taylor nicht in den Maschinenraum darf,* dachte Chekov, während er durch den von der Nachtbeleuchtung schwach erhellten Korridor zu seinem Büro ging. Gäbe es auch nur die leiseste Chance, Taylor als Verdächtigen im Fall der Diebstähle einzustufen, würde das als Entschuldigung ausreichen, um ihn zu Kelly in die Arrestzelle zu stecken. Allerdings würde das dann mit größter Wahrscheinlichkeit zur Auflösung seiner Abteilung führen, insofern war der Gedanke vielleicht doch nicht so gut. Chekov wechselte die Infrarotgeräte unbehaglich in die andere Hand und überlegte, ob Taylor tatsächlich ein paar grundsätzliche Probleme entdeckt hatte, die ihm und Kirk entgangen waren, oder ob hinter alledem nur die privaten Vorurteile des Inspektors steckten. Er hoffte inständig, daß letzteres zutraf.

Als er den Eingang passiert hatte und am Bereitschaftsraum vorbeikam, hörte er das Gemurmel eines Gesprächs, ohne jedoch die einzelnen Worte verstehen zu können. Er identifizierte die wachhabenden Posten am Klang ihrer Stimme, den charakteristischen Höhen und Tiefen der Sprachmelodie und der Länge der Sätze: Recchi und Paek. Das ruhige, gleichmäßige Muster des Gesprächs bestätigte, daß alles in Ordnung war, und so sah Chekov keinen Grund, die beiden zu stören. Sein Dienst war ohnehin schon längst zu Ende, und die Berichte konnte er auch morgen früh noch lesen.

Er warf die Infrarotgeräte mitten zwischen die wartenden Bänder und Akten auf seinem Schreibtisch und merkte an der Tatsache, daß ihn dieses Durcheinander nicht störte, wie müde er war. Er wollte dem ganzen Kram gerade den Rücken kehren, um den Schrank hinter seinem Schreibtisch aufzuschließen, als sein Blick auf eine Notiz neben dem Computer fiel, verfaßt in seiner eigenen Handschrift: *Sweeney*.

Er ließ den Kopf sinken. Sweeneys Spind im Gemeinschaftszimmer mußte er noch ausräumen und die Sachen für den Transport zur Erde vorbereiten. Er nahm die Infrarotgeräte vom Tisch, wandte sich wieder dem Schrank zu, wartete auf den Retina-Scan, identifizierte sich über die Stimmerkennung, schloß die Türen mit seinem Schlüssel auf und mußte dann an sich halten, um die Geräte nicht einfach in ihre Ablage zu feuern bei dem Gedanken, daß von der Karriere eines jungen Mannes nicht mehr übrig blieb als ein paar Kubikmeter große Kisten.

An Tagen wie diesen haßte er seinen Job.

In den letzten Stunden war niemand mehr im Gemeinschaftsraum gewesen. Chekov schaltete das Licht ein, als er das Zimmer betrat, beobachtete, wie sich die Dunkelheit von Tischen und Schränken zurückzog, und lauschte auf die nächtliche Stille, die sich so sehr von dem lauten Schwatzen unterschied, das tagsüber diesen Raum erfüllte. Im ersten Augenblick konnte er den weißen Karton, den er schon früher hier deponiert hatte, nirgendwo sehen. Dann entdeckte er die Kiste zusammen mit drei anderen auf einem Tisch, den jemand gegen die Wand geschoben hatte. Eine Mischung aus Erleichterung und Schuldbewußtsein überkam ihn. Jemand anderer – wahrscheinlich Coffey, Sweeneys Zimmergenosse – hatte Sweeneys Habseligkeiten bereits zusammengepackt und versandfertig gemacht. *Eine Arbeit weniger,* dachte Chekov, als er sich zwischen Tischen und Stühlen hindurchwand, um einen Blick auf die Beschriftung der Kisten zu werfen.

Oben auf der ersten Kiste lagen ein paar Dinge, zusammen mit einer handschriftlichen Notiz.

*Chef, bitte mitschicken.*

Chekov sah die Sachen durch und kam sich dabei fast wie ein unerwünschter Teilnehmer auf der Beerdigung einer fremden Familie vor. Eine Diskette, die alles mögliche enthalten mochte – Photos, Musik, Texte. Er legte sie mitsamt dem Notizzettel beiseite. Ein kleiner Strauß getrockneter Blumen, handgeschriebene Briefe von zumindest drei verschiedenen Absendern, eine ungeordnete Sammlung von Photos eines Feldhockeyspiels, das die Wachen bei ihrem letzten Urlaub ausgetragen hatten. Chekov schob die Bilder in der Reihenfolge, in der er sie vorgefunden hatte, wieder zusammen und legte sie unter das Notizblatt, um Sweeneys lächelndes Gesicht zu verdecken.

»Du hast eine Alarmanlage in deinem Büro«, erklang Sulus Stimme hinter ihm, »die jedesmal ausgelöst wird, wenn jemand versucht, den Raum zu betreten.«

Chekov fuhr erschrocken herum und begriff, daß der Ärger, den er verspürte, nur eine Reaktion auf die Verlegenheit war, die er tief in seinem Innern empfand. Er war sich nicht einmal sicher, weshalb er diese Verlegenheit spürte, doch er wischte sich mit dem Handrücken über die Augen, als wäre dort etwas zu finden. »Was machst du hier?«

Sulu lehnte sich schwer gegen den Türrahmen. Seine offene Jacke war zerknittert, und er schirmte die Augen mit einer Hand gegen das helle Licht ab, als er seinen Freund ansah. »Ich glaube, ich hasse dich. Du bist korrekt angezogen und sauber, du brauchst nicht mal eine Rasur.« Er drehte den Kopf ein wenig, um einen Blick auf die Wanduhr zu werfen, und seufzte schläfrig. »Lieber Himmel, Pavel, weißt du eigentlich, wie spät es ist?«

Chekov schaute ebenfalls kurz zur Uhr, obwohl er sich der Zeit durchaus bewußt war. »Sulu, was machst du eigentlich hier? Morgen früh mußt du doch zur ersten Schicht antreten.«

»Ich werde nirgendwo arbeiten, wenn ich nicht in mein Zimmer hineinkomme, um ein Bad zu nehmen und frische Sachen anzuziehen.« Er ließ sich gähnend in einen der Sessel sinken. *Hör auf damit!* dachte Chekov ärgerlich. *Ich habe keine Zeit, um jetzt müde zu werden!* Doch der Schaden war schon angerichtet, und er fiel in das Gähnen des Steuermanns mit ein. »Ich glaube, ich bin auf deiner Couch eingeschlafen. Wo, zum Teufel, hast du gesteckt?«

*Ich habe versucht, meine Abteilung zu retten,* wollte Chekov schon sagen, doch das wäre nicht ganz ehrlich gewesen – schließlich war er keineswegs davon überzeugt, daß irgend etwas nicht stimmte, von den Inspektoren selbst einmal abgesehen. Er rieb sich abermals die Augen, diesmal um die Müdigkeit zu vertreiben, und durchwühlte Sweeneys Kisten, bis er in einer schließlich noch genug Platz entdeckte, um die restlichen Habseligkeiten dort unterzubringen. »Ich habe versucht, meine Arbeit zu tun.«

Sulu gab einen nichtssagenden Laut von sich. »Weißt du, man hat eigentlich nur deshalb Untergebene, damit die die Arbeit erledigen können, wenn man dienstfrei hat. Oder bekommen Kommando-Offiziere eine höhere Effizienzeinstufung, wenn sie bei der Arbeit einschlafen?«

Die Bemerkung traf tiefer, als Chekov erwartet hätte. Plötzlich verspürte er den dringenden Wunsch, die Kisten gegen die Wand zu schleudern. »Verschwinde, Sulu.«

»He ...«

»Verschwinde!«

Er hörte, wie sich der Steuermann aufsetzte, und für einen Moment glaubte er, Sulu würde der Aufforderung tatsächlich nachkommen und ihn allein lassen. Statt dessen schloß Sulu die Tür des Gemeinschaftsraums, fragte leise und besorgt: »Ist alles in Ordnung?«

»Es geht mir best ...«

»Sieh mich an.«

Chekov zögerte. Er hielt den Blumenstrauß noch in der Hand und konnte in keiner der Kisten einen Platz entdecken, an dem sie davor sicher gewesen wären, zerdrückt zu werden. Schließlich legte er sie auf die Fotos und drehte sich, um Sulus Blick zu erwidern.

Die Intensität, mit der sich der Steuermann einer Angelegenheit widmete, überraschte Chekov immer wieder. Es war die gleiche übermenschliche Konzentration, mit der er ein Hobby innerhalb von zwei Wochen erschöpfte und ein Raumschiff besser als jedes andere lebende Wesen steuerte. Und diese Konzentration machte es auch sehr schwer, ihm gegenüberzustehen, wenn er sich entschloß, seine Aufmerksamkeit auf eine eher private Angelegenheit zu richten. »Pavel, was ist los mit dir?«

Chekov nutzte die Antwort, um Sulus forschendem Blick zu entgehen. »Mir gehen seit den Morden viele Dinge im Kopf herum, das ist alles.« Doch dann machte er den Fehler und sah Sulu wieder an, um festzustellen, ob der ihm diese Ausrede abkaufte, und als Folge löste sich seine Entschlossenheit auf wie Nebel in einer steifen Brise. Verdammt – wenn sie nicht Freunde wären, könnte

Chekov glatt anfangen, den Steuermann zu hassen. »Ach, Sulu, ich bin so müde«, seufzte er plötzlich und ließ sich in den Sessel gegenüber seinem Freund sinken.

»Dann geh ins Bett«, meinte Sulu achselzuckend in Ermangelung eines besseren Ratschlags.

Chekov stützte die Ellbogen auf die Knie und vergrub das Gesicht in den Händen. Ganz plötzlich war es einfach zu anstrengend, aufrecht zu sitzen, und er wünschte sich nichts so sehr, als die Schlafperiode möglichst schnell hinter sich zu bringen und anschließend erneut zu versuchen, Lösungen für Probleme zu finden, von denen er nicht einmal sicher wußte, ob er sie wirklich erkannt hatte. »Ich weiß nicht, was ich tun soll«, gab er zu. »John Taylor will meine Abteilung auseinandernehmen – er hat vor, den ganzen Betrieb neu zu organisieren und mich von meinem Posten zu entfernen, und ich weiß nicht, wie ich ihn aufhalten soll.«

»Kann er das tatsächlich tun?« fragte Sulu alarmiert.

Chekov ließ sich zurücksinken und fuhr sich durchs Haar. »Soweit ich weiß. Und warum auch nicht? Hat die Föderation ihn nicht genau deshalb zu uns geschickt – um uns zu sagen, wie wir unsere Arbeit zu tun haben?« Er sah Sulu über den leeren Tisch hinweg direkt an. »Ich wollte immer nur ein guter Offizier sein. Ich habe nie damit gerechnet, daß eines Tages jemand wie Taylor kommt und mir sagt, genau das wäre ich nicht.«

»Erzähl keinen Unfug – du bist ein guter Offizier.«

Chekov hatte den Eindruck, daß selbst Sulu klar war, wie herablassend diese Aussage klang.

»Ich weiß einfach nicht mehr weiter«, seufzte Chekov. »Ständig sage ich mir, ich müßte sicherer sein, entschlossener in meinem Vorgehen. Aber ich habe ...« *Angst,* wollte er sagen. *Angst, daß ich nicht wirklich gut genug bin, um für so viele Leben von mir verantwortlich zu sein.* Aber das zuzugeben, grenzte schon gefährlich nahe an Schwäche, und das zu einer Zeit, in der es mehr denn je darauf ankam, Bestleistung zu zeigen. »Ich will einfach nicht, daß noch irgend etwas schiefgeht«, fuhr er schließlich fort, ohne Sulu anzusehen. »Ich will nicht, daß noch jemand stirbt – nicht wenn ich diesmal hier bin, die Verantwortung trage und in der Lage sein sollte, das zu verhindern.«

Sulu antwortete nicht sofort, und Chekov ertappte sich bei dem Gedanken: *»Ich hätte mich nicht hinsetzen sollen«*, als er spürte, wie sich seine Muskeln schläfrig entspannten. Er versuchte gerade, die nötige Willenskraft zu sammeln, um wieder aufzustehen, als Sulu fragte: »Was meintest du genau mit ›diesmal hier sein‹?«

Ein kleiner Adrenalinstoß durchfuhr ihn, und Chekov wußte, daß Sulu die Verlegenheit auf seinem Gesicht bemerkt hatte, bevor es ihm gelang, seine Züge unter Kontrolle zu bringen. Schlafmangel, dachte er bei sich selbst. Er redete und wußte nicht einmal mehr, was er eigentlich sagte. Schließlich war es sein eigener Fehler, daß er sich zu sehr mit der *Kongo* und mit Robert beschäftigt hatte, zumal nichts von dem, was er sich überlegte, sie jetzt noch retten konnte.

»Ich habe gar nichts damit gemeint.« Er versuchte, nicht nervös zu wirken, als er aufstand, aber er war noch nie ein guter Lügner gewesen. »Ich bin einfach nur müde und rede Unsinn.«

Sulu, der nicht aufgestanden war, betrachtete ihn mit einem prüfenden Blick. »Was du vorher gesagt hast, war aber kein Unsinn.«

Chekov blieb an der Tür stehen und meinte achselzuckend: »Manchmal kommt so was eben vor.« Er machte eine Geste, als würde er sich selbst in die Stirn schießen. »Ganz plötzlich.«

»Ja«, meinte Sulu, wirkte aber nicht sehr überzeugt.

»Es ist spät«, sagte Chekov, um seinem Freund keine Chance zu geben, weiter nachzubohren. »Du solltest jetzt wirklich in dein Quartier gehen und etwas schlafen. Und ich auch.«

Sulu sah für einen Moment so aus, als wollte er die

Diskussion fortsetzen, doch dann gab er nach und folgte Chekov auf den Gang. »Ich kann aber nicht in meine Kabine. Irgend so ein ganz hervorragender Sicherheitschef hat die Tür mit einem Code gesichert, den ich mir nicht merken kann.« Er reckte sich, zuckte zusammen und rieb sich die Schulter. »Ich wünschte nur, dieser Sicherheitschef besäße eine bequemere Couch.«

Chekov lächelte – hauptsächlich seinem Freund zuliebe – und empfand überraschenderweise ein Gefühl von Dankbarkeit, daß jemand wie Sulu bei alledem ganz in seiner Nähe war. »Der Sicherheitschef hat dir eine hübsche, leicht zu merkende Nummer ausgesucht – 7249.«

Sulu verzog das Gesicht, während er seine Jacke glattstrich. »Genau das habe ich eingegeben.«

»Nein, hast du nicht«, erklärte Chekov geduldig. »Wenn du es getan hättest, wärst du auch hineingekommen.«

Trotzdem eilte der Steuermann voraus, als sie sich seiner Kabine auf Deck sechs näherten, und tippte die vier Zahlen ein, bevor Chekov einen Blick auf das Display werfen konnte. »Aha!« rief Sulu triumphierend.

Chekov stieß ein Seufzen aus und beugte sich über Sulus Schulter, um sich die Schalttafel anzuschauen. »Na und? Das heißt nur, du hast mindestens dreimal den falschen Code eingegeben und dadurch das System gesperrt.«

Sulu betrachtete stirnrunzelnd den Schloßmechanismus. »Ich habe es nur einmal versucht. Und ich schwöre, ich hatte die richtigen Zahlen.«

Chekov wußte nicht recht, was er darauf sagen sollte, und zuckte die Achseln. »Dann hat jemand versucht, in deine Kabine einzubrechen.«

»Oh, toll«, stöhnte Sulu. »Ich bin noch nicht mal mit den Aufräumarbeiten vom letztenmal fertig!« Er trat zur Seite, damit Chekov die Schalttafel öffnen und die Tür manuell aktivieren konnte. »Wohinter sind die überhaupt her? Ich besitze doch gar keine Wertsachen.«

»Als sie zuletzt hier waren, sah es auch nicht so aus, als hätten sie etwas stehlen wollen.« Allerdings konnte sich Chekov auch nicht vorstellen, aus welchem anderen Grund jemand den Steuermann derart heimsuchen könnte. Da er keinen besseren Trost bieten konnte, meinte er: »Immerhin hat dein Türsystem funktioniert, deshalb glaube ich nicht, daß du dir Sorgen machen mußt. Aber laß es mich wissen, falls es noch mal jemand versucht.«

Sulu nickte und stieß einen Seufzer aus. »Könntest du mir in der Zwischenzeit einen Gefallen tun? Nur für den Fall, daß doch jemand einbricht?«

»Wenn ich kann«, sagte Chekov, der sich nicht festlegen wollte, solange er nicht wußte, worum es eigentlich ging. »Was denn?«

»Bewahrst du die Eidechsen für mich auf?«

# 9

Ein alptraumhaftes Heulen riß Sulu aus dem Schlaf und löste einen derartigen Adrenalinstoß aus, daß er aus dem Bett schoß und schon halb zur Tür war, bis er überhaupt begriffen hatte, was geschah. An seinen verzögerten Denkprozessen erkannte er, daß es kaum mehr als drei Stunden her sein konnte, seit Chekov ihn zu seinem Quartier begleitet hatte, und die Angst machte sich in seinen Eingeweiden breit, bevor sein verschlafener Verstand überhaupt begriff, was los war: Der Dekompressionsalarm des Schiffes war ausgelöst worden. Fluchend versuchte er anzuhalten, doch es war schon zu spät – die automatischen Sensoren setzten die Tür bereits in Bewegung. Sulu hielt den Atem an, weil er auf der anderen Seite der Tür luftlose Kälte erwartete.

Die metallenen Platten glitten zur Seite, doch statt Schwärze und Vakuum warteten dort Wärme und Licht und ein Durcheinander besorgter Stimmen. Überall entlang des Flurs kamen andere Mannschaftsmitglieder aus ihren Kabinen, alle in zerknitterten Schlafanzügen und mit aufgeregten Gesichtern. Sulu holte dankbar Luft, bemerkte dann Uhuras amüsierten Blick von der anderen Seite des Korridors und verschwand eilig wieder in seiner Kabine.

»... möglicher Schaden in der Schiffshülle beschränkt sich ausschließlich auf Deck sechs.« Spocks ruhige Stimme hallte durch den Gang, als das Interkom für einen Augenblick den heulenden Alarm übertönte. »Alle Sektoren sind nach dem Standardnotfallplan zu evakuieren, anschließend Meldung an Schadenskontrolle. Ich wiederhole, wir haben möglicherweise ein Leck auf Deck sechs. Alle Besatzungsmitglieder verlassen sofort ihre Quartiere.«

Schritte erklangen draußen, als die ersten Mannschaftsmitglieder zum nächsten Turbolift rannten. Sulu zog seine Jacke über die nackte Haut, warf einen bedauernden Blick auf den noch immer nicht gefüllten Lilienteich und den kleinen Dschungel, der ihn umgab, und lief dann zur Tür.

Als sie sich öffnete, schaute er direkt in Uhuras besorgtes Gesicht. »Alles in Ordnung?«

Sulu nickte, spürte aber, wie er rot wurde. »Bisher ist noch niemand an Verlegenheit gestorben«, meinte er spöttisch. Ein Stück den Gang hinab wartete eine geordnete Reihe von Crewmitgliedern darauf, den Turbolift zu betreten. Sulu sah sich um und empfand plötzliche Besorgnis. Nirgendwo waren Zivilisten zu entdecken, die die gründlich trainierte Evakuierung störten.

»Haben Sie einen der Inspektoren gesehen«, fragte er über das Heulen des Alarms.

»Nein.« Uhuras langes Gewand bewegte sich in einem plötzlichen Luftzug. Sulus Pulsschlag beschleunigte sich vor Schreck, doch dann erkannte er, daß der Sog lediglich von der Kabine des Turbolifts stammte, die sich in Bewegung setzte, ohne zuvor die äußeren Türen zu schließen. Eine andere Kabine glitt an ihren Platz, und die Evakuierung ging praktisch ohne Pause weiter. »Vielleicht sind sie zu einem anderen Lift gegangen.«

»Aber dieser liegt ihren Kabinen am nächsten.«

»Vielleicht wissen sie das nicht«, gab Uhura zu bedenken.

»Man muß sie doch instruiert haben, nach welchem Plan die Evakuierung im Notfall abläuft!« Sulu drehte sich um und musterte noch einmal den leeren Korridor, während die Spannung in ihm wuchs. Dann traf er eine Entscheidung. »Warten Sie hier – ich bin sofort zurück.«

»He!« Uhura packte seine Arm mit überraschender Kraft und hielt ihn zurück. »Wo wollen Sie denn hin?«

»Ich will die Inspektoren suchen. Wenn sie nicht bald hier herauskommen, schließen sich die Schotten, und sie sitzen in der Falle.« Sulu schüttelte ihre Hand so sanft wie möglich ab. Hinter ihnen verschwand der Turbolift mit den letzten Mannschaftsmitgliedern aus ihrem Sektor und wurde durch eine leere Kabine ersetzt. Sulu widerstand dem Wunsch, einfach hineinzuspringen. »Bleiben Sie hier und halten Sie den Lift für mich fest. Es kann gut sein, daß der Computer keine weitere Kabine mehr schickt.«

Uhuras intelligente dunkle Augen verengten sich argwöhnisch. »Sulu, versuchen Sie, mich in Sicherheit zu bringen?«

»Ja«, gab er offen zu, »denn wenn sich die Schotten schließen, während ich noch auf diesem Deck bin, möchte ich, daß jemand an Bord davon weiß.«

»Oh.« Sie überlegte einen Moment und nickte dann zögernd. »In Ordnung, Sie haben gewonnen. Finden Sie heraus, wo die Inspektoren stecken – ich warte hier auf Sie.«

»Danke.« Sulu holte tief Luft und stieß sich von der Wand ab. Irgendwie kam es ihm so vor, als befände er sich unter Null-Schwerkraft und brauche diesen Anschub. Als er um die Kurve bog, sah er kurz zu Uhura zurück, die ihn, eine Hand über die Liftkontrollen gelegt, im Auge behielt. Sie sah genauso besorgt aus, wie er sich fühlte.

Der leere Korridor wirkte größer als sonst und wurde dort, wo sich die Alarmbaken befanden, von pulsierendem roten Licht erfüllt. Sulu lief auf die Quartiere der Inspektoren zu, ohne sich um die anderen Kabinen zu kümmern, an denen er vorbeikam. Starfleet-Angehörige kannten die Bedeutung eines Dekompressionsalarms und wußten, wie man einen Sektor evakuierte, bevor die entweichende Atmosphäre das für sie übernahm. Die Zivilisten hingegen gönnten sich den Luxus, sich um ihre Sicherheit keine besonderen Gedanken zu machen. »Kümmern Sie sich nicht darum«, hatte einmal ein Stationsverwalter zu ihm gesagt, als ein Dekompressionsalarm ihn und sieben andere Starfleet-Offiziere veranlaßte, in Richtung der Notschleusen zu laufen. »Das hat gar nichts zu bedeuten – so etwas passiert hier ständig.«

Und natürlich hatte er damit auch recht gehabt.

Auf der *Enterprise* verhielten sich die Dinge jedoch etwas anders. Wenn das Schiff das Leck bisher noch nicht eindeutig ausgemacht hatte, so würde das doch sehr bald geschehen, und dann würde nichts verhindern können, daß die Inspektoren von den Notfallschotten eingeschlossen wurden, die den Rest des Schiffes schützten.

Die Schalttafel an der ersten der den Inspektoren zugeteilten Kabinen reagierte nicht auf den raschen Schlag seiner Handfläche; das gelbe Lichtsignal zeigte an, daß die Tür von innen verschlossen war. Sulu trat einen Schritt zurück und betätigte die Sprechanlage. »Miss Chaiken! Wir haben einen Dekompressionsalarm! Sie müssen Ihre Kabine verlassen!«

Es kam keine Antwort. Sulu fluchte und rannte zur nächsten Tür. Die Kabinen der Inspektoren waren durch einen gemeinsamen Waschraum miteinander verbunden – vielleicht hielten sie ja irgendwo eine nächtliche Konferenz ab.

*Ganz bestimmt,* dachte er, *ich kann direkt sehen, wie sie sich ihre Effizienzeinschätzungen über den Lärm der Alarmsirenen hinweg zuschreien ...*

Die zweite Tür erschreckte ihn fast, als sie gehorsam aufglitt, sobald er den Sensor berührte. Sulu runzelte die Stirn und machte einen vorsichtigen Schritt ins schwach erleuchtete Innere der Kabine. Die Luft hier drinnen roch schwach metallisch und schal.

»Mr. Taylor? Mr. Taylor, sind Sie hier?« Als sich in der Dunkelheit nichts regte, streckte Sulu den Arm aus, um das Licht einzuschalten. Der männliche Körper auf dem Boden schien in der plötzlichen Helligkeit geradezu in sein Blickfeld zu springen, so scharf hoben sich das dunkle Haar und der zerknitterte Anzug von dem hellbraunen Teppich ab. Der unnatürliche Winkel, in dem der Kopf neben der Schulter ruhte, zeigte Sulu deutlich, daß es keinen Sinn hatte, die Krankenstation anzurufen. John Taylor war tot.

»Oh, mein Gott ...« Sulu näherte sich dem Körper des Inspektors. Er wußte selbst nicht so recht, wonach er eigentlich Ausschau halten sollte, hatte aber das vage Gefühl, jemand müsse die Leiche untersuchen. Im Zimmer waren nirgendwo Anzeichen eines Kampfes zu sehen – Aufzeichnungsgerät und Unterlagen, die neben Taylor am Boden lagen, wirkten eher so, als hätte er sie selbst fallenlassen, als er zusammenbrach. Auf seiner Haut waren weder Blutergüsse noch Abschürfungen zu erkennen, und selbst sein Gesicht zeigte lediglich den Ausdruck leichter Überraschung.

Sulu ging gerade weit genug an der Leiche vorbei, um einen Blick durch die geöffnete Badezimmertür zu werfen. Eine zweite, reglose Gestalt lag dort auf den polierten Kacheln. Langes Haar fiel über die eingedrückte Stirn herab in den klebrig-roten Kreis, der sich um den Kopf gebildet hatte.

Übelkeit stieg säuerlich in Sulus Kehle hoch. Er fuhr herum und eilte auf den Korridor hinaus, um dem metallischen Blutrausch zu entkommen.

Ein kurzes, eindringliches Signal bohrte sich in Chekovs Schlaf, weckte ihn schlagartig auf und brachte ihn dazu, kerzengerade im Bett zu sitzen, bevor sein Bewußtsein den Ton überhaupt identifiziert hatte. Ein in der Dunkelheit pulsierendes bernsteinfarbenes Licht zog seine Aufmerksamkeit auf sich, und er konzentrierte sich auf das Display neben seinem Arbeitsplatz. Seine persönliche Alarmanlage teilte ihm mit, daß jemand versuchte, das

Sicherheitsbüro zu betreten, ohne zuerst ihn aufzusuchen. Er schlug die Decken beiseite, krabbelte aus dem Bett und schnappte sich Hose und Jacke von der Ankleidekommode. Sulus Eidechsen zirpten fröhlich im Badezimmer und reagierten auf das schrille Alarmsignal mit ihrem eigenen Piepsen.

Chekov schaute rasch zur Uhr auf seinem Schreibtisch hinüber, während er in die Hose stieg, zog sich auf dem Weg zur Tür das Hemd über den Kopf und verließ seine Kabine, ohne erst nach seinen Stiefeln zu suchen. 0300 bedeutete, daß Davidson und Tate Bereitschaftsdienst hatten, und beide würden sein Büro nicht betreten, ohne ihm vorher Bescheid zu geben – ebensowenig wie alle anderen Wachen. Was bedeutete, der Eindringling gehörte nicht dem Sicherheitsdienst an und wahrscheinlich nicht einmal zur Besatzung der *Enterprise*. Chekov dachte kurz an Kelly und den von ihm ausgelösten falschen Alarm, verwarf den Gedanken aber sofort wieder – eine derartige Aktion traute er nicht einmal den Inspektoren zu. Dann fiel ihm Scottys Vermutung ein, Sweeney, Gendron und Purviance wären durch die vorsätzliche Handlung eines Unbekannten getötet worden, und diesen Gedankengang konnte er nicht mehr so einfach abschütteln.

Chekovs Büro befand sich hinter der ersten Tür nach dem Eingang der Sicherheitsabteilung. Das Vorzimmer lag leer und dunkel da, doch Chekov bemerkte einen schwachen Lichtschimmer, der durch die geöffnete Tür zum Büro drang. Er schlich sich auf Zehenspitzen bis zur Tür und spähte hinein. Das eingeschaltete Terminal warf sein kaltes Licht auf den Ausrüstungsschrank hinter dem Schreibtisch, doch niemand wartete im Innern des kleinen Raums auf ihn, und es schien auch nichts zu fehlen oder durcheinandergebracht zu sein. Leise vor sich hinknurrend, weil ihn irgend jemand unnützerweise aus dem Bett geholt hatte, beugte er sich über den Tisch, um den Monitor auszuschalten.

Und hielt inne, als er die Darstellung auf dem Bildschirm sah.

Das kreisförmige Spinnennetz aus blauen Linien war eine schematische Darstellung von Deck sechs der Untertassensektion der *Enterprise*. Ein dickes weißes X verdeckte einen Teil von Sektor neununddreißig, und neben diesem Zeichen stand lapidar das Wort: »BOMBE.« Und darunter: »BEEILT EUCH BESSER.«

Chekov spürte, wie seine Hände kalt wurden. Er stieß sich vom Schreibtisch ab, rannte den Flur der Abteilung entlang zum Gemeinschaftsraum mit seinen Schränken voller Ausrüstungsgegenstände. Die Lichter gingen an, als er an der Tür auf den Schalter schlug, doch da er keine Stiefel anhatte, rutschte er ein paar Meter weit in den Raum hinein. Als er gegen den Ausrüstungsschrank krachte und dessen Tür aufriß, lief einer der beiden Wachhabenden auf den Flur hinaus. »Wer ist da?«

»Davidson!« rief Chekov, während er das Bombenentschärfungsset aus dem Schrank zog. »Lösen Sie Alarm für die Abteilung aus!«

»Lieutenant Chekov?« Davidson war im Begriff, den Raum zu betreten, zog sich aber sofort auf den Flur zurück, als Chekov an ihr vorbeilief. »Was ist passiert?«

Chekov blieb nicht stehen, um die Sachlage zu erklären. »Sie und Tate bleiben hier für den Fall, daß der Captain Sie braucht! Ich bin auf Deck sechs.«

»Aye, aye.«

Chekov stieg über eine Wartungsleiter zum nächsten Deck hinauf, weil er befürchtete, er könnte im Liftschacht steckenbleiben, falls es wirklich eine Bombe gab und sie detonierte, bevor er sie erreichen konnte. Sobald er die obere Luke öffnete, schlug ihm das Heulen des Dekompressionsalarms entgegen. Fast automatisch verspürte er die Verpflichtung, jede einzelne Kabine auf diesem Deck zu durchsuchen, doch er kämpfte diesen Drang nieder. Solange auch nur die leiseste Möglichkeit bestand, daß die Warnung auf seinem Schreibtisch ernst gemeint war, mußte er sich zunächst darum kümmern. Sektor neununddreißig, erinnerte er sich. Sulus Unterkunft. Uhuras Unterkunft. Die Kabinen von mehr als fünfzig Mannschaftsmitgliedern.

Das gesamte Deck war schon evakuiert. Chekov fragte sich mit einem flauen Gefühl im Magen, wie lange der Alarm schon andauerte und wie wenig Zeit ihm noch bleiben mochte, um eine Bombe zu finden und zu entschärfen. Er packte seinen Werkzeugkoffer fester und wünschte sich dabei, er hätte sich die Zeit genommen, seine Stiefel anzuziehen, weil er dann schneller laufen könnte.

Chekov bog schlitternd um die letzte Sektion des Korridors, streifte die gegenüberliegende Wand und hatte gerade noch genug Zeit, um zu erkennen, daß jemand aus dem Durchgang vor ihm herausrannte, dann stießen beide zusammen und landeten auf dem Boden.

Kirk fuhr im Bett hoch und streckte die Hand aus, um das Pfeifen des Interkoms zu beantworten, noch bevor er wach genug war, um diese Bewegung bewußt zu steuern. »Kirk hier.«

»Brücke – Spock hier.« Die tiefe Stimme des Vulkaniers erfüllte die Kabine und weckte Kirk endgültig auf. »Die internen Systeme melden ein Leck auf Deck sechs. Der Maschinenraum hat schon ein Reparaturteam mobilisiert, und auf Deck drei sammeln sich derzeit die Suchtrupps.«

Kirk schlug die Laken beiseite und holte seine Hose, während sich die Beleuchtung in seiner Kabine langsam einschaltete. Der letzte Rest von Schläfrigkeit wurde durch das Adrenalin vertrieben, das jetzt in seinen Adern kreiste. »Aber?« fragte er, weil er spürte, daß die Meldung seines Ersten Offiziers noch nicht vollständig war.

»Zumindest bis jetzt gibt es noch keinen greifbaren Beweis für ein Leck. Weder auf Deck sechs noch anderswo. Nur den Alarm.«

»Merkwürdig.« Kirk stieg in die Stiefel und zog sich dann den Pulli über den Kopf. »Wenn wir Glück haben, Mr. Spock, bleibt es auch dabei.« Auf dem Weg zur Tür schlüpfte er in seine Jacke. »Rufen Sie Scotty auf Deck drei an – sagen Sie ihm, ich bin schon unterwegs.«

»Er ist bereits informiert.« Die sich schließende Kabinentür schnitt den Rest des Satzes ab, doch Kirk hatte genug gehört, um sich den Rest denken zu können: »Er wartet auf Ihr Eintreffen. Spock Ende.«

Sulu befreite sich von dem Gewicht, das ihn zu Boden drückte, rollte sich auf die Füße und wirbelte zu seinem Angreifer herum. Zuerst sah er nur dunkelgelbe Kleidung. Kein Mannschaftsmitglied, warnten ihn seine Instinkte. Er hob schon die Hand zum Schlag, da erkannte er das Gesicht über der Jacke und seufzte erleichtert auf: »Oh, du bist es.«

Chekov sah mit angespannter Miene zu ihm hoch. Seine in Strümpfen steckenden Füße rutschten über das Deck, als sich der Sicherheitsoffizier bückte, um die Werkzeugtasche wieder an sich zu nehmen. »Was machst du hier?« fragte er.

Bevor Sulu antworten konnte, brach der Dekompressionsalarm urplötzlich ab. Doch statt der üblichen Entwarnung über das Interkom folgte auf das Heulen nur eine beunruhigende Stille. Sulu fühlte, wie ihm ein Schauer über den Rücken lief. Irgend etwas stimmte da nicht – so durfte ein Fehlalarm eigentlich nicht beendet werden.

»Sulu, was machst du hier?« wiederholte Chekov seine Frage in drängendem Ton.

»Ich bin hergekommen, um die Inspektoren zu suchen.« Sulu unterdrückte den Impuls, zu dem Raum hinter ihm zurückzusehen, dessen Türen weiterhin geöffnet blieben, weil sie so dicht vor dem Eingang standen. »Jemand hat sie getötet.«

»Verdammt.« Der Sicherheitsoffizier warf einen kurzen Blick auf Taylors am Boden liegenden Körper und lief dann auf die nächste Kabinentür zu. Sulu folgte ihm verblüfft.

»Es ist abgeschlossen«, erklärte er, als Sulu schlitternd von Chaikens Tür zum Stehen kam. »Außerdem ist sie sowieso nicht dort drin.« Der Russe grunzte nur, öffnete das Sicherheitspaneel und drückte den Schalter, der die Verriegelung aufhob. »Chekov, was hast du vor?«

»Eine Bombe suchen.«

Sulu kam es so vor, als hätte ihm gerade jemand in den Magen geschlagen. »Jemand hat eine Bombe auf Deck sechs deponiert? Wer?«

»Ich weiß nicht.« Die Tür öffnete sich zischend. Dahinter lauerte nichts als Dunkelheit. Sulu und Chekov reagierten reflexmäßig und suchten rechts und links vom Eingang Deckung. Doch nichts rührte sich drinnen. Sulu reagierte auf ein stummes Kopfnicken seines Gefährten und schob eine Hand um den Türrahmen, um das Licht einzuschalten. Im gleichen Moment warf sich Chekov durch die Öffnung. Der Steuermann fluchte und folgte seinem Freund.

»Bist du verrückt?« zischte Sulu. Der Raum war leer, nur der Geruch von Blut hing in der Luft. Chekov suchte das Zimmer rasch ab und schaute auch unter dem Bett und dem Schreibtisch nach. »Der Mörder hätte noch hier drin sein können!«

»Ich weiß nicht, wieviel Zeit uns noch bleibt, bis die Bombe hochgeht.« Der Sicherheitsoffizier riß die Klappe des Müllschluckers auf und sah hinein. »Die Warnung auf meinem Computer besagte, wir sollten uns beeilen.«

»Jemand hat dir eine Warnung hinterlassen?« Sulu fand den Öffner für den eingebauten Wandschrank und betätigte ihn. Drinnen hingen nur ein paar Zivilkleider und einige Blusen, und darunter stand ein kleiner Karton mit der Aufschrift »Gendron«. Er mußte sich zwingen, die Kleidungsstücke zu durchsuchen, und kam sich dabei wie ein Grabräuber vor. »Wer?«

»Ich weiß nicht.« Sulu hob die Klappe des Nahrungsmittelsynthetisierers hoch, schaute prüfend in den Innenraum, schlug sie wieder zu und sah sich noch einmal forschend im ganzen Zimmer um. »Verdammt! Sie muß hier irgendwo sein!« Sein Blick fiel auf den Karton mit Gendrons Habseligkeiten. »Hast du da auch hineingesehen?« Er durchquerte den Raum mit drei großen Schritten.

»Nein.« Sulu ging in die Hocke und griff nach dem Karton, doch Chekov hielt ihn zurück. Er ließ sich auf die Fersen sinken, während sich der Sicherheitsoffizier neben ihn hockte und seinen Bombenkoffer durchwühlte. »Glaubst du, die Bombe wird ausgelöst, wenn wir den Karton öffnen?«

»Das würde zumindest erklären, weshalb man mich vorgewarnt hat.« Chekov holte einen kleinen Sensor aus dem Koffer und führte ihn über die Oberfläche des Kartons. Einen Moment später ertönte pfeifend ein so vertrauter Alarmton, daß selbst Sulu ihn wiedererkannte: *Explosion steht bevor.*

»*Raus!*« Chekov zerrte Sulu auf die Beine und schob ihn zur Tür. »Verschwinde hier!«

»Aber ...«

»Sulu, streite jetzt nicht mit mir! Selbst wenn ich es schaffe, die Explosion einzudämmen, wird sie den Korridor aufreißen.« Chekov holte den Plastikschaumzerstäuber aus seinem Koffer. Der durchdringende Geruch von Plastik, das sich unter dem Einfluß von Sauerstoff erhärtete, erfüllte die Luft, als er anfing, eine Abschirmung rings um den Karton zu sprühen. »Du bist der einzige an Bord, der weiß, was den Inspektoren zugestoßen ist. Wenn alle Beweise durch die Explosion vernichtet werden, braucht der Captain deine Aussage, um den Mörder zu finden. Also geh jetzt!«

In Sulu kämpfte die Logik gegen die Loyalität und gewann. Er fluchte und wandte sich von der Kabine der Inspektoren ab, so sehr ihn das auch schmerzte. Ein letzter Blick zeigte ihm Chekovs konzentriertes Gesicht, während er eine zweite Lage des Plastikschaums über den kleinen weißen Karton sprühte.

Als sich die Türen des Turbolifts auf Deck drei langsam öffneten, schob Kirk die Hände dazwischen und quetschte sich hindurch. Arbeitstrupps und Techniker eilten bereits auf dem Deck hin und her und sammelten sich zu geschäftigen Gruppen, um den Einsatz durchzusprechen oder ihre Ausrüstung zu überprüfen. Verwirrte, halb angekleidete Crew-Mitglieder von Deck sechs drängten sich in mehreren Nischen zusammen, und Kirk unterdrückte den Impuls, sie zu zählen. Dafür würde auch später noch genug Zeit sein. Er schob sich zwischen zwei Ingenieurteams durch und schlug den Weg zum Konferenzraum ein, wo Scott damit beschäftigt sein mußte, die zentrale Koordinationsstelle einzurichten. Die Teams waren verständig genug, ihre Arbeit nicht zu unterbrechen, nur um ihm ihren Respekt zu bezeugen; sie rückten einfach ein wenig beiseite, um ihn durchzulassen, konzentrierten sich dabei aber weiterhin auf ihre Arbeit. Kirk war stolz darauf, eine so fähige, effiziente Crew zu haben.

Scott und seine Assistenten waren leicht zu finden. Die Stimme des Chefingenieurs trug über die Länge des gesamten Korridors, und sein in Schutzanzüge gekleideter Einsatztrupp wirkte wie eine Reihe von ungeschlachten Warnbaken inmitten des Durcheinanders. Kirk eilte zu Scott hinüber und blieb neben ihm stehen, um abzuwarten, bis der Ingenieur seine Anweisungen erteilt hatte. Dann fragte er: »Was wissen wir bis jetzt?«

Scott drehte sich zu ihm um und bedeutete ihm dann mit einer Handbewegung, ihm in den Konferenzraum zu folgen. »Wir wissen, daß es kein Leck gibt«, erklärte er in dem für ihn typischen dröhnenden Singsang. »Zumindest nicht an einer Stelle, die von unseren Sensoren überwacht wird. Sehen Sie her.« Er tippte auf einen Monitor, der eine schematische Darstellung des Schiffes zeigte, und folgte mit dem Finger der bernsteinfarben schimmernden Linie der äußeren Hülle. »Selbst wenn der Schaden so groß wäre, daß auch die Sensoren dadurch ausgefallen wären, würden wir überall dort, wo die Hülle beschädigt ist, einen Spannungsabfall in den Schirmen registrieren.«

Kirk nickte und beugte sich vor, um die Daten abzulesen. »Und davon ist nichts zu sehen.«

»Nicht einmal eine Delle«, stimmte Scott zu. »Ich habe trotzdem ein paar Burschen darauf angesetzt, das Schiff mit Hilfe der Kommunikationsanlagen zu durchforschen und auf Stellen zu achten, an denen absolute Stille möglicherweise auf das Vorhandensein eines Vakuums hindeutet.« Er zuckte die Achseln und richtete sich auf. »Besonders viel erwarte ich mir davon allerdings nicht.«

Kirk richtete sich ebenfalls wieder auf. »Wenn es also weder ein Leck noch einen Druckabfall gibt, was hat dann den Alarm ausgelöst?«

Scott rieb sich nachdenklich das Kinn. »Vielleicht kein ›Was‹, sondern ein ›Wer‹.«

»Die Inspektoren?« Das schien nicht sehr wahrscheinlich, jedenfalls nicht, solange Kelly noch wegen des letzten Tests in der Arrestzelle hockte und die anderen ihre Quartiere nicht verlassen durften.

»Nein«, sagte Scott und schüttelte den Kopf. »Sie sind zwar ein lästiger Haufen, aber sie gehen ziemlich geradlinig vor. Um einen Dekompressionsalarm auszulösen, ohne im gleichen Moment Chekov an der Kehle zu haben, müßten sie eine gesicherte Computerleitung benutzen. Ich glaube nicht, daß einer von ihnen in der Lage wäre, sich darauf Zugriff zu verschaffen, und noch viel weniger könnten sie den Alarm auslösen und auf dem Rückweg auch noch alle Spuren ihres Eindringens verwischen.«

Kirk warf einen Blick nach draußen auf den Gang, wo sich die Menschen in immer größeren Gruppen sammelten. »Das heißt, wir werden entweder von einem gut vorbereiteten Saboteur in Atem gehalten«, meinte er grimmig, »oder wir suchen nach einem sehr schüchternen guten Samariter.«

Scotty stieß ein kurzes, nicht sehr fröhliches Lachen aus. »Ich weiß, was mir lieber wäre.«

»Brücke an Captain.« Spocks Stimme hallte durch die menschenerfüllten Korridore. »Dringende Mitteilung auf Kanal eins.«

Kirk unterdrückte die plötzlich aufkeimende Furcht, beugte sich über den Tisch des Konferenzzimmers und schaltete das Interkom ein. »Kirk hier. Ich höre.«

»Captain!« Sulus Stimme klang gepreßt und atemlos. Im Hintergrund war das leise Heulen eines Turbolifts zu hören. »Sir, es gibt eine dicht vor der Explosion stehende Bombe auf Deck sechs, Sektor neununddreißig. Lieutenant Chekov versucht eine Abschirmung darum zu errichten – wir hatten keine Zeit mehr, um sie zu entschärfen.« Der Steuermann zögerte, und Kirk hörte, wie sich jemand anderer dem Interkom näherte. »Ich habe die Inspektoren Taylor und Chaiken ermordet in ihren Unterkünften gefunden«, fuhr Sulu fort. »Offensichtlich wurden sie umgebracht, damit man die Bombe dort verstecken konnte. Beide wurden ohne Waffen getötet, Hinweise auf einen Kampf waren nicht zu entdecken.«

Kirk hielt sich nicht damit auf, Sulus Mitteilung zu bestätigen. Er öffnete einen anderen Kanal und rief: »Spock! Lösen Sie Alarmstufe Rot aus und bringen Sie das Schiff zum Stillstand!«

Die Sirenen heulten los, noch bevor er den Satz beendet hatte, und die Alarmlampen erfüllten den Raum mit scharlachrotem Licht. »Alle Einsatzkräfte bereiten sich auf explosive Dekompression auf Deck sechs vor.« Das war Spock, in dessen Stimme trotz der üblichen vulkanischen Ruhe jetzt eine gewisse Schärfe mitschwang. »Ich wiederhole, alle Einsatzkräfte bereiten sich auf explosive Dekompression vor.«

Kirk spürte, wie das leise Vibrieren des Warpantriebs nachließ und durch ein kurzes Grollen der Impulstriebwerke abgelöst wurde, die den Gegenschub lieferten, um dem Schiff die Fahrt zu nehmen. Dann wurden auch die Impulstriebwerke abgeschaltet, und die *Enterprise* lag bewegungslos im All.

»Ich gebe meinen Jungs Bescheid«, sagte Scott und verschwand durch die Tür, ohne Kirks Antwort abzuwarten. Trotzdem nickte der Captain zustimmend und folgte dem Ingenieur hinaus auf den Flur.

Ohne Vorwarnung erbebte das Deck so heftig, daß der Captain zu Boden geschleudert wurde. Kirk hatte kaum Zeit, das Durcheinander erschreckter Stimmen wahrzunehmen, als der Lärm der Explosion der Schockwelle folgte: Erst das Kreischen zerfetzten Metalls, dann das unverkennbare ferne Heulen von Luft, die ins Vakuum entweicht.

# 10

Als sich die Türen des Turbolifts öffneten, schlugen Sulu das Heulen des Alarms und die pulsierende Geschäftigkeit entgegen, von der die *Enterprise* während einer Krisensituation stets erfüllt war. Rote Lichter zuckten über die Gesichter der Crew, als sie unförmige Schutzanzüge aus den Wandschränken zogen und sich zu Schadenkontrollteams zusammenfanden. Spocks ruhige Stimme erklang aus den Lautsprechern des Interkoms und verlangte Schadensmeldungen von allen Decks.

Sulu kämpfte sich in der Kabine auf die Füße, drehte sich dann um und half Uhura ebenfalls hoch. Ihr Haar hatte sich gelöst und verbarg ihr Gesicht vor seinem besorgten Blick. »Alles in Ordnung mit Ihnen?«

»Es geht schon.« Uhura steckte ihr Haar wieder fest und trat auf den überfüllten Hauptkorridor von Deck drei hinaus. Sulu folgte ihr und bemühte sich, Kirk irgendwo in dem hektischen Durcheinander zu entdecken. Es sah nicht so aus, als hätte die Schockwelle hier großen Schaden angerichtet, was vermutlich daran lag, daß drei Decks zwischen diesem und dem Explosionsort lagen. Schließlich gab Sulu es auf, die Menge mit seinen Blicken durchdringen zu wollen, und streckte den Arm aus, um eine vorbeieilende Ingenieurin aufzuhalten.

»Wo ist Captain Kirk?« fragte er.

»Unten beim Notfall-Einsatzzentrum.« Die junge Frau, die ein Schweißgerät und mehrere Panzerbleche trug, deutete mit dem Kinn nach Backbord. »Sektor sechsundzwanzig.«

»Danke.« Sulu warf Uhura einen erstaunten Blick zu, als sich die Kommunikationsoffizierin wieder zum Lift zurückzog. »Kommen Sie nicht mit?«

Sie schüttelte den Kopf. »Sie werden mich hier nicht brauchen. Ich besorge mir irgendwo eine Uniform und fahre zur Brücke hoch. Dort kann ich mich jetzt am besten nützlich machen.«

»Okay.« Sulu suchte sich einen Weg zwischen den verschiedenen Reparaturteams und war froh über seine schmale Gestalt, die es ihm ermöglichte, an den transportablen Vakuumschotten vorbeizuschlüpfen, die im Hauptgang auf ihren Einsatz warteten. Weiter hinten im Korridor entdeckte er das vorläufige Einsatzzentrum: einen Konferenzraum, der jetzt mit Reparaturausrüstung und technischen Geräten vollgestopft war. Die Tür stand offen, wurde jedoch durch einen Mann im weißen Schutzanzug versperrt, der sich bemühte, eine weitere Monitoranlage durch die Öffnung zu schaffen. Sulu klopfte ihm kräftig auf die Schulter, damit er die Berührung durch das steife Metallgewebe überhaupt spürte.

»Was ist?« Scott drehte sich um, und seine unwirsche Miene hinter dem Helmvisier hellte sich auf, als er Sulu erkannte. »Ah, Sie sind's, mein Junge«, sagte er, wobei seine Stimme durch den Anzugkommunikator übertragen wurde. »Der Captain wartet drinnen auf Sie.«

»Ich weiß.« Sulu drängte sich an ihm vorbei und entdeckte Kirks schmaleren Druckanzug mit dem roten Streifen, der Kommando-Offiziere kennzeichnete. Der Captain hatte den Helm noch nicht aufgesetzt, und sein Gesicht zeigte die konzentrierte Entschlossenheit, die in Krisensituationen typisch für ihn war. Er beugte sich über das Kommunikationsdisplay des Konferenztisches und aktivierte es mit der behandschuhten Faust.

»Spock, sind die Schadensberichte schon eingegangen?«

»Bisher nur erste Schätzungen, Captain.« Spocks schmales Gesicht verlieh dem Bildschirm einen sonderbar grünlichen Anstrich. »Deck sieben meldet erhebliche

Energieausfälle und kleinere strukturelle Schäden, aber keine Dekompression. Die Decks fünf und acht berichten nur von vereinzelten Energieausfällen.«

»Und Deck sechs?« Kirks rascher Blick auf Sulu bewies diesem, daß der Captain Chekov keineswegs vergessen hatte.

»Die Techniker melden totalen Energieausfall in ihrer Sektion, aber keine Dekompression. Der Rest des Decks scheint nicht mehr über Interkom erreichbar zu sein.«

»Nun, dann sehen Sie zu, ob Sie die Verbindung wieder herstellen können. Kirk Ende.« Der Captain blickte auf, als der Monitor schwarz wurde. »Scotty, ist der Vortrupp bereit, zum Leck vorzustoßen?«

»Beinahe, Sir.« Scott bemühte sich gerade, seine Konsole mit den übrigen Geräten zu verbinden. »Wir müssen noch zwei weitere transportable Schotten zusammenbauen und in den Lift verfrachten.«

Kirk brummte nur und wandte sich Sulu zu. »Also, Mr. Sulu. Um was für eine Bombe hat es sich gehandelt, und wo war sie angebracht?«

»Typ der Bombe ist unbekannt, Sir.« Sulu nahm automatisch wie ein Kadett Haltung an, während er sich bemühte, seine Antworten so knapp und aussagekräftig wie möglich zu halten. »Sie war in einem Karton mit den Habseligkeiten von Inspektorin Gendron verborgen und stand im Wandschrank des Zimmers, das sie mit Chaiken teilte. Wir hatten keine Zeit, sie genauer zu untersuchen.«

Kirk runzelte die Stirn. »Woher wußten Sie, wo Sie suchen mußten?«

»Chekov hat einen anonymen Hinweis auf seinem Sicherheitsmonitor vorgefunden. Deshalb hatte er auch den Bombenkoffer bei sich.«

»So langsam bin ich all diese anonymen Hilfeleistungen leid.« Er sah den Steuermann scharf an. »Sind Sie sicher, daß Sie die Leichen beider Inspektoren gesehen haben?«

Sulu schluckte, als er sich an den metallischen Geruch in den Quartieren erinnerte. »Ja, Sir. Ich habe Taylor in seiner Kabine gefunden, mit gebrochenem Genick. Chaiken lag im Bad. Ich nehme an, sie starb an einem Schädelbruch – rings um ihren Kopf war viel Blut.«

»Demnach ist also kaum anzunehmen, daß einer der beiden die Bombe gelegt hat.« Kirk trommelte mit den Fingern auf dem Konferenztisch. »Damit bleiben uns nicht mehr viele Möglichkeiten.« Er drehte sich um und hob den Helm auf. »Besorgen Sie sich einen Anzug, Mr. Sulu. Ich gehe mit einem Sicherheitsteam auf Deck sechs, um die Explosionsfolgen als Beweismittel aufzuzeichnen, bevor die Ingenieure sich an die Reparatur machen. Und ich will Sie dabeihaben, wenn wir das Quartier der Inspektoren untersuchen.« Der Captain setzte den Helm auf und fügte dann über den Anzugkommunikator grimmig hinzu: »Sofern noch etwas davon übrig ist, heißt das.«

Es war erstaunlich, dachte Kirk, wieviel man in einen Turbolift hineinstopfen konnte, wenn man sich Mühe gab. Diese Kabine enthielt vier tragbare Vakuumschotten, darunter eines mit einer eingebauten Schleuse, ein Dutzend großer Kanister mit hochkomprimierter Luft, eine Ingenieurskonsole mit drahtloser Verbindung zur Noteinsatzzentrale auf Deck sechs, sowie eine ganze Reihe von Tricordern und elektronischen Notebooks. Und außerdem noch neun Mannschaftsmitglieder, alle in unförmigen Schutzanzügen.

Die vier Sicherheitsleute bildeten eine kompakte schwarze Phalanx längs der Rückwand, wo sie so dichtgedrängt standen wie Phaser in einem Waffenschrank. Sulu und Scott hatten zu beiden Seiten der transportablen Schotten einen Platz gefunden, doch Kirk und die beiden anderen Ingenieure mußten sich zwischen die Luftkanister quetschen, um überhaupt noch hineinzupassen. Es war gut, daß keiner von ihnen fett war – trotzdem spürte Kirk, wie sich das Ventil eines Kanisters bei jedem tiefen Atemzug schmerzhaft in seinen Rücken bohrte.

Er rückte leicht zur Seite, um den laminierten Stoff seines Anzugs etwas von diesem Druck zu entlasten, und spürte, wie die unter der Isolierung eingebauten Heizeinheiten knirschten. Der Anzugventilator blies genügend Luft ins Innere des Helms, so daß die Sichtplatte nicht beschlug, obwohl feine Schweißperlen auf seiner Oberlippe standen. Im Gedanken an das, was vor ihnen lag, ließ Kirk noch einmal das interne Prüfprogramm des Anzugs durchlaufen. »Scotty«, fragte er über den eingeschalteten Kommunikationskanal, »ist dies der einzige Liftzugang, der uns für Deck sechs zur Verfügung steht?«

»Aye, Sir.« Der Chefingenieur hielt die schwankenden Schotten fest, als der Turbolift die Richtung wechselte. »Die Hauptenergieleitung für Deck sechs ist durch die Explosion unterbrochen worden. Bisher haben wir es nur geschafft, die Energieversorgung für den Backbordschacht sicherzustellen.« Er warf einen Blick auf das Display über der Tür. »Wir müßten in ein paar Sekunden ...«

»Captain.« Spocks Stimme unterbrach ihn mitten im Satz. »Commander Uhura und ich haben es geschafft, die Interkomverbindungen auf Deck sechs zumindest teilweise wiederherzustellen.«

Ein Anflug von Erleichterung überkam Kirk, ein Gefühl, als würde er nach all dem Chaos langsam wieder die Kontrolle über die Entwicklung erlangen. »Das ging ja schnell. Verbinden Sie mich mit den Bereichen, die wieder funktionieren.«

Es gab eine kurze Pause, dann meldete sich Uhuras ruhige Stimme anstelle von Spock. »Captain, im Moment kann ich Sie nur über die schiffseigenen Kanäle mit Deck sechs verbinden. Können Sie die Schalttafel im Turbolift erreichen?«

Kirk drehte sich mühsam herum und stützte sich auf

Sulus Schulter, während er den Arm nach dem Interkom ausstreckte. »Beinahe«, sagte er. Der Steuermann griff nach oben und half ihm, den Knopf zu drücken. »Bin ich jetzt angeschlossen?«

»Ja, Sir.«

Der Captain hob die Stimme, um das Summen des Lifts zu übertönen. »Kirk an Chekov. Ich wiederhole, Captain Kirk ruft Lieutenant Chekov. Können Sie mich hören?«

Es war nicht Stille, die ihm antwortete – es war das langsame, harte Knacken von Metall, das sich bis zum absoluten Nullpunkt hin abkühlt. Kirk zog die Hand so rasch vom Paneel zurück, als hätte der Klang seines beschädigten Schiffes sie verbrannt.

»Keine Antwort, Sir.« Unter dem geschäftsmäßigen Tonfall hörte Kirk die tiefe Traurigkeit in Uhuras Stimme heraus.

Er öffnete den Mund, um zu antworten, schloß ihn aber sofort wieder. Kummer war ein Luxus, den sie sich jetzt nicht leisten konnten. »Überwachen Sie weiterhin von der Brücke aus die Interkoms auf Deck sechs«, sagte er statt dessen. »Lassen Sie es mich wissen, wenn Sie irgend etwas auffangen, Spock, und halten Sie den Komkanal zu mir offen, wenn wir uns der Bruchstelle nähern. Vielleicht fällt Ihnen ja etwas auf, das uns entgeht.«

»Eine logische Vorsichtsmaßnahme, Captain«, stimmte der Vulkanier zu. »Mit Ihrer Zustimmung werde ich auch die Daten Ihres Tricorders überwachen.«

»Tun Sie das.« Der Turbolift hielt zischend auf Deck sechs, gab sofort Alarm und verriegelte die Türen gegen das Vakuum, das die Sensoren auf der anderen Seite feststellten. Kirk fühlte sich plötzlich unwohl angesichts der Vorstellung, daß er jetzt dort draußen in der Dunkelheit nach Opfern suchen mußte. »Öffnen Sie, Scotty«, sagte er sehr leise.

»Aye, Sir.« Diesmal war es der Chefingenieur, der versuchen mußte, trotz der Kanister einen Befehl in die

Kontrollkonsole des Lifts einzutippen, der den Sicherheitsmechanismus abschaltete. Die verwaschenen Lichtkegel von neun Helmlampen richteten sich auf die Tür, und die Männer wappneten sich gegen den Sog, den die Dekompression auslösen würde.

Die schmale Linie zwischen den Türhälften verbreiterte sich und enthüllte nichts als Schwärze, als die Türen zur Seite glitten. Kirk beobachtete, wie die Reste der Atmosphäre im Bruchteil einer Sekunde aus der Reichweite der Scheinwerfer entschwanden, ein Wirbel aus blitzenden Eispartikeln und gefrorenen Gasen. Im Vakuum wirkte der Korridor zweidimensional und überscharf: unnatürlich hell dort, wo die Strahlen ihrer Lampen hinfielen, und ansonsten pechschwarz. Kirk vermißte das warme Streulicht einer Atmosphäre und die unzähligen winzigen Laute, die normalerweise hörbar waren, wenn Menschen über den Flur gingen. Alles, was er jetzt hörte, als er den Lift verließ, war das Geräusch seines eigenen Atems und das Knirschen der Gelenke des Anzugs.

Er trat zur Seite, um den anderen Platz zu machen, und überprüfte den Gang mit einem raschen Schwenk seiner Lampe. »Sicherheitsteam, den äußeren Korridor zuerst.« Er deutete auf einen Verbindungsgang, während die Ingenieure ihre Ausrüstung aus dem Lift holten. »Überprüfen Sie alle Liftzugänge und Wartungsschächte auf Blut oder andere Spuren unseres Saboteurs. Irgendwie muß er dieses Deck ja verlassen haben.«

»Aye, Sir.« Kirk erkannte Lemieux' weichen, frankokanadischen Akzent und die entschlossene Miene, als die schwarzgekleidete Wache aus dem Lift trat. »Welcher Treffpunkt, Sir?«

Kirk sah mit fragend hochgezogenen Brauen zu Sulu hinüber. »Die Bombe befand sich in Sektor neununddreißig«, erklärte der Steuermann. »Kabine acht.«

Kirk nickte. »Wir treffen uns dort, Fähnrich.«

»Aye, Sir.« Lemieux drehte sich um und winkte je

einen ihrer drei Untergebenen in den vorderen und hinteren Teil des Korridors und ging dann mit dem dritten die Hauptpassage entlang, die das Deck teilte. Ihre schwarzen Schutzanzüge verschmolzen so gründlich mit dem lichtlosen Deck, daß Kirk sie fast sofort aus den Augen verlor.

»Sulu, schnappen Sie sich diesen Tricorder.« Kirk schaute über die Schulter zu der Ingenieurscrew zurück, die jetzt damit begann, ihre Ausrüstung zusammenzusetzen. »Scotty, können Sie das Ausmaß des Schadens von hier aus feststellen?«

»Ich bekomme gerade einen ersten Eindruck davon, Captain.« Der Chefingenieur betrachtete stirnrunzelnd das Bild auf dem Monitor. Hinter ihm hatten seine Leute damit begonnen, die transportablen Schotten rings um den Liftschacht zu montieren, damit dieser Bereich mit Luft geflutet werden konnte, bevor sie die Kabine wieder hinunterschickten, um das zweite Reparaturteam zu holen. »In sämtlichen Mannschaftsquartieren auf diesem Deck herrscht Vakuum, soviel steht schon mal fest. Nach dem Spannungsabfall zu urteilen, den das Sensorennetzwerk meldet, sieht es so aus, als hätten wir die Hülle über eine Breite von etwa drei Kabinen verloren. Muß eine ganz hübsche Explosion gewesen sein.«

»Voraussichtliche Zeit für die Reparatur?«

Jetzt blickte Scott auf, während sich die Falte auf seiner Stirn vertiefte. »Auf jeden Fall mehrere Stunden, Sir. Vielleicht auch einen ganzen Tag, falls die Struktur in Mitleidenschaft gezogen ist. Aber wir werden sehr bald wieder über Energie verfügen, und sobald wir das Leck abgeschottet haben, können wir im größten Teil des Decks auch wieder eine Atmosphäre herstellen.«

»Gut.« Kirk wandte sich vom Lift ab und ging vorsichtig in den zentralen Korridor hinein. Er mußte sich erst an eine Welt gewöhnen, in der es nur zwei Dimensionen gab. Sulu folgte ihm unsicher und ließ die Hand an der Wand entlangstreichen, um die Balance zu wahren.

Kabinentüren tauchten im Licht ihrer schwankenden Helmlampen auf und versanken wieder in der Dunkelheit. Dann passierten sie die zentrale Kreuzung und sahen in der Ferne die Lichter der Wachen in den Seitengängen, die wie Glühwürmchen schimmerten. Kirk widerstand der Versuchung, jede Kabinentür, an der sie vorbeikamen, zu öffnen, um dort nach irgendeinem Hinweis auf seinen Sicherheitschef zu suchen. Er wußte nicht, was ihm lieber war – so spät wie möglich herauszufinden, was mit Chekov geschehen war, oder seine Leiche sofort zu entdecken und damit die Ungewißheit los zu sein.

Er schaltete den Anzugkommunikator auf einen privaten Kanal und sagte leise: »Spock – irgend etwas von Chekov?«

»Nein, Captain.«

»Wir haben auch noch nichts herausgefunden.«

Der Vulkanier machte eine Pause – vielleicht, um Kirks Stimmung aufgrund seines Tonfalls zu analysieren, möglicherweise aber auch nur, weil er gleichzeitig noch andere Dinge zu erledigen hatte. »Es ist unwahrscheinlich, daß sich Lieutenant Chekov noch auf Deck sechs befindet«, erklärte Spock schließlich vorsichtig.

Und wenn er sich dort befände, wäre er erst recht nicht in der Lage, sich zu melden – das war es, was Spock damit sagen wollte. Doch überall sonst auf dem Schiff funktionierten die Interkoms. »Ich glaube auch nicht, daß wir ihn finden«, gab Kirk zu. Es auszusprechen war nicht so schwer, wie er gedacht hatte.

Spocks Antwort klang überraschend sanft. »Das ist bedauerlich. Er war ein vorbildlicher Offizier.«

»Ja – ja, das war er.«

Eine unterbewußte Warnung riß Kirk aus seinem trübsinnigen Gedankengang. Trotzdem brauchte er noch mehrere Schritte, bis ihm klar wurde, daß es sich bei den Lichtfunken vor ihm tatsächlich um Sterne handelte und nicht um Reflexionen ihrer Lampen. Er blieb am Rand des Lecks stehen, überwältigt von einem Riß in der Hülle, der sehr viel größer und breiter war, als er befürchtet hatte. »Oh, mein Gott ...«

Sulu drückte die Hand gegen das letzte Stück der Korridorwand und verspürte so etwas wie Enttäuschung, weil der dicke Handschuh ihm nicht die Sinneswahrnehmung vermittelte, die er sich eigentlich wünschte. Die Explosion hatte nicht nur die Schiffshülle weggerissen, sondern auch die Wand, die die Kabinen der Inspektoren vom äußeren Korridor getrennt hatte. Jetzt war von dieser Wand nur noch ein zerborstenes Gitterwerk aus Metall übrig.

»Ganz ruhig, Commander«, warnte ihn Kirk über den Anzugkommunikator. »Fangen Sie jetzt mit den Tricorderaufzeichnungen an. Spock, wir befinden uns an der Bruchstelle.«

»Verstanden, Captain.« Die ruhige Stimme des Vulkaniers wirkte merkwürdig fehl am Platz zwischen all den Trümmern. Er schwieg, während Sulu den Bereich des Lecks mit dem Tricorder scannte. »Eine erste Analyse deutet darauf hin, daß der Schaden durch eine große thermochemische Explosion verursacht wurde. Das Muster der Zerstörung stimmt mit dem überein, das durch eine überladene Batterie hervorgerufen wird, möglicherweise einer, die zu einem Phaser oder einem anderen phasenverschobenen optischen Gerät gehört.«

»Sie meinen ein Gerät wie einen Metallschneider?« Kirk durchquerte die Kabinen der Inspektoren, scheinbar ohne auf das gähnende Loch zu seiner Linken zu achten. Neben einer geschwärzten Stelle auf dem Boden blieb er stehen und winkte Sulu zu sich. Der Steuermann holte tief Luft und ging dann vorsichtig über den aufgrund der Druckwelle welligen Boden, um eine Tricordermessung des Explosionsherdes vorzunehmen.

»Die Batterie eines Metallschneiders könnte eine derartige Explosion auslösen«, stimmte Spock zu. »Genau wie ein Schweißgerät oder eine ganze Reihe anderer Spezialwerkzeuge ...«

Kirk fiel ihm ins Wort. »Sie wollen damit sagen, der Saboteur hätte sich die Bombe praktisch überall im Maschinenraum der *Enterprise* besorgen können.«

»Ja, Captain«, bestätigte der Vulkanier. »Oder er hat sie selbst mit an Bord gebracht. Unsere Scanner sind nicht darauf programmiert, Batterien als mögliche Waffen einzustufen.«

Kirk knurrte. »Vielleicht sollte man das ändern.« Er drehte sich um, als sich vier schwarzgekleidete Wachen, deren Lampen einen Flickenteppich aus Licht auf die Zerstörung warfen, von der anderen Seite der zerfetzten Kabinenwand näherten. »Nun? Etwas gefunden?«

»Nein, Sir.« Lemieux klang so, als betrachte sie diesen Umstand als persönliches Versagen. Sulu sah die Gesichter der Wachen der Reihe nach an und entdeckte auf allen den gleichen angespannten, finsteren Ausdruck. Er begriff, daß er nicht als einziger den Verlust Chekovs betrauerte. »Wir haben den Bruch in der Hauptenergieversorgung entdeckt, Sir. Mr. Scott sagt, wir müßten in Kürze wieder Energie haben.«

»Gut.« Kirk trat wieder auf den Korridor hinaus und zog Sulu mit sich. »Ich möchte, daß Sie alle diesen Bereich genau untersuchen, bevor die Ingenieure hier alles abreißen. Wir suchen nach Beweisen für zwei Morde und für die Sabotage, also melden Sie *alles*, was verdächtig erscheint.«

»Aye, Sir.« Die Wachen verteilten sich über die Kabinen der Inspektoren, wobei Sulu jedoch auffiel, daß sie sich in der Nähe der klaffenden Öffnung ebenso vorsichtig bewegten wie er selbst. Sein Blick wanderte zu der sternengesprenkelten Dunkelheit jenseits der aufgerissenen Hülle des Schiffs. Wenn man die Wahl hätte, wäre es vielleicht gar nicht so schrecklich, für alle Ewigkeit durch dieses grenzenlose schwarze Meer zu treiben. Allerdings war sich Sulu ziemlich sicher, daß Chekov anders darüber denken würde.

»Sulu.« Uhuras ruhige Stimme erklang so dicht neben seinem Ohr, als wäre sie ein Schutzengel, der auf seiner Schulter saß. »Ich bekomme hier ein sonderbares Interferenzmuster von einer Kommunikatorkonsole in Sektor sechsunddreißig herein. Könnten Sie hingehen und die Sache für mich überprüfen?«

»Captain?« Sulu sah Kirk fragend an. Der Captain nickte zustimmend, ohne den Blick von dem Riß in der Schiffswand zu nehmen. Der leere Ausdruck in seinem Gesicht überraschte Sulu nicht – er wußte, daß dies eine Reaktion sowohl auf die Beschädigung des Schiffs wie auf den Verlust eines Mannschaftsmitglieds war.

Sulu befestigte den Tricorder an seinem Gürtel, während er den Bereich der Zerstörung verließ und durch den zentralen Korridor zum Sektor sechsunddreißig hinüberging. Auf halbem Weg kam er an seiner eigenen Kabinentür vorbei und verdrängte rasch die Vorstellung, daß seine Pflanzen jetzt dort lagen, geschwärzt und zerfetzt von der grausamen Kälte des Vakuums. Wenigstens waren die Wasserchamäleons nicht dort drin gewesen. Ohne es zu wollen, hörte er wieder Chekovs protestierende Stimme: »Ich dachte nur, jemand sollte ein Auge auf sie haben, das ist alles.«

Sulus Kehle wurde eng. Hier in der Dunkelheit wurde es schwerer und schwerer, den Gedanken von sich zu weisen, daß er seinen Freund wahrscheinlich nie wiedersehen würde. *Es blieb ihm genug Zeit, um dort zu verschwinden,* beharrte sein Verstand, doch der Schmerz in seiner Brust ließ sich davon nicht beeindrucken. Der Sicherheitsoffizier hätte sich inzwischen längst auf der Brücke gemeldet, wenn er dazu in der Lage wäre. Sulu dachte an die Wasserchamäleons, die Chekovs stille Kabine mit ihrem zarten Zirpen erfüllten, und wieder stieg das Brennen in seiner Kehle auf.

»Uhura, welches ...« Seine Stimme versagte den

Dienst, und Sulu mußte sich räuspern, um weitersprechen zu können. »Mit welcher Kommunikatorkonsole haben Sie Schwierigkeiten?« fragte er.

»Nun, von Schwierigkeiten kann man genau genommen gar nicht sprechen.« Die sanfte Stimme der Kommunikationsoffizierin klang zögernd, als wäre sie nicht ganz sicher, wieviel sie sagen sollte. »Ich möchte einfach nur wissen, woher die Interferenzen kommen. Sie tauchen an mehreren Punkten auf, aber am stärksten scheinen sie auf dem Gang bei Turbolift neun zu sein.«

»In Ordnung.« Sulu fand die Konsole und nahm sie sorgfältig in Augenschein. Es gab keinerlei Hinweise auf eine Beschädigung durch die Explosion. »Für meinen Geschmack scheint alles in Ordnung. Wie sieht das Problem denn genau aus?«

»Ein Problem ist es eigentlich nicht.« Uhura zögerte wieder. »Sulu, legen Sie Ihre Hand auf das Paneel und sagen Sie mir, ob Sie irgend etwas spüren.«

Er gehorchte, ohne weitere Fragen zu stellen, weil ihm klar war, daß sie einen guten Grund für ihre Bitte haben mußte. »Durch diese Anzughandschuhe kann ich aber nicht viel fühlen«, warnte er sie, als er das Paneel berührte. Ein leises Zittern schien seine Haut zu berühren, dann war es verschwunden. »Da war – etwas. Ich bin mir nicht sicher, was es gewesen sein könnte.«

»Wird es stärker, wenn Sie den Gang entlanggehen?« fragte Uhura drängend.

»Äh ... ja, ich glaube schon.« Die Vibration kam und ging in unregelmäßigen Abständen, als Sulu die Hand an der Wand entlangführte, und mit jedem der schwachen Schläge nahm die Intensität zu. Es schien ein Muster zugrunde zu liegen, aber er konnte nicht recht ausmachen, was es war. Er konzentrierte sich so stark, daß er völlig überrascht war, als er das Ende des Gangs erreichte.

Sulu blieb stehen und schaute auf die dunkle Zentralkreuzung. »Ich bin am Ende der Wand angekommen«, sagte er Uhura. »Wohin soll ich mich jetzt wenden?«

»Nach rechts«, antwortete sie sofort. »Dort befindet sich der Turbolift.«

»Der Turbolift ...« Sulu fluchte, rannte um die Ecke und legte beide Hände flach auf die Türen des Liftes. Vibrationen erschütterten das doppellagige Metall, ein klangloses Echo von Schlägen im Innern. »Uhura, es kommt aus der Liftkammer! Jemand ist dort drin!«

»Das dachte ich mir.« Die Aufregung in der Stimme der Kommunikationsoffizierin war nicht zu überhören. »Legen Sie Ihren Helm gegen die Tür, Sulu, damit ich das Muster hören kann. Ich glaube, es ist ein Starfleet-Code.«

Er lehnte sich gehorsam gegen das Metall und spürte, wie die Vibrationen sein Visier klappern ließen. Im Innern des luftgefüllten Helms verwandelten sie sich in ein schwaches, aber eindeutiges Klopfen. Sulu lauschte dem Muster der Intervalle zwischen den einzelnen Tönen – kurz, kurz, lang, sehr lang – und stellte die Botschaft Buchstabe für Buchstabe zusammen. »K, O,« murmelte er und hörte Uhura wie ein Echo das gleiche tun. »V, C, H, E – Uhura, das heißt *Chekov*!«

Ihr Freudenschrei bestätigte seine Vermutung. Sulu hob die Faust, um seinerseits dem Freund eine Nachricht zu übermitteln, doch noch bevor er damit anfangen konnte, ließ ihn eine plötzlich aufflammende Lichtkaskade vom Lift zurückweichen. Als seine an die Dunkelheit gewöhnten Augen endlich begriffen, daß lediglich die Wandbeleuchtung angegangen war, die sich eingeschaltet hatte, weil die Energieversorgung wieder funktionierte, war es schon zu spät. Durch seine ausgestreckten Hände spürte er nur noch das wohlvertraute Summen eines sich entfernenden Turbolifts.

# 11

Die Lichter des Turbolifts leuchteten auf, und Chekov blickte automatisch zur Decke hoch, bevor ihm klar wurde, daß er sich damit nur selbst blendete. Blinzelnd und eine Hand schützend über die Augen gelegt, taumelte er gegen die geschlossenen Lifttüren, als die Antigrav-Generatoren summend zum Leben erwachten und die Kabine nach unten sank.

»Jetzt wird niemand erfahren, daß ich hier drin bin.« Chekovs Stimme wurde hohl von den geschwungenen Wänden zurückgeworfen. Sein Zittern rührte nicht nur von der durch das Vakuum bedingten Kälte her, als er daran dachte, wie wenig gefehlt hätte, und er wäre nicht mehr lebend aus dem Lift herausgekommen. Vielleicht sollte er einfach dankbar sein, daß er den Bereich der Zerstörung überhaupt verlassen konnte. »Sicherheitsabteilung«, sagte er dem Computer und rieb sich die Arme, um die Kälte zu vertreiben. »Deck sieben.«

Nachdem er die letzte Lage Plastikschaum über die Bombe im Quartier der Inspektoren gesprüht hatte, hatte er selbst nicht mehr daran geglaubt, den Explosionsbereich noch rechtzeitig verlassen zu können. Er war zu dem Turbolift gelaufen, der in der entgegengesetzten Richtung lag, die Sulu genommen hatte, weil er nicht glaubte, daß sich dort eine Kabine in Reichweite befand, wenn er sie brauchte. Die Türen seines Liftes hatten sich einen Sekundenbruchteil vor der Explosion geschlossen – einem kurzen, trockenen Knall, der den eigenen Klang zusammen mit der Atmosphäre des Schiffes fortriß. Chekov hatte gespürt, wie der Lift heftig erschüttert wurde. Dann war die Beleuchtung ausgefallen, und Chekov hatte, zum tatenlosen Warten verdammt, damit angefangen, ruhelos in seinem vakuumversiegelten Sarg auf und ab zu gehen. Schließlich hatte er begonnen, seinen Namen wieder und wieder gegen die geschlossenen Lifttüren zu hämmern, weil er nicht wußte, was er sonst zu seiner eigenen Rettung hätte beitragen können. Und selbst jetzt hatte er den Verdacht, daß dies allein nicht ausgereicht hätte.

Seine Kabine glitt sanft zur Seite und kam dann zum Stillstand. Chekov trat vor die Türen und wartete darauf, daß sie sich öffneten. Er mußte unbedingt herausfinden, wer ihm jene Nachricht hinterlassen hatte, und er wollte die Laborresultate von allem sehen, was die Suchteams am Ort der Explosion entdeckt hatten. Außerdem mußte er Sulu und dem Captain mitteilen, daß er noch lebte. Doch als sich die Türen auf den Korridor der Sicherheitsabteilung öffneten, enthüllten sie nur eine undurchdringliche Dunkelheit wie jene, die oben im Vakuumbereich herrschte. Chekov hielt die Tür mit einer Hand offen, während er nervös auf den Gang blickte. Hoffentlich hatten Davidson und Tate den Maschinenraum schon wegen des Stromausfalls alarmiert; er war nicht gerade erpicht darauf, sich seinen Weg durch die Finsternis suchen zu müssen.

»Fähnrich Davidson?«

Er lauschte konzentriert in die Dunkelheit, vernahm jedoch nichts als die üblichen Schiffsgeräusche. Verdammt, der Turbolift verfügte doch über Energie, und das Leck befand sich auf der Steuerbordseite des Schiffs. Was also war in der Sicherheitsabteilung passiert?

»Tate?«

Nichts.

Doch Davidson und Tate, die beiden Diensthabenden, würden ihren Posten nicht freiwillig verlassen, dessen war er sich sicher. Nicht entgegen seinen Befehlen, und schon gar nicht, solange Kelly in der Arrestzelle saß. Die

Vorahnung einer Katastrophe ließ seine Haut kribbeln, und er schlich auf den Korridor hinaus. Die Luft war sauber und warm. Also kein Leck. Vielleicht ein Schaden in der Energieversorgung. Aber einer, der die gesamte Abteilung betraf? Mit vorsichtigen Schritten bewegte er sich durch die Dunkelheit vorwärts.

Aus den Augenwinkeln bemerkte er ein gelbweißes Aufblitzen, und sein Instinkt reagierte schon, bevor der Verstand ihm sagte, worum es sich handelte. Chekov warf sich zu Boden, als der knisternde Phaserschuß in die Wand neben ihm einschlug.

In der nachfolgenden Stille hielt Chekov den Atem an; außer dem Knistern des auskühlenden Metalls war nichts zu hören. Dieser Phaser war eindeutig auf Hitzestrahlung eingestellt gewesen, nicht auf Betäubung. Er stützte sich vorsichtig auf die Ellbogen und strengte die Augen an in der Hoffnung, irgendwo einen Lichtschimmer wahrzunehmen, doch die völlige Dunkelheit verwandelte den Korridor der Sicherheitsabteilung in ein undurchdringliches schwarzes Etwas. Er versuchte sich zu erinnern, wieviel Zeit seit der Bombenwarnung und der Explosion verstrichen war. Himmel, dieser Saboteur kam vielleicht herum. Aber was mochte er jetzt in der Sicherheitsabteilung vorhaben? Und was hatte er mit den diensthabenden Fähnrichen gemacht?

*Es spielt keine Rolle, was er vorhat,* dachte Chekov. *Wenn er hier raus will, muß er an mir vorbei.* Auf Hilfe von Davidson und Tate konnte er nicht rechnen – er mußte sich ganz darauf konzentrieren, den Eindringling bis hinter das Kraftfeld der Arrestzellen zu treiben, wo er hoffen konnte, ihn so lange festzuhalten, bis Hilfe kam. Im Kopf zählte er bereits die Schritte bis zum Eingang seines Büros, und von dort aus die zum Ausrüstungsschrank an der Rückwand, als er sich vorsichtig wieder aufrichtete.

Für einen Moment blieb er reglos lauschend stehen. Doch nichts war in der Finsternis zu vernehmen außer dem leisen Rascheln seiner Kleidung, wenn er Luft holte, und dem hellen Rauschen des Blutes in seinen Ohren. Jetzt, da seine Sinne auf Hören und Fühlen reduziert waren und die Orientierung durch die Augen fehlte, wurde ihm schwindelig. Er stützte sich gegen die Wand, um das Gleichgewicht wiederzufinden, und spürte das kühle, gemusterte Metall unter seiner Hand.

Er widerstand der Versuchung, sich an der Wand entlangzutasten, als er sich in Bewegung setzte. Das schwache Geräusch seiner Haut auf dem Metall wirkte in der Dunkelheit geradezu obszön laut. Sobald er sich bewegte, verschwand das Schwindelgefühl, und der Grundriß der Abteilung wurde vor seinem inneren Auge sichtbar wie die Grafiken der Simulatorspiele auf Sigma Eins – stark vereinfacht, aber zutreffend, wobei sich die wichtigen Türen und Zielpunkte mit geradezu übernatürlicher Deutlichkeit in seinen Gedanken abzeichneten. Er wich vor der Wand zurück und hielt sich in der Mitte des Korridors, während er durch die Dunkelheit auf seine Bürotür zuschlich. In dem Ausrüstungsschrank hinter seinem Schreibtisch befanden sich Phaser, und die wären leichter zu erreichen als jene, die im Gemeinschaftsraum untergebracht waren. Wenn er es schaffte, sich eine Waffe zu besorgen und den Eindringling zu betäuben, wäre er seine Sorgen los.

Seine Augen versuchten ständig, ihn zu täuschen, spiegelten ihm Bewegungen und Lichtblitze vor, von denen er genau wußte, daß sie nicht real waren. Trotzdem war es schwer, sie zu ignorieren – jedesmal, wenn so ein Phantombild seine Nerven strapazierte, bewegte er unwillkürlich die Hände in dem Wunsch, endlich etwas tun zu können. Schließlich ballte er sie zu Fäusten, um sie ruhig zu halten. Trotzdem war kein Atmen zu hören. Kein Klicken von Stiefeln auf dem Boden, und auch nicht das leise Geräusch von Kleidung, die die Bewegungen ihres Trägers verraten hätte. Zweimal hielt er inne, um an der Wand nach den Umrissen einer Tür zu tasten und zu lauschen. Einmal glaubte er die Wärme eines anderen Körpers sehr dicht neben sich zu spüren. Dann verschwand dieses Gefühl wieder, und er erschauerte unter der Vorstellung. Hoffentlich hieß das nicht, daß der Eindringling es irgendwie geschafft hatte, an ihm vorbeizuschleichen.

Chekov erreichte die Tür zum Büro schneller, als er erwartet hatte. Er streckte den Arm aus, um nach der Wand zu tasten, und erkannte seinen Irrtum erst, als er das Gleichgewicht verlor und durch die Öffnung in den Raum hineinstolperte. Er schlug hart auf dem Boden auf und rollte sich sofort zur Seite, verlor dabei aber völlig die Orientierung. Das Krachen und Scheppern von herabfallenden Ausrüstungsgegenständen und klappernden Schranktüren erfüllte den in Finsternis liegenden Sektor mit lauten Geräuschen. Mehr unbewußt registrierte Chekov, daß der Lärm ungefähr aus der Richtung des Gemeinschaftsraums stammte.

Die Stimme eines Mannes schrie voller Angst auf, gefolgt vom wespenähnlichen Sirren eines Phasers.

*Davidson? Tate?* Doch er durfte nicht nach ihnen rufen, so sehr ihn das auch schmerzte.

Chekov kroch auf allen vieren zur Tür des inneren Büros, spürte ihre Nähe aber erst einen Sekundenbruchteil, bevor er dagegen stieß. Die Tür glitt zur Seite, sobald er sich aufgerichtet hatte; sieben rasche Schritte führten ihn um den Schreibtisch herum und nahe genug an den Schrank, daß er ihn mit beiden Händen ertasten konnte. *Wahrscheinlich werde ich dabei umkommen,* dachte er, als er den Daumen auf den Auslöser des Schlosses legte. Aber er wußte nicht, wie er sonst mit dem Eindringling fertig werden sollte, und er konnte auch nicht zulassen, daß der Saboteur entkam.

Er drückte den Auslöser, und das Schloß erwachte mit grünem Licht und einem ohrenbetäubenden Glockenklang zum Leben. Die auf normale Lautstärke eingestellte Computerstimme hallte wie Mörserfeuer von den grünerleuchteten Bürowänden wieder: »Retina-Scan einleiten.«

Chekov war gezwungen, die Augen offenzuhalten, obwohl er sie am liebsten vor dem verdammten Lärm verschlossen hätte. Er wühlte in der Tasche nach dem Schlüssel, während ihn der Scannerstrahl kurzfristig blendete, und drückte ihn gegen das Schloß, als der Computer erklärte: »Stimmerkennung erforderlich.«

Er bereitete sich darauf vor, die Türen im gleichen Moment aufzureißen, in dem sich das Schloß öffnete. »Chekov«, flüsterte er, »Lieutenant Pavel A.«

»Bitte sprechen Sie in normaler Lautstärke.«

Lieber Himmel, wenn er jemals hier herauskam, würde er an jede einzelne Sicherheitsabteilung von Starfleet Memos mit der Forderung schicken, dieses verdammte Sicherheitssystem komplett umzugestalten. »Chekov, Lieutenant Pavel ...«

Ein Phaserschuß überflutete den Raum mit weißem Licht, und eine Kraft wie eine lichtschnelle Rakete traf seine Schulter und schleuderte ihn gegen den Schrank. Der Gestank von verbranntem Fleisch und verkochtem Blut erfüllte die Luft, und Chekov erkannte an der schrecklichen Hitze in seiner Schulter, daß er nicht von einem auf Betäubung gestellten Phaser getroffen worden war. Die Schranktüren öffneten sich, als er stürzte, und einige Phaser und andere Ausrüstungsgegenstände landeten klappernd neben ihm auf dem Boden. Schritte erklangen in der Nähe der Tür, und Chekov schob sich die rechte Hand in den Mund, um seinen keuchenden Atem zu dämpfen, während er nach einem Phaser oder einem Gewehr tastete.

Seine Hand schloß sich um ein schmales, gebogenes Metallstück, und die Hoffnung, die ihn plötzlich durchzuckte, ließ ihn unwillkürlich aufstöhnen. Es war eines der Infrarotsichtgeräte, die er erst gestern aus dem Maschinenraum mitgebracht hatte. Er richtete sich halb auf, biß sich in die Hand, um den plötzlichen Schmerz zu unterdrücken, und brach keuchend über dem Schreibtischsessel zusammen. Der Schütze wußte, wo er sich befand – Chekov hörte, wie jemand den Besucherstuhl in der Ecke zur Seite stieß. Er schob sich das Sichtgerät über den Kopf und sah sich rasch im Büro um, obwohl er wußte, daß ihm kein Fluchtweg blieb.

Die Phaser, die die gleiche Temperatur aufwiesen wie der Boden und der Rest des Raumes, hoben sich wie dunkelgraue Puzzlestücke vom Untergrund ab, dünne Umrißlinien vor der tieferen Schwärze. Unter dem Schreibtisch ließ sich der Kolben eines Phasergewehrs kaum von den Beinen seines Sessels unterscheiden. Die von Chekovs Körper ausgehende Wärme zeigte sich durch das Infrarotvisor als warmes Gelb, während ein sich langsam abkühlender Handabdruck mit seinem eigenen Blut in düsterem Orange auf dem Boden leuchtete.

Nur der Schütze strahlte außerhalb des üblichen Spektrums – seine Gestalt zeichnete sich in Silber und Weiß ab, extrem hohen Temperaturen, die kein menschliches Wesen überleben konnte. Selbst der Phaser in seiner Hand hatte sich auf dem Visorbild infolge der Körperwärme kirschrot verfärbt.

*Nicht menschlich,* wiederholte Chekovs Verstand drängend. Er versuchte, den großen, stämmigen Körper einer bestimmten Rasse zuzuordnen, als der Saboteur langsam den Phaser hob und über den Tisch hinweg zielte, unter den sich Chekov im gleichen Moment warf, nach dem Gewehr griff und einen Schuß auslöste, noch bevor er die Waffe ganz vom Boden gehoben hatte.

Der Schuß riß die Vorderseite des Schreibtischs weg. Chekov hörte den Eindringling aufschreien und auf den Flur zurückstolpern, doch Schmerz und Blutverlust hinderten ihn daran, sofort unter dem Tisch hervorzukriechen und ihm zu folgen. Als er es endlich geschafft hatte, schien sich vor Schmerz alles um ihn zu drehen. Statt durch die Türöffnung zu laufen, stolperte er gegen den Rahmen, drückte das Gewehr mit einer Hand an seine Brust und versuchte trotz des Schwindelgefühls, das ihn wellenartig überkam, auf den Beinen zu bleiben.

Eine Spur aus strahlendgelben Spritzern zog sich über

den Korridor. *Ich habe ihn getroffen,* begriff Chekov mit Erleichterung. *Er kann nicht sehr weit kommen.*

Chekov selbst allerdings auch nicht.

Ein leises Geräusch, kaum vernehmbar, löste einen Adrenalinstoß in ihm aus. So schnell er konnte, fuhr er herum und richtete das Gewehr auf die als schlanker Umriß sichtbare Gestalt hinter ihm.

»Davidson?« fragte er, als er die Mischung aus Orange und Gelb als menschlich erkannte, auch wenn das Infrarotbild es ihm nicht erlaubte, eine bestimmte Person zu identifizieren.

»Lieutenant?« Die schwache Stimme, die durch die Dunkelheit zu ihm drang, gehörte zu keinem von Chekovs vermißten Wachposten. »Ich habe …« Aaron Kelly holte zitternd Luft und ließ sich zu Boden sinken. »Sind Sie allein hier?«

Chekov senkte das Gewehr und versuchte das konstante Geräusch zu ignorieren, mit dem sein eigenes Blut auf das Deck tropfte. »Sie haben Ihre Zelle verlassen?«

Kellys Umriß nickte, dann schien sich der Inspektor zu erinnern, daß Chekov ihn in der Dunkelheit eigentlich nicht sehen konnte, und er antwortete: »J … Ja. Ich glaube, er hat den Generator zerstört …«

»Ich folge ihm«, unterbrach ihn Chekov und stieß sich von der Wand ab. »Sehen Sie zu, ob Sie die Beleuchtung wieder einschalten können. Die Hauptschalter befinden sich in der Nähe des Turbolifts, ein Stück diesen Gang hinunter. Werden Sie sie finden?«

Kelly suchte nach einem Halt an der Wand hinter ihm und nickte erneut. »Ich will es versuchen.«

Von einem Inspektor konnte Chekov wohl kaum mehr verlangen.

Das Blut des Saboteurs bildete eine unregelmäßige Spur, die den Korridor entlangführte. Die glühenden Spritzer, die bereits von strahlendhellem Gelb zu dunklem Grün verblaßten, waren groß und zeigten sich in unregelmäßigen Abständen: Der Saboteur bewegte sich also recht schnell, blutete aber auch stark. Soviel hatten sie immerhin miteinander gemein, dachte Chekov grimmig. Der Lieutenant versuchte seine rechte Hand zu bewegen und empfand eine gewisse Befriedigung, als sich die Finger tatsächlich krümmten und gegen die blutige Handfläche drückten. Es schmerzte zwar schon, wenn er nur daran dachte, den rechten Arm zu heben, aber wenigstens wußte er jetzt, daß er es schaffen konnte, wenn es notwendig sein sollte.

Blutspritzer zeigten sich am Rahmen des Sicherheitsschotts, führten um die Ecke und endeten schließlich in einem größeren Fleck vor der Tür zu einer Wartungsleiter. Ein verschmierter Handabdruck zeigte, wo der Saboteur die Luke aufgerissen hatte, um hindurchzuklettern.

Chekov wurde langsamer. Sein Schwindelgefühl drohte ihn zu überwältigen und hätte ihn beinahe in die Knie gezwungen. Er zwang sich, tief durchzuatmen, um sein Keuchen zu unterdrücken, und sah sich dann sorgfältig nach allen Seiten um, damit ihm kein Stück dieses infraroten Puzzles entging. Nein, die Spur des Saboteurs endete tatsächlich hier – es war kein heimtückischer Trick. Er trat neben die Tür, wechselte das Gewehr in die rechte, vom Blut schlüpfrige Hand und balancierte den Lauf auf dem linken Unterarm, als er sich vorbeugte, um die Tür aufzureißen. Wenn der Saboteur noch dort kauerte, bereit, auf jeden zu schießen, der in sein Versteck eindrang, dann stand Chekov zumindest nicht direkt vor dem Eingang, wo er ein kaum zu verfehlendes Ziel abgegeben hätte.

Doch im gleichen Moment, in dem er die Luke zur Seite stieß, wurde er von der Luft, die um ihn herum in das Vakuum strömte, direkt vor die Öffnung gerissen.

Sulu hieb frustriert mit der Faust gegen die äußere Tür des Turbolifts, spürte den Schlag dank der gepolsterten Handschuhe seines Schutzanzugs jedoch kaum. »Die Energieversorgung funktioniert wieder«, erklärte er

Uhura über sein Helmkom. »Der Lift ist verschwunden, bevor ich mit Chekov sprechen konnte.«

Es gab eine längere Pause. »Das Interkom im Lift reagiert nicht«, erwiderte Uhura schließlich. »Aber Mr. Spock sagt, die Kabine wäre direkt zur Sicherheitsabteilung auf Deck sieben gefahren.«

»Das paßt.« Ein feiner Nebel schlug sich bei Sulus Schnauben auf der Sichtscheibe des Helms nieder. »Wie ich Chekov kenne, ist er wahrscheinlich gleich wieder an die Arbeit gegangen.«

Ein scharfer Schlagschatten glitt über ihn hinweg. Sulu drehte sich um und sah zwei weißgekleidete Ingenieure, die eine transportable Schleuse den Zentralkorridor entlangschleppten. »Sieht so aus, als bereiteten sie sich darauf vor, das Leck in der Hülle zu isolieren. Ich melde mich besser bei Captain Kirk, bevor sie alle Schleusen dichtmachen.«

»Verstanden. Ich gebe ihm Bescheid, daß Sie unterwegs sind.«

»Danke.« Sulu bog hinter den Ingenieuren um die Ecke und eilte den Gang entlang, wobei ihm seine lautlosen Schritte jetzt, da die übliche Deckenbeleuchtung wieder funktionierte, noch unheimlicher erschienen. Seine Erleichterung darüber, Chekov lebend gefunden zu haben, wurde nur durch die nagende Sorge gedämpft, der Sicherheitsoffizier könnte verletzt sein. *Er war immerhin gesund genug, um seinen Namen zu morsen,* sagte sich Sulu selbst. *Und wenn er verletzt gewesen wäre, hätte er den Lift zur Krankenstation schicken können ...*

Eine undeutliche Bewegung spiegelte sich in der gekrümmten Scheibe seines Helmvisiers wieder, und Sulu fuhr instinktiv herum. Er versuchte, auf einem Bein zu balancieren, um mit dem anderen Fuß notfalls zutreten zu können, doch die dicken Metallfasern seiner Stiefel verhinderten dieses Manöver. Fluchend trat er einen Schritt zurück und erkannte dann, daß die Bewegung lediglich von einer Kabinentür herrührte, die sich geschlossen hatte. Erleichtert wollte er schon aufatmen, als er die Zimmernummer bemerkte.

»He!« Sulu stürmte über den Gang und schlug mit der Faust auf die Schalttafel neben der Tür. Auf dem kleinen dort eingebetteten Display leuchtete das goldfarbene *Bitte nicht stören*-Symbol auf, was bedeutete, daß sich jemand im Innern aufhielt. »He, das ist *meine* Kabine!«

Die Erinnerung an zerfetzte Pflanzen und verstreute Kleider drängte sich in seine Gedanken, während er versuchte, den Zugangscode in das Ziffernfeld einzutippen. Wie, zum Teufel, lautete die neue Nummer, die Chekov ihm gegeben hatte? 4729?

»Mr. Sulu, stimmt etwas nicht?« Kirks Stimme neben seinem Ohr ließ ihn zusammenfahren, bis er begriff, daß der Captain über den Anzugkommunikator sprach.

»In meiner Kabine ist ein Eindringling, Sir.« Das Display an der Tür flammte plötzlich rot auf, um ihn zu warnen, daß er einen falschen Zugangscode benutzt hatte. »Ich versuche hineinzukommen, um zu sehen, wer es ist.«

Kirks Stimme fragte scharf: »Position?«

»Korridor C, Sektor neununddreißig, Kabine neunzehn.« Sulu zermarterte sein Hirn wegen des richtigen Codes und versuchte gleichzeitig, nicht an die unzähligen kleinen Schätze in seiner Kabine zu denken, die ein Vandale zerstören mochte. War es 4279? Nein, das schien nicht richtig zu sein – er war ziemlich sicher, daß die Sieben und die Neun nicht direkt nebeneinander gestanden hatten. Und wie wäre es mit 7429?

»Wir sind schon unterwegs«, sagte Kirk grimmig. »Gehen Sie vorsichtig vor, Mr. Sulu. Kirk Ende.«

Wieder tauchte eine rot leuchtende Warnung auf dem Display auf. Diesmal informierte sie Sulu, daß er nur noch eine einzige Chance hatte, den richtigen Code einzugeben, bevor sich die Tür automatisch verriegelte. Sein Helmvisier beschlug, als er aufstöhnte. Er wußte, daß die Stille im Innern seiner Kabine nichts zu besagen hatte, da das Vakuum keine Geräusche übertragen konnte. Genau in diesem Moment mochte der Eindringling alles zerschlagen, was er besaß. Ob 7249 stimmte?

Etwas Besseres würde ihm doch nicht einfallen, entschied Sulu und tippte die Zahlen hastig ein. Das Display leuchtete in dem vertrauten Blau auf, während die Türen zur Seite glitten. Sulu stürzte ohne nachzudenken in den Raum und fand sich in völliger Dunkelheit wieder, als sich die Tür hinter ihm schloß.

Verdammt, dachte er wütend, ich benehme mich schon wie Chekov! Der Lichtkegel seiner Helmlampe tanzte über die Konturen seiner Kabine, die wie eine fremdartige Landschaft unter einer glitzernden Eisschicht wirkte. Nichts rührte sich.

»Sulu.« Der Steuermann zuckte zusammen, als Kirks Stimme plötzlich in seinem Helm ertönte. »Wir kommen nicht an Mr. Scotts transportablen Schotten vorbei und müssen einen Umweg nehmen. Ist bei Ihnen alles in Ordnung?«

»Bis jetzt ja. Ich habe nichts gesehen ...« Etwas Großes, Bleiches schoß aus den Schatten auf ihn zu, und Sulu sprang ihm aus dem Weg. Er erkannte das weiße Schimmern eines Ingenieursanzugs, fluchte, ließ sich von der Wand abprallen und nutzte den Rückstoß, um sich auf den Eindringling zu werfen.

Der Zusammenprall ließ beide gegen die Wand stolpern. Gefrorene Pflanzen stürzten in einer lautlosen Kaskade rings um sie zu Boden. Sulu krümmte sich im Innern seines Schutzanzugs und versuchte die wuchtige weiße Gestalt zu packen, die drohend über ihm aufragte. Er wußte, daß die zwei Lagen vakuumsicheren Stoffs, die sich zwischen ihnen befanden, jeden Schlag abmildern würden, ganz gleich wie gut er zielte. Seine einzige Chance bestand in einem Ringergriff.

Der Angreifer ignorierte seine Anstrengungen jedoch ganz einfach, hob ihn vom Boden, als würde er gar nichts wiegen, und schmetterte ihn auf den Arbeitstisch. Es war nicht der Schmerz des Aufpralls, der Sulus Energien mobilisierte – es war das traurige Schicksal seiner eisverkrusteten Pflanzen, die unter ihm zerschmettert wurden. Wütend über diesen letzten Anschlag auf seine Besitztümer rollte er sich wieder auf die Füße und stürzte sich auf den Angreifer.

Sie krachten in einem Gewirr aus Armen und Beinen auf den Boden, wobei Sulu oben lag. Er versuchte, diese Position auszunutzen, um den Gegner festzunageln, doch der Körper unter ihm explodierte regelrecht in einem verzweifelten Ausbruch roher Kraft. Der erste Schlag brach Sulus Haltegriff, der zweite schleuderte ihn quer über den von Pflanzen bedeckten Boden, bis er gegen den auf dem Kopf stehenden Lilienteich prallte. Er drehte sich gerade noch rechtzeitig, um zu sehen, wie der Eindringling auf die Füße kam und zur Tür rannte.

»Verdammt!« Sulu befreite sich von dem Marmorteich und rappelte sich schwer atmend auf, um dem Gegner zu folgen.

»Sulu, Meldung!« Kirk Stimme drang so ungeduldig aus dem Helmlautsprecher, als hätte er den Befehl schon mehrmals wiederholen müssen. Aber Sulu konnte sich nicht erinnern, etwas gehört zu haben. »Was ist passiert?«

»Ich habe den Eindringling gefunden, Sir«, keuchte Sulu und stürzte gerade noch rechtzeitig auf den Flur, um zu sehen, daß die weißgekleidete Gestalt in Richtung des Turbolifts lief. Sulu rannte hinterher. »Er bewegt sich jetzt auf Turbolift acht zu.«

»Die Lifttüren sollten verschlossen sein.« Die Stimme des Captains klang fast ebenso atemlos wie die Sulus. Es war auch nicht gerade leicht, in einem unförmigen Schutzanzug zu rennen. »Auf dem Weg wird er nicht hinauskommen.«

»Nein, Sir.« Sulu rannte durch die unheimliche Stille des Korridors und rückte seinem Gegner langsam näher. Der Schweiß lief ihm über das Gesicht, brannte in seinen Augen und nahm ihm für einen Moment die Sicht. Als er wieder deutlich sehen konnte, dachte er im ersten Moment, die weißgekleidete Gestalt sei verschwunden. Dann entdeckte er sie wieder – sie hockte an der dem Lift gegenüberliegenden Wand neben der rotumrandeten Klappe, die den Zugang zu den Wartungsschächten öffnete.

Sulu stieß ein erschrecktes Keuchen aus. »Captain, er versucht in den Wartungsschacht zu gelangen.«

»Halt ihn auf, Junge!« Scotts Stimme mischte sich ein. »Die Schächte stehen noch unter atmosphärischem Druck – wenn sie geöffnet werden, entweicht die Luft aus dem gesamten Notzugangssystem!«

»Kirk an Brücke, Prioritätsanweisung!« Der Ruf des Captains dröhnte aus Sulus Helmlautsprechern, als er quer durch den Gang auf den Eindringling zustürzte und darum betete, ihn noch rechtzeitig zu erreichen. »Alle Reparaturschächte ober- und unterhalb von Deck sechs versiegeln. Ich wiederhole, alle Reparaturschächte versiegeln …«

Ein hämmernder Windstoß traf Sulu mitten in der Bewegung und schleuderte ihn so hart gegen die Korridorwand, daß die Luft aus seinen Lungen gepreßt wurde. Er hustete und sog gerade genug Atem ein, daß er gegen den Strom frostglitzernder Luft ankämpfen konnte. Er warf sich durch die Öffnung und landete auf dem Rücken des Eindringlings. Sie stürzten gegen die Sprossen der Leiter und suchten beide nach Halt gegen den wütenden Luftstrom. Irgend etwas strich hinten über Sulus Nacken und zerrte sanft an den Metallfasern seines Anzugs. Schließlich wurde der Wind schwächer und erstarb endlich in einem letzten Wirbel von Eiskristallen, die den schwach erleuchteten Schacht herabfielen.

Sulu atmete erleichtert auf. Jemand auf der Brücke hatte die Vakuumbarrieren in dieser Sektion der Wartungsschächte geschlossen und damit den Luftstrom unterbrochen. Er wischte sich den Eisfilm vom Helmvisier und hob dann den Kopf, um herauszufinden, wohin der weißgekleidete Eindringling verschwunden war. Prompt stieß er dabei mit dem Helm gegen etwas Hartes. Er schaute hoch, entdeckte direkt über sich eine metallisch schimmernde Schottwand und begriff, wie knapp er einer Enthauptung entgangen war.

Er holte noch einmal tief Luft und kletterte dann den spärlich erleuchteten Schacht hinab, wobei sich die klobigen Anzugstiefel als nicht sehr geeignet für die Benutzung von Leitersprossen herausstellten. Der schmale Schacht knickte scharf zur Seite, als er sich Deck sieben näherte. Sulu konnte wegen der vorstehenden Kontrolleinheit auf seiner Brust nicht direkt nach unten sehen, und hören konnte er natürlich auch nichts außer seinem eigenen, rasselnden Atem. Er wußte, daß irgendwo unter ihm ein weiteres Schott den Schacht verschloß. Und irgendwo dazwischen befand sich der Eindringling.

Als der Schlag von unten kam, reagierten Sulus mit Adrenalin vollgepumpten Muskeln automatisch und traten nach dem Angreifer. Erst nach dem dritten Tritt ins Leere wurde ihm klar, daß er nur gegen die Luft kämpfte, die den Schacht hinaufgerissen wurde. Irgendwo weiter unten war eine Notluke geöffnet worden.

Jetzt, da die Atmosphäre zurückkehrte, konnte er auch wieder Geräusche vernehmen, schwach zuerst, doch dann zunehmend lauter, als sich der Druck stabilisierte. Neben den schnellen Schritten und dem metallischen Rascheln eines Schutzanzugs hörte Sulu auch das unverkennbare Sirren eines Phasergewehrs, das schußbereit gemacht wird.

Der Steuermann erstarrte auf der Leiter und schloß aus dem plötzlichen Verstummen der Schritte, daß sein Gegner sich genauso verhielt. In der drohenden Stille klang Chekovs Stimme sonderbar grimmig.

»Stehenbleiben! Niemand bewegt sich«, knurrte der Sicherheitsoffizier. »Selbst wenn mein erster Schuß fehlgeht, werden die Querschläger auf jeden Fall treffen.«

# 12

»Chekov?« Sulus Stimme klang in dem engen Schacht so blechern, als käme sie aus einem Interkom. »Laß ihn nicht entkommen!«

Die Erleichterung überfiel den Sicherheitschef so überraschend, daß er beinahe zu Boden gesunken wäre. »Der geht nirgendwohin.« Er richtete das Gewehr auf den unförmigen Schimmer reflektierter Hitze über ihm. »Also schön, du da oben – komm jetzt runter. Aber langsam!«

Der Gefangene zögerte nur einen kurzen Moment, dann löste er sich ungeschickt von der Leiter und schlurfte auf den Gang hinaus. Chekov war völlig klar, daß dies nicht sein Saboteur sein konnte – die Hitzestrahlung war nicht annähernd hoch genug, selbst wenn man den Schutzanzug berücksichtigte. Die einzigen stärkeren Hitzequellen an der Gestalt waren die Energiezellen des Anzugs und ein helleuchtender Fleck oben auf dem Helm. Chekov erkannte, daß es sich dabei um die Helmlampe handeln mußte, als Sulu den Schacht verließ und das Visorbild einen ganz gleichartigen Fleck über seinem Kopf zeigte.

»Was machst du denn hier unten?« fragte Chekov und senkte das Gewehr, so daß er die Mündung auf dem Boden abstützen konnte.

»Ich habe diesen Burschen dabei erwischt, wie er in meine Kabine eingebrochen ist!« Sulu deutete mit einer heftigen Bewegung, die seine Anzuggelenke zum Knirschen brachte, auf die Gestalt zwischen ihnen. »Ich wollte ihn gerade festnehmen, als er durch den Wartungsschacht geflüchtet ist.« Er bemerkte eine Veränderung in Chekovs Gesichtsausdruck und fragte: »Wieso? Was ist denn los?«

»Ich habe den Saboteur gejagt.«

Sulu richtete sich überrascht auf, und das Licht seiner Helmlampe brach sich an der gegenüberliegenden Wand. »Hast du ihn gesehen?«

»Ich habe ihn angeschossen.« Chekov deutete mit dem Lauf des Gewehrs auf die Blutspur am Boden und fragte sich, ob sie es schaffen würden, das alles zu reinigen, bevor die erste Schicht ihren Dienst antrat. Im Moment wußte er nur, daß seine Socken naß waren, und der Ärmel seiner Jacke fühlte sich klamm an, weil sich das Blut in dem vollgesogenen Stoff langsam abkühlte. »Er muß diesen Schacht benutzt haben, bevor ihr die Atmosphäre habt ausströmen lassen. Verdammt – im Vakuum muß das Blut verkocht sein, und damit ist auch die Spur verloren.« Er versuchte wieder, seine Hand zu bewegen, doch diesmal krümmten sich die Finger nur noch langsam und schwerfällig. »Eines kann ich dir aber sagen – wer immer es ist, ein Mensch ist es nicht.«

Der überraschte Ausruf des Gefangenen klang über den Helmkommunikator eher wie ein Quietschen. Er wich stolpernd vor Sulu zurück, versuchte sich umzudrehen und wegzulaufen. Sein Helmlicht verschwand von Chekovs Visorbild, sobald er die Drehung vollendet hatte. Chekov wechselte das Gewehr in die rechte Hand, und mit zwei schnellen Schritten hatte er den Fremden erreicht, die Aufhängevorrichtung am Rücken des Anzugs gepackt und ihn von den Füßen gerissen. Brennender Schmerz flammte bei dieser Anstrengung in Schulter und Rücken auf, und er stand dicht vor dem Zusammenbruch, als er dem Unbekannten den Gewehrlauf mit Nachdruck auf die Brust setzte. »Versuch es nicht einmal.« Er bemühte sich, trotz der Schmerzen klar zu sprechen, hatte aber nicht den Eindruck, als wäre er dabei besonders erfolgreich. »Wer ist dieser Kerl?« fragte er Sulu und blinzelte, um seine Sicht zu klären.

Sulu hob die Hände, das Äquivalent eines Schulterzuckens, wenn man in einem Schutzanzug steckte, und trat ein paar Schritte näher. »Ich habe ihn nur verjagt. Deine Vermutung ist so gut wie meine.«

Chekov warf einen finsteren Blick auf den liegenden Mann. »Ich mag Vermutungen nicht.«

»Bitte …« Die Stimme im Innern des Anzugs klang zwar dünn, aber keineswegs schwach. »Meine Herren, wir können doch sicher zu einem Kompromiß finden?«

»Der Sicherheitschef steht neben mir«, erklärte Sulu. »Da muß ich keine Kompromisse machen.« Er trat neben Chekov und zog die Handschuhe seines Schutzanzugs aus. »Was wollten Sie in meinem Zimmer?«

»Ich … ich hatte mich verirrt.« Der Fremde krümmte sich unter dem Druck des Gewehrlaufs, doch Chekov ließ nicht locker, weil er keineswegs überzeugt war, daß er den Mann ein zweites Mal zu Boden werfen könnte. »Ich versuchte irgendeinen Hinweis zu finden. Als das Leck auftrat, hatte ich die Orientierung verloren – ich wollte niemandem Schwierigkeiten bereiten.«

Chekov war keineswegs überzeugt, daß ihr Gefangener die Wahrheit sagte. »Ihren Namen und Ihren Rang?«

Ein leises Zischen, bei dem es sich um ein heiseres Lachen handeln mochte, drang aus dem Außenlautsprecher des Anzugs. Der Helm des Gefangenen stieß gegen den Boden, als er sich bewegte. »Ich fürchte, das ist nicht ganz so leicht zu erklären …«

Plötzlich ging die Beleuchtung an. Neue Hitzequellen und reflektierte langwellige Strahlung trübten die klaren Bilder des Visors. Chekov trat einen Schritt von ihrem Gefangenen zurück und klemmte das Gewehr unter den linken Ellbogen, so daß er das Visor absetzen konnte, ohne den verletzten Arm zu bewegen. Doch selbst diese winzige Anstrengung jagte heftige Schmerzen durch seine Schultern und ließ seine Sicht verschwimmen.

Mittlerweile hatte er sich so sehr auf die infrarote Darstellung eingestellt, daß ihm das staubblaue Gesicht, das zu ihm hochblickte, gar nicht ungewöhnlich erschien, bis Sulu verblüfft aufkeuchte. Dann erst begriff er, was das flachsgelbe Haar und die blassen Antennen bedeuteten. »Sie sind ein Andorianer!« Sulu trat rasch vor, um ihn zu stützen, als er ins Stolpern geriet, und Chekov mußte sich zur Seite beugen, um den Gefangenen weiterhin im Blick zu behalten. »Wer, zum Teufel, sind Sie?«

»Mein Gott, was ist passiert?« Die Stimme des Steuermanns klang plötzlich klar und deutlich, als er die Verschlüsse seines Anzugs löste und den Helm zu Boden fallen ließ. »Dein Gewehr ist ja voller Blut!«

Chekov versuchte ärgerlich, den Steuermann beiseite zu schieben, während ein Übelkeitsanfall ihn leicht schwanken ließ. Sulu hatte recht – ein kleines Rinnsal aus Blut war über den Lauf des Gewehrs auf den Anzug des Andorianers getropft. »Ich ...« Er tastete nach dem kalten, feuchten Stoff seines Ärmels und runzelte die Stirn. »... es geht schon ...«

Dann spürte Chekov, wie sich das Deck unter ihm drehte, und er griff nach Sulu, um sich zu stützen. Daß er stürzte, merkte er erst, als er mit der Schulter gegen den Steuermann stieß und beide zu Boden gingen.

»O Gott, Pavel, stirb jetzt nicht.« Sulu zwängte sich unter Chekovs reglosem Körper hervor, wobei er sich bemühte, ihn nicht auf den Rücken zu drehen. Der Gestank nach verbrannter Kleidung und Haut haftete dem Korridor an, und ein dünner Rauchfaden verschwand gerade in der Ventilation. Der Boden unter ihnen war schlüpfrig vor Blut, und Sulu versuchte kurz, Chekov aus der Lache herauszuziehen, bevor er merkte, daß noch immer Blut aus der verletzten Schulter des Sicherheitschefs rann. Doch trotz seiner erschreckenden Blässe hob und senkte sich Chekovs Brust in gleichmäßigen Atemzügen. Sulus Augen wanderten über den schrecklichen Anblick verbrannter Knochen unter dem blutigen Fleisch und fielen auf den Andorianer, der versuchte, sich fortzuschleichen.

»He!« Mit der Kraft der gesamten in ihm aufgestauten Wut und Frustration stieß Sulu den Mann gegen die Wand, drehte ihm einen Arm auf den Rücken und griff mit der freien Hand nach Chekovs blutbeflecktem Gewehr. Dann rammte er ihm den Lauf in den Nacken und rief: »Keine Bewegung!«

Der Alien erstarrte und drehte nur den Kopf weit genug, um Sulu einen listigen Blick zuzuwerfen. »Sollten Sie sich nicht besser um Ihren Freund kümmern, statt mich anzugreifen?« fragte er mit unschuldsvoller Stimme.

»Sie anzugreifen ist genau das, was er von mir erwartet.« Sulu stieß ihn mit dem Gewehr an. »Vorwärts. Ein Stück den Gang hinunter befindet sich ein Interkom. Dort werden Sie erst die Krankenstation anrufen, und dann den Captain.«

Die Antennen des Andorianers krümmten sich unter dem transparenten Helm. »Oh, nein, ich glaube nicht ...«

Sich nähernde Schritte unterbrachen ihn. Sulu drehte den Kopf und seufzte vor Erleichterung, als er eine vertraute, sehnige Gestalt um die Ecke biegen sah. »Dr. McCoy, hierher!«

Der Doktor lief durch den Gang auf sie zu. »Lieber Himmel, was ist denn hier los?« Er kniete neben Chekov nieder und wühlte in seiner Arzttasche. Gleich hinter McCoy tauchte Aaron Kelly auf, dessen dunkles Gesicht einen entsetzten Ausdruck trug. »Wer, zum Teufel, hat auf Chekov geschossen?«

»Der Kerl, der die Bombe gelegt hat.« Sulu drehte sich um und zwang den Andorianer, diese Bewegung mitzumachen, indem er ihm weiterhin den Gewehrlauf ins Genick drückte. Der Alien stöhnte theatralisch auf, leistete jedoch keinen Widerstand. »Kommt Chekov wieder auf die Beine?«

»Er wird es überleben.« McCoy öffnete den Verschluß einer Sprühflasche, und bleicher, anästhesierender Schaum verbreitete sich zischend über Chekovs verbrannte Schulter. »Aber ich kann Ihnen jetzt schon sagen, daß er darüber nicht sehr glücklich sein wird.«

Bevor Sulu antworten konnte, öffneten sich die Türen des Turbolifts am Ende des Gangs. Eine schlanke Gestalt in einem roten Schutzanzug trat heraus, gefolgt von einer Gruppe schwarzgekleideter Sicherheitsleute. »Was ist passiert?« Kirk kam durch den Korridor auf sie zu, seine Augen wanderten zwischen Sulu und dem Andorianer hin und her. Der Alien zuckte sichtlich unter dem prüfenden Blick des Captains zusammen. »Ist das der Saboteur?«

Sulu schüttelte den Kopf. »Nein, Sir. Das ist der Bursche, den ich aus meinem Raum und durch den Wartungsschacht gejagt habe.« Er deutete mit dem Kinn zum Korridor der Sicherheitsabteilung, wobei ihm der scharfe Geruch von verbranntem Plastik und Metall beißend in die Kehle stieg. Als er den darunterliegenden Geruch von verbranntem Fleisch wahrnahm, mußte Sulu die Zähne zusammenbeißen, um die in ihm aufsteigende Übelkeit zu bekämpfen. »Der Kerl, der die Bombe gelegt hat, war hier unten und hat Chekov niedergeschossen.«

»Und zwei andere Wachen«, fügte Aaron Kelly leise hinzu. »Er hätte mich auch erschossen, wenn Lieutenant Chekov ihn nicht aufgehalten hätte.«

Kirk ließ die Riegel seines Helms aufschnappen und hob ihn über das schweißnasse Haar. »Haben Sie gesehen, wer geschossen hat?« fragte er den Inspektor.

Kelly schüttelte den Kopf. »Die Lichter gingen aus, bevor ich die ersten Schüsse hörte.« Sulu bemerkte, wie er schwer schluckte. »Sobald das Kraftfeld vor meiner Zelle erlosch, bin ich losgerannt. Einfach gerannt, um mich zu verstecken.«

»Das war vermutlich das Effizienteste, was Sie in dem Moment tun konnten, Mr. Kelly«, meinte Kirk trocken.

McCoy sprühte die letzte Lage synthetischer Haut über Chekovs Rücken und sah dann zum Captain auf. »Falls du keine weiteren Fragen an ihn hast, Jim, würde ich ihn gern zur Krankenstation schicken, um eine Bahre für Chekov zu holen.«

»Er kann gehen.« Kirk reichte seinen Helm einem der Sicherheitsleute und ließ sich dann auf ein Knie nieder, um die doppelte Blutspur auf dem Boden zu untersuchen. »Pille, sieht dieses Blut für deinen Geschmack menschlich aus?«

Der Doktor warf einen Blick auf die Blutspritzer. »Dieses orangefarbene Zeug jedenfalls nicht.« Er zog einen Scanner aus seinem Koffer und führte ihn über einen der hellen Flecken.

Sulu blinzelte, als ihm ein paar unangenehme Erinnerungen an Kneipenschlägereien durch den Kopf schossen. »Für mich sieht es wie orionisches Blut aus, Captain.«

»Ja, das dachte ich mir schon.« Kirk erhob sich und wandte sich den Wachen zu, ohne McCoys bestätigendes Nicken abzuwarten. »Starten Sie eine schiffsweite Suche nach einem verletzten Orioner, der wahrscheinlich bewaffnet und gefährlich ist. Schließen Sie in die Suche alle Wartungsschächte und Notzugänge ein, angefangen mit diesem hier. Wir wissen, daß er diesen Weg genommen hat.«

»Aye, Sir.« Fähnrich Lemieux nahm den Helm ab und wandte sich den übrigen Wachen zu. »Hrdina und Samuelsson, Sie übernehmen die Wartungsschächte. Die anderen verteilen sich über dieses Deck.« Sie zögerte und sah zu dem Andorianer hinüber, während sich ihre Leute verteilten. »Soll ich den Gefangenen einsperren, bevor ich gehe, Sir?«

»Nein.« Kirk bedeutete ihr zu gehen, und seine Stimme nahm einen harten Klang an. »Es gibt noch ein paar Fragen, die ich ihm stellen möchte.«

Der Kopf des Andorianers fuhr herum. »Ich habe nichts damit zu tun, das schwöre ich!«

»Womit zu tun?« Kirk trat vor und bedachte den blauhäutigen Humanoiden mit einem eisigen Blick. Der

Alien zuckte zurück und blieb nur stehen, weil ihm Sulu das Gewehr fest gegen den Nacken drückte.

»Mit der Bombe auf Ihrem Schiff.« Der Helmkommunikator verwandelte den nasalen Akzent des Andorianers in eine Art Jammern. »Ich habe es nicht getan, Captain. Tatsächlich war ich sogar derjenige, der Ihrem Sicherheitschef mitgeteilt hat, wo sie sich befindet!«

»Ich glaube Ihnen, daß Sie die Bombe nicht gelegt haben.« Kirk trat noch einen Schritt näher, löste die Verschlüsse am Helm des Andorianers und nahm ihn ab. »Aber ich glaube nicht, daß Sie gar nichts damit zu tun hatten … Muav Haslev.«

Der Andorianer zuckte so heftig zurück, daß der Helm aus Kirks Händen gerissen wurde und scheppernd zu Boden fiel. Sulu wurde plötzlich gegen die Wand gedrückt, das Phasergewehr war zwischen seiner Brust und dem Rücken des Alien eingeklemmt. Er knurrte und stieß den Andorianer vorwärts, wobei er fürchtete, versehentlich den Abzug auszulösen. Der Geruch von essigsaurem Alienschweiß stieg ihm in die Nase.

»Woher wußten Sie, wer ich bin?« fragte Haslev. Seine Stimme klang jetzt – nicht mehr durch die Anzuganlage verzerrt – tiefer als vorher, aber noch genauso ängstlich. Die Antennen bewegten sich nervös über dem schweißnassen, gelben Haar.

Kirk stieß ein verächtliches Schnauben aus. »Wenn sich zwei orionische Schiffe zusammentun, um uns aufzuhalten, und anschließend ein orionischer blinder Passagier das Schiff sabotiert, damit wir nicht weiterfliegen können, dann dämmert mir langsam, ich könnte etwas an Bord haben, an dem die Orioner sehr interessiert sind.« Er beugte sich vor und tippte dem Andorianer auf die Brust. »In diesem Moment, Mr. Haslev, haben Sie die Ehre, in den Augen der Orioner der meistgesuchte Mann des Universums zu sein: ein verschwundener andorianischer Waffenspezialist, erst kürzlich bei einem hochgeheimen militärischen Forschungsprojekt beschäftigt.«

»Ich war nicht dort beschäftigt«, berichtigte Haslev indigniert. »Ich hatte die Leitung! Ohne mich hätten sie diese Forschungen gar nicht durchführen können.«

McCoy stand auf und zog überrascht die Augenbrauen hoch. »Wenn Sie Muav Haslev sind, was, zum Teufel, machen Sie dann an Bord der *Enterprise*? Ich dachte, die Orioner hätten Sie gekidnappt.«

»Gekidnappt? Wird das jetzt behauptet?« Haslev verzog abschätzig das Gesicht. »Ich bin aus eigenem Antrieb gegangen. Die andorianische Regierung hat meinen Beitrag zu dem Forschungsprojekt viel zu gering eingestuft, deshalb bin ich gegangen, um jemand zu suchen, der mir das bezahlt, was ich wert bin.«

Kirk streckte beide Arme aus, und Sulu sprang klugerweise beiseite, bevor der Captain den Andorianer gegen die Wand stieß. »Sie haben Militärtechnologie der Föderation an die Orioner verkauft?«

»Warum nicht?« Haslev versuchte sich zu befreien und gab erst Ruhe, als Sulu ihm warnend den Gewehrlauf in die Rippen stieß. Seine Stimme klang gekränkt. »Deren Geld kann man ebenso gut ausgeben wie das von anderen.«

Sulu mußte sich zwingen, ihm nicht das Gewehr über den Schädel zu schlagen, während Kirk mit angewiderter Miene zurücktrat. »Militärtechnologie an ein neutrales Sternsystem zu verkaufen, ist eine eindeutige Verletzung der Föderationsgesetze, Mr. Haslev«, sagte der Captain kühl. »Wir werden Sie einsperren müssen.«

»Aber niemand innerhalb der Föderation hatte diese Sachen haben wollen!« Haslevs violette Augen weiteten sich angstvoll. »Es hat doch niemand auch nur geglaubt, es könnte funktionieren – sie meinten, wenn wir noch mehr Zeit darauf verschwendeten, würden sie die Mittel streichen! Ich *mußte* zu den Orionern gehen. Sie waren die einzigen, die an mich geglaubt haben.«

McCoy schnaubte und trat einen Schritt zur Seite, als Aaron Kelly mit einer Antigrav-Bahre im Gang auftauchte. »Wenn die Orioner so großartige Leute sind, warum verstecken Sie sich dann auf einem Föderationsschiff?«

»Es gab eine Unstimmigkeit wegen eines Punktes in meinem Vertrag«, gab der Andorianer zu, während sich seine Wangen verfärbten. »Sie wollten mich töten; aber ich wollte nicht sterben.«

Das schien einleuchtend zu sein, ganz gleich, von welcher Seite Sulu es auch betrachtete. Kirks Mundwinkel zuckten leicht, als wäre er der gleichen Ansicht. »Orioner sind mitunter so«, meinte er. »Welche Technologie haben Sie ihnen verkauft, Mr. Haslev?«

»Ich glaube nicht, daß ich Ihnen das sagen sollte«, erklärte der Wissenschaftler nach einer kurzen Denkpause. »Es sei denn natürlich, Sie versprechen, mich nicht einzusperren.«

Sulu sah, wie Kirk die Fäuste ballte. »Ich kann Ihnen nur eines versprechen, Mr. Haslev«, sagte der Captain mit zusammengebissenen Zähnen. »Daß ich Sie so bald wie möglich zu den Andorianern zurückschicke.«

Haslev seufzte. »Ihr Leute von Starfleet seid alle so kurzsichtig«, klagte er. »Ihr erkennt einfach kein wahres Genie. Ich wußte, daß es so sein würde, als ich an Bord kam.«

»Wie sind Sie überhaupt an Bord gekommen?« fragte McCoy, der Chekov gerade auf die Bahre hob. »Ich kann mich nicht erinnern, einen Alarm wegen unbefugten Eindringens gehört zu haben.«

»Doch, es gab einen«, sagte Sulu plötzlich. Erinnerungen an verschiedene Notsituationen durchzuckten seinen Kopf, doch es dauerte einen Moment, bis er die richtige nennen konnte. »Direkt nachdem wir Sigma Eins verlassen hatten, während dieses Strahlungsausbruchs.«

»Aber Chekov sagte doch, einer der Inspektoren hätte den Alarm ausgelöst.« Kirk drehte sich um und sah Aaron Kelly an, der wie ein dunkler, schuldbewußter Schatten hinter McCoy stand. »Waren Sie das nicht?«

Kelly nickte betreten. »Ich weiß eigentlich gar nicht, was für einen Alarm ich ausgelöst habe, Sir – ich habe einfach so lange gegen die nächstbeste Sicherheitskonsole geschlagen, bis ein Alarm losging.«

»Wie angenehm«, meinte Haslev. Er bemerkte Kirks Blick und fügte eilig hinzu: »Für mich, natürlich. Ich hatte mich schon gefragt, wieso niemand nach mir gesucht hat.«

»Und wo haben Sie sich versteckt?« fragte Kirk.

Der Andorianer sah ihn blinzelnd an. »Ich bin mir auch nicht ganz sicher, ob ich Ihnen das erzählen soll.«

Sulu warf Kirk einen bedeutungsvollen Blick über Haslevs Schulter zu. »Wir könnten ihn immer noch als Köder für den Orioner benutzen«, schlug der Steuermann vor.

»Keine schlechte Idee«, stimmte Kirk zu. Haslev richtete sich hoch auf, seine Antennen zitterten vor Empörung.

»Das würden Sie nicht wagen!« Er blickte von Kirks grimmigem Gesicht zu Sulus ausdrucksloser Miene. »Also gut. Wenn Sie es unbedingt wissen müssen. Ich habe mich in den Schächten der Turbolifte versteckt.«

»Hat es etwa deswegen all diese lästigen Verzögerungen gegeben?« knurrte McCoy ungehalten. »Wieso sind Sie nicht zerquetscht worden?«

Ein leises Lächeln zeigte sich auf Haslevs blassen Lippen. »Ich habe festgestellt, daß sämtliche Computercodes an Bord dieses Schiffes geradezu lächerlich einfach zu manipulieren sind. Sie sollten sich wirklich überlegen, jemanden wie mich anzuheuern, um sie auf den neuesten Stand zu bringen.«

McCoy stieß ein Schnauben aus. »Ich weiß nicht, wie du darüber denkst, Jim, aber ich habe jetzt genug von diesem Kerl gehört. Wenn du nichts dagegen hast, bringe ich deinen Sicherheitschef jetzt in die Krankenstation.«

Kirk rieb sich müde über das Gesicht und drehte sich von Haslev weg. »Wie geht es ihm, Pille?«

»Recht gut«, antwortete der Doktor prompt. »Zum Glück für ihn braucht ein Phaser mehr als nur ein paar Sekunden, um sich durch ein menschliches Schulterblatt zu brennen. Die Haut wird sich regenerieren müssen, wahrscheinlich braucht er ein Knochenimplantat, und ein paar Bänder werden auch genäht werden müssen.«

»Kümmere dich darum«, sagte Kirk. »Ich will mit ihm reden, sobald er wach ist.«

»Ich bin ... wach, Sir.« Die zitternde Stimme war im Grunde nur noch an ihrem Akzent zu erkennen. Sulu warf einen besorgten Blick auf die Bahre, konnte aber nicht mehr sehen als einen dunklen Hinterkopf. Kirk eilte zur Antigrav-Bahre und beugte sich über den verwundeten Offizier. »Sir, der Saboteur ...«

»... ist ein Orioner. Ja, das wissen wir.« Kirk legte eine Hand auf Chekovs gesunde Schulter. »Hat er irgend etwas gesagt, während er hier unten war?«

»Nein, Sir.« Der Russe holte tief Luft. »Er ist bewaffnet – mit mindestens einem Phaser. Er ist auf Hitzestrahlung eingestellt, damit er die Waffendetektoren nicht auslösen kann ... so hat er auch Davidson und Tate erwischt ...« Chekov hob den Kopf leicht an. »Er ist geflohen ... über den Wartungsschacht ...«

»Wir haben bereits eine Suchaktion gestartet. Keine Sorge, wir werden ihn schnappen.« Die Sicherheit in Kirks Stimme schien Chekov mindestens ebenso zu beruhigen wie die Worte. Der Sicherheitsoffizier ließ sich seufzend wieder auf die Bahre sinken, und McCoy zog ihn den Korridor hinunter. Sulu sah ihnen hinterher und riß dann erstaunt die Augen auf, als eine vertraute, schlanke Gestalt den Lift verließ und einen vorsichtigen Bogen um die Bahre schlug.

»Spock.« Kirk hob beunruhigt den Kopf. »Was gibt es für ein Problem?«

»Keine Probleme, Captain. Ich habe lediglich ein paar Informationen, die ich Ihnen nicht über die Schiffskanäle mitteilen wollte.« Der Vulkanier blieb ein paar Schritte vor Haslev stehen und musterte ihn ruhig. »Muav Haslev, nehme ich an?«

Die Antennen des Andorianers krümmten sich vor Ärger. »Weiß denn jeder im Universum, wer ich bin?« fragte er mürrisch.

»Das sind eben die Risiken des Verrats, Mr. Haslev.« Kirk sah Spock fragend an. »Können Sie mir diese Informationen in Gegenwart unseres ... äh ... Gastes geben?«

»Ich denke schon, Captain.« Wie üblich verzog der Vulkanier keine Miene, doch Sulu hatte trotzdem den Eindruck, daß es um eine dringende Angelegenheit ging. »Ich habe die vermutliche Ankunftszeit der orionischen Schiffe *Umyfymu* und *Mecufi* berechnet. Von unserem letzten Kontakt ausgehend, dürften sie unsere gegenwärtige Position in etwa drei Stunden und dreizehn Minuten erreichen.«

Kirk rieb sich nachdenklich mit dem Daumen über die Lippen. »Und wie lange wird Mr. Scott noch für die Reparatur der Hülle brauchen?«

»Auf keinen Fall weniger als fünf Stunden, Captain, selbst wenn alle verfügbaren Techniker eingesetzt werden.«

»Hm.« Kirk drehte sich wieder zu Muav Haslev um, dessen blaues Gesicht sich jetzt dunkelviolett verfärbt hatte. »Nun, das entscheidet die Angelegenheit, Mr. Haslev. Wir werden Sie aus dem Schiff werfen.«

»*Was?*« Haslevs Antennen zuckten vor Schreck. »Das können Sie doch nicht tun!«

»An Bord der *Enterprise* kann ich alles tun, was ich will.« Kirk sah Sulu an, wobei sich einer seiner Mundwinkel amüsiert hob. »Mr. Sulu, ich möchte, daß Sie ein interstellares Shuttle für den Rückflug nach Sigma Eins bereitmachen. Geben Sie einen Kurs ein, der Sie in weitem Bogen an den Orionern vorbeiführt.« Der Captain warf Haslev einen letzten ironischen Blick zu. »Wir schicken unsere goldene Gans fort, bevor die Füchse hier auftauchen, um darum zu kämpfen.«

# 13

Ich weiß genau das Richtige für Sie, damit Sie Ihre Arbeit noch besser erledigen können. Haben Sie eine Ahnung, was ein Mark IV Defense Com auf dem freien Markt kostet? Ich kann es Ihnen für den Einkaufspreis beschaffen.«

Chekov versuchte die Schultern seiner Jacke zurechtzurücken, damit sie nicht so unangenehm über dem Druckverband spannten, den McCoy ihm angelegt hatte. Er fragte sich, ob Haslev überhaupt ahnte, wie froh er sein konnte, daß Chekov keine Hand frei hatte, um ihm auf dem Weg zum Shuttle-Hangar den Mund zuzuhalten.

»Nun kommen Sie schon – nehmen Sie mir die Handschellen ab.«

»Halten Sie den Mund«, sagte Chekov, ohne seinen Gefangenen anzusehen, »oder ich schieße Sie nieder.«

»Pavel ...« Der Vorwurf in Uhuras Stimme war trotz des Heulens, das der Lift auf dem Weg zur sekundären Sektion verursachte, unüberhörbar. In der neuen, etwas zu großen Uniform und ohne den gewohnt eleganten Goldschmuck an Hals und Ohren wirkte sie noch kleiner und zierlicher als sonst. »Vielleicht sollten Sie jemand anderen Mr. Haslev nach Sigma Eins eskortieren lassen.«

»Es gibt keinen anderen.« Chekov machte Platz, damit sie sich vor ihn stellen konnte. An der Art, wie sie an seiner Jacke zerrte, merkte er, daß sie es schließlich leid geworden war zuzusehen, wie er versuchte, seine Kleidung selbst in Ordnung zu bringen. »Der Captain braucht alle einsatzfähigen Wachen, um den Saboteur aufzuspüren, und Dr. McCoy würde mich überhaupt nichts tun lassen, wenn ich auf dem Schiff bliebe. Also kann ich ebensogut die nächsten vier Tage an Bord eines Shuttles sitzen und den Phaser auf ihn richten …« Er deutete mit dem Kinn zu Haslev hinüber.

Uhura schnitt eine spöttische Grimasse, während sie ihm den Gürtel abnahm und zusammenrollte. »Wenn ich Dr. McCoy anrufe, wird er mir also sagen, daß Sie aus der Krankenstation entlassen sind und zum aktiven Dienst zurückkehren können?«

Nein. Es bedeutete, Chekov wäre entlassen und sollte die nächsten fünf Tage in seiner Kabine verbringen, ohne irgend etwas zu tun. Chekov argwöhnte, daß Uhura das auch schon längst wußte. »Er hat mich entlassen«, seufzte er und kam sich wie ein kleiner Junge vor, als sie das Revers seiner Jacke nur teilweise schloß. »Wenn ich die Anweisungen des Doktors wirklich ignorieren wollte, würde ich an Bord bleiben und den Orioner suchen. Aber ob ich nun in einem Shuttle sitze oder in meiner Kabine, macht keinen Unterschied. Bitte …« Er zerrte wieder an seiner Jacke und fand sich resigniert damit ab, daß sie erst wieder richtig sitzen würde, wenn er den Verband los war. »Überlassen Sie das einfach mir.«

Die Lifttüren öffneten sich auf den weitläufigen Hangar. Haslev fragte mit sanfter Stimme: »Würde es helfen, wenn ich erkläre, daß ich diese Reise auch allein unternehmen könnte?«

Chekov schob Uhura vor sich aus der Tür. »Nein.«

Zwei Reihen von Shuttles standen wie schimmernde Metallschoten über die freie Fläche verteilt. Chekov schaute sich um und entdeckte dann die *Hawking* unter den großen interstellaren Shuttles in der Nähe der Hangartore. Uhura ging ohne zu warten auf das Schiff zu, und ihre Schritte hallten vor Chekov durch den Hangar. »Wäre ich ein guter Offizier«, meinte sie, »würde ich Captain Kirk mitteilen, daß Sie sich selbst für diesen Job eingeteilt haben, und sicherstellen, daß er das verhindert.«

Das hieß offenbar, daß sie sich entschlossen hatte, lieber ein guter Freund als ein guter Offizier zu sein. »Vielen Dank.«

Sie umrundeten die stumpfe Nase der *Hawking* und stellten fest, daß die schmale Seitentür bereits offen stand. Ein Versorgungsschlitten schwankte unter dem Gewicht von zwei Technikern, die Wasser und Lebensmittel für die viertägige Reise nach Sigma Eins in den Laderaum packten. Chekov zog Haslev auf die Rampe zu, als der Andorianer versuchte, einfach in der anderen Richtung weiterzugehen, und zwang ihn einzusteigen, indem er ihm eine Hand auf den Rücken legte und schob.

»Sie sind nicht gerade ein besonders umgänglicher Typ, was?«

Chekov stieß ihn in einen Sessel. »Setzen Sie sich.«

»He!« Sulu streckte den Kopf aus dem offenen Cockpit. Seine Uniform wirkte zu glatt und neu, um schon jemals getragen worden zu sein. Chekov begriff, daß sein Freund praktisch all seine Besitztümer durch das Leck in der Hülle verloren haben mußte. »Chekov, was machst du denn hier? Wer kümmert sich um meine Eidechsen?«

Der Lieutenant schaute nicht hoch, während er Haslevs Handschellen an den Armstützen des Sessels befestigte. Allein der Gedanke an den Riß in der Hülle bereitete ihm Herzklopfen. »Niemand.«

»Das ist aber nicht sehr lustig.« Sulu machte eine trübsinnige Miene. »Ich habe eine Menge Geld für diese Burschen bezahlt.«

Und zweifellos hatte jemand auch dem orionischen Saboteur eine Menge Geld bezahlt. »Wenn das Schiff in die Luft gejagt wird, bevor wir zurück sind, spielt es keine Rolle, ob jemand auf die Echsen aufgepaßt hat oder nicht.«

»So kann man es natürlich auch sehen.« Sulu beugte sich zu Uhura hinab, die gerade in ihrem Sessel Platz genommen hatte, und flüsterte: »Was hat ihn denn in diese prächtige Laune versetzt?«

»Der Grund, weshalb wir Haslev fortbringen«, erklärte Uhura Chekov, statt Sulu zu antworten, »besteht darin, daß der Saboteur dann keinen Grund mehr hat, die *Enterprise* weiterhin zu beschädigen.«

Haslev rollte stöhnend seine Antennen ein. »Heißt das, er wird statt dessen hinter uns her sein?«

»Wahrscheinlich.« Chekov bedeutete den Technikern mit einem Kopfnicken, die äußere Luke zu schließen, und ließ sich auf einen Sitz in der ersten Reihe gleiten. »Aber wenn wir in die Luft gejagt werden, bevor wir zurück sind, spielt das für die Eidechsen ebenfalls keine Rolle.«

Sulu stieß einen leisen Pfiff aus und zog sich ins Cockpit zurück, um den Start vorzubereiten. »Ich mag es, wenn du dich so richtig russisch benimmst.« Er ignorierte Chekovs Stirnrunzeln und warf Uhura einen Blick zu. »Heißt das, er wird vorne bei mir sitzen, um das Shuttle zu steuern?«

»Bitte, nehmen Sie ihn.« Haslev krümmte sich nur leicht zusammen, als Chekov ihn scharf ansah. »Wenigstens um meinetwillen – ich habe Angst, was passiert, wenn er in meiner Nähe bleibt.«

Die mächtigen Hangartore der *Enterprise* öffneten sich in majestätischer Stille. Chekov saß neben Sulu auf dem Platz des Navigators und rieb geistesabwesend mit dem Daumen über eine Kontrollampe, während ihr Shuttle abhob, um von Dunkelheit und fernen Sternen eingehüllt zu werden. Es kam ihm sonderbar vor, bei dieser Reise keine richtige Aufgabe zu haben. Sulu hatte alle nötigen Daten aus dem Hauptcomputer der *Enterprise* kopiert, und Haslev konnte kaum als ernsthafte Bedrohung angesehen werden. Tatsächlich kam sich Chekov mit seiner schmerzenden Schulter und dem Arm in der Schlinge eher wie ein zusätzliches Gepäckstück vor. Er seufzte, zog den Phaser aus dem Gürtel und legte ihn auf die Konsole vor ihm.

Sulu warf ihm einen lächelnden Seitenblick zu. »Du bist derjenige, der unbedingt mitkommen wollte.«

Chekov schnaubte. »Ich wollte nur, ich wäre mit zwei einsatzfähigen Armen hier.«

»Nein, das stimmt nicht.« Triebwerkdaten huschten über den Schirm, als Sulu das Shuttle ausrichtete und Fahrt aufnahm. »Wenn du beide Arme benutzen könntest, würdest du dir jetzt wünschen, auf der *Enterprise* zu sein, um den Saboteur zu jagen. Ich kenne dich.«

Das stimmte. »Kümmere dich nicht um mich«, knurrte Chekov und drehte sich in seinem Sessel, um das Schiff zu beobachten, das langsam unter ihnen vorbeizog. »Ich fühle mich einfach nutzlos, das ist alles.«

Sulu widersprach dieser Feststellung nicht, was die Laune des Lieutenants auch nicht gerade verbesserte. Chekov saß weiterhin zur Seite gewandt da und versuchte ihre Geschwindigkeit abzuschätzen, indem er die Sekunden zählte, die sie von einer der äußeren Schweißnähte bis zur nächsten brauchten. Dann tauchte der Rand der Untertassensektion mit der klaffenden Öffnung auf, und Chekovs Hand ballte sich zur Faust. »Ich dachte, sie wären mit der Reparatur schon weiter.«

»Mr. Scott auch. Sie reißen aber noch immer die Sektionen raus, die durch die Erschütterung beschädigt worden sind. Er meint, sie könnten wieder auf Warpgeschwindigkeit gehen, wenn wir zurück sind.«

Ingenieure samt ihrer Ausrüstung krochen wie Milben im Zeitlupentempo an den Rändern des Lecks entlang und hinterließen dort, wo sie ihre Reparaturen erledigt hatten, helles, neues Metall. Chekov zählte die dunklen Sichtluken auf beiden Seiten und schätzte, daß noch drei Wohnsektoren ohne Energie waren. Er fragte sich, wo Kirk all diese Menschen unterbringen würde.

»Da wir gerade von der Rückkehr sprechen ...« Sulu nahm ein paar kleinere Justierungen auf seiner Konsole vor. »Du hast meine Eidechsen doch nicht wirklich allein gelassen, oder?«

»Nein.« Aber genau genommen doch. Allerdings hatte er ihnen eine Suppenschüssel voller Fischfutter aus dem Biolabor, eine Badewanne voll klaren Wassers und einen Schwamm zum spielen dagelassen. Wahrscheinlich würden sie die nächsten vier Tage wesentlich komfortabler verbringen als Chekov selbst.

»Danke«, sagte Sulu mit einem raschen, automatischen Lächeln. Er kümmerte sich eine Weile um die Steuerung und fragte dann: »Wie lange mußt du die Schlinge tragen?«

Chekov warf einen Blick auf Sulu, der sich auf seine Arbeit konzentrierte, und wandte sich wieder der Sichtluke zu. Mittlerweile war die beschädigte *Enterprise* hinter ihnen verschwunden. »Zwei Wochen.«

»Hat Dr. McCoy viel Arbeit mit dir gehabt?«

»Sieht so aus.« Knochen- und Muskelimplantate, und außerdem noch etwas Komplizierteres, bei dem es um Nervenbahnen ging und über das Chekov gar nicht so genau Bescheid wissen wollte.

»Wirst du jemals wieder Klavier spielen können?«

Chekov warf Sulu einen finsteren Blick zu, den der Steuermann mit gespielter Überraschung erwiderte. »Nun?« fragte Sulu und lachte leise. »Ein wenig mußt du mir schon helfen – es ist ziemlich schwierig, ein Gespräch in Gang zu bringen, wenn deine Beiträge lediglich den Eindruck erwecken, man würde dich beim Trübsalblasen stören.«

Chekov unterdrückte eine unangemessen scharfe Antwort, als er hörte, wie Uhura ins Cockpit kam. »Wer bläst Trübsal?« fragte sie mit dem unschuldigen Interesse eines Menschen, der nicht genau überblickt, in was er hineingeraten ist.

Sulu nickte in Chekovs Richtung. »Wer sonst?«

Es gab nichts Schlimmeres, als von den eigenen Freunden aufgezogen zu werden. Chekov drehte sich so weit wie möglich im Sessel und versuchte das Gespräch zu unterbrechen, indem er in die Passagierabteilung hinübersah. »Können wir Haslev wirklich allein lassen?«

Uhura drehte sich unwillkürlich um, doch dort war nichts Bedrohliches zu bemerken. »Warum nicht?« Ein strahlendes Lächeln huschte über ihre dunklen Züge. »Vielleicht schleicht sich ja der Saboteur herein und tötet ihn, während wir nicht hinsehen.«

Furcht und Ärger durchzuckten ihn gleichermaßen, und Chekov lehnte sich zurück und starrte an die Decke.

Uhura klopfte mit den Handknöcheln gegen die Rücklehne seines Sessels. »Lassen Sie das.«

Chekov sah sie verwundert an. »Was soll ich lassen?«

»Schließen Sie uns nicht jedesmal aus, wenn irgend etwas schiefgeht.« Die plötzliche Eindringlichkeit in ihrem Blick ließ in ihm den Wunsch wach werden, sich zu verkriechen. »Pavel, was ist los mit Ihnen?«

Er sah zu Sulu hinüber und bemerkte, daß der Steuermann ihn aus den Augenwinkeln beobachtete, und er versuchte, genug Zorn in sich zu sammeln, um ihre Absichten zu durchkreuzen. »Ich habe drei Wachen in ebenso vielen Tagen verloren«, sagte er und klang dabei völlig erschöpft. »Es kommt mir so vor, als würde ich desertieren, weil ich das Schiff verlasse, während sich ein Saboteur an Bord befindet, aber es gibt auch absolut nichts, was ich tun könnte, wenn ich dort geblieben wäre. Wenn man dann noch bedenkt, daß der Präsident des Rechnungshofs mich schon jetzt für das traurige Beispiel eines Kommando-Offiziers hält, hat mich wohl all das zusammen in eine ziemlich schlechte Laune versetzt.« Er versuchte, die Schlinge in seinem Nacken geradezurücken, und dachte dabei, dieses Problem wäre so offensichtlich, daß er es nicht extra erwähnen müßte.

Sulu hatte das Shuttle mittlerweile auf Warpgeschwindigkeit gebracht und wandte sich jetzt von seiner Konsole ab. »Das war es nicht, was sie gemeint hat.«

»Sie haben sich schon merkwürdig benommen, noch bevor irgend etwas an Bord schiefging«, sagte Uhura.

»Genau genommen sind Sie nicht mehr Sie selbst, seit wir von Sigma Eins zurück sind. Ist irgend etwas in diesem Gefängnis geschehen, was Sie uns nicht erzählt haben?«

Wäre es doch nur so einfach. »Was ist denn los? Habt ihr beiden nichts Besseres zu tun, als hier herumzusitzen und euch Sorgen um mich zu machen?«

Uhura lächelte, jenes ruhige, freundliche Lächeln, bei dem Chekov sich immer fragte, ob es so sein mochte, wenn man in einer Familie mit erheblich älteren Geschwistern aufwuchs. »Manchmal machen Sie uns eine Menge Sorgen.« Sie berührte ihn an seiner gesunden Schulter. »Was ist los?«

Das Schnurren der Warptriebwerke erschien in der erwartungsvollen Stille lauter als sonst. Chekov ertappte sich dabei, wie er die Lamellen in den Bodenplatten betrachtete, brachte es aber nicht fertig, den Blick zu heben. »Habt ihr von der *Kongo* gehört?«

Sulu rückte sich in seinem Sessel zurecht. »Dort gab es ein Versagen der Isolationsfelder«, sagte er schließlich. »Dem Bericht zufolge haben sie einen kosmischen String nahe Perseus gestreift.« Sein Verstummen ließ vermuten, daß er noch mehr wußte, aber nicht sicher war, wieviel er sagen sollte.

»Sie haben den gesamten Heckbereich des Schiffes verloren«, ergänzte Chekov an seiner Stelle und vermied es noch immer hochzusehen. Von Trauer gezeichnete Erinnerungen tauchten vor seinem inneren Auge auf, und er versuchte, die Worte nicht zu nahe an sich herankommen zu lassen. »Als das Feld zusammenbrach, wurden dreizehn Ingenieure in den Jefferies-Röhren eingeschlossen, und weitere dreißig im Hauptraum darunter. Der String riß die Stützblöcke weg, und als die Brücke versuchte, die Antriebsgondeln abzuwerfen …« Seine Stimme versagte plötzlich und er verstummte, bis er sich wieder unter Kontrolle hatte.

Uhura überraschte ihn, indem sie sich vorbeugte und

ihm über die Wange strich. »Sie kannten jemand an Bord«, sagte sie leise. »Stimmt's?«

Chekov nickte, und diesmal fiel es ihm schwer, den Zorn aus seiner Stimme herauszuhalten. »Den Wissenschaftsoffizier. Er war mein Freund an der Akademie.« Er fuhr sich mit der Hand über die Augen und runzelte verlegen die Stirn, als er sah, daß sie feucht wurde. »Er und ein anderer Offizier gingen nach draußen, um die Gondeln von Hand zu lösen. Sie wußten, daß die Strahlung sie töten würde, aber sie dachten, sie hätten keine Zeit mehr, um ein abgeschirmtes Shuttle zu nehmen – sie wollten die Maschinen abwerfen, bevor die Triebwerke anfingen zu arbeiten und jeden innerhalb der Röhren töteten.«

Sulu nickte langsam, und Uhura rieb sich die Arme, als wäre es im Shuttle plötzlich kalt geworden. »Das war unglaublich tapfer von ihnen«, sagte sie.

»Es war auch unglaublich sinnlos!« Chekov sprang aus seinem Sessel. Er wollte fortgehen, fort von alledem, was er in den letzten zwei Tagen gefühlt hatte, doch er konnte nur zwei Schritte machen, dann hielt ihn die geschlossene Cockpittür auf. »Eine Antimateriewelle aus dem Warpkern tötete die Besatzung des Maschinenraums und vernichtete den größten Teil der Ausrüstung. Die Brücke konnte nicht wissen, was dort unten vor sich ging, aber ...« Er legte den Kopf gegen die Tür und schloß die Augen. »Die Maschinen hatten schon gearbeitet, als sie den String zum erstenmal berührten. Es war niemand mehr da, niemand, den sie hätten retten können. Sie gingen nach draußen und starben für nichts.«

»Es war nicht umsonst.«

Chekov drehte sich zu Sulu um. »Was haben sie denn erreicht?« fragte er. »Sie haben ja nicht mal die verdammten Gondeln lösen können! Ihr Schiff ist jetzt wahrscheinlich irreparabel, mehr als hundert Besatzungsmitglieder sind tot ... Mein Gott! Die Hitze des Kerns hat sie verdampft, bevor sie auch nur in die Nähe der Schleuse kamen! Sag mir doch, was sie erreicht haben!«

Uhura legte eine Hand auf Sulus Arm, als der Steuermann den Mund öffnete. Die tiefe Falte zwischen ihren Brauen weckte in Chekov ein Schuldgefühl, das beinahe stark genug war, um seinen Zorn zu überwinden. »Wäre es Ihnen lieber, sie hätten es gar nicht erst versucht?« fragte sie. »Wenn sie glaubten, es wären noch Menschen dort drin, wäre es Ihnen dann lieber, sie hätten den sicheren Weg gewählt und gewartet, bis das Shuttle bereit war?«

»Es wäre mir lieber, sie wären überhaupt nicht gestorben.« Schon während er das sagte, wußte er, daß es dumm war.

Doch die beiden anderen lachten nicht. Sulu senkte den Kopf in stillem Mitgefühl, und Uhura fragte: »Was wäre, wenn sie die Gondeln abgekoppelt und diese Menschen gerettet hätten? Ihr Freund wäre trotzdem gestorben, nicht wahr?«

So dicht bei einem arbeitenden Triebwerk? Ohne jeden Zweifel. Chekov nickte.

»Und hätte das einen Unterschied gemacht? Würden Sie sich besser fühlen, wenn Sie wüßten, daß er bei dem, was er getan hat, irgend etwas erreicht hätte?«

Chekov starrte sie an, während eine Reihe einander widersprechender Antworten in ihm auftauchten. Es war die Nutzlosigkeit, ja; und auch die schreckliche Plötzlichkeit. Aber tief darunter lag die quälende Furcht vor einem jämmerlichen Tod, die Angst, an einer Karriere festzuhalten, in der sein eigenes Leben ebenso schnell enden konnte.

Er öffnete den Mund, ohne genau zu wissen, welche Antwort er geben wollte, als plötzliche Dunkelheit den kleinen Raum erfüllte und das Singen des Warpantriebs erstarb.

»Was ist denn jetzt los?« stöhnte Sulu.

Wie eine Antwort erklang ein splitterndes Krachen

vom Heck des Shuttles her, erschütterte das kleine Schiff und schleuderte alle zu Boden.

»Kann ich irgendwie helfen?«

»Nein, Mr. Kelly.« Kirk warf einen Blick auf den Inspektor, der geduldig im hinteren Teil des Turbolifts wartete. »Ich weiß Ihr Angebot zu schätzen, aber im Moment helfen Sie uns am besten, indem Sie niemandem im Weg stehen.« *Außerdem sollten Sie mir nicht auf die Brücke folgen,* fügte er in Gedanken hinzu. *Aber ich weiß auch nicht, wo ich Sie sonst hinschicken sollte.*

Kirk hatte den Morgen damit verbracht, Chekovs Arbeit als Sicherheitschef zu übernehmen. Er war nicht bereit, einer Gruppe von Fähnrichen die Aufgabe zu überlassen, einen Saboteur zu fangen. Der Captain hatte gehofft, diese Arbeit wäre rasch erledigt. Statt dessen waren sie in einer Sackgasse nach der anderen gelandet, und schließlich hatte er Deck sieben verlassen müssen, um sich auf die Brücke zu begeben. Wenigstens dort konnte er etwas ausrichten, Dinge in Bewegung setzen.

»Ich weiß, daß ich allen Grund habe, dankbar zu sein«, sagte Kelly, als sich der Lift in Bewegung setzte und zur Kommandozentrale emporstieg. »Wenn Lieutenant Chekov nicht im richtigen Moment aufgetaucht wäre, hätte mich der Saboteur getötet – er hat den Lieutenant ja auch beinahe umgebracht. Ich wollte Ihnen nur sagen, daß ich das zu schätzen weiß.«

Die Frustration lockerte ihren eisernen Griff ein wenig. Offenbar wurden einem Föderationsinspektor nicht sämtliche menschlichen Regungen ausgetrieben. »Danke, Mr. Kelly.« Kirk nickte einigermaßen freundlich, brachte aber noch immer kein Lächeln zustande. »Warum sehen Sie nicht einfach mal nach, ob die Umquartierungsteams auf Deck drei Hilfe brauchen können? Wir müssen für eine Menge Besatzungsmitglieder neue Unterkünfte finden.« Außerdem schien das eine

Arbeit zu sein, die auch ein Inspektor verrichten konnte, ohne Probleme zu verursachen.

Kelly ließ ein jungenhaftes Grinsen aufblitzen. »Danke, Captain.« Er zog sich wieder zur hinteren Wand zurück, als die Lifttüren aufglitten. »Das werde ich machen.«

Kirk hoffte, jemand auf Deck drei würde Kellys Hilfe zu schätzen wissen. »Lieutenant Bhutto«, rief er, während er den Lift verließ und die Stufen hinabging. »Etwas Neues von unseren orionischen Freunden?«

Bhutto sah von der Navigationskonsole hoch und schüttelte den Kopf. »Nein, Sir. Keinerlei Schiffe in Sensorreichweite.«

Kirk stülpte die Lippen vor. »Dann sind sie langsamer, als ich dachte.« Er blieb neben dem Kommandosessel stehen und betrachtete den leeren Schirm, als könnten seine Augen einen Gegner noch vor den Sensoren entdecken. »Spock, haben die internen Schiffssysteme zur Suche nach dem Saboteur beitragen können?«

»Negativ, Captain.« Spock richtete sich auf und drehte seinen Sessel halb herum, um den Captain anzusehen. »Ich vermute, der Saboteur hat in einem Bereich des Schiffes Zuflucht gesucht, in dem starke Hitzestrahlung auftritt, um seine eigene Körperwärme vor unseren Instrumenten zu verbergen.«

Kirk wollte sich auf seinem Sessel niederlassen, hielt jedoch inne und schaute zu Scott hinüber. »Heißt das, er versteckt sich in der Nähe des Warptriebwerks?«

Der Ingenieur lehnte sich in seinem Sitz zurück, verschränkte die Arme und hob das Kinn. »Captain, wir haben im Maschinenraum jede Ecke und jeden Winkel abgesucht – nach Bomben und nach Saboteuren.« Er schüttelte energisch den Kopf. »Ich garantiere Ihnen, er befindet sich nicht in meinem Maschinenraum.«

»Die Hitzestrahlung, die nötig ist, um den Unterschied von zehn Grad zwischen einem menschlichen und einem orionischen Körper zu verschleiern, muß nicht sehr groß sein, Captain.« Spock zog nachdenklich eine Augenbraue hoch. »Jedes Gerät an Bord des Schiffes, das eine gewisse Menge an Energie verbraucht – eine meiner Sensoreinheiten beispielsweise –, würde schon in ausreichendem Maße Wärme abstrahlen.«

Mitunter stellten Spocks Erklärungen eine ähnliche Herausforderung dar wie das Problem selbst. »Demnach könnte er sich also überall auf dem Schiff verbergen«, meinte Kirk und ließ sich in den Sessel sinken. Als Spock nickte, stützte der Captain nachdenklich sein Kinn in die Hand. »Aber wo immer er steckt, er befindet sich in der Nähe einer Kraftquelle?«

»Davon würde ich ausgehen.«

Das war wenigstens etwas. Kirk drückte den Knopf des Interkoms. »Kirk an Sicherheitsabteilung.«

»Sicherheit. Lemieux hier.«

»Fähnrich Lemieux, konzentrieren Sie Ihre Suchtrupps auf alle Schiffssektoren, deren Energieverbrauch …« Er sah zu Spock hinüber und breitete fragend die Hände aus.

»Fünfzehn Kilojoule«, erklärte der Vulkanier.

»… fünfzehn Kilojoule übersteigt«, fuhr Kirk fort und nickte dem Wissenschaftsoffizier dankend zu. »Nehmen Sie Verbindung zum Maschinenraum auf, um die genauen Punkte zu erfahren.«

»Aye, aye, Sir. Lemieux Ende.«

»Captain!« Die Stimme des Kommunikationsoffiziers ließ Kirk herumfahren. »Ich habe die stehende Verbindung zur *Hawking* verloren.«

Kirks Hände umklammerten die Lehnen des Sessels. »Wird das Signal von einem orionischen Schiff gestört?« fragte er.

Der junge Lieutenant ließ seinen Blick nervös über die Anzeigen huschen und rief mit schnellen Handbewegungen einige Daten auf. »Nein, Sir. Es scheint an einem Ausfall der Anlage des Shuttles zu liegen.« Er sah besorgt zu Kirk hinüber. »Es könnte eine simple Fehlfunktion sein, Sir.«

»Könnte es, Fähnrich.« Kirk konnte nicht länger passiv im Sessel sitzen und sprang auf. »Aber wenn man bedenkt, wie ausgefuchst unser Saboteur ist, würde ich nicht darauf wetten. Scotty ...« Er eilte am Geländer entlang, bis er sich zu dem Ingenieur hinüberbeugen konnte. »Können wir den Warpantrieb schon benutzen?«

»Nein, Sir«, sagte Scott mit Nachdruck. »Wir haben bisher nicht einmal das Loch in der Hülle geschlossen, ganz zu schweigen von der Verstärkung gegen die Belastung beim Warp.«

»Und wie steht es mit dem Impulsantrieb? Wie schnell können wir fliegen?«

Scott runzelte nachdenklich die Stirn, und Kirk wußte, daß der Ingenieur seine Absichten so genau erkannte, als hätte er sie laut geäußert. »Mit der unvollständigen Abschirmung rings um das Leck sind wir auf zehn Prozent der Lichtgeschwindigkeit beschränkt. Wenn wir schneller fliegen, könnte das Schiff durch Einschläge von Mikrometeoriten beschädigt werden, die möglicherweise alles zerstören, was wir bisher repariert haben.«

Zehn Prozent. Kirk trommelte mit den Fingern auf das Geländer und setzte diese Geschwindigkeit in Beziehung zu der Zeit, die das Shuttle schon unterwegs war. »Achtundsiebzig Minuten, bis wir sie erreichen«, sagte er laut. Er drehte sich um und lehnte sich mit dem Rücken gegen das Geländer. »Verdammt, das ist zu lang. Wenn die Orioner bis jetzt noch nicht hier aufgetaucht sind, muß sie irgend etwas abgelenkt haben.« Er starrte auf den leeren Schirm, während sich ein unangenehmes Gefühl in seinem Magen breitmachte. »Und ich fürchte, ich weiß, was dieses Etwas ist.«

# 14

»Was war denn das?« fragte Uhuras Stimme aus der Dunkelheit. Noch während sie sprach, hörte Sulu das Zischen von Gas, das durch einen Riß nach außen entwich.

»Es klang wie eine Explosion.« Der Steuermann stemmte sich in dem engen Raum zwischen seinem Sessel und der Instrumentenkonsole hoch und spürte dabei das typische, markerschütternde Zittern, mit dem sie in den Normalraum zurückstürzten. Ein rascher Blick auf den Monitor des Warpfeldes zeigte das rote Flackern der Fehlfunktionswarnungen. »O Gott, nicht die magnetische Abschirmung ...«

»Verlieren wir die Kontrolle über den Kern?« fragte Chekov.

»Ich weiß nicht.« Sulu fand den Schalter für die Notbeleuchtung und drückte ihn mit erheblich mehr Kraft, als nötig gewesen wäre. Im trüben Glühen der mit eigener Energieversorgung ausgestatteten Punktstrahler wurde Uhura sichtbar, die sich bereits über das Kommunikationspult beugte, während Chekov sich bemühte, seine Jacke von einem Schalthebel zu befreien, an dem sie sich verfangen hatte. »Ich werde nach hinten gehen und nachschauen«, sagte Sulu.

»Das mache ich schon.« Der Sicherheitsoffizier riß die Jacke mit einem kräftigen Ruck los und erhob sich.

»Nein, das wirst du nicht.« Sulu packte Chekovs gesunden Arm, um ihn aufzuhalten. »Du brauchst zwei Arme, um in dem Zugangstunnel ...«

»Ich schaffe das schon ...«

»Die Subraumkommunikation ist ausgefallen«, unterbrach Uhura ihre Auseinandersetzung und schaute stirnrunzelnd von ihren Instrumenten hoch. »Ich habe die Notrufbake aktiviert, aber selbst bei Lichtgeschwindigkeit wird die *Enterprise* unser Signal frühestens in einer Stunde erhalten.«

Sulu fluchte und schob Chekov auf den Pilotensitz. »Unsere Impulstriebwerke sollten immer noch funktionieren. Ändere den Kurs und bring uns mit maximaler Impulskraft zurück zur *Enterprise*.«

Ausnahmsweise widersprach Chekov nicht, sondern tippte die Befehle mit grimmiger Entschlossenheit einhändig in den Computer.

Sulu quetschte sich an Uhura vorbei und lief zum Heck des Shuttles.

Sobald er das Cockpit verlassen hatte, empfing ihn eiskalter Nebel, der von kristallenen Nitrogenadern aufstieg, die sich über den Boden ausbreiteten. Sulu spürte, wie seine Stiefel steif wurden, als er durch die Kühlflüssigkeit lief. Hochspritzende Tropfen brannten sich durch den Stoff seiner Hose. *Das All ist rund zweihundert Grad kälter als das hier,* schoß es ihm durch den Kopf. Er biß die Zähne zusammen und versuchte, nicht weiter darüber nachzudenken.

Der Nitrogennebel wurde am hinteren Ende des Passagierabteils dünner, wo er durch die dunklen Rauchwolken verdrängt wurde, die aus dem offenen Notfallschrank in der Heckwand hervorkrochen. Sulu kam schlitternd zum Stehen und starrte Muav Haslev an. Der Andorianer hatte es irgendwie geschafft, sich von seinen Fesseln zu befreien und zog sich gerade einen der orangegrauen Schutzanzüge an.

»Wurde auch Zeit, daß Sie kommen«, meinte Haslev und schrie erschrocken auf, als Sulu ihn zur Seite schob und die Tür zum Maschinenraum aufriß. Noch mehr Nitrogennebel wallte heraus und trug den Gestank von verbranntem Metall mit sich. »He, tun Sie das nicht!

Wenn die Strahlungsabschirmung zerstört ist, könnten wir sterben!«

»Halten Sie den Mund!« Sulu schwang sich in den engen Wartungsschacht, der zu ihrem Miniatur-Warpkern führte, und hustete, als der Geruch von heißem Metall und verschmorten Drähten in seine Kehle drang. Die schwache Notbeleuchtung zeigte ihm die dunkle Wölbung der ringförmigen Magnetlinse, die den Warpkern umgab, um den Antimaterieantrieb auszurichten. Als Sulu näher kroch, konnte er die Auswirkungen der Explosion erkennen: Ein faustgroßes Loch in der dicken äußeren Wand der Hülle, umgeben von zerrissenem, verdrehtem Metall, das sternförmig vom Explosionszentrum wegragte. Scharten in den Tunnelwänden zeigten, wohin der Rest des explodierten Stahls geflogen war. Eine Kaskade flüssigen Nitrogens ergoß sich aus geborstenen Kühlschlangen im Innern des Magneten, sammelte sich in der Mitte des Tunnels und zwang ihn, mit gespreizten Beinen weiterzugehen, um nicht hineinzutreten.

Sulus Herz pochte bis zum Hals, als er sich vorbeugte und durch das Loch spähte, um zu sehen, ob die Abschirmung des Kerns ebenfalls durch die Explosion zerstört worden war. Das schwache Schimmern transparenten Aluminiums war durch den silbrigen Nebel kaum auszumachen, doch das phosphoreszierende Feuer auf der Innenseite verriet ihm, daß die Hülle noch intakt war. Erleichtert ließ er sich gegen die Tunnelwand sinken und fluchte, als etwas Stumpfes gegen seinen Rücken stieß.

»He!« Chekovs wütende Stimme hallte aus dem Passagierabteil bis in den Wartungstunnel hinunter. »Was soll das denn werden?«

»Ich mache mich zur Evakuierung bereit.« Der dünne Klang von Haslevs Antwort verriet Sulu, daß der Andorianer bereits den Helm aufgesetzt hatte. »Als ich den Phaser hörte ...«

»*Phaser?* Was für ein Phaser?« Chekovs Stimme dröhnte durch den Tunnel. »Sulu, siehst du dort unten irgendwo einen Phaser?«

»Ich glaube, ich habe ihn gerade gefunden.« Sulu drehte sich um und zerrte an dem Objekt, das sich in seinen Rücken gebohrt hatte. Klebeband löste sich von der geriffelten Metalloberfläche, und die wohlvertraute Form einer Phaserpistole landete in seiner Hand. Die von einem durchsichtigen Eisfilm überzogene Energieanzeige war schwarz. Sulu schob die leergeschossene Waffe in seinen Gürtel und krabbelte zum Passagierabteil zurück.

Als er herauskam, entdeckte er Chekov und Uhura, die ihn mit dem gleichen besorgten Gesichtsausdruck ansahen. »Kein Grund zur Unruhe«, meinte er. »Die Abschirmung ist noch intakt. Es tritt keinerlei Strahlung aus.«

Die Falten um Uhuras Augen glätteten sich, als sie erleichtert aufseufzte, doch Chekovs Miene änderte sich nicht. »Was ist mit der äußeren Hülle?«

Sulu schüttelte den Kopf und hielt ihm den Phaser hin. »Der Saboteur hat das hier benutzt. Sämtliche Kühlleitungen im Torus sind zerstört. Die Stärke des Magnetfeldes läßt vermutlich schon jetzt nach.« Er schloß die Tür zum Wartungsschacht und wünschte sich, er könnte die dahinter lauernde Gefahr ebenso leicht aussperren. »Es ist nur eine Frage der Zeit, bis das Warpfeld außer Kontrolle gerät.« Er sah Chekov durch den feinen Nebel hindurch in die Augen und erkannte, daß der Sicherheitsoffizier die Situation begriffen hatte. »Ich glaube nicht, daß wir es rechtzeitig bis zur *Enterprise* schaffen. Wir werden aussteigen müssen.«

»Schön, ich bin bereit.« Haslev zuckte zurück, als Chekov herumfuhr und ihn anstarrte. »Was ist nun wieder los?«

»Ist Ihnen auch nur der Gedanke gekommen, uns zu rufen, als Sie den Phaser gehört haben?« fragte der Russe hitzig. »Wir hätten ihn abschalten können, bevor er die Hülle zerstört hätte!«

Haslev schnitt eine Grimasse. »Und dann hätten wir die Reise nach Sigma Eins fortgesetzt. Nein, vielen Dank. Ich bin mit der Situation, so wie sie jetzt ist, sehr viel glücklicher.«

»Wir werden ja sehen, wie glücklich Sie sind, wenn die Explosion uns erwischt, bevor wir außer Reichweite sind.« Sulu ignorierte den ungläubigen Ausruf des Außerirdischen und drängte sich an ihm vorbei zum Notfallschrank. Uhura stand bereits dort und überprüfte die Schutzanzüge. »Wie haben Sie sich überhaupt befreien können?«

Die Stimme des Andorianers klang jetzt verdrießlich. »Man muß nicht gerade ein technisches Genie sein, um hinter die Geheimnisse eines mechanischen Schlosses zu kommen«, erklärte er. »Technische Genies schaffen das nur etwas schneller als andere.«

Chekov schnaubte angewidert. »Gewöhnliche Kriminelle auch.«

»Ich begreife allerdings nicht«, sagte Sulu, während er darauf wartete, daß Uhura ihm einen der orangegrauen Schutzanzüge reichte, »woher der Saboteur wußte, daß wir ausgerechnet dieses Shuttle nehmen würden.«

»Ich glaube nicht, daß er es gewußt hat«, meinte Chekov grimmig. »Ich vermute, er versuchte einfach nur, so viel Schaden wie möglich auf der *Enterprise* anzurichten. Vielleicht hat er sogar jedes einzelne Shuttle an Bord entsprechend präpariert.« Der Sicherheitsoffizier kam durch den nebelerfüllten Mittelgang auf sie zu. »Ein Zusammenbruch der Abschirmung bei einem Kern dieser Größe könnte ausreichen, um das gesamte Schiff lahmzulegen, sofern die Explosion im Innern des Hangars stattfindet.«

»Wir müssen so schnell wie möglich zur *Enterprise* zurückkehren.« Sulu warf einen Blick auf die Kommunikationsoffizierin, deren plötzliche Reglosigkeit ihn beunruhigte. »Uhura, was ist los?«

»Das hier.« Uhura trat mit ungläubiger Miene vom Schrank zurück und streckte Sulu ein scharfkantiges Stück Metall hin.

»Sieht aus wie ein Schrapnell aus der Umhüllung des Kerns.« Ein unangenehmes Gefühl machte sich in seiner Magengegend breit. Hinter ihm fluchte Chekov leise auf russisch. »Lieber Himmel, das ganze Zeug ist doch nicht etwa im Anzugschrank gelandet, oder?«

»Es sieht aber ganz so aus. Bisher habe ich solche Splitter in jedem einzelnen Anzug gefunden.« Uhuras Finger schlossen sich um das Metallstück und spannten sich trotz der scharfen Bruchkanten. »Soweit ich das sagen kann, ist kein einziger von ihnen raumtauglich.«

Chekov griff an Uhura vorbei und zog einen der Anzüge aus dem Schrank. Gezackte Metallstücke lösten sich aus dem durchbohrten Stoff und landeten in den Nitrogenpfützen am Boden. Er warf den Anzug hinter sich und griff nach dem nächsten. »Holt sie alle heraus!«

Uhura ließ den Anzug fallen, den sie in der Hand hielt, um Chekovs Anweisung zu folgen, während Sulu Haslev zur Seite stieß, um mehr Platz vor dem Schrank zu schaffen. »Was haben Sie vor?« fragte der Andorianer Chekov.

»Die Explosion kann nicht alles demoliert haben.« Der Sicherheitsoffizier löste einen unbeschädigten Ärmel und warf ihn hinter sich auf den Sitz. »Wenn wir die intakten Teile der Anzüge heraussuchen, können wir daraus funktionsfähige zusammensetzen.« Er ließ ein weiteres beschädigtes Teil zu Boden fallen. »Sie haben zwei gesunde Hände – kommen Sie her und helfen Sie uns!«

Die Teile türmten sich zu unregelmäßigen Haufen auf dem Deck, auch wenn derjenige mit den beschädigten Stücken schneller wuchs, als Chekov lieb war. Trotzdem zählte er in Gedanken mit und konnte nicht verhindern, daß seine Hoffnung mit jedem unbrauchbaren Teil, das er aussortierte, wieder etwas sank. Noch bevor sich

Uhura daran machte, die Stücke zu zählen, wußte Chekov, daß sie nur über fünf Ärmel, zwei Hosen, acht Brustteile und zehn Helme verfügten.

Die Kommunikationsoffizierin blickte mit bekümmerter Miene von ihrer Arbeit auf. »Das hier reicht nur für zwei Anzüge.«

»Drei«, korrigierte Chekov sie. Er konnte selbst kaum begreifen, wie ruhig und sicher seine Stimme klang. »Wenn man Haslevs Anzug mitzählt.«

Sulu blickte den Andorianer, der nervös neben der Schleuse stand, finster an. »Und was sollen wir nun tun?«

Chekov nahm einen der Anzüge und drückte ihn Sulu in die Arme. »Du ziehst ihn an und gehst nach draußen.« Als der Steuermann ihn anstarrte, beugte sich Chekov vor und reichte Uhura den anderen Anzug, damit er seinen Freund nicht ansehen mußte.

»Chekov ...«

Uhuras große, ängstliche Augen waren allerdings auch nicht leichter zu ertragen. »Nein«, sagte sie leise.

Chekov nahm ihre Hand und schloß sie sanft um den Anzug, so daß sie ihn festhalten mußte. »Sie haben gar keine Wahl.«

»Natürlich haben wir die.« Sulu drängte sich zwischen die beiden und hielt den Anzug wie einen Schild vor sich. »Wir können darüber diskutieren, wer von uns hier bleibt.«

»Und damit Zeit verschwenden, die wir gar nicht haben.« Chekov zerrte an seiner Schlinge, um Sulu daran zu erinnern. »Ich kann meinen Arm nicht gebrauchen«, sagte er und versuchte das Zittern in seiner Stimme zu verbergen. »Ich werde zu lange brauchen, um ihn anzuziehen, und die Kontrollen kann ich auch nicht bedienen ...«

Sulu warf seinen Anzug auf den Boden. »Blödsinn. Man braucht keine Kraft, um sich zu bewegen, sobald man einmal draußen ist.« Der Ärger in seiner Stimme und Haltung verrieten so deutlich seinen Kummer, daß

Chekov die Sorge seines Freundes fast körperlich wahrnahm. »Ich könnte dir beim Anziehen helfen«, flehte Sulu. »Ich bin sicher ...«

»Nicht, Sulu.« Chekov hob die Hand, um ihm den Mund zu verschließen, packte dann aber statt dessen die Schulter seines Freundes. »Jemand muß hierbleiben, und es gibt keinen einfachen oder fairen Weg zu entscheiden, wer das sein soll. Bitte ...« Er verstärkte seinen Griff. »Zwing mich nicht, dich erst bewußtlos zu schlagen, um dich in den Anzug stecken zu können.«

»Nun ...« Haslev trat vor, packte Sulus Arm mit einer Hand und zog Uhura mit der anderen auf die Füße. »Sie haben den Mann gehört – er meldet sich freiwillig. Also gehen wir.«

Sulu befreite sich mit einem Ruck aus dem Griff des Andorianers. »Sie sind in diesem Anzug nicht festgeschweißt«, knurrte er. »Wir können Sie auch wieder herausholen.«

Haslev zog seine Antennen ein und gab keinen Ton von sich. Chekov drehte sich zu Uhura um und reichte ihr das Unterteil eines Anzugs. »Ziehen Sie sich an«, sagte er sanft.

Ihr Gesicht wirkte trotz der Tränen, die ihr über die Wangen liefen, ruhig und gefaßt. »Wir schicken Ihnen Hilfe.«

»Damit rechne ich auch.« Er strich ihr die Tränen aus dem Gesicht und versuchte vergeblich, seine Verzweiflung niederzukämpfen. »Ich will nicht sterben«, flüsterte er.

Sie erwiderte seine Geste, indem sie ihre Arme ausstreckte und sein Gesicht in beide Hände nahm. »Und ich will Sie nicht verlassen.«

»Es kann noch Stunden dauern, bis das Schutzfeld zusammenbricht.« Das war eine Mischung aus Wahrheit und Lüge – Wahrheit, weil die Wahrscheinlichkeit nicht dagegen sprach, und Lüge, weil er keine Sekunde daran glaubte. Er nahm ihre Hände und drückte sie sanft. »Ich kann immerhin einen dieser Anzüge flicken und so schnell wie möglich nachkommen. Das verspreche ich.«

Sulu beendete seine Suche nach passenden Ärmeln und knurrte: »Nur, damit du es weißt – mir gefällt dein Plan nicht.«

Chekov schaffte es, den Anflug eines Lächelns auf sein Gesicht zu zaubern. »Ich bin auch nicht sehr glücklich damit.«

Er half ihnen, die Anzüge anzulegen, so gut ihm das mit einer Hand möglich war. Uhura bedankte sich mit einem traurigen Nicken, und das finstere Schweigen, mit dem Sulu in seinen Anzug stieg, zeigte Chekov mehr als deutlich, wie sehr sich der Steuermann mit dieser Situation überfordert fühlen mußte. Nur zu gern hätte er die Spannung gemildert, die sich zwischen ihnen aufgebaut hatte, aber ihm fiel keine geeignete Möglichkeit ein. Statt dessen reagierte er wie gewöhnlich – er kümmerte sich um die praktischen Dinge, die erledigt werden mußten, ganz gleich, wie unsicher die Zukunft auch erscheinen mochte. So holte er den Phaser von der Konsole im Cockpit des Shuttles und hielt ihn Sulu mit dem Griff voran hin. »Nimm das mit«, sagte er und nickte zu Haslev hinüber. »Und trau ihm nicht. Das ist er nicht wert.«

Sulus Gesicht wirkte im Innern des Helms grau und angespannt. Er nahm den Phaser, ohne den Blick zu heben, packte dann Chekovs Handgelenk und zog den Lieutenant in eine kurze, feste Umarmung.

Chekov schloß die Augen, während die Angst in seiner Brust brannte. »Wir sehen uns bald wieder«, versprach er.

»Das will ich auch hoffen.«

Dann gab es nichts mehr zu sagen. Sulu drehte sich ohne zu zögern um und winkte Uhura und Haslev zur Schleuse. Chekov schaute zu, eine Hand gegen die Tür gestützt, wie die Luft aus der kleinen Kammer entwich und das äußere Schott lautlos zur Seite glitt. Es sah kalt aus dort draußen. Und dunkel. Und leer. Er schaffte es, solange Haltung zu bewahren, bis sich die äußere Tür wieder schloß und ihn vor ihren Blicken verbarg. Dann sank er auf die Knie, lehnte den Kopf gegen die Schleuse und fragte sich, was, zum Teufel, er tun sollte.

Die Sterne brannten schweigend, ihr Feuer leuchtete kalt und fern in der Schwärze des interstellaren Raumes. Sulu trat zu ihnen hinaus und biß unwillkürlich die Zähne zusammen, als die Schwerelosigkeit ihn umfing, sobald er die Schleuse der *Hawking* verlassen hatte. Der Bewegungsimpuls seines letzten Schrittes trieb ihn langsam vom Shuttle fort, und er hielt den Blick fest auf den gleichmäßigen Schimmer eines Nebels gerichtet, bis sich sein Magen an das Gefühl ständigen Fallens gewöhnt hatte.

»Sulu.« Uhuras Stimme, die aus seinen Helmlautsprechern drang, klang so nah wie ein Flüstern an seinem Ohr. »Können Sie mich hören?«

»Ja, ich höre Sie.« Der Steuermann nahm die Haltung an, die er im Raum bevorzugte – die Arme leicht angewinkelt, die Knie gekrümmt, als würde er sitzen. Er hob die rechte Hand zu seinem Brustpaneel, erinnerte sich daran, daß er noch immer den Phaser hielt, und aktivierte statt dessen mit der Linken die Düsenjets. Komprimiertes Gas schoß lautlos aus den Düsen im Rückenteil des Anzugs und trieb ihn in Richtung des Nebels, den er als Zielpunkt ausgesucht hatte.

»Stellen Sie Ihre Düsen auf Höchstgeschwindigkeit«, wies er die anderen an. »Sie müßten lange genug arbeiten, um uns aus dem Explosionsradius herauszubringen.«

»Und wenn nicht?« fragte Haslev ängstlich.

Sulu holte tief Luft, als ihn seine Wut auf den Andorianer für einen Moment zu überwältigen drohte. »Dann stoßen wir Sie zum Shuttle zurück und benutzen den Bewegungsimpuls, um den Rest der Strecke zu schaffen!«

»Sulu.« In Uhuras Stimme klang kein Vorwurf mit, nur Sorge und eine Warnung. Persönliche Gefühle durften bei einer Aktion wie dieser keine Rolle spielen – ihr Leben hing von so vielen Dingen ab, daß sie es sich nicht leisten konnten, ihr Urteilsvermögen durch emotionale Reaktionen zu trüben.

»Ja, ich weiß.« Sulu sah nicht zu ihr zurück, sondern hielt sein Gesicht auf das vor ihnen liegende Sternenfeld gerichtet. Er zwang sich, so viele Sternsysteme wie möglich zu identifizieren, um nicht an das dunkle Shuttle denken zu müssen, das hinter ihnen verschwand. Als erstes entdeckte er Deneb, den hellsten Stern, gefolgt von dem blauweißen Spica. Ein Stück darüber leuchtete Antares in seinem unverwechselbaren Rubinrot, flankiert von Beta Centauri und Achernar ...

»Sulu!« Diesmal schwang in Uhuras Stimme eine Mischung aus Unglauben und Hoffnung mit. »Ich glaube ... ich glaube, ich höre die *Enterprise*!«

Der Steuermann schnappte nach Luft und senkte das Kinn, um den Kommunikator auf höchste Lautstärke zu stellen. Statisches Rauschen, das von dem beschädigten Warpkern des Shuttles stammen mußte, erfüllte den Subraumkanal. Doch darunter war das vertraute Pfeifen von Grußfrequenzen zu vernehmen. Ein verzerrtes Murmeln folgte.

Sulu stöhnte. »Ich kann nicht verstehen, was sie sagen!«

»Etwas darüber, daß sie den Kontakt zu uns verloren haben.« Uhura machte eine Pause und Sulu hielt den Atem an, weil er fürchtete, selbst das leiseste Geräusch könnte ihren Empfang stören. »Und etwas über das Weiterfliegen mit Impulskraft ...« Die ferne Stimme wurde schwächer und ging in den zunehmenden statischen Geräuschen der *Hawking* unter. Sulu hörte, wie Uhura frustriert die Zähne zusammenbiß. »Das war alles, was ich verstehen konnte.«

»Mit Impulskraft weiterfliegen.« Der Steuermann versuchte die verzweifelt aufkeimende Hoffnung zu unterdrücken. »Meinen Sie damit uns oder sich selbst?«

Er hörte, wie Uhura überrascht den Atem einsog. »Können sie die *Enterprise* denn trotz des Lecks bewegen?«

»Wenn sie langsam genug fliegen, schon.« Aus irgend einem Grund wirkten die Sterne auf einmal nicht mehr so unerreichbar und kalt. »Und wenn Captain Kirk vermutet, daß wir Probleme mit dem Shuttle haben, wird er genau das tun, darauf wette ich.«

»Ja. Ja, das würde er.« Uhura dachte nach. »Aber kann er rechtzeitig genug hier sein?«

Sulu runzelte die Stirn und benutzte die winzigen Hilfsdüsen an seinen Handgelenken, um sich umzudrehen. Uhura und Haslev waren nur als sonderbar geformte Schatten vor den Sternen zu erkennen, ihre Gesichter wurden schwach von den Kontrollampen in den Helmen beleuchtet. Hinter ihnen war die *Hawking* mittlerweile zu einem dunklen Fleck zusammengeschrumpft. Er nahm in Gedanken eine grobe Berechnung in bezug auf Deneb, Beta Centauri und Achernar vor und verglich deren jetzige Position mit dem Bild, das er zuletzt vom Shuttle aus wahrgenommen hatte.

»Es sieht so aus, als hätte die *Hawking* ungefähr ein Zehntel des Rückwegs zur *Enterprise* geschafft, bevor wir ausgestiegen sind. Selbst mit dem Schaden in der Hülle kann die *Enterprise* vermutlich das Dreifache unserer Impulsgeschwindigkeit erreichen.« Er warf einen Blick auf die *Hawking* und hoffte, daß deren Magnetabschirmung lange genug intakt blieb. »In etwa einer Stunde müßten sie in Transporterreichweite sein.«

»Ich hoffe, in diese Anzüge sind Signalgeber eingebaut.« Sulu zuckte zusammen, als Haslev sich plötzlich zu Wort meldete. Der Andorianer hatte so lange geschwiegen, daß Sulu seine Anwesenheit fast schon vergessen hatte. »Oder wie will Ihr Schiff uns sonst ausfindig machen?«

»Wir haben Signalgeber«, sagte Sulu knapp. Er betätigte abermals die Korrekturdüsen und nahm seine ursprüngliche Haltung wieder ein. Er schaffte es einfach nicht, das ferne Shuttle anzusehen, das jeden Moment in einer Antimaterie-Explosion vergehen konnte.

»So, und wie schaltet man ihn ein?« fragte Haslev. »In meinem Anzug entdecke ich jedenfalls keinen Schalter.«

Sulu gab keine Antwort, sondern starrte einen kleinen, bläulichen Stern in der Mitte zwischen den hellen Feuern von Spica und Procyon an. Bisher war er nicht sichtbar gewesen, war vielleicht von dem dunkelroten Staub seines Zielnebels verborgen worden. Anders als die übrigen Sterne schien er jedoch an Intensität zuzunehmen.

Schließlich antwortete Uhura an Sulus Stelle: »Der Signalgeber, Mr. Haslev, wird automatisch aktiviert, sobald man das Ventilationssystem des Anzugs einschaltet.« Ihre Stimme klang plötzlich beunruhigt, als hätte sie etwas aus der Körperhaltung des Steuermanns abgelesen. »Sulu, stimmt etwas nicht?«

»Vielleicht.« Sulu beobachtete, wie der kleine Stern langsam heller wurde, bis er so stark leuchtete wie Spica. »Ein Schiff kommt aus Richtung dreiundachtzig Punkt sieben auf uns zu.«

»Die *Enterprise*?« fragte Uhura hoffnungsvoll und zugleich ungläubig.

Sulu schüttelte den Kopf, und dann fiel ihm ein, daß sie diese Bewegung nicht sehen konnte. »Nicht aus diesem Quadranten, und auch nicht so schnell. Jemand anderer muß unseren Notruf empfangen haben – jemand, der näher war als die *Enterprise*.«

Er drehte den Kopf und erwiderte ihren besorgten Blick. »Wir werden erst feststellen können, um wen es sich handelt, wenn sie aus dem Warp gehen. Aber dann sind sie schon nahe genug, um unsere Anzugsignale aufzufangen.«

»Na und?« meinte Haslev. »Wer immer sie sein mögen, sie kommen schließlich, um uns zu retten, oder nicht?«

»Vielleicht.« Die Minuten krochen vorüber, genauso langsam, wie sie selbst sich von dem Shuttle entfernten.

Sulu wandte den Blick nicht von dem blauleuchtenden Fleck, der jetzt heller strahlte als jedes andere Himmelsobjekt. Das Schiff trat in einem novahellen Lichtausbruch aus dem Warp und enthüllte dann die klobigen Umrisse eines Frachters, der viel schneller fliegen konnte, als das einem Frachtschiff zustand. »Genau das hatte ich befürchtet. Es ist die *Umyfymu.*«

## 15

Der orionische Zerstörer, der uns schon früher aufgehalten hat?« Uhura stieß gegen ihn, als er seine Position veränderte, um das Kriegsschiff im Auge zu behalten. »Was glauben Sie, werden sie tun?«

»Ich weiß nicht.« Der orionische Zerstörer schwebte jetzt direkt über der *Hawking*, und Sulu vermutete, daß das Shuttle mit Sensorstrahlen untersucht wurde. Geistesabwesend streckte er eine Hand aus, damit Uhura nicht abgetrieben wurde, und setzte eine der Hilfsdüsen ein, um ihren ursprünglichen Kurs wieder aufzunehmen. »Wenn sie die Föderationsfrequenzen überprüfen, werden sie wissen, daß wir hier sind. Aber was sie dann tun, weiß ich auch nicht.«

»Nun, uns aufsammeln, natürlich.« Die Verwunderung in Haslevs Stimme klang echt. »Die Orioner suchen mich schließlich.«

Sulu sah stirnrunzelnd zu dem Andorianer hinüber. »Ich dachte, Sie hätten gesagt, die Orioner wollten Sie umbringen.«

»Nun, ja«, gab Haslev zu. »Aber das war, bevor ich mich mit den Ergebnissen meiner Arbeit ... äh ... aus dem Staub gemacht habe.« Seine Antennen zuckten leicht. »Wenn sie mich töten, verlieren sie all das Geld, das sie bisher investiert haben.«

»Und die Orioner sind nicht gerade als verschwenderisch bekannt.« Sulu beobachtete, wie sich die *Umyfymu* plötzlich von dem Shuttle zurückzog. »Ich glaube, sie haben gerade das Problem im Warpkern entdeckt.«

»Glauben Sie, sie haben Chekov herausgebeamt?« fragte Uhura.

»Kann sein, wenn sie ihn für Haslev gehalten haben.« Doch selbst während er das sagte, verriet ihm der dumpfe Schmerz in seinen Eingeweiden, daß er selbst nicht daran glaubte. Das orionische Schiff umkreiste das Shuttle. Seine Positionslampen sahen nicht anders aus als bei jedem beliebigen Frachter, doch die glatte, kraftvolle Bewegung verriet die mächtigen Triebwerke, die unter der rostigen Hülle verborgen waren. »Ich hoffe nur, sie beschließen nicht, das Shuttle in die Luft zu jagen, bevor es von selbst explodiert.«

»Aber dann würde es doch auch explodieren«, wandte Uhura ein.

»Es hat ja auch noch niemand behauptet, die Orioner wären besonders schlau.« Sulus Finger schlossen sich sinnloserweise fester um den Phaser, während ihm der Schweiß im Innern der Handschuhe über die Handfläche lief. Schwer atmend beobachtete er, wie die *Umyfymu* näher kam.

»Nun, wenigstens zerstören sie das Shuttle nicht.« Uhura verstärkte ihren Griff um Sulus Handgelenk. »In ein oder zwei Minuten sind sie in Transporterreichweite, nicht wahr?«

»Ja.« Uhuras Hand auf seinem Arm brachte Sulu auf eine Idee. Er zog Uhura auf die andere Seite hinüber und griff dann nach Haslev. Der Andorianer sah ihn verwundert an, versuchte aber nicht, ihm auszuweichen.

»Was haben Sie vor?«

»Ich will sicherstellen, daß wir alle zusammen hinübergebeamt werden.« Sulu packte Haslevs Oberarm und zielte dann mit dem Phaser genau auf den Kopf des Alien. »Außerdem will ich sichergehen, daß ich ein Faustpfand habe, wenn wir an Bord sind.«

»He!« Haslev krümmte sich unter dem Griff, doch die Stärke des Andorianers brachte ihm hier in der Schwerelosigkeit keinen Vorteil. »Sie können doch nicht ...«

Ein greller Lichtstrahl bohrte sich durch die Dunkelheit und unterbrach ihn. Einen schrecklichen Augenblick lang dachte Sulu, das Shuttle wäre schließlich doch explodiert. Dann schob sich der Polarisationsfilter über sein Helmvisier und er begriff, daß er die tödliche Strahlung eines Phaserschusses gesehen hatte. Er zuckte über ihre Köpfe hinweg und verfehlte sie nur um wenige Kilometer.

Sulus Finger bohrten sich in den Arm des Andorianers. »Ich dachte, die Orioner wollten Sie lebendig haben!« rief er über das plötzliche statische Knistern hinweg, als sich die Schirme der *Umyfymu* wieder aufbauten.

»Das stimmt auch! Es kann gar nicht anders sein!« Haslevs Gesicht war hinter seinem eigenen Polarisationsfilter verborgen, doch seine Stimme verriet deutlich den Schock, den er gerade erlitten hatte. »Ich habe ihnen doch alles gestohlen, als ich geflohen bin – meine Unterlagen, die Computermodelle, den Prototyp ...«

Ein zweiter orionischer Phaserschuß zerschnitt die interstellare Nacht und wirkte in seiner Lautlosigkeit noch erschreckender. Sulu schloß die Augen und spannte alle Muskeln. Einen Moment später öffnete er sie wieder, überrascht, noch am Leben zu sein.

»Der war nicht annähernd so nah wie der erste Schuß«, stellte Uhura mit unnatürlicher Ruhe fest.

»Nein?« fragte Sulu, während er beobachtete, wie sich das orionische Schiff in einer Art Ausweichmanöver von ihnen entfernte. »Was, zum ...«

Die Antwort dämmerte ihm, einen Sekundenbruchteil bevor ein weiterer Lichtblitz aufflammte, dessen Ursprung jedoch hinter ihm lag. Sulu fluchte und benutzte die Korrekturdüsen, um seine Richtung zu ändern. Das vertraute silberne Schimmern des Schiffes, das über ihm hing, schnürte ihm die Kehle zu. Trotz des häßlichen Risses in der Hülle blieb diese Silhouette unverkennbar.

»Es ist die *Enterprise*!« Erstaunen und Erleichterung

mischten sich in Uhuras Stimme. »Wie konnte sie so schnell hier sein?«

»Indem sie einige Schäden in Kauf genommen hat.« Sulu deutete auf die geschwärzten Krater in der Nähe des Lecks, wo Mikrometeorite die unvollständigen Schilde des Schiffes durchschlagen hatten. Der irisierende Schimmer der Schilde des Schiffes schwächte sich über dem Leck deutlich ab. »Lieber Himmel, ich hoffe, die Orioner bemerken das nicht. Wenn sie ihre Phaser auf diesen Punkt richten ...«

»Ich glaube nicht, daß Captain Kirk ihnen genug Zeit läßt, um überhaupt irgend etwas zu bemerken.« Uhura zog instinktiv den Kopf ein, als der nächste Phaserschuß über sie hinwegzuckte. »Aber hoffentlich weiß er auch, daß wir hier draußen sind.«

»Es macht keinen Unterschied, ob er es weiß«, meinte Sulu grimmig. »Er kann uns nicht an Bord beamen, solange die Schilde oben sind, und er wird nicht das ganze Schiff wegen drei Leuten in Gefahr bringen. Er wird diesen Kampf also genauso ausfechten, als wären wir noch an Bord ...«

»Aber einer dieser drei Leute bin *ich!*« jammerte Haslev. »Ihr Captain kann mich doch nicht einfach hier draußen sterben lassen!«

»Ich wüßte nicht, weshalb nicht.« Sulus Sinn für Humor kehrte gerade rechtzeitig zurück, um die Spannung zu lösen, die sich in seiner Kehle zu einem erstickenden Knoten verdichtet hatte. »Sie müssen zugeben, daß dadurch eine ganze Menge Probleme gelöst würden.«

Der Andorianer starrte ihn an, doch als er den Mund öffnete, flimmerte er kurz auf ...

... und materialisierte zusammen mit Sulu und Uhura in einem unvertraut wirkenden Transporterraum.

Kirk klammerte sich am Brückengeländer fest, als die *Enterprise* unter einem weiteren Phaserschuß der Orioner erzitterte. Die Verstrebungen der Hülle stöhnten unter der Belastung, während gleichzeitig die Alarmsirenen aufheulten. »Schadensbericht!« rief Kirk, noch bevor die Erschütterungen nachgelassen hatten.

Der Lieutenant an der technischen Station erhob sich neben seinem Sitz auf die Knie. »Wir haben einen Teil der Schirme über den unteren Decks verloren, Sir. Mr. Scott hat schon eine Reparaturmannschaft mit der Wiederherstellung beauftragt.«

»Die orionischen Schilde zeigen ebenfalls Phaserschäden, Captain«, meldete Mullen von der Waffenstation. »Insbesondere im vorderen Bereich. Sollen wir unser Feuer darauf konzentrieren?«

»Nein!« Kirk richtete sich auf, ließ aber eine Hand am Geländer, während er die Flugbewegungen der *Umyfymu* auf dem Schirm verfolgte. »Diese vordere Strahlungsabschirmung dient nur der Tarnung. Feuern Sie weiter auf das Zentralsegment.« Er drehte sich halb zu Goldstein an der Kommunikationsstation um. »Sehen Sie zu, ob Sie den orionischen Commander erreichen können. Ich will wissen, was, zum Teufel, er sich dabei denkt, ein Föderationsschiff anzugreifen.«

»Aye, Sir!«

Phaserfeuer zuckte über den Bildschirm, und ein weiterer Treffer erschütterte die Brücke. Kirk rechnete fast damit, daß der Boden sich unter dem Schlag wölbte.

»Sie konzentrieren ihre Schüsse auf des Leck in der Hülle, Sir«, meldete der Lieutenant an der technischen Station. »Der Schirm droht dort zusammenzubrechen.«

»Bhutto!« Kirk machte einen Schritt vor und schlug auf die Lehne des Navigatorsessels. »Drehen Sie das Schiff! Bringen Sie diesen Bereich aus der Schußlinie. Spock …« Der Wissenschaftsoffizier beugte sich bereits über seine Sensoren. »Irgendein Hinweis auf das zweite orionische Schiff?«

Nur die Augen des Vulkaniers bewegten sich, als er die Schirme studierte. »Die Sensoren melden eine sehr weit entfernte Warpspur im Sektor vier neunundfünfzig, Captain.« Er sah zu Kirk hinüber. »Entweder die *Mecufi* oder dieses nichtidentifizierte Sensorenecho, das wir seinerzeit bemerkt haben. Wie auch immer, die Sensoren stellen keine Annäherung fest.«

»Behalten Sie es im Auge.« Kirks Hände ballten sich rhythmisch. »Sie könnten sich in Reserve halten in der Hoffnung, dann zuschlagen zu können, wenn wir nicht damit rechnen.« Er warf noch einen kurzen, forschenden Blick auf den Monitor und wandte sich dann an Goldstein. »Schon Glück gehabt mit der Verbindung, Fähnrich?«

»Kommt gerade zustande, Sir. Ich lege es auf den Schirm.«

Ein kleines Quadrat aus Licht und Farben explodierte in der rechten unteren Ecke des Sternenfeldes. Kirk erkannte die kräftigen jadefarbenen Gesichtszüge und den geflochtenen Bart des Commanders der *Umyfymu*, die von einer ganzen Reihe elektrischer Brände beleuchtet wurden. Die juwelenverzierten Zähne des Orioners wirkten in dem harten Licht fast violett. »Ich vermute, Sie wollen sich ergeben, *f'deraxt'la.*«

Kirk umklammerte die Rückenlehne des Kommandosessels fester. »Ich habe Sie kontaktiert, um Sie daran zu erinnern, daß der Angriff auf ein Schiff von Starfleet einen kriegerischen Akt darstellt. Die Föderation wird orionische Attacken gegen ein schutzloses Raumschiff nicht tolerieren ...«

»Schutzlos!« Das knurrende Lachen des Orioners ließ seine Zähne aufblitzen. »Ganz so schutzlos ja wohl nicht.« Er schlug mit der Hand auf eine qualmende Konsole. »Davon abgesehen, kleines Säugetier, handelt es sich nicht um einen kriegerischen Akt, sondern um eine Bestrafung.«

»Eine Bestrafung weswegen?« fragte Kirk.

»Sie haben gestohlene Militärtechnologie von einem Agenten der orionischen Regierung erhalten! Nach orionischem Gesetz wird derartiger Besitz mit Piraterie gleichgestellt.« Der Commander verzog den Mund zu einer Grimasse und beugte sich weiter vor. »Was macht *Ihre* Regierung mit Piratenschiffen, *f'deraxt'la*?«

Kirk runzelte die Stirn. »In der Regel jagen wir sie über die orionische Grenze zurück.«

»Tatsächlich?« Der Orioner klang aufrichtig überrascht. »Nun, wir jagen sie in die Luft.« Etwas neben ihm erregte seine Aufmerksamkeit. Seine Ohren legten sich zurück – für Orioner ein typisches Zeichen des Vergnügens –, als außerhalb des Bildschirms grölende Begeisterungsrufe laut wurden. »Wie ich höre, versagen Ihre Schirme über der beschädigten Stelle Ihrer Hülle«, erklärte er, als er sich mit breitem Lächeln wieder Kirk zuwandte. »Sind Sie sicher, daß Sie sich nicht doch ergeben wollen?«

Kirk unterdrückte die Bemerkung, die ihm auf der Zunge lag, und machte hinter seinem Rücken eine an Goldstein gerichtete, schneidende Geste: »Verbindung unterbrechen!«

Das Abbild des Orioners flackerte und verschwand, als die Sterne wieder auftauchten.

Kirk machte seinem Ärger wenigstens etwas Luft, indem er mit der Hand auf den Interkomknopf schlug. »Scotty.«

»Maschinenraum, Scott hier.«

»Gibt es nichts, was wir tun könnten, um die Schirme über dem Leck zu schließen?« Auf dem Bildschirm schwang die *Umyfymu* herum, um einen neuen Angriff zu starten.

Als könnte er sehen, was Kirk beobachtete, sagte Scott: »Nicht, solange die Orioner ständig darauf schießen, Captain.«

Verdammt.

»Ich habe versucht, die Bruchstelle von ihnen abzuschirmen, Sir.« Bhutto hielt ihre Aufmerksamkeit fest auf die Konsole gerichtet und verfolgte die Position der

Orioner ununterbrochen auf dem Navigationsschirm. »Sie bewegen sich sehr viel schneller als wir im Moment.«

Kirk nickte, verärgert darüber, daß er seine eigene Frustration an der Mannschaft ausließ. »Ich weiß.« Er ließ sich in den Kommandosessel fallen, der sich unter dem Aufprall drehte. »Fähnrich Mullen, wieviel Energie können wir auf die Steuerbordphaser legen?«

Der Fähnrich warf einen Blick auf die Anzeigen und zog dann fragend die Augenbrauen hoch. »So viel Sie möchten, Sir. Die Phaserbänke haben keinen Schaden genommen.«

Kirk gestattete sich ein Lächeln. »Gut.« Er schaltete abermals das Interkom ein. »Scotty, ich möchte, daß Sie alle Energie, die Sie erübrigen können, auf die Steuerbordphaser legen.«

»Wie Sie wünschen, Sir.«

»Fähnrich Mullen, unterbrechen Sie alle Befehle an die Steuerbordphaser, die über Ihre Konsole gehen – erwidern Sie das Feuer ausschließlich mit den Backbordphasern.«

Mullen nickte knapp. Die schmale Linie zwischen seinen Brauen zeigte, daß er den Sinn dieses Befehls nicht verstand, aber er tat, was ihm gesagt wurde. »Steuerbordphaser abgekoppelt, Sir. Backbordphaser feuerbereit.«

Kirk drehte sich nach hinten. Spock wartete bereits, die Hände in den Schoß gelegt, auf seine Anweisungen. »Mr. Spock, programmieren Sie bitte die Steuerbordphaser auf ununterbrochene, breitgefächerte Strahlung. Justieren Sie die Frequenz so, daß die orionischen Phaserschüsse polarisiert werden, und stellen Sie sicher, daß sowohl der Bereich über den Steuerbord-Phaserbänken als auch das Loch in der Hülle abgedeckt sind.«

Spock sah den Captain leicht vorwurfsvoll an. »Das *ist* die Standardprozedur, wenn die Phaser als depolarisierendes Verteidigungssystem eingesetzt werden, Captain.«

»Ich *weiß*, Spock, aber es ist schon eine Weile her, seit wir diesen Trick ausprobiert haben.« Er verzog den Mundwinkel zu einem leichten Grinsen. »Ich wollte nur sichergehen, daß Sie sich daran erinnern.«

Erwartungsgemäß wirkte Spock nicht sehr amüsiert.

Ein lautes Summen von der Kommunikationsabteilung erregte Kirks Aufmerksamkeit, als Spock sich seiner Konsole zuwandte. »Mr. Goldstein?« Er sah beunruhigt über die Schulter. »Probleme?«

»Ja, Sir ...« Goldstein blickte unsicher hoch, eine Hand an den Ohrlautsprecher gedrückt. »Wir haben gerade zwei der externen Signale verloren, Sir. Wir stehen nicht mehr in Kontakt zur Shuttlebesatzung.«

An Bord der *Hawking* stieß Chekov eine lange Reihe von Verwünschungen aus und trat wütend gegen einen Helm, nachdem er zehn Minuten lang vergeblich versucht hatte, sich mit einer Hand von der Schlinge zu befreien.

Der Strang um seinen Hals war wie ein Würgeseil verdreht, als er sich in einen der leeren Passagiersitze fallen ließ. McCoy war schlauer gewesen, als Chekov ihm zugetraut hätte. Ganz unauffällig hatte er Chekovs Schlinge so befestigt, daß sie nicht ohne Mithilfe einer zweiten Person abgenommen werden konnte. Ein Gürtel um seine Brust drückte seinen Arm an die Seite; den Verschluß auf dem Rücken konnte er mit der gesunden Hand nicht erreichen, und das Band um seinen Nacken ließ sich nicht lösen, solange er den Arm nicht heben konnte. Die Furcht überkam ihn wieder, und er trat wütend gegen den Vordersitz, weil er nichts Sinnvolles tun konnte.

Wenn er Sulu den Phaser nicht gegeben hätte, könnte er versuchen, den Strang auf seiner Brust zu durchtrennen. Aber so, wie die Dinge lagen, hatte er nicht einmal ein Obstmesser zur Verfügung, um dem Gewebe zu Leibe zu rücken. Selbst die in den Raumanzügen steckenden Schrapnellsplitter waren durch das Nitrogen zu brüchig geworden, um von Nutzen zu sein. Wenn nur ...

Er hielt inne und drehte sich nach hinten. Silberweiße Pfützen aus flüssigem Nitrogen sickerten noch immer aus dem Schrank, der die Raumanzüge enthalten hatte. Das Nitrogen verdunstete mit leisem Zischen und hinterließ eine Frostspur auf dem Boden. Chekov streckte einen Fuß aus und trat leicht auf einen der eisüberzogenen Metallsplitter, der unter seinem Stiefel zu Staub zerfiel.

Zum erstenmal seit der Explosion empfand Chekov echte Hoffnung. Er beugte sich über den Mittelgang, nahm seine Jacke und wickelte sie sich um die Hand. Das Ergebnis sah recht klobig aus, aber er konnte seine Hand im Innern der Jacke gut genug bewegen, um eines der Metallstücke aufzuheben, ohne sich an dem eiskalten Stahl die Finger zu verbrennen. Der Stoff der Jacke knisterte, als er sich der Temperatur des Stahls anpaßte, und Chekov versuchte, nicht daran zu denken, wie schnell die Kälte bis zu seiner Haut durchdringen würde, als er neben der Tür des Wandfachs in die Knie ging, um etwas von der Flüssigkeit mit dem Stahlstück aufzunehmen.

Seine Körperwärme ließ das Nitrogen schneller verdunsten, als es über den Verband auf seiner Brust laufen konnte, aber dennoch bildete sich zischendes Eis auf den Nylonfasern, und der Hauch von Nitrogen auf seiner Brust schnitt wie ein Messer durch seine Nerven. Eine zweite, winzige Portion der Flüssigkeit kühlte den Stoff soweit ab, daß er brüchig wurde; es erforderte kaum noch Anstrengung, die gefrorenen Fasern endgültig zu zerreißen.

Obwohl er deutlich spürte, daß er den Arm eigentlich schonen mußte, fühlte sich Chekov dennoch erheblich besser, nachdem er die Schlinge um seinen Hals entfernt hatte. Mit dem festgebundenen Arm war er sich viel zu hilflos vorgekommen in einer Situation, die er auch so schon kaum unter Kontrolle hatte. Vorsichtig bewegte er die Schulter, während er mit dem Fuß Anzugteile hin und her schob. Er hatte Sulu angelogen – zumindest ein wenig; er konnte den Arm durchaus bewegen, wenn auch nur kraftlos und für kurze Zeit. Die Muskeln auf seiner Schulter schmerzten schon vor Anstrengung, nachdem er nichts Schwereres als eines der intakten Anzugoberteile aufgehoben hatte. Insofern war seine Rechtfertigung vielleicht doch nur eine halbe Lüge gewesen. Wahrscheinlich würde er den Arm gar nicht mehr bewegen können, nachdem er erst einmal einen funktionierenden Anzug zusammengesetzt hatte.

Der Torso, in den er sich hineinzwängte, wies an der Vorderseite einen fingertiefen Schnitt auf, der von der Schulter bis zur Hüfte reichte, dabei aber keines der lebenswichtigen Systeme beschädigt hatte. Das Gewicht des Anzugs beruhigte ihn, und er begann tatsächlich schon zu glauben, daß er diese fliegende Todesfalle doch noch verlassen und vielleicht sogar überleben könnte. Er befestigte auch den einen intakten Ärmel am Anzug und kniete sich dann vor den Schrank, um nach einem Reparatursatz zu suchen, der nicht durch die Explosion zerfetzt worden war.

Aber er konnte keinen finden.

Die Flicken aus zahllosen Reparatursätzen bedeckten den Boden; Zwei-Komponenten-Kleber bildeten dazwischen Pfützen, die sich dort, wo sie ineinander liefen, bereits verhärteten. Er strich den Riß in einer Hose glatt, sammelte dann mit den Fingern Klebstoff auf und schmierte ihn dick über die beschädigte Stelle. Er benötigte zwei Flicken und noch eine Handvoll Kleber, bevor der Riß abgedichtet war. Das nächste Loch war allerdings noch größer, und er hatte es erst zur Hälfte verschlossen, als sich die Klebstoffpfützen auf dem Boden so weit verhärtet hatten, daß sie nicht mehr verwendbar waren. Chekov krabbelte aus dem Schrank heraus, um seine Hand an den Überresten des Verbandes sauberzuwischen. Er hatte nicht genug Klebstoff, um auch nur einen einzigen Anzug zu reparieren, und er konnte es sich erst recht nicht leisten, daß nun auch noch seine Finger zusammenklebten.

Das schrille Heulen einer Sirene drang aus dem Cockpit zu ihm herüber. Chekov zuckte zusammen, als plötzliche Angst ihn wie ein Blitzschlag durchzuckte, und lauschte mit angehaltenem Atem auf die teilnahmslos klingende Computerstimme: »Kerntemperatur eintausendsiebenhundert Grad Celsius. Beschädigung der Abschirmung irreversibel. Zusammenbruch des Kerns steht bevor. Geschätzte Zeit bis zum Zusammenbruch: dreiundzwanzig Minuten, dreiundvierzig Sekunden.«

# 16

Sulu fuhr herum und blinzelte, um seine Augen nach der interstellaren Nacht an das helle Gleißen der Bogenlampen zu gewöhnen. Er sah sich von uniformierten Gestalten mit blauen Gesichtsmasken umgeben und drückte den Phaser fest gegen Haslevs Helm. »Wenn Sie versuchen, uns fortzubeamen, erschieße ich ihn«, warnte er sie über den Außenlautsprecher des Anzugs.

Ironisches Gelächter antwortete ihm anstelle des erwarteten orionischen Knurrens. »Tun Sie sich keinen Zwang an«, meinte eine Stimme trocken. »Auf diese Weise ersparen wir uns die Mühe, ihn einzusperren und zu Hause vor Gericht zu stellen.«

Sulu zuckte überrascht zusammen, als er begriff, daß das, was er für Schutzmasken gehalten hatte, in Wirklichkeit hellblaue Gesichter waren. Er hörte Muav Haslevs entsetztes Aufstöhnen über den Helmkanal.

»Sie sind Andorianer!« Sulu benutzte die freie Hand, um die Verschlüsse zu öffnen und seinen Helm abzunehmen, damit sie seinen Starfleet-Kragen sehen konnten. »Ist das hier ein Föderationsschiff?«

»Personentransporter *Shras*, gegenwärtig im paramilitärischen Einsatz bei der andorianischen Reserve.« Einer der Andorianer trat vor und verbeugte sich auf altmodische Weise. »Ich bin Captain Pov Kanin.«

»Gut.« Sulu wandte sich an den Techniker hinter der Transporterkonsole. »Wir haben einen Starfleet-Offizier auf dem Shuttle zurücklassen müssen. Beamen Sie ihn sofort her.«

»Bitte.« Uhura nahm ihren Helm ab. In ihren Augen leuchtete Hoffnung auf. »Wenn Sie unser Notrufsignal empfangen haben, wissen Sie auch, daß es dringend ist.«

Der Andorianer sah unsicher zu seinem Captain hinüber. »Sir?«

»Starfleet-Offiziere haben automatisch die Befehlsgewalt über alle planetaren Reserven«, sagte der Captain, während sich eine seiner Antennen leicht tadelnd senkte. »Selbstverständlich werden wir dem Wunsch des Lieutenant Commanders nachkommen. Erfassen Sie die Koordinaten des Shuttles und richten ...«

Sulus Füße wurden ohne Vorwarnung unter ihm weggeschlagen. Er stolperte gegen die Rückwand des Transporterraums und sah dabei, wie sich Uhura an Haslev festhielt. Die Schiffswände stöhnten unter dem Einschlag eines Photonentorpedos, und die Mannschaft der *Shras* rief aufgeregt durcheinander, während einige zum Ausgang liefen.

»Captain!« meldete sich eine nervöse Stimme über das Interkom. »Wir werden vom orionischen Polizeikreuzer *Mecufi* unter Beschuß genommen!«

»Schilde hoch! Sofort Ausweichmanöver einleiten!« Ein zweiter donnernder Schlag erschütterte die *Shras*, und Pov Kanin zischte einen Fluch. »Wie haben die uns gefunden?« fragte er den graugesichtigen Offizier neben ihm. »Ich hatte Sie doch angewiesen, einen Kurs zu berechnen, der uns wie ein Sensorenecho erscheinen läßt!«

Sulu hatte wegen des metallverstärkten Anzugs einige Mühe, sich aufzurappeln. Er stieß sich von der Wand ab und marschierte zu Muav Haslev hinüber. »Setzen Sie den Helm ab!« befahl er und schlug auf die Verschlußknöpfe an dessen Schulter. »Solange Sie die Klimaanlage des Anzugs benutzen, wird das Notsignal weiterhin ausgestrahlt ...«

Der Alien stieß einen ungläubigen Schrei aus und warf den Helm fort. Sein Gesicht verfärbte sich vor Angst grau. »Warum haben Sie mir das nicht gesagt?«

»Ich hatte noch ein paar andere Dinge im Kopf.« Sulu drehte sich gerade noch rechtzeitig genug, um zu sehen, wie der andorianische Captain mitsamt seiner Mannschaft den Raum verließ, offensichtlich auf dem Weg zur Brücke. Der Steuermann preßte entschlossen die Lippen zusammen. »Kommt mit. Wir wollen feststellen, ob wir ihn immer noch dazu bringen können, Chekov zu retten.«

Uhura warf ihm einen verwirrten Blick zu, als das Schiff unter einem dritten Treffer erzitterte. »Aber die Schilde sind oben! Jetzt können wir Chekov doch gar nicht an Bord beamen.«

»Nein, aber wir können andocken und ihn hereinholen.« Sulu reichte ihr den Phaser. »Hier, nehmen Sie den. Vielleicht brauchen wir ihn doch noch, wenn wir Haslev austauschen.«

»Das können Sie doch nicht tun!« Haslevs blasse Antennen zitterten vor Empörung. »Sie haben doch gehört, was die gesagt haben – die wollten Sie glatt schießen lassen!«

»Dann sollten Sie besser hoffen, daß das nur ein Scherz war.« Sulu stieg von der Transporterplattform und ging zur Tür. Uhura stieß Haslev mit dem Phaser an und zwang ihn, Sulu zu folgen.

Außerhalb des Transporterraums verlief ein schmaler Korridor, der sich offenbar über die ganze Länge des Schiffes erstreckte. An beiden Enden befanden sich Treppenschächte anstelle von Turboliften. Sulu vermutete, daß der Personentransporter nach dem Vorbild eines Kurierschiffs von Starfleet entworfen worden war – insgesamt vermutlich fünf Decks hoch und gerade breit genug für zwei Reihen von Kabinen auf den Passagierdecks. Er marschierte an verschlossenen Türen vorbei auf den vorderen Treppenschacht zu und spürte, wie das Schiff erzitterte, als es in den Warptransit ging.

»Sie versuchen zu fliehen!« Uhura drängte Haslev in den Schacht und stieß ihn an, damit er hinter Sulu die

Leiter hinaufstieg. »Sie wollen die *Enterprise* allein gegen die Orioner kämpfen lassen!«

»Warum auch nicht?« fragte Sulu keuchend, als er das nächste leere Passagierdeck erreichte. Er hörte, wie Haslev zögernd hinter ihm herkletterte. »Wie der andorianische Captain sagte, haben sie sich als Sensorenecho getarnt. Niemand kann ihn anklagen, weil er das Schlachtfeld verlassen hat, wenn niemand weiß, daß er überhaupt hier war.«

Uhuras Stimme hallte durch den Schacht. »Aber *wir* wissen, daß er hier war.«

»Genau das will ich ihm auch klar machen.« Sulu erklomm die letzten Stufen und betrat eine lange ovale Brücke. Eine kleine Gruppe uniformierter Andorianer hatte ihre Posten verlassen und drängte sich vor dem Hauptschirm. Von ihnen abgesehen wirkte die Brücke ebenso leer und verlassen wie das restliche Schiff.

Sulu griff nach unten, um den zögernden Haslev heraufzuziehen, und trat dann einen Schritt zur Seite, um Uhura Platz zu machen. »Sieht aus, als hätten sie nur eine Handvoll Leute für diese Reise abgestellt«, bemerkte er.

»Und auch noch eine ziemlich nutzlose Handvoll, wie es scheint.« Sie stieß Haslev mit dem Phaser vor sich her. Auf ihrem dunklen Gesicht zeichnete sich Entschlossenheit ab. »Vorwärts. Wir haben keine Zeit zu verlieren.«

Haslev bewegte sich zögernd auf den vorderen Teil der Brücke zu. »Vielleicht ist es ja auch schon zu spät.«

»Halten Sie den Mund.« Sulu ging hinter ihm und geriet etwas ins Stolpern, als ein weiterer Photonentorpedo in der Nähe der *Shras* explodierte. »Einer der Orioner muß uns verfolgen – das war zu dicht für einen Fehlschuß auf die *Enterprise*.«

»Und warum stehen dann alle einfach nur herum?« Uhura schaltete den externen Anzuglautsprecher ein und rief mit ihrer so verstärkten Stimme über das Chaos aus Rufen und Alarmsirenen: »Alle Mann auf Gefechtsstation! Ich wiederhole: Alles sofort auf Gefechtsstation!«

Die Andorianer spritzten wie Teile eines explodierenden Nebels auseinander, und der Platz vor dem Bildschirm leerte sich. Pov Kanin ließ seine Kommandokonsole herumschwingen und starrte die drei erstaunt an. Hinter ihm dominierte die schlanke, raubtierartige Form des orionischen Polizeikreuzers *Mecufi* den geschwungenen Schirm. Sulus Miene verfinsterte sich noch mehr. Der konstante Winkel des Sensorenbildes verriet ihm, daß die *Shras* lediglich versuchte, ihrem Verfolger zu entkommen.

»Nennen Sie das ein Ausweichmanöver?« Sulu war mit zwei Schritten an der Steuerungskonsole und zerrte an der Schulter der Andorianerin, die dort saß. »Ich bin Starfleet-Pilot«, sagte er schroff und streifte die Handschuhe des Anzugs ab. »Überlassen Sie mir die Steuerung, bevor wir bis nach Sigma Eins geblasen werden!«

Die Pilotin warf einen raschen Blick auf ihren Captain und räumte dann den Platz. Sulu glitt hinter die Konsole, überprüfte die Anordnung der Instrumente und tippte dann eine Reihe von Kommandos ein. Die *Shras* schwenkte abrupt zur Seite.

»Was ...« Kanin verstummte, als ein weiterer Photonentorpedo gleißend auf dem Schirm explodierte, allerdings weitab auf der Backbordseite des Schiffes. Die *Shras* erzitterte nur ganz schwach unter der Detonation. »Was haben Sie vor?«

»Ich bringe uns außer Torpedoreichweite – hoffe ich jedenfalls.« Sulu schaute zum Navigationspult hinüber, weil er dem graugesichtigen Navigator keine akkurate Schätzung der Entfernungen zutraute. Die *Mecufi* war während ihres Wendemanövers an ihnen vorbeigejagt und drehte nun ebenfalls um. Sulu wartete, bis das Schiff den neuen Kurs aufgenommen hatte, und ließ dann das andorianische Schiff in einer spiralförmigen Kurve abdrehen. Die *Mecufi* richtete sich wieder und wieder neu aus, während Sulu zufällige Lenkbewegungen machte, und fiel dabei jedesmal etwas weiter zurück.

»Die Orioner täten besser daran, einen festen Kurs beizubehalten«, bemerkte Kanin und beugte sich über seine Konsole, um Sulus Manöver zu beobachten.

Sulu warf ihm ein knappes Lächeln zu. »Keine Sorge, darauf werden sie auch bald kommen. Aber wenn es soweit ist ...« Er änderte abermals den Kurs, doch diesmal reagierte das orionische Schiff nicht darauf. Sein Lächeln verbreiterte sich, als er den Kurs anlegte, den er schon die ganze Zeit über im Sinn gehabt hatte. »Maschinenraum, ich brauche jetzt alle Energie, die Sie aufbringen können.«

»Bestätigt!«

Die *Shras* beschleunigte langsam und entfernte sich von dem Kreuzer. Es dauerte eine Weile, bis die Verfolger begriffen, daß sie es diesmal nicht mit einer weiteren Kursänderung zu tun hatten, und da befand sich die *Shras* bereits außer Torpedoreichweite. Das Bild der *Mecufi* schrumpfte hinter ihnen und verschwand schließlich ganz, als sie außer Reichweite der Scanner geriet.

»Für eine Weile sollten wir sie jetzt vom Hals haben.« Sulu richtete die Schiffsscanner nach vorn aus und sah dann zu Pov Kanin hinüber. »Ich habe Kurs auf drei neunundvierzig Punkt vier gesetzt.« Die Miene das Andorianers wechselte von Erleichterung zu Besorgnis, als er die Koordinaten erkannte. »Ich glaube nicht, daß Sie wegen Desertion aus einem Gefecht angeklagt werden wollen, wenn Sie nach Andor zurückkehren.«

»Aber ...« Kanins dunkelviolette Augen verrieten echte Bestürzung. »Aber wir haben Sie doch gerettet!«

»Und dann unser Schiff im Stich gelassen, ganz zu schweigen von unserem Freund im Shuttle. Unser Leben zu retten, reicht nicht, um uns all das vergessen zu lassen.« Sulu warf einen Blick auf das Navigationspult und registrierte, wie die Anzeigen sich den vertrauten Koordinaten der *Enterprise* näherten. Schwaches Flackern in einer Ecke des Sichtschirms verriet, daß das Schiff noch immer gegen den orionischen Zerstörer *Umyfymu* kämpfte. »Wir sind jetzt in Komreichweite zur *Enterprise*. Uhura, können Sie die Kommunikationskonsole bedienen und gleichzeitig Haslev in Schach halten?«

»Nein, aber ich kann dafür sorgen, daß Haslev das Pult für mich bedient.« Uhura stieß den andorianischen Physiker zur Komstation hinüber und winkte dem dort arbeitenden Techniker, seinen Platz zu räumen. »Vorwärts. Bewegung bitte.«

»Aber sobald wir anfangen zu senden, wissen die Orioner, daß wir hier sind!« wandte Haslev ein.

»Nein, das wissen sie nicht. Wir benutzen einen codierten Richtstrahl zur *Enterprise*. Die Orioner werden nicht einmal merken, daß wir überhaupt senden.« Uhura stieß ihn abermals an, diesmal mit dem Phaser. »Los jetzt. Wir müssen Captain Kirk Bescheid geben, wer wir sind, bevor die *Enterprise* auf uns feuert.«

»Oh, das ist ja toll. Wenn die Orioner es nicht schaffen, uns umzubringen, erledigen das dann Ihre Freunde.« Haslev sank mit einem theatralischen Stöhnen auf den Sitz und ließ die Antennen deprimiert hängen. »Wieso habe ich es bloß für eine gute Idee gehalten, mich auf einem Starfleet-Schiff zu verstecken?«

Uhura warf ihm einen erschöpften Blick zu. »Wahrscheinlich, weil jeder andere Sie inzwischen schon umgebracht hätte. Also halten Sie jetzt die Klappe und kümmern Sie sich um das Funkgerät.«

»Captain!« Goldsteins aufgeregte Stimme übertönte das geschäftige Murmeln auf der Brücke der *Enterprise*. »Ich empfange eine codierte Nachricht auf einer Föderationsfrequenz! Sie kommt über Richtstrahl herein, Sir.«

Kirk ließ seinen Sessel zum Hauptschirm herumschwingen und bemühte sich, seine Erwartungen nicht zu hoch zu schrauben. »Auf den Schirm, Fähnrich.«

Eine unbekannte Brücke mit aktivierter Gefechtsbeleuchtung erschien am unteren Rand des Schirms. Die Ränder des Bildes flackerten in codierter Statik, die sicherstellte, daß niemand den Kanal anzapfen konnte.

»Hier spricht Captain James T. Kirk vom ...« Der Captain hielt inne, als sich das Bild stabilisierte und ihm nicht nur vertraute Starfleet-Raumanzüge, sondern auch wohlvertraute Gesichter zeigte. »Sulu, Uhura – wo stecken Sie denn?«

»Auf dem andorianischen Reserveschiff *Shras*.« Sulus angespanntes Gesicht war schweißbedeckt, seine Haare durch den Raumhelm zerzaust. Hinter ihm rutschte ein schlanker Andorianer in der Uniform eines Captains der planetaren Reserve unruhig neben Uhura auf dem Kommandosessel herum und erweckte ganz den Anschein, als wäre er nicht besonders glücklich, hier zu sein. »Unser gegenwärtiger Kurs ist drei neunundvierzig Punkt fünf, Entfernung schätzungsweise zwanzigtausend Kilometer, abnehmend.«

»Das paßt zur Position unseres Sensorechos, Captain«, sagte Spock leise hinter Kirk. »Und wenn meine Daten korrekt sind*«

Die *Enterprise* wurde von der Explosion eines Torpedos erschüttert, und Kirk fluchte leise, als Mullen nervös von der Waffenkonsole hochschaute. »Schaden an den hinteren Phaserbänken, Captain.«

*Zu nah, viel zu nah.* »Kurs ändern auf eins sechzig Punkt sechs«, rief Kirk. »Backbordphaser ausrichten. Feuer!«

»... wurde die *Shras* von orionischem Polizeikreuzer *Mecufi* angegriffen und abgedrängt«, beendete Spock den Satz gelassen.

»Oder sie ist geflohen.« Kirk warf dem andorianischen Captain einen scharfen Blick zu und sah, wie der Mann lavendelfarben anlief. Es handelte sich also eindeutig um den Kommandeur der *Shras*, und er war nicht gerade stolz auf sein Verhalten. »Ich nehme an, das geschah, bevor Sie die Steuerung übernommen haben, Sulu?«

»Aye, Sir. Die Orioner jagen uns noch immer, aber wir haben es geschafft, außer Torpedoweite zu kommen. Ich habe einen Kurs angelegt, der uns für sie als Sensorenecho erscheinen läßt.« Sulu holte tief Luft. »Sir, Chekov befindet sich noch immer an Bord der *Hawking*. Erbitte Erlaubnis, andocken und ihn herausholen zu dürfen.«

»Sie haben Chekov mitten in einem Kampfgebiet zurückgelassen?« Kirk fragte sich allerdings insgeheim, was Chekov überhaupt an Bord des Shuttles machte, doch auf diese Frage konnte er auch später noch zurückkommen.

Uhura und Sulu wechselten einen Blick, und der Steuermann zuckte die Achseln wie als Antwort auf eine Frage, die Uhura nicht ausgesprochen hatte. »Wir hatten nicht genug Raumanzüge für alle, Sir«, antwortete die Kommunikationsoffizierin schließlich. »Die meisten wurden bei der Explosion von Splittern durchbohrt ...«

»... bei der auch die magnetische Abschirmung zerstört wurde«, fügte Muav Haslev von außerhalb des Bildschirms hinzu, »was den Warpkern völlig destabilisiert hat.«

»Haslev!« Sulu sah zu dem andorianischen Wissenschaftler hinüber, und Uhura zischte etwas Unverständliches.

»He«, beklagte sich Haslev, »nur weil Sie beide bereit sind, für Ihren Freund zu sterben, gilt das noch lange nicht für mich.«

»Und für mich auch nicht!« Der andorianische Commander reckte die Schultern und richtete empört die Antennen auf. »Wir werden nicht an einem Schiff andocken, dessen Abschirmung jeden Moment explodieren kann!« Er blickte Kirk finster an. »Captain, Sie können uns nicht zu einer derartig selbstmörderischen Aktion abkommandieren, nur um ein einziges Besatzungsmitglied zu retten.«

Wenn er einen tapferen Mann für jeden Feigling hätte, dem er im Verlauf seines Dienstes begegnet war, würde

Kirk sich sehr glücklich schätzen. »Es ist wahr, Captain, ich kann Ihnen das nicht befehlen, ich kann Sie nur bitten …«

»Und ich kann mich weigern!«

»Ja, das können Sie.« Kirk sah zu Sulu hinüber und entdeckte in dessen Augen die gleiche Frustration, die auch er empfand. Ein Krachen erschütterte die *Enterprise*, und Kirk hörte, wie im Maschinenraum mehrere Alarmsirenen losheulten. Es blieb keine Zeit mehr, um noch weiterzureden, ganz zu schweigen von der Planung einer eher unwahrscheinlichen Rettung. »Tut mir leid, Sulu. Es sieht nicht so aus, als könnten wir irgend etwas tun.«

Sulu biß sich auf die Unterlippe, nickte aber steif. »Aye, Sir«, sagte er ohne Betonung. »Ich erwarte Ihre Befehle für den Einsatz im Kampf …«

»Soll das heißen, wir bleiben hier und kämpfen gegen die Orioner?« fragte Haslev ungläubig. Er trat in den Bildbereich und packte den andorianischen Captain am Arm. Der Raumanzug wirkte an seiner zierlichen Gestalt zwei Nummern zu groß. »Kann er uns dazu zwingen?«

Die Augenbrauen des älteren Andorianers zogen sich zusammen. »Die erste Pflicht der Reserveflotte besteht darin, alle Aktionen von Starfleet zu unterstützen«, sagte er unglücklich. »Die *Shras* wird dieser Pflicht nachkommen.«

»Nun, anders wäre es mir lieber«, gab Haslev offen zu. Der Physiker richtete seine Aufmerksamkeit auf den Schirm. »Schließen wir einen Handel ab, Kirk. Wenn wir Ihren Mann retten, können wir uns vom Kampf zurückziehen?«

»Nein«, rief Kirk empört über die Frage. »Aber wenn Sie ihn freiwillig retten, werde ich das in meinem Bericht an Starfleet erwähnen. Auf Ihren Prozeß könnte das durchaus Einfluß haben.«

»Vorausgesetzt, ich lebe überhaupt lange genug!«

»Es ist mein einziges Angebot.« Kirk hielt sich fest, als

die *Enterprise* ein rasches Ausweichmanöver flog. Der Sichtschirm flackerte auf, als ein Torpedo hoch über der Brücke explodierte, ohne Schaden anzurichten. »Nehmen Sie es an oder lassen Sie es bleiben.«

»Ihr Leute von Starfleet seid alle so anmaßend«, beschwerte sich Haslev. »Also gut – der Handel gilt.«

»Und wie wollen Sie Ihren Teil erfüllen?« platzte Sulu heraus. Der Ausdruck von Hoffnung auf Uhuras Gesicht ließ Kirk Sulus Ärger verstehen. »Wie, zum Teufel, wollen Sie Chekov retten?«

»Sie werden schon sehen.« Der Physiker rieb sich die Hände, und sein blaues Gesicht zeigte eine sehr zufriedene Miene. »Sie alle werden es sehen.«

»Was sehen?« fragte Kirk.

Haslev holte tief Luft, seine Antennen zitterten. »Genau das, wofür die Orioner mich bezahlt haben.«

Chekov erhob sich und blieb für einen Moment im Mittelgang der *Hawking* stehen, hin und her gerissen zwischen dem Wunsch, nach vorn zu gehen, um die Meldung des Computers zu verifizieren, und dem Impuls, trotz seines unvollständigen Anzugs zur Luftschleuse zu rennen. Der Tod war nicht mehr nur eine erschreckende Möglichkeit, sondern besaß plötzlich eine sehr reale Präsenz. Er betrachtete die Schleusentür, und das Blut lief so kalt durch seine Adern wie das Nitrogen neben seinen Füßen. Rein technisch gesehen reichte sein Anzug aus, um im Vakuum zu überleben. Wenn er die Verbindungen, an denen eigentlich die Beine und der linke Ärmel angebracht werden sollten, abdichtete, würde die Atmosphäre in Oberteil und Helm erhalten bleiben – genug, um seine inneren Organe und das Gehirn am Leben zu erhalten, auch wenn er dabei höchstwahrscheinlich die ungeschützten Gliedmaßen durch Zellschäden und Kälte verlieren würde. Aber wenn das alles war, was er zu erwarten hatte, sollte er dann überhaupt das Shuttle verlassen?

Nein! Seine zitternde Hand bewegte sich auf die Schleusenkontrollen zu. Das Leben war jeden Preis wert. So war es für ihn immer gewesen, und so würde es auch bleiben. Wenn er überhaupt überlebte, war das an sich schon ein Wunder – er konnte es sich nicht leisten, wegen Nebensächlichkeiten zu zögern. Als er den Schalter drückte, um Luft in die Schleusenkammer zu pumpen, erstarrten seine Muskeln urplötzlich und zwangen ihn zu absoluter Reglosigkeit. Im nächsten Moment wich seine Panik der Erleichterung, als ihn ein vertrautes silbriges Glitzern einhüllte und das Kribbeln des Transporterstrahls die Wände um ihn herum verschwinden ließ.

Doch bei dem Raum, der sich jetzt schimmernd um ihn herum bildete, handelte es sich nicht um den Transporterraum der *Enterprise*. Die Wände rechts und links waren viel zu nahe, und das nachlassende Wimmern des Transporters klang zu laut und zu dicht an seinen Ohren; und als er materialisierte, fand nur ein Fuß festen Halt auf dem Deck. Unfähig, das Gleichgewicht in dem schweren Anzug zu halten, kippte er nach rechts, während sein Fuß in einem glatten, runden Becken landete, und er stürzte mit dem Gesicht voran zu Boden.

Ohne den teilweise gepanzerten Anzug wäre er durch den Sturz bewußtlos geworden. So knallte nur sein Helmvisier gegen schwarzen Marmor, ohne zu zerbrechen, und so hing er für einen Moment da und versuchte sich zu orientieren. Das Deck gehörte zu einem Starfleet-Schiff – ein anderes Shuttle, begriff er, als er sich auf einen Ellbogen stützte und das Marmorbecken unter sich wiedererkannte.

»Sulus Lilienteich?«

Alle weiteren Fragen verschwanden aus seinem Kopf, als ein kraftvoller Schlag seinen Rücken traf. Er krachte gegen die Wand, ohne auch nur den Boden zu berühren, und sein Kopf prallte schmerzhaft gegen die Innenseite des Helms. Er verlor halb das Bewußtsein und schnappte mühsam nach Luft, als ein weiterer Hieb seine Brust traf und ihn wieder gegen die Wand schleuderte.

*»Wie?«*

Chekov griff blindlings nach dem brüllenden Monster vor ihm und legte beide Händen um einen Unterarm, der so kräftig war, daß er ihn nicht einmal umschließen konnte.

*»Wie konnten Sie ihn benutzen?«* Lindsey Purviance drängte sich so dicht an Chekov, daß das orangerote Blut aus seiner aufgerissenen Seite den Raumanzug wie altes Öl verschmierte. »Sagen Sie mir, wodurch Sie in der Lage waren, die Transschild-Anode zu benutzen, *f'deraxt'la,* oder ich breche jeden einzelnen Knochen in Ihrem Körper, um es zu finden.«

# 17

Sulu starrte angespannt auf den andorianischen Bildschirm und versuchte, den winzigen Fleck der *Hawking* zwischen den Sternen auszumachen. Er entdeckte das Shuttle schließlich in der linken unteren Ecke des Schirms, wo es sich gegen das ferne weiße Feuer abhob, das zwischen *Enterprise* und *Umyfymu* explodierte. Auf diese Entfernung ließ sich nicht feststellen, ob sich Chekov noch an Bord befand.

»Wie sieht unsere Position in Bezug auf den orionischen Polizeikreuzer aus?« fragte Captain Kanin nun schon zum dritten oder vierten Mal.

Sulu überprüfte die Anzeigen auf seiner Konsole und rieb sich geistesabwesend die Falte, die sich auf seiner Stirn gebildet hatte. Es galt, ein diffiziles Gleichgewicht aufrechtzuerhalten: Er mußte innerhalb der Transporterreichweite bleiben, zugleich aber auch außerhalb des vermutlichen Explosionsradius, und zudem mußte er den Kurs der *Mecufi* so genau kopieren, daß ihr Schiff für die Orioner wie ein Sensorenecho erschien. Der Polizeikreuzer durchstreifte langsam den Sektor, in dem ihre Warpspur geendet hatte, und versuchte, sie durch wahllos abgefeuerte Phaserschüsse aufzuscheuchen.

»Wir sind immer noch etwa siebentausend Kilometer von den Orionern entfernt.« Sulu richtete den Blick wieder auf den Schirm und wünschte sich, er könnte am Äußeren der *Hawking* ablesen, ob Muav Haslevs neue Technologie funktioniert hatte. Es kam ihm so vor, als wäre der Physiker bereits seit Stunden zusammen mit Uhura unten im Transporterraum, aber Sulu wußte auch, daß er sich in Krisenzeiten nicht auf seinen Zeitsinn verlassen konnte.

Kanin rutschte nervös auf seinem Sessel hin und her. »Und unsere Entfernung zu den anderen Schiffen?«

»Fast vierzehntausend Kilometer.« Sulus Kopf fuhr herum, als er das unverkennbare metallische Kratzen von Raumanzügen hörte, die über Leitersprossen streiften. Haslevs flachsblonder Kopf tauchte im Schacht auf, seine Antennen wanden sich triumphierend.

»Es hat funktioniert!« Der Physiker deutete mit beiden hochgereckten Daumen auf Pov Kanin, der sich sichtlich versteifte. Sulu vermutete, daß diese Geste bei den Andorianern eine gewisse Verachtung ausdrückte. »Diese Beam-Technik, von der all ihre dummen Admirale behauptet haben, sie würde nie einsetzbar sein – ich habe sie zum Funktionieren gebracht!«

»Sie glauben, sie hat funktioniert«, schränkte Uhura ein, die hinter ihm auf die Brücke kletterte. »Wir werden es erst sicher wissen, wenn wir die Bestätigung von der *Enterprise* erhalten.« Doch trotz dieser vorsichtigen Bemerkung schwang eindeutig ein gewisser Optimismus in ihrer Stimme mit.

»Sie haben es geschafft, Chekov durch die Schilde hindurch zu beamen?« Selbst als er diese Frage stellte, empfand Sulu den gleichen Unglauben wie zu dem Zeitpunkt, als Haslev ihnen zum ersten Mal erzählt hatte, was er für die Orioner entwickelt hatte. Von allen Lektionen, die man bei Starfleet lernte, lautete eine der grundlegenden: Transportiere niemals etwas durch die Verteidigungsschirme eines Schiffes. Das Problem war nicht die Fähigkeit des Beamstrahls, den Schirm zu durchdringen, sondern das Durcheinander, das am anderen Ende ankam. Sulu schluckte schwer, als er sich an den roten Schleim erinnerte, zu dem Sweeney, Purviance und Gendron geworden waren.

»Ich glaube, wir haben ihn durchgebracht.« Uhura schob sich an Haslev vorbei und ging zur unbesetzten

Kommunikationsstation. »Ich werde die *Enterprise* über Richtstrahl kontaktieren, um sicherzugehen, aber ich habe Haslev einen Test mit einer der Anzugbatterien durchführen lassen, bevor wir Chekov hinübergeschickt haben. Das Kontrolldisplay meldete korrekten Empfang des Strahls an der Transschild-Kathode ...«

»Transschild-*Anode*«, korrigierte Haslev scharf. »Es heißt Anode, weil es die Subraum-Bosonen des Transporterstrahls auf die gleiche Weise anzieht wie eine Anode die Elektronen. Aus diesem Grund kann der Strahl auch durchgehen ...«

»Haben Sie die Batterie zurückgeholt, um zu sehen, ob alles in Ordnung war?« unterbrach Sulu den Physiker. »Bevor Sie Chekov durchgeschickt haben?«

»Nein«, sagte Uhura und öffnete die Grußfrequenzen zur *Enterprise*. »Ich hatte Angst, zu lange zu warten – Haslev brauchte ewig, um den Transporter zu reprogrammieren, und dann mußten wir auch noch eine zusätzliche Energieeinheit anschließen, um den Strahl zu verstärken.«

»Und außerdem funktioniert meine Technik gar nicht auf diese Weise!« warf Haslev scharf ein und bedachte Sulu mit einem finsteren Blick. »Die Anode kann einen Transporterstrahl lediglich empfangen, aber keinen erzeugen. Um die Batterie zurückzuholen, brauchten wir eine zweite Anode auf diesem Schiff. Aber im Moment befindet sich die einzig existierende Anode auf Ihrem Schiff.« Er hob einen Finger und deutete auf Sulu. »In Ihrer Kabine.«

»In meiner Kabine?« Sulus Augen weiteten sich, als er an die wiederholten Einbrüche dachte. »Deshalb sind Sie also dort eingedrungen.«

Haslev zog ein beleidigtes Gesicht, aber bevor er antworten konnte, drehte sich Uhura an ihrer Konsole um. »Sulu, ich bekomme keine Antwort von der *Enterprise*«, sagte sie stirnrunzelnd. »Weder auf den allgemeinen Ruf, noch auf meine Frage nach Chekov. Überhaupt nichts.«

Sulu suchte auf dem Schirm nach den spinnwebartigen Lichtexplosionen, die den Kampf zwischen *Enterprise* und *Umyfymu* anzeigten. »Scannen Sie alle offenen Starfleet-Kanäle«, schlug er vor.

»Scanning läuft.« Sie strich mit einer Hand über die Konsole, lauschte konzentriert und schnappte dann entsetzt nach Luft. »O mein Gott! Alles, was ich hereinbekomme, ist das automatische Notsignal des Computers. Er behauptet, jegliche Kommunikation mit der Brücke wäre zusammengebrochen!«

Die Sterne verschwanden, als eine statische Subraumstörung über den Schirm der *Enterprise* zuckte. Kirk sah überrascht hoch, als die Lichter auf der Brücke gedämpft wurden und die Alarmsignale an sämtlichen Stationen losheulten. »Was ist jetzt wieder los?« In dem Getöse konnte er seine eigene Stimme nicht mehr hören.

Spocks Hand legte sich von hinten auf seine Schulter. »Wir scheinen abermals von einem Subraumstrahl getroffen worden zu sein«, rief ihm der Vulkanier ins Ohr.

»Wieso?« Kirk erhob sich, damit Spock notfalls von seinen Lippen lesen konnte. »Woher ist er gekommen?«

Spock schüttelte den Kopf. »Unbekannt, Captain. Alle Kontrollen sind ausgefallen.«

Kirk beugte sich vor und sah dem Steuermann über die Schulter. Der Deflektoralarm der Navigationskonsole betäubte ihn fast, und Kirk streckte die Hand aus, um ihn abzuschalten, während er fragte: »Funktioniert die Steuerung noch?«

Der Pilot schüttelte den Kopf und versuchte, die Sirenen an seinem eigenen Pult unter Kontrolle zu bringen.

Eine nach der anderen erloschen die Sirenen und hinterließen in Kirks Ohren ein wildes Klingeln. »Impulsantrieb abstellen!« befahl er dem Maschinenraum, als ein Phasertreffer ihn gegen die Konsole stolpern ließ. »Verdammt! Haben wir überhaupt noch Schilde?«

»Kann ich nicht sagen!« Mullen klang verzweifelt.

»Meine Station zeigt keinerlei Informationen über den Zustand der Verteidigungsanlagen.«

»Schilde und andere automatische Systeme sollten von der Strahlung nicht beeinträchtigt worden sein«, bemerkte Spock. »Da allerdings die Steuerbord-Phaserbänke nicht mehr unter unserer Kontrolle stehen, wird die depolarisierende Verteidigungsleistung in einer Minute und dreiundfünfzig Sekunden zu zufälligen Phaserschüssen degenerieren.«

*Schön,* dachte Kirk grimmig, *zumindest sterben wir mit Präzision.* »Mr. Goldstein, wie sieht es mit der Kommunikation aus? Können wir manuell einen Richtstrahl zur letzten bekannten Position der *Shras* schicken?«

Goldstein wandte sich der Konsole zu. »Ich kann es versuchen, Sir.«

Kirk zwang sich, ruhig zum Kommandosessel zurückzugehen und nicht auf den knisternden Schirm zu blicken, bevor er nicht saß und die Hände um die Lehnen gelegt hatte. Die Störungen färbten den Schirm immer noch grellweiß. Kirk starrte das Bild geraume Zeit an, bevor er fragte: »Bedeutet die Interferenz, daß wir nicht mehr senden können?«

Goldstein schwieg einen Moment, während er sich an seiner Konsole abmühte. »Ich glaube, dadurch wird lediglich unser Empfang beeinträchtigt, Sir«, sagte er schließlich. »Aber genau kann ich das nicht sagen. Meine Instrumente zeigen auf keiner Frequenz eine Antwort an.«

»Ich vermute, unsere eigenen Geräte arbeiten fehlerhaft, Captain.« Nachdem die Sirenen ihn nicht länger zu übertönen versuchten, sprach Spock wieder so ruhig wie gewohnt, während die Notsignale der Wissenschaftsstation rötliche Schatten über sein Gesicht warfen. »Wie beim letzten Mal hat die Subraumstrahlung ihre Interferenzmuster auf den Schirm übertragen. Nach unserem gegenwärtigen Energieverbrauch zu urteilen, glaube ich allerdings, daß die Sendeanlage weiterhin funktioniert.«

Kirk nickte und starrte den Schirm an, als könnte er die Störungen durch reine Willenskraft zum Verschwinden bringen. »*Shras*, hier ist die *Enterprise*. Ein Ausbruch von Subraumstrahlung hat unsere Kontrolle über Steuerung und Schutzschilde beeinträchtigt und uns den Angriffen des orionischen Zerstörers *Umyfymu* schutzlos ausgeliefert. Wir brauchen ein sofortiges Ablenkmanöver Ihrerseits. Letzte aufgezeichnete Position der Orioner ...« Kirk warf einen raschen Blick auf die Steuerkonsole, »... lag bei Kurs zwei fünfundsechzig Punkt sieben, Entfernung siebentausend Kilometer, abnehmend ...«

Die grelle Explosion eines Torpedos erschütterte das Schiff und ließ einige der Besatzungsmitglieder von ihren Stationen zurücktaumeln. Kirk klammerte sich mit grimmiger Miene fest und kniff die Augen gegen das blendende Licht zusammen. »Ich wiederhole, wir brauchen sofort ein Ablenkungsmanöver! Ich zähle auf Sie, Sulu – Kirk Ende.«

Sulu wartete nicht ab, bis Kirks Bild vom Schirm verschwand – er tippte bereits einen neuen Kurs in den Steuerungscomputer. »Antrieb, Warp drei.« Er warf einen durchdringenden Blick auf den zögernden andorianischen Ingenieur, als er keine Reaktion des Schiffes spürte. »*Sofort!* Oder Uhura schießt Sie wegen Nichtbefolgung von Starfleet-Befehlen nieder.«

Die *Shras* brach abrupt aus ihrer Kreisbahn aus und schoß in Richtung des fernen Feuergefechts. Sulu behielt den Navigationsschirm genau im Auge und schätzte die Entfernung zum Kampfgebiet ab. Er spürte, wie Uhura hinter ihn trat.

»Sulu, diese Geschichte beunruhigt mich«, sagte sie leise. »Wie konnte die *Enterprise* von einer weiteren Subraumstrahlung getroffen werden? Der letzte hat sie bei Sigma Eins erwischt, und davon sind wir Lichtjahre entfernt. Ist das nicht merkwürdig?«

»Sehr merkwürdig.«

Uhura machte eine Pause. »Glauben Sie, es ist eine neuartige Waffe der Orioner?«

Das metallische Knirschen eines Raumanzugs ließ Sulu herumfahren. Muav Haslev wand sich mit eindeutig schuldbewußter Miene in seinem Sessel. Mehrere bislang unverbundene Informationen setzten sich plötzlich zu einem Bild zusammen, das Sulu mit flammendem Zorn erfüllte. Er beugte sich vor und starrte den Physiker an. »Es ist keine Waffe«, sagte er anklagend. »Es ist Haslevs Transschild-Anode!«

Das Zusammenzucken des Andorianers bestätigte seine Vermutung, und Sulu schnaubte angewidert, als er sich wieder Uhura zuwandte, die ihn fragend ansah.

»Ein Ausbruch von Subraumstrahlung muß als Nebeneffekt entstehen, wenn jemand über die Transschild-Anode gebeamt wird«, erklärte Sulu. »Der erste Impuls bei Sigma Eins stammte von Haslev, als er an Bord der *Enterprise* beamte. Dieser hier ...« Er warf einen Blick auf die kämpfenden Schiffe, die aus dieser Entfernung zwergenhaft wirkten. »Dieser stammte von uns, als wir Chekov zum Schiff gebeamt haben.«

Uhura starrte Haslev an. »Ist das wahr?«

»Nun, grundsätzlich ...« Der Physiker kratzte sich verlegen an einem seiner Kopffühler. »Ich muß gestehen, daß es noch ein paar Schwachstellen im Anodensystem gibt. Aber der Strahlungseffekt ist lediglich vorübergehender Natur ...«

»Mitten in einer Schlacht kann selbst ein vorübergehender Instrumentenausfall fatal sein!« Uhuras normalerweise sanfte Stimme klang hart vor Wut. »Warum haben Sie uns nicht gewarnt?«

»Weil Sie darauf bestanden haben, das Gerät zu benutzen!«

Hinter ihnen räusperte sich Captain Kanin. »Wenn der Strahlungseffekt nur vorübergehend ist, können wir dann nicht einfach abwarten, bis die Verteidigungssysteme der *Enterprise* wieder funktionieren?« fragte er etwas unbehaglich.

»Nein.« Sulu wandte sich wieder seinen Kontrollen zu und bereitete sich auf die Schlacht vor, als die Explosionen näher rückten. »Beim letztenmal, als das passiert ist, haben wir fast drei Minuten lang keine Steuerungskontrolle mehr gehabt. Wenn das diesmal bei der Waffenkontrolle geschieht, wird die *Enterprise* vernichtet. Wir müssen ihr helfen.«

»Aber das ist doch Wahnsinn!« protestierte Captain Kanin. »Wie sollen wir denn einem Raumschiff der Constitution-Klasse in irgendeiner Weise helfen? Wir sind doch nur ein Personentransporter – und wir haben nicht einmal Waffen!«

»Nein, aber die *Mecufi*.« Irgendwo hinter ihnen hatte das zweite orionische Schiff ihr plötzliches Auftauchen bemerkt und sich an die Verfolgung gemacht, dessen war sich Sulu sicher. »Wenn wir es richtig anstellen, können wir Captain Kirk genau die Ablenkung verschaffen, die er braucht.«

Chekov stemmte die Füße gegen die Wand und versuchte sich zu recken, damit er nicht vom Kragen seines eigenen Anzugs erwürgt wurde.

»Sagen Sie es mir!« brüllte Purviance. Seine blutige Faust prallte wieder gegen die Brustplatte, und Chekov spürte, wie die Kontrolleinheit mit erschreckender Leichtigkeit zerbrach. »Ich weiß, daß Sie eine zusätzliche Komponente besitzen. Ich will die Transschild-Anode haben – geben Sie sie mir, oder ich reiße sie Ihnen aus den Eingeweiden!«

Chekovs Füße rutschten an der Wand ab, und seine Schulter wurde schmerzhaft gegen den Armverschluß des Anzugs gedrückt. »Was geben?« keuchte er mit zusammengebissenen Zähnen und geschlossenen Augen. »Ich weiß nicht, wovon Sie reden!«

Purviance verstärkte seinen Griff an der Vorderseite

des Anzugs und stieß Chekov warnend gegen die Wand. »Wie sind Sie zurück an Bord gekommen?«

»Ich weiß nicht!«

*»Lügner!«*

»Wie sind Sie hierher gekommen?« fragte Chekov zurück. Mit einem Fuß hatte er eine vorragende Stelle in der Wand hinter sich entdeckt, und nun ließ er die linke Hand sinken, als wolle er sich abstützen. »Man hat Ihr genetisches Material nach dem Transporterunfall gefunden – Sie konnten gar nicht überleben.«

Purviance stieß ein grollendes Gelächter aus und legte beide Hände auf Chekovs Anzug. »In den Überresten im Transporterraum hat man Lindsey Purviances genetisches Material entdeckt«, erklärte der Orioner. »Um das sicherzustellen, genügte schon eine menschliche Hand. In dem ganzen Chaos dort konnten Sie gar nicht mehr feststellen, ob Sie es mit zwei oder drei Körpern zu tun hatten, daher führten drei verschiedene DNS-Sätze dazu, daß Sie Ihre eigenen Schlußfolgerungen zogen. Als Gendron den Transporter-Techniker fortschickte, dachte ich schon, ich müßte mich selbst opfern. Aber es ist gut, daß Ihre Wachen so bereitwillig tun, was ihnen ein Senioroffizier aufträgt, denn andernfalls hätte ich Sweeney vermutlich nie in den Transporterraum hineinbekommen.«

Chekov unterdrückte eine Verwünschung. »Ich fürchte, ich werde nicht so gut kooperieren.«

»Wir werden ja sehen.« Die allzu menschlich erscheinenden Augen verengten sich zu brutalen Schlitzen, als Purviance sich vorbeugte und weiße Atemwolken gegen das Helmvisier blies. »Ich will dieses Rattenloch mit meiner Beute verlassen, Lieutenant Chekov, aber der Transporter meiner Leute kann die Schilde nicht durchdringen. Wenn Sie hereinkommen können, ich aber nicht hinaus, dann müssen Sie ein Geheimnis besitzen, das ich brauche.« Er griff nach unten und packte Chekovs Oberschenkel mit seiner fleischigen Hand. »Wie viele Knochen ist dieses Geheimnis wert?«

Keinen, soweit es Chekov betraf. Ohne den Blick von Purviance zu wenden, stützte er sich an der Wand ab und warf sich so hart, wie er konnte, gegen das Gesicht des Gegners. Seine Faust traf auf orionische Muskeln, die so fest waren wie ein menschlicher Knochen, und er begriff im gleichen Moment, daß diese Aktion ein Fehler gewesen war. Purviance zerschmetterte das Visier des Helms mit einem einzigen Schlag, und Chekov fühlte sich plötzlich gegen die Rückseite des Helms gepreßt, während sich eine riesige orionische Hand über seine untere Gesichtshälfte legte.

»Dafür«, erklärte Purviance fast schnurrend, »zerbreche ich Ihren Kiefer.«

Chekov wand sich unter dem plötzlich fester werdenden Griff und trat blindlings aus. Er spürte, wie ein Fuß auf Fleisch traf, und diesmal krümmte sich der Orioner mit einem Schmerzensschrei zusammen. Der Griff, der ihn gehalten hatte, war plötzlich verschwunden. Chekov fiel neben dem Orioner zu Boden und rollte sich so weit wie möglich in dem engen Shuttleabteil von ihm fort.

Blut, zu einer dicken, orangeroten Schicht geronnen, bedeckte die Uniform das Saboteurs vom Ellbogen bis zum Knie. Nach dem Gefecht in der vergangenen Nacht hatte er nicht das Glück gehabt, eine Behandlung durch McCoy genießen zu dürfen, und Chekov wußte, daß dies der einzige Umstand war, der zu seinen Gunsten sprach. Er rollte sich auf die Knie, packte den Rand von Sulus Lilienteich und holte mit aller Kraft aus. Eine Batterie, die offenbar zu einem Raumanzug gehörte, flog aus dem Becken, und dann traf das Becken den Orioner, als dieser sich gerade auf alle viere erhob. Mit einem überraschten Grunzen ging er wieder zu Boden, und Chekov erhob sich, um ein zweites und drittes Mal zuzuschlagen. Beim vierten Hieb zerbarst der künstliche Marmor mit einem dumpfen Knall, und ein silbernes Glitzern verteilte sich zwischen den am Boden liegenden Bruchstücken. Elektronische Komponenten. Diese Transschild-Anode? Eingebettet in den Lilienteich? Aber warum?

Chekov beschloß, über dieses Rätsel später nachzudenken. Jetzt zählte nur, daß Purviance diese Anode – beziehungsweise ihre Bestandteile – nicht in die Hände bekommen dürfte. Chekov drückte sich an Purviances stöhnender Gestalt vorbei, sammelte die größten Stücke des Geräts auf und stolperte zur Tür.

Die Hauptkabine des Shuttles war leer, die Luke nach draußen geschlossen. Das Shuttle selbst befand sich jedoch noch im Hangar der *Enterprise* – Chekov konnte die Wände und einige der anderen Shuttles erkennen. Demnach befand er sich in relativer Sicherheit, wenn es ihm gelang, das Shuttle zu verlassen. Er blieb vor der Außentür stehen, nur um von einem gewaltigen Schlag zu Boden gestreckt zu werden, bevor er die Luke öffnen konnte.

Als der Hauptschirm der *Enterprise* wieder die Sterne zeigte – und die *Umyfymu*, die Kurs auf das Schiff genommen hatte –, wäre Kirk fast vor Überraschung aufgesprungen. »Phaser?« fragte er.

»Negativ, Sir«, rief Mullen zurück, als die Schiffshülle während eines Torpedoabschusses mehrere Decks tiefer aufdröhnte. »Ich habe als Ausgleich eine Reihe Torpedos abgefeuert, aber die Orioner sind den meisten ausgewichen.«

»Im Gegensatz zu uns.« Er erkannte das typische warme Glühen eines Phaserschusses, bevor die *Enterprise* unter dem Treffer erbebte. »Verdammt, Sulu, wo bleiben Sie?«

»Captain«, sagte Spock, »ich hatte bisher keinen Erfolg mit der Reprogrammierung der Waffenkontrolle über den Hauptcomputer. Ich schlage vor, die Phaser manuell von den jeweiligen Geschützmannschaften auslösen zu lassen. Sie zielen vielleicht nicht so genau, aber selbst schlecht zielende Phaser ...«

»... sind besser als gar keine«, stimmte Kirk zu. »Machen Sie das, Mullen.«

»Aye, Sir.«

Kirk spürte, wie sich sein Herzschlag beschleunigte, als die *Umyfymu* knapp außerhalb der Schirme der *Enterprise* entlangtrieb und die Phaser herumschwang; die Enterprise rollte um die eigene Achse. »Damit bleibt immer noch das Problem unserer ungeschützten Hülle.«

»In der Tat.« Spock klang nicht besorgt, aber nachdenklich. »Über die manuelle Kontrolle können die Phaser nicht präzise genug ausgerichtet werden, um feindliches Feuer zu polarisieren.«

Kirk nickte, während seine Gedanken bereits Spocks Worten vorauseilten. »Dann müssen wir die Orioner eben dazu bringen, auf eine andere Stelle zu schießen. Fähnrich Mullen ...« Er drehte sich zu dem jungen Sicherheitsoffizier um. »Laden Sie einen weiteren Torpedo in das Backbordrohr – und programmieren Sie ihn so, daß er direkt außerhalb der Schilde der *Enterprise* explodiert.«

Mullen zögerte, während seine Hand über der Konsole schwebte. »Direkt außerhalb *unserer* Schilde, Captain?«

»Ganz recht. Es soll so aussehen, als hätte einer der orionischen Torpedos ein Loch in unsere Backbordseite gesprengt.«

Mullen grinste und nickte begeistert. »Dann werden sie ihre Angriffe auf unsere starken Backbordschirme richten und nicht mehr auf die schwächere Steuerbordseite!« Seine Hand huschte über das Schaltpult, während die andere die Abschußkontrollen umklammerte. Kirk drehte seinen Sessel wieder zum Hauptschirm, als das Deck erzitterte und Mullen verkündete: »Torpedo los!«

Die Detonation erfolgte fast augenblicklich. Plasmafinger zuckten über die Ränder ihrer Schirme, schimmerten blau und rot und bernsteinfarben, und verblaßten dann zu einer flackernden Korona, die gleich darauf von orionischem Phaserfeuer getroffen wurde. »Es funktioniert!« rief Mullen, und Kirk nickte mit düsterer Befriedigung.

»Die Orioner mögen trickreich sein«, sagte er, »aber das heißt noch lange nicht, man könnte sie nicht ebenfalls überlisten.« Doch noch immer kamen Schadensberichte über die Kommunikationsstation herein, und Warnlichter erleuchteten die Hälfte aller Displays auf der Brücke. »Hoffen wir nur, daß wir uns damit genug Zeit verschafft haben, bis die *Shras* hier eintrifft.«

# 18

Muav Haslev stöhnte, als der Schirm auf der andorianischen Brücke vom Licht der fernen Schlacht erhellt wurde. Der Raumsektor zwischen der *Enterprise* und der *Umyfymu* ähnelte jetzt einem winzigen Nebel, erfüllt von Trümmern und dem Nachleuchten der Photonenexplosionen. »Commander Sulu, wenn Sie dort hineinfliegen, bringen Sie uns um!«

»Nein, das werde ich nicht.« Sulu tippte eine Reihe komplexer Befehle in den Speicher der Steuerung, um auf die bevorstehenden Manöver vorbereitet zu sein. »Zumindest nicht, solange ich nicht durch unnütze Kommentare in meiner Arbeit gestört werde. Uhura, ich brauche Sie am Navigationspult.«

»Bin schon da.« Die Kommunikationsoffizierin zog den graugesichtigen Navigator aus seinem Sessel und setzte sich neben Sulu. Ihre dunklen Augen überprüften den Schirm, während ihre Miene jenen Ausdruck von Ruhe annahm, den sie in Notsituationen stets zeigte. »Orionischer Polizeikreuzer *Mecufi* ist jetzt in Schußweite.« Sulu zwang das Schiff in eine Rolle, als ein Phaserschuß an ihnen vorbeijagte. »Entfernung dreitausend Kilometer, abnehmend.«

»Genau dort, wo ich sie haben will.« Sulu fixierte die komplexen parabolischen Gleichungen auf seinem Schirm, überprüfte seine Kalkulationen ein letztes Mal und sah dann kurz zur technischen Station hinüber. »Wie hoch ist die Maximalgeschwindigkeit?«

Die Antennen des Andorianers zuckten nervös. »Warp vier, wenn es nötig ist, aber nur für ein paar Minuten.«

»In Ordnung. Warten Sie auf mein Zeichen.« Sulu sah zum Hauptschirm hoch und beobachtete, wie sich die Umrisse von *Enterprise* und *Umyfymu* langsam aus dem Glanz lösten. Der Kurs, den er zwischen den beiden Schiffen hindurch einschlagen wollte, führte durch die Koronen diverser Torpedoexplosionen und wurde durch das gelegentliche opalisierende Feuer von Phaserschüssen erhellt. Der Steuermann hielt den Blick auf den orionischen Zerstörer gerichtet, während seine Finger über dem Pult schwebten.

»Orionischer Kreuzer *Mecufi* jetzt zweitausend Kilometer entfernt und näher kommend«, meldete Uhura.

»Warp vier – *jetzt!*« Sulu löste das erste der vorprogrammierten Manöver aus, und die *Shras* sprang geradezu in das Kampfgebiet. Statik flimmerte über den Schirm, als sie die Korona einer Photonenexplosion durchbrachen, hellte sich dann wieder auf und zeigte den fast unsichtbaren Schimmer der Warpspur der *Umyfymu* direkt vor ihnen. Schneller, als es menschlichen Reflexen möglich gewesen wäre, schlug der kleine andorianische Transporter einen Spiralkurs um das größere Schiff, eng genug, um sämtliche Annäherungsalarme bei den Orionern auszulösen.

»Jetzt sollte die *Umyfymu* außer der *Enterprise* noch ein anderes Ziel haben, worauf sie schießen kann.« Sulu biß die Zähne zusammen, als die *Shras* eine extrem enge Kurve flog, um dem plötzlichen Ausbruch von Phaserfeuer auf dem Zerstörer auszuweichen. »Jetzt wollen wir mal sehen, ob wir die *Mecufi* dazu bringen können, an unserer Stelle zurückzuschießen.« Er kämpfte gegen den Zug kurzfristig durchschlagender Gravitationsfelder, um das zweite der vorprogrammierten Manöver auszulösen. Diesmal wich das kleine Schiff zur Seite aus und schoß direkt zwischen die beiden orionischen Schiffe. Dort hing es für einen langen, atemlosen Moment und lud die Gegner geradezu zum Feuern ein.

Uhura blickte mit weit geöffneten Augen vom Navigationsmonitor hoch. »*Mecufi* eintausend Kilometer entfernt, näher kommend.«

»Sensoren zeigen, daß sie Photonentorpedos abfeuern«, ergänzte einer der Andorianer. Sulu hörte Haslev abermals aufstöhnen. »Torpedos nähern sich auf Vektor fünfundneunzig Punkt sechs ...«

»Phaserfeuer von der *Umyfymu*!« warnte ein anderer Andorianer. Die Schiffssensoren gaben Schadenalarm. »Backbordschilde getroffen ...«

»Tun Sie etwas, Steuermann!« brüllte Captain Kanin. »Die Orioner werden uns vernichten.«

»O nein, das werden sie nicht.« Sulu holte tief Luft und löste dann das letzte Manöver aus. Die *Shras* erzitterte protestierend, als der Warpantrieb sie herumriß und wieder zur *Umyfymu* zurückführte. Im letzten Moment wich das andorianische Schiff aus und trieb direkt unter den falschen Frachtcontainern des Zerstörers her, wo dessen Phaser sie nicht verfolgen konnten. Auf der anderen Seite tauchte die *Shras* wieder auf, wobei sich die Bildschirmsensoren automatisch drehten, um auf die hinter ihr liegenden Schiffe ausgerichtet zu bleiben. Sulu grinste, als er weit hinten auf ihrer Warpspur den irisierenden Blitz eines Photonentorpedos bemerkte.

»Worüber freuen Sie sich denn so?« fragte Haslev giftig. »Die *Mecufi* hat gerade Photonentorpedos auf uns abgefeuert!«

»Aber sie haben sie abgeschossen, bevor wir unter der *Umyfymu* durchgeflogen sind.« Sulu beobachtete den Schirm und konzentrierte sich auf die *Mecufi*. Der Polizeikreuzer legte sich plötzlich in eine Kurve, um den Trümmern der Torpedos auszuweichen, die an den Flanken der *Umyfymu* zerborsten waren. »Das Schöne an Photonentorpedos«, erklärte er Haslev, »ist der Umstand, daß sie ein Schiff nicht vom anderen unterscheiden können.«

»Ein guter Trick«, stimmte Uhura zu. »Aber Sie wissen ja, daß man die Orioner nicht zweimal mit dem gleichen

Trick hereinlegen kann. Was für ein raffiniertes Manöver werden wir denn nun bei der *Mecufi* anwenden?«

Sulu runzelte die Stirn und beobachtete die haifischähnliche Silhouette, die an der verkrüppelten Hülle des Schwesterschiffs vorbeizog und hinter der *Shras* durch die Dunkelheit jagte. »Eines, das mir Chekov einmal verraten hat«, sagte er und stellte den Hauptschirm wieder so ein, daß er das vor ihnen liegende Gebiet zeigte. Irgendwo dort zwischen den Sternen wartete noch immer ein dunkler Fleck, das Shuttle *Hawking*. »Es wird russisches Roulette genannt.«

Purviance landete mit der Gewalt von zehn Männern auf Chekov, und der Lieutenant spürte, wie eine seiner Rippen brach. Einen Augenblick später durchfuhr ein brennender Schmerz seine Lungen, und der letzte Atem wurde aus ihm herausgepreßt, als Purviance ein Knie in seinen Rücken stemmte und seinen Oberkörper hochzog.

*Ich bin tot.* Chekov war überrascht, wie ruhig er diese Gewißheit hinnahm. Purviance würde ihm einfach das Rückgrat brechen, die Transschild-Anode nehmen und mit der *Enterprise* machen, was immer ihm gefiel. Worum es sich bei dieser Anode auch handeln mochte, sie war offenbar wichtig genug, daß sechs Leute dafür hatten sterben müssen. Chekov kam zu dem Schluß, daß er wenigstens noch retten konnte, was zu retten war, bevor er die Nummer sieben wurde.

Die Anode zersplitterte zu einer Million bunter Stücke, als er sie gegen das Deck schlug. Purviance erstarrte, und Chekov schloß die Augen, während er auf den tödlichen Schlag wartete. Statt dessen ließ ihn der Orioner los, und er landete keuchend auf dem Boden.

»Sie Narr!« rief Purviance. »Die Anode war unersetzbar!«

Chekov drückte die Arme an seine Seiten und versuchte zu atmen, ohne durch den Schmerz das Bewußtsein zu verlieren. »Dann sitzen Sie in der Falle«, stöhnte er, »genau wie ich. Ihre Leute können Sie nicht herausbeamen, und Captain Kirk wird nicht zulassen, daß Sie das Schiff lebend verlassen.«

Das Gewicht auf Chekovs Rücken verschwand, und er hörte Schritte, die sich langsam und unsicher ein paar Meter zurückzogen. »Ich glaube nicht, daß Ihr Captain sich den Luxus dieser Entscheidung wird gönnen können.«

Einen Moment später wurde Purviances Stimme durch einen Phaserschuß abgelöst, der in der engen Kabine scharf und hell klang. Chekov erinnerte sich, daß Haslev einen Phaser gehört hatte, bevor die Abschirmung der *Hawking* explodiert war, und mit plötzlichem Schrecken erkannte er, was der Orioner vorhatte.

»Das können Sie doch nicht tun!« schrie er und kämpfte sich auf die Knie. »Purviance, Sie vernichten das ganze Schiff und sich selbst mit!« Es kam ihm so vor, als würde das Deck unter ihm schwanken, als er mit um die Brust gelegten Armen zum Heck des Shuttles stolperte. »Damit erreichen Sie doch gar nichts!«

Purviance ragte im Durchgang zum Maschinenraum auf und hatte beide Arme gegen die Türpfosten gestemmt, um sich abzustützen. »Ich erreiche damit das, wozu ich ausgesandt worden bin«, knurrte er. »Oder zumindest einen kleinen Teil davon. Sie bekommen die Anode nicht, und Sie können auch niemandem erzählen, daß diese Höllenmaschine jemals existiert hat.«

Er sah auf Chekov hinab, als amüsiere ihn die Hartnäckigkeit des kleineren Mannes, ihn aufzuhalten. »Der einzige wirkliche Unterschied zwischen Ihnen und mir, Lieutenant, besteht darin, daß ich niemals vorhatte, das Ende meiner Mission zu überleben. Es wäre zwar nett gewesen, aber ich habe es nie für notwendig gehalten.« Er beugte sich fast vertraulich vor. »Sie haben mich jedenfalls ganz schön auf Trab gehalten.«

Purviance lächelte noch immer, als der Abschirmungsbehälter des Shuttles explodierte. Ohne zwei geschlossene Abteile dazwischen, die den Lärm dämpften, klang die Explosion erheblich lauter. Chekov duckte sich automatisch, als eine Schockwelle die Metallsplitter und flüssiges Nitrogen mit sich führte, Purviances Rücken traf und beide Männer den Mittelgang entlangschleuderte.

Ein greller Phaserblitz zuckte über die *Shras* hinweg. Sulu steuerte das Schiff in eine zufallsbestimmte Spirale, um dem Feuer auszuweichen, und versuchte, das Nachführsystem der *Mecufi* zu überfordern, ohne den Kurs in Richtung des defekten Shuttles zu verlassen.

»Steuermann.« Die Stimme von Captain Kanin hatte einen unangenehmen Unterton. »Wie sieht dieses Manöver namens russisches Roulette genau aus?«

Sulu zuckte die Achseln, ohne den Blick vom Schirm zu nehmen. »Die ursprüngliche Version ist ein Spiel, das mit einer altmodischen Waffe, die mit Explosivgeschossen geladen war, durchgeführt wurde. Man steckt ein einziges Geschoß in eine der sechs Kammern. Dann richten die Spieler die Waffe abwechselnd auf ihre Köpfe und drücken ab.« Er betätigte einen anderen Schalter an seiner Konsole, als die Phaserschüsse näher rückten. »Da die Waffe nur ein Projektil enthält, überlebt der glücklichere Spieler.«

Der unheilvolle Ton in Pov Kanins Stimme wurde drängender. »Und wie wollen Sie dieses Spiel mit Raumschiffen durchführen?«

»Indem ich die Orioner dazu bringe, uns solange um das beschädigte Shuttle dort draußen zu jagen, bis es explodiert.« Ein winziger Fleck aus Dunkelheit erschien in der Ecke des Schirms. Sulu stieß ein erleichtertes Seufzen aus. Insgeheim hatte er befürchtet, der instabile Kern der *Hawking* könnte bereits, unbemerkt in der Hitze der Schlacht, detoniert sein.

Muav Haslev stöhnte und ließ sich mit melodramatischer Verzweiflung in den leeren Sessel der Kommunikationsstation sinken. »Sie meinen, nach alledem sollen wir uns jetzt die Antennen rösten lassen?«

»Schon möglich.« Sulu tippte eine neue, erheblich kompliziertere Befehlskette in den Steuerungscomputer ein. Die *Shras* schwenkte in einen sonderbar schlingernden Orbit um das aufgegebene Shuttle und behielt einen mehr oder weniger konstanten Anstand bei, ohne allerdings jemals einen vorhersehbaren Kurs zu verfolgen. Sulu hörte Uhura aufkeuchen, sah zu ihrem Schirm hinüber und bemerkte, daß die rote Linie, die den Weg des orionischen Kreuzers darstellte, in einem Abfangkurs ihren eigenen Kreisbogen schnitt. Das größere Schiff schien nicht zu bemerken, daß es sich der *Hawking* bis auf hundert Kilometer genähert hatte. »Aber vielleicht auch nicht. Wenn ich die Orioner dazu bringen kann, Abkürzungen wie diese zu fliegen, dann sind sie die ganze Zeit über näher an dem Shuttle als wir.«

»Aber unterdessen holen sie uns ein!« protestierte Kanin. »Und selbst wenn das Shuttle explodiert, wer garantiert uns denn, daß wir nicht auch von Detonation erfaßt werden?«

»Niemand«, gab Sulu offen zu. Er zuckte zusammen, als ein Photonentorpedo nahe genug explodierte, um die Schiffshülle trotz der Schirme aufdröhnen zu lassen. »Deshalb habe ich es ja auch russisches Roulette genannt.«

Haslev öffnete den Mund, um etwas zu sagen, stieß dann aber einen erschrockenen Schrei auf, als ein durchdringendes Pfeifen von seinem Pult ertönte. »Jemand ruft uns!«

»Legen Sie es auf den Hauptschirm«, wies ihn Uhura an. Sie warf einen entnervten Blick auf Haslev, als kein Bildausschnitt vor den wirbelnden Sternen erschien. »Es ist der kleine gelbe Knopf neben der Frequenzkontrolle.«

Ein finster blickendes, grünhäutiges Gesicht wurde auf dem Schirm sichtbar. Sulu erkannte den doppelt geflochtenen schwarzen Bart und die düster blickenden Augen von Polizei-Commander Shandaken wieder. Das übertragene Bild sparte den größten Teil der orionischen Brücke aus, doch der Schweiß, der dem Commander über das Gesicht rann, und das heftige Gebrüll orionischer Stimmen im Hintergrund verrieten Sulu, daß die Jagd den Polizeikreuzer bis an die Grenzen der Belastbarkeit getrieben hatte.

»Ergebt euch, Andorianer!« knurrte Shandaken. »Wir sind schneller als ihr, und wir sind bewaffnet. Es ist nur eine Frage der Zeit, bis wir euch erwischen.«

»Oder bis ihr in die Luft fliegt«, sagte Sulu leise. Uhura warf ihm einen warnenden Blick zu, und er bemerkte, daß Captain Kanin den Kommunikationsmonitor an der Decke aktiviert hatte, um antworten zu können.

»Sie verletzen Föderationsgesetze, Orioner.« Die Stimme des andorianischen Captains klang höflich, doch seine Antennen zitterten vor Wut. »Sie haben keinerlei Recht, dieses Schiff anzugreifen.«

»Doch, das haben wir, wenn Sie orionischen Kriminellen zur Flucht verhelfen.« Eine Reihe unregelmäßiger Zähne erschien inmitten von Shandakens schwarzem Bart – eine Miene, die Orioner als Lächeln zu betrachten pflegten. »Wenn Sie allerdings den Verräter Haslev zu uns herüberbeamen, könnten wir zu einem Kompromiß bereit sein.«

»Was für ein Kompromiß?« fragte Kanin.

Shandakens Lächeln wurde breiter. »Wir würden nur den vorderen Teil Ihrer Schiffshülle zerstören, und nicht den gesamten Warpantrieb.«

Pov Kanins Gesicht lief vor Wut indigofarben an. Sulus Respekt vor dem Andorianer nahm ein wenig zu. »Ich muß diese Entscheidung besprechen«, erklärte er gepreßt. »Mein Schiff steht derzeit unter dem Kommando von Starfleet.«

»Überlegen Sie nicht zu lange.« Shandaken hob eine fleischige Faust und zeigte ihnen das Chronometer, das er am Daumen trug. »Sie haben eine Standardminute, um darüber nachzudenken.«

Der Bildschirm der *Enterprise* glühte in Reaktion auf die Torpedotreffer, die die *Mecufi* an der Hülle der *Umyfymu* gelandet hatte, in einem blendenden Blau auf. Plasmasplitter schossen in allen Richtungen davon, und der orionische Zerstörer legte sich schwerfällig auf die Seite, während die unteren Schilde lautlos erloschen.

Kirk ballte begeistert die Faust. »Gut gemacht, Sulu!« Er sah zu Mullen hinüber. »Alle Phaser mit voller Kraft abfeuern – Ziel ist der ungeschützte Bereich!«

»Aye, Sir.«

»Feuer!«

Phasertreffer glühten dunkel längs der Unterseite des Zerstörers auf, und das Schiff wurde erschüttert, als wäre es in einen schweren Sturm geraten. Als die ersten Wolken gefrorenen Gases aus den Schweißnähten austraten, bedeutete Kirk Mullen, das Feuer einzustellen. Er wollte die Orioner aufhalten, aber nicht umbringen. »Spock – Sensordaten?«

»Die Scanner zeigen schwere Schäden an der Hülle der *Umyfymu* an, Captain. Sie scheinen die Kontrolle sowohl über Phaser wie Photonentorpedos verloren zu haben, und über den Warpantrieb ebenfalls.«

Kirk nickte und suchte das mit Schlagseite treibende Schiff nach einer Bewegung ab. »Ist die Brücke noch besetzt?«

»Ich funke sie an, Sir«, meldete Goldstein. »Kontakt kommt auf den Hauptschirm.«

Diesmal wies Kirk den Kommunikationsoffizier an, den gesamten Bildschirm für die Übertragung zu nutzen, doch sobald sich das Bild stabilisierte, fragte er sich, ob das nicht ein Fehler gewesen sein mochte. Die Hälfte der Brückenbeleuchtung der *Umyfymu* schien ausgefallen zu sein, doch es blieben noch genügend Lampen übrig, um eine Reihe verbrannter Leichen zwischen den zerstörten

Kontrollpulten zu zeigen. Der orionische Commander, dessen schwarzes Haar blutverschmiert war, blickte Kirk aus zusammengekniffenen Augen düster an.

»Nun, Commander«, sagte Kirk und unterdrückte sein Mitgefühl, »ich glaube, jetzt bin ich an der Reihe, Sie zur Kapitulation aufzufordern.«

»Niemals.« Der Orioner spuckte blutigen Schleim zwischen seine Füße. »Orionische Offiziere würden lieber sterben, als sich minderwertigen Säugetieren zu ergeben.«

Diese Reaktion rief bei Kirk ein dünnes Lächeln hervor. »Darf ich Sie als minderwertiges Säugetier darauf hinweisen, Commander, daß Sie momentan unserer Gnade ausgeliefert sind? Ihre Schiffshülle würde keinem weiteren Phaserangriff standhalten ...«

»Und Ihre Schilde würden der Explosion unseres Warpkerns nicht standhalten«, erwiderte der Orioner knurrend. »Da Sie nicht schnell genug fliehen können, sind Sie unserer Gnade ausgeliefert, sollten wir den Weg der Selbstzerstörung wählen.«

Kirk drehte dem Schirm den Rücken zu und bedeutete Goldstein, die Sprachübertragung zu unterbrechen. »Spock«, fragte er den Wissenschaftsoffizier, »würde die Explosion ihres Warpkerns uns tatsächlich vernichten?«

Der Vulkanier warf einen kurzen Blick auf den Schirm und stellte sich dann, ebenfalls mit dem Rücken zu dem Orioner, neben Kirk. »Durchaus möglich, Captain. Bei dieser Entfernung rechne ich zwar nur mit einer vierunddreißigprozentigen Chance für einen Zusammenbruch der Antimaterie-Reaktion infolge der Explosion, aber die Wahrscheinlichkeit von Schäden durch sekundäre Strahlungseffekte beträgt sechsundachtzig Prozent.«

Kirk stützte sich seufzend mit einer Faust auf. »Die Chancen stehen also nicht gut genug, um ein Spiel zu riskieren.«

»Ich glaube, wir befinden uns in einer Situation, die

Dr. McCoy als ›mexikanisches Unentschieden‹ bezeichnen würde.«

»Ja ...« Kirk wandte sich wieder dem Schirm zu und gab Goldstein das Zeichen, die Sprachübertragung einzuschalten. »Commander, sind Sie mit einem Waffenstillstand anstelle einer Kapitulation einverstanden?«

Der Orioner rieb sich nachdenklich den Mund. »Würden die Bedingungen des Waffenstillstands die Auslieferung des Verräters Muav Haslev einschließen?«

Soweit es Kirk betraf, war ihm jeder recht, der Haslev haben wollte. Allerdings war er sich nicht sicher, ob er überhaupt die Vollmacht besaß, ein derartiges Versprechen abzugeben. »Was mit Haslev geschieht, hängt von den Andorianern ab.« Er sah zu Goldstein hinüber. »Stellen Sie die Verbindung zur *Shras* her. Ich will ...«

»Sir«, fiel ihm Goldstein ins Wort, »die *Shras* antwortet nicht auf unseren Ruf. Ich empfange einen Kontakt zwischen ihnen und der *Mecufi*, Sir, und ...« Er schaute überrascht hoch. »... und die *Mecufi* hat gerade ihre Absicht erklärt, die *Shras* zu vernichten!«

# 19

Muav Haslev fuhr herum, als Shandakens Bild vom andorianischen Schirm verschwand und durch die schlanke silberne Drohung der *Mecufi* ersetzt wurde. »Sie können mich doch nicht zu ihnen hinüberschicken!«

»Solange unsere Schilde oben sind, nicht«, stimmte Sulu zu und lenkte die *Shras* in einen weniger unregelmäßigen Orbit, solange die Phaser der Orioner schwiegen. »Zumindest nicht in einem Stück.« Er warf einen forschenden Blick auf den Physiker. »Wissen Sie, ich glaube nicht, daß die Orioner wirklich verstehen, wie Ihre Transschild-Anode funktioniert, Haslev.«

Der Andorianer schien in seinem Sessel zusammenzuschrumpfen. »Es ist nicht so einfach, Nichtwissenschaftlern komplizierte Technologien zu erklären ...«

Uhura zog eine Augenbraue hoch. »Insbesondere wenn Sie ihnen erklären müßten, daß ihr teurer neuer Transporter jedesmal, wenn sie ihn verwenden, einen Strahlungsimpuls durch ihr Schiff jagt?«

»Das ist lediglich ein temporäres Problem ...« Haslev fuhr zusammen, als das Pfeifen der orionischen Grußfrequenzen erscholl, streckte dann unsicher die Hand aus und legte die Verbindung auf den Hauptschirm.

»Die Bedenkzeit ist vorüber«, erklärte Shandaken knapp. »Beamen Sie den Verräter herüber, oder Sie werden ausgelöscht ...«

Das Bild auf dem Schirm verschwand unter statischen Störungen, als ein stärkeres Signal dieselbe Frequenz besetzte und die Stimme des Orioners einfach abschnitt.

Nachdem sich das Bild wieder stabilisiert hatte, zeigte sich das vertraute, entschlossen wirkende Gesicht von Captain James T. Kirk.

*»Mecufi.«* Der selbstsichere Klang in Kirks Stimme ließ Sulu erleichtert aufatmen, denn er verriet ihm, daß Kirk die Lage unter Kontrolle hatte. »Hier spricht die U.S.S. *Enterprise.* Der orionische Kreuzer *Umyfymu* hat gerade einem Waffenstillstand mit uns zugestimmt. Ich empfehle Ihnen das Gleiche.«

»Unmöglich!« Shandakens Bild war nicht zu sehen, doch seine Stimme klang erschüttert. »Orionische Offiziere verhandeln nicht mit Kriminellen und Verrätern! Sie lügen, *f'deraxt'la*!«

»Tatsächlich?« Das Bild schwankte leicht, als Kirk sich der Kommunikationsstation zuwandte. »Mr. Goldstein, schalten Sie den orionischen Commander zu.«

Wieder verschwamm das Bild, um diesmal durch das eines Orioners in schwarzbronzener Militäruniform ersetzt zu werden. Von dem Kapitänsabzeichen am Ohr des Orioners tropfte orangefarbenes Blut auf die breite Schulter herab.

»Shandaken, *dgr'xt en*«, knurrte er. *»K'laxm f'dactla en str'ln axltr'dn. Pr'dyn dgreilt jarras'tla en axm b'rerr ...«*

Sulu schaute zu Uhura hinüber und sah, daß sich ihre Augenbrauen vor Konzentration zusammengezogen hatten, während sie dem Grollen der orionischen Sprache lauschte. »Er rät ihnen aufzugeben«, übersetzte sie. »Er sagt, er will, daß sie nach Orion zurückkehren, wo sie alle wegen Hochverrats angeklagt werden ...«

Sulu fluchte und programmierte einen neuerlichen Kurswechsel. Die *Shras* legte sich so stark in die Kurve, daß die meisten Andorianer aus ihren Sitzen geschleudert wurden.

»Was tun Sie da?« jammerte Haslev und starrte ungläubig vom Boden hoch. »Die Orioner wollten sich ergeben!«

»Nein, das wollten sie nicht.« Phaserstrahlen jagten,

schmerzhaft gleißend wie eine Nova, dicht an ihnen vorbei. Sulu zwang das Schiff in eine Rolle seitwärts und suchte nach einem sicheren Weg zwischen den vernichtenden Schüssen. »Er hat ihnen nicht geraten, sich zu ergeben – er hat sie aufgefordert, Selbstmord zu begehen!«

»Orioner würden lieber sterben als gedemütigt zu werden, weil sie auf eines ihrer eigenen Schiffe gefeuert haben. Und da sie Orioner sind, werden sie versuchen, uns mitzunehmen, wenn sie abtreten.« Uhuras Stimme ging fast im plötzlichen Aufheulen des Schadensalarms unter. Sie sah von ihrem Schirm hoch, als die *Shras* durch einen zweiten Schlag erschüttert wurde. »Die Orioner holen rasch auf. Sie haben ihre Geschwindigkeit auf Warp fünf erhöht.«

Sulu brummte und wich der Explosion eines Torpedos aus, wobei er die *Shras* so dicht an die *Hawking* heranführte, daß er das unheilvolle Glühen der zusammenbrechenden Felder in ihrem Innern erkennen konnte. »Lange können sie diese Geschwindigkeit nicht durchhalten«, sagte er mit zusammengebissenen Zähnen. »Sonst brennt ihnen der Kern durch.«

Kirks Stimme übertönte die Alarmsirenen, obwohl kein Bild auf dem Schirm erschien. Der Captain der *Enterprise* war zu klug, um während einer Schlacht visuelle Impulse zu übertragen. »Sulu, nehmen Sie Kurs auf die *Enterprise*! Wir können Ihnen Feuerschutz ...«

Ein plötzlicher Ausbruch von Subraumstrahlung unterbrach die Verbindung und ließ das Steuerungsdisplay in einem Regen aus rotgoldenen Funken ausbrennen. Sulu riß den Kopf hoch und starrte auf den Hauptschirm, während eiskalte Furcht seinen Körper überschwemmte. Er erkannte gerade noch den fast unsichtbaren Schimmer von nichtabgeschirmter Antimaterie, als die von der *Hawking* ausgehende Explosionswelle ihr Schiff traf.

Durch Wogen grellen Schmerzes wurde Chekov abrupt ins Bewußtsein zurückgerissen. Er versuchte Luft zu holen, begriff, daß er hustete, und spuckte eine Mundvoll Blut auf den Boden, bevor er sich auf einen Ellbogen stützte. *Nicht gut*, dachte er, als sich die Muskeln an Rücken und Seiten in schmerzendem Protest verkrampften, *überhaupt nicht gut*. Die ganze linke Seite seines Brustkorbs fühlte sich schwer und heiß an und brannte höllisch. Lindsey Purviance, dessen Rückseite auf groteske Weise vom Hinterkopf bis zu den Knien mit gefrorenen Metallsplittern gespickt war, lag quer über seinen Beinen. Hinter Purviance rann flüssiges Nitrogen in silbrigen Bächen über den Boden des Shuttles und verdampfte schimmernd, wenn es den noch immer warmen Körper des Orioners berührte. Der tanzende Lichtstreifen, der aus den Überbleibseln der Abschirmung drang, wurde von einem wütenden Heulen begleitet, das dem Todeslied der *Hawking* glich. Die Explosion der Maschinenabschirmung war nicht stark genug gewesen, um die *Enterprise* zu beschädigen, doch aus dem Cockpit meldete die Computerstimme: »Kernzusammenbruch steht bevor. Geschätzte Zeit bis zum Zusammenbruch: sieben Minuten, vierundfünfzig Sekunden.«

Chekov zerrte kraftlos an der auf ihm liegenden Leiche und fürchtete, er könnte den Körper mit mehreren gebrochenen Rippen und nur einer brauchbaren Hand niemals von der Stelle bewegen. Doch er mußte aus dem Shuttle herauskommen und jemandem melden, was hier geschehen war.

Schwere Schritte hallten durch das Shuttle, und Chekov keuchte erschrocken. »Aufmachen!« rief eine gedämpfte Stimme draußen vor der vorderen Luke. »Sicherheitsdienst – lassen Sie uns herein!«

Die Not verlieh Chekov die Kraft, um Purviance mit einer Hand und einem Bein zur Seite zu schieben. Mühsam rollte er auf alle viere und hustete wieder, während der Sicherheitsposten draußen seine Warnungen wiederholte. Für einen schrecklichen Moment glaubte Chekov, die gewaltsame Anstrengung würde ihn umbringen.

Dann ließ der Hustenkrampf nach, und er stellte fest, daß er mit flachen, gleichmäßigen Atemzügen genug Sauerstoff bekam, um taumelnd auf die Beine zu kommen und zur Luke zu stolpern.

Er erreichte die Tür genau in dem Moment, als der Sicherheitsposten sie durch ein transportables Überbrückungsgerät öffnete. »Also schön, ich ... Lieutenant Chekov!« Lemieux trat überrascht zurück und stieß mit dem hinter ihr stehenden Ingenieur zusammen. »Sir, ich wußte nicht, daß Sie hier sind. Wir hörten die Explosion und kamen her, um herauszufinden, was ...«

»Schaffen Sie alle hier heraus.« Chekov schob Lemieux von der Tür weg und kletterte auf den Hangarboden. Das nächste unversehrte Shuttle schien unglaublich weit entfernt; er konnte fast schon fühlen, wie sich die Kernexplosion hinter seinem Rücken aufbaute. »Das ist ein Befehl!« rief er und marschierte auf das andere Shuttle zu. »Evakuieren Sie den Hangar!«

Lemieux nickte knapp, obwohl ihre Miene noch immer Verwirrung ausdrückte, und legte ihre Hände als Sprachrohr um den Mund. »Ihr habt den Lieutenant gehört! Alles raus aus dem Hangar! Bewegung!« Dann setzte sie sich mit dem Ingenieur im Schlepptau in Bewegung und trieb jeden zur Eile an, der auch nur einen Moment zögerte.

*Ich hoffe, ich habe die Chance, sie zur Beförderung vorzuschlagen,* dachte Chekov, als er die Tür des nächsten Shuttles öffnete. Das Innere roch erstaunlicherweise nach Schweiß, Kühlflüssigkeit und verbranntem Kohlenwasserstoff. Chekov begriff, daß der Gestank von ihm selbst ausging, als die Berührung seines Handschuhs Flecken orionischen Blutes auf der Steuerungskonsole hinterließ. Er hielt lange genug inne, um den Handschuh auszuziehen und in das Abteil hinter sich zu werfen.

»Brücke an Shuttle *Brahe.*« Kirks Aufmerksamkeit fordernde Stimme drang aus dem Bordkom, dessen Lichter heftig blinkten. »Was geht dort unten vor?«

Chekov startete die kleinen Maschinen der *Brahe* und beugte sich dann über die Konsole, um den Antwortknopf zu drücken. »Brücke, hier ist die *Brahe*.«

»Chekov?« Die Überraschung in Kirks Stimme hätte dem Lieutenant beinahe ein Lächeln abgerungen. »Wie in Gottes Namen sind Sie zurück an Bord gekommen?«

»Ich bin mir nicht ganz sicher.« Er beugte sich tiefer über die Konsole, um die schmerzenden Rippen zu entlasten, während die Maschinen warmliefen. »Sir, wir haben nicht viel Zeit. In der Feldabschirmung eines der interstellaren Shuttles gibt es ein Leck – ich muß es hinausschaffen, bevor es explodiert.« Wenn das hier vorbei war, würde er auf Händen und Füßen zur Krankenstation kriechen und Dr. McCoy anflehen, ihn aufzunehmen.

»Wir können die Atmosphäre im Hangar absaugen und die Tore öffnen«, sagte Kirk. Chekov sah fast das Bild vor sich, wie der Captain der technischen Station die entsprechende Anweisung signalisierte. »Ich wüßte allerdings auch keinen anderen Weg, um das Shuttle hinauszuschaffen, wenn Sie es nicht hinausbefördern.«

Die Steuerungskonsole meldete Startbereitschaft, und Chekov setzte sich aufrecht hin, um die Kontrollen erreichen zu können. »Wenn Sie die Tore öffnen, Sir, bringe ich das Shuttle hinaus.«

»Das hoffe ich, um unser aller willen.« Die Luft vor der *Brahe* wurde dünner, als die Brücke die Startvorbereitungen einleitete. »Viel Glück.«

*Glück ist so ziemlich das einzige, was uns retten kann*. Chekov hielt es allerdings für besser, diesen Gedanken nicht laut zu äußern. Wenn das Shuttle explodierte, solange es sich noch innerhalb der Deflektorschirme der *Enterprise* befand, könnten die Warpgondeln des Schiffes beschädigt werden. Und das mochte sich als genauso katastrophal erweisen wie eine Explosion hier im Hangar. Er ließ die *Brahe* sich knapp über das Deck erheben und steuerte sie in eine schwerfällige Kurve. Es war besser, wenn er gar nicht erst über Unwägbarkeiten nachdachte, die er doch nicht beeinflussen konnte. Das Wichtigste war jetzt, diese Zeitbombe nach draußen zu schaffen; ob man sie explodieren ließ oder versuchte, sie zu entschärfen, darüber konnten sie sich später noch Gedanken machen.

Das Shuttle, das jetzt in Chekovs Blickfeld geriet, wirkte harmlos und unbeschädigt, wenn man einmal von den Meßwerten des Kerns absah, die über Chekovs Sensordisplay huschten. In eleganten roten Buchstaben stand der Name *Clarke* am stumpfen Bug, und Chekov bemerkte erst jetzt, daß es sich um eines der leichteren interstellaren Shuttles handelte, eines von nur ein paar Dutzend Tonnen. Vielleicht war es doch nicht so unmöglich, es hinauszuschieben, wie er zunächst befürchtet hatte. Er richtete die *Brahe* hinter dem Heck der *Clarke* aus und warf dabei ständig Blicke zu den großen Schleusentoren hinüber, als könnte er sie dadurch zwingen, sich endlich zu öffnen.

Die *Brahe* erzitterte dumpf, als ihre Nase gegen das Heck der *Clarke* stieß. Chekov fühlte, wie der Rahmen seines Shuttles vibrierte, spürte das angestrengte Grollen des Impulsantriebs, als er den Schub langsam erhöhte. Dann setzten sich beide Shuttles mit einem plötzlichen Ruck in Bewegung. Die überlastete Struktur der *Brahe* gab schrill knirschende Geräusche von sich, und Chekov stieß unwillkürlich einen Schmerzensschrei aus, als er in seinem Sessel zurückgeschleudert wurde. Die *Clarke* holperte und rutschte über das Deck, und die Vibrationen, die ihr Widerstreben begleiteten, übertrugen sich auf die Hülle der *Brahe,* wo sie sich in ohrenbetäubendes Donnern verwandelten. Vor den beiden Shuttles ragten die Hangartore gewaltig und eindrucksvoll auf. Und blieben geschlossen.

»Öffnet, verdammt«, stöhnte Chekov. Er wagte es nicht, die Hände von den Kontrollen zu nehmen, sonst hätte er voller Frustration auf die Konsole geschlagen. *»Öffnet!«*

Ein schwarzer Riß entstand in der Mitte der großen Tore. Das Band wurde stetig breiter, doch als Chekov die sehnlichst erwünschte Öffnung vor sich sah, glitt die *Clarke* zur Seite und rutschte von der Nase der *Brahe* ab.

*»Govno!«*

Er schaltete den Impulsantrieb auf Umkehrschub und warf die *Brahe* in dem verzweifelten Versuch herum, sie daran zu hindern, an der *Clarke* vorbei und in den Raum hinauszuschießen.

»Chekov?« Kirks angespannte Stimme riß ihn aus seiner Konzentration. »Chekov, Meldung.«

Chekov ignorierte die Anweisung des Captains und justierte die Lagekontrolle neu, so schnell ihm das mit nur einer Hand möglich war.

»Ist das Shuttle frei?«

»Nein!« Die *Brahe* richtete sich wieder auf und trieb schräg auf die *Clarke* zu. »Nein, Sir«, wiederholte Chekov etwas ruhiger. »Aber ich arbeite daran.«

»Uns bleibt nicht mehr viel Zeit, Mr. Chekov.«

»Ich weiß, Sir.« Seine Schulter brannte vor Anstrengung, wenn er auch nur die Finger krümmte, und durchdringender Schmerz machte ihm das Atmen fast unmöglich, sobald er sich bewegte. Wenn er mehr hätte tun müssen, als nur ein Shuttle mit Impulskraft aus dem Hangar zu stoßen, hätte er das Schiff gar nicht unter Kontrolle halten können, und im Grunde war er nicht einmal sicher, ob er diese Aufgabe zufriedenstellend erledigen konnte. Nicht zum ersten Mal wünschte er, Sulu wäre hier – um das Boot zu steuern, vor allem aber, um einfach da zu sein, damit Chekov sich nicht so schrecklich allein fühlte.

Er fragte sich trübsinnig, ob Sulu und Uhura wohl in Sicherheit sein mochten – weit genug von der Explosion auf der *Hawking* entfernt, aber auch nahe genug, um gerettet zu werden. Es schien eine Ewigkeit vergangen zu sein, seit er zugesehen hatte, wie sie die Luftschleuse verließen.

Aber nein – jetzt war nicht die Zeit, sich über anderes Sorgen zu machen. Er flog die *Brahe* ein Stück in den Hangar zurück und richtete sie erneut auf die *Clarke* aus, wobei er darauf achtete, daß sie auf seinem Bildschirm genau zwischen den geöffneten Toren stand. Bei Chekovs erstem Versuch hatte sich die *Clarke* so gedreht, daß sie jetzt mit der Breitseite vor der Hangaröffnung und den dahinter sichtbaren Sternen stand. Chekov ließ die *Brahe* wieder langsam näherschweben und zielte genau auf die Mitte der *Clarke*. Der erste Zusammenstoß der beiden Shuttles schleuderte die *Clarke* lediglich ein Stück zur Seite. Sofort zog sich Chekov zurück, setzte die *Brahe* um einen Meter nach steuerbord und steuerte sie dann wieder vorwärts. Diesmal trafen die beiden Schiffe mit einem tiefen, metallischen Krachen aufeinander, und die *Clarke* erzitterte, als wäre sie bis in den Kern erschüttert, während die *Brahe* sie über die letzte freie Strecke im Hangar und dann hinaus in das lichtlose Vakuum schob.

Chekov spürte, wie die Anspannung in dem Moment von ihm abfiel, als die *Clarke* über das Gravitationsfeld der *Enterprise* hinaustrieb und in freien Fall überging. Chekov schob den Beschleunigungsregler vor, ohne einen Blick auf die Konsole zu werfen. Er wollte sich nicht auf die Anzeigen verlassen – er mußte sehen, wie die *Clarke* vor ihm auf die Sterne zujagte, mußte die Sekunden selbst zählen. Es war nun schon Jahre her, aber früher war er Schiffsnavigator gewesen, und er konnte fühlen, wo sich die Schilde befanden, genau wie er seine eigene Haut fühlen konnte. Er hatte sich dieses Gespür in endlosen Stunden erworben, in denen er ihre Entfernung, ihre Konfiguration, die Intensität und die Einsatzweise festgelegt hatte. Er trieb die *Clarke* vor sich her und erhöhte die Geschwindigkeit, bis er sich so weit vom Hangar entfernt hatte, wie er es wagen konnte. Dann schaltete er den Umkehrschub der *Brahe* ein und ließ die *Clarke* ihren unterlichtschnellen Flug fort von der Enterprise allein weiterführen. Falls die Schilde des Raumschiffs noch aktiviert waren, wollte Chekov so weit wie möglich von der *Clarke* entfernt sein, wenn das kleine Shuttle auf die Deflektoren traf und explodierte.

Chekov ließ die *Brahe* auf dem ursprünglichen Kurs rückwärts fliegen, in Richtung auf den noch immer geöffneten Hangar. Anzeigen flammten auf der Steuerkonsole auf, und Chekov verließ sich weitgehend auf diese Angaben. Zweimal schaltete er den Bildschirm auf Heckansicht, um sicherzugehen, daß sich die *Enterprise* noch hinter ihm befand, traute sich aber nicht, den Blick allzu lange von der *Clarke* abzuwenden. Er konnte zwar jetzt nichts mehr tun, um sich oder die *Enterprise* zu retten, wollte aber sehen, was auf ihn zukam, wann immer es auch geschehen mochte. Er hätte es nicht ertragen, jetzt nicht alles zu beobachten.

Trotzdem überraschte ihn der Ausbruch weißen Lichtes, das über den Bildschirm zuckte, als die *Clarke* explodierte. Unwillkürlich duckte er den Kopf, und die erste Welle ungezügelter Energie schleuderte ihn aus dem Sessel, riß die Nase der *Brahe* hoch und trieb sie direkt in den Hangar hinein.

*O Gott,* dachte Chekov, als er vor seinem geistigen Auge Bilder sah, in denen die *Brahe* die Rückwand des Hangars durchschlug. Er kämpfte sich auf die Knie und schlug auf die Steuerungskontrollen, um das Bewegungsmoment des Shuttles zu reduzieren. Die ersten Daten über die beginnende Verzögerung erschienen genau in dem Moment auf dem Display, als sie gegen etwas Großes und Unnachgiebiges krachten, das sich hinter dem Shuttle befand. Chekov hatte gerade noch Zeit für einen letzten, düsteren Gedanken – Ich hoffe, der Captain hat die Schirme rechtzeitig gesenkt –, bevor die *Brahe* auf die Seite kippte und alles um ihn herum schlagartig in Finsternis versank.

# 20

»Sulu?« Eine Hand tätschelte sanft seine Wange, als könne etwas brechen, wenn man zuviel Kraft aufwendete. »Sulu, können Sie mich hören?«

Sulu stöhnte und öffnete mühsam die Augen. Das blaue Zwielicht einer mit halber Kraft arbeitenden Beleuchtung umgab ihn. Undeutlich erkennbare Gestalten bewegten sich rings um ihn, doch er konzentrierte sich auf das einzige vertraute Gesicht. »Uhura?«

»Nicht bewegen.« Rauchschwaden umgaben Uhuras besorgtes Gesicht, als sie sich über ihn beugte, und Sulus Magen zog sich alarmiert zusammen. Er stützte sich auf die Ellbogen, obwohl sie ihn daran zu hindern suchte.

»Was ist mit dem Schiff passiert?« fragte er und suchte die andorianische Brücke nach gebrochenen Nitrogenleitungen oder dem typischen Schwelen brennender Elektronik ab.

»Der elektromagnetische Puls der Shuttle-Explosion hat unsere Kontrollsysteme lahmgelegt.« Weitere Nebelschwaden erschienen, als Uhura sprach, und Sulu begriff, daß es sich nur um ihren Atem handelte, der in der kalten Schiffsluft sofort kondensierte. »Wir haben die Steuerungskontrolle, die Schilde und die Kommunikationsverbindungen verloren. Die Lufterneuerung läuft auf Notenergie, aber wir haben weder Heizung noch Licht.«

Sulu stöhnte wieder und rieb sich die schmerzende Stelle, an der sein Kinn gegen einen harten Gegenstand gestoßen war. »Was ist mit dem Antimaterie-Ausstoß von der *Hawking* geschehen?«

»Der hat sich ungefähr fünfzig Kilometer von uns entfernt erschöpft.« In Uhuras Augen zeigte sich der Anflug eines Lächelns. »Sie waren zu sehr damit beschäftigt, sich das Kinn an Ihrer Konsole aufzuschlagen, um davon etwas mitzubekommen.«

»Zu schade.« Sulu richtete sich in eine sitzende Position auf und wartete dann, bis das Klopfen in seinem Schädel wieder aufgehört hatte, bevor er zum Hauptschirm hinübersah. Wegen der fehlenden Energieversorgung zeigte sich dort nur eine frustrierend leere Fläche. »Was ist mit der *Mecufi* geschehen?«

Uhura schüttelte den Kopf, ihr feingezeichnetes Gesicht verdüsterte sich. »Sie waren fast tausend Kilometer näher am Shuttle als wir. Unsere Sensoren zeigten einen Antimaterie-Strahl, der ein Loch durch die Hülle schlug. Direkt danach ist das Schiff auseinandergebrochen.« Sie zog eine Augenbraue hoch. »Ihr russisches Roulette hat funktioniert.«

»Ich muß daran denken, mich bei Chekov zu bedanken, wenn ich ihn sehe.« Sulu ergriff Uhuras angebotene Hand, um wieder auf die Füße zu kommen. Dabei registrierte er das kaum wahrnehmbare Vibrieren des Decks. »He, wir bewegen uns ja.«

Uhura nickte und erhob sich ebenfalls. »Die *Enterprise* holt uns mit einem Traktorstrahl heran. Mr. Scott meint, sie würden uns für die Reparaturarbeiten in den Shuttlehangar schaffen.«

»Mr. Scott sagt das?« Sulu sah Uhura erstaunt an und fragte sich, ob sein angeschlagenes Gehirn etwas mißverstanden hatte. »Ich denke, die Kommunikation wäre ausgefallen?«

»Die Schiffskommunikation, ja.« Uhura bückte sich graziös und hob ein schüsselförmiges Objekt aus Plastik und Metall hoch. Sulu erkannte, daß es sich um ihren Raumhelm handelte, als sie ihn umdrehte und auf den Kommunikator im Innern tippte. »Die Kristallchips in unseren Anzügen haben den Puls gut überstanden. Solange unsere Schilde unten sind, habe ich keinerlei Probleme, damit die *Enterprise* zu erreichen.«

»Auf diese Idee wäre ich nie gekommen.« Trotz seines schmerzenden Kinns verzog Sulu den Mund zu einem anerkennenden Lächeln. »Habe ich Ihnen in letzter Zeit mal gesagt, daß Sie in Ihrem Job wirklich gut sind?«

Die dunklen Augen der Kommunikationsoffizierin glänzten, als sie das Lächeln erwiderte. »Tja, das gilt auch für Sie. Die meisten Piloten hätten uns bei dem Versuch, mit einem orionischen Kreuzer Katz und Maus zu spielen, garantiert umgebracht.«

»Das ist wahr«, stimmte Sulu unbescheiden zu. Uhura schnaubte und zog an seinem Ellbogen.

»Kommen Sie«, sagte sie. »Wir müßten uns schon in Sichtweite des Schiffes befinden. Ein Deck tiefer gibt es eine Luke.« Sie warf ihm einen besorgten Blick zu. »Können Sie die Leiter in dem schweren Anzug hinuntersteigen?«

»Nun, ich werde ihn bestimmt nicht ausziehen.« Sulu grinste über ihren verwunderten Blick. »So, wie ich geschwitzt habe, seit wir von Bord der *Hawking* gegangen sind, möchte nicht einmal ich selbst wissen, wie ich jetzt rieche.«

Die *Enterprise* trieb durch die Schwärze auf sie zu. Phaserspuren zogen sich wie dunkle Abschürfungen über ihre platinfarbenen Seiten. Sulus Lippen spitzten sich zu einem lautlosen Pfiff, als er die Schäden überblickte. Die ärgsten Zerstörungen konzentrierten sich auf den ungeschützten Bereich rings um das Leck in der Untertassensektion, doch eine weitere Narbe, die von einem Zusammenstoß zeugte, zog sich längs der sekundären Sektion hin, und zwar auf einer Höhe mit dem Shuttlehangar. Selbst von hier aus konnte Sulu in Raumanzüge gekleidete Ingenieurscrews erkennen, die dort herumkrabbelten, um die beeinträchtigten Sektoren zu verstärken.

»Sie hatten Glück, daß es nicht zu einem weiteren Riß in der Hülle gekommen ist«, sagte Uhura, die über seine Schulter schaute. Ihre Worte riefen in Sulu unangenehme Erinnerungen an seine vom Vakuum zerstörten Besitztümer und die geplünderte Kabine wach. Mehr oder weniger unbewußt hatte er sich schon darauf gefreut, sich nach der Einsatzbesprechung mit Kirk in seiner warmen, nach Blumen duftenden Kabine auszuruhen. Jetzt durfte er wohl bestenfalls ein kühles, unpersönliches Notquartier erwarten.

Der Gedanke erinnerte ihn an etwas anderes, was er vergessen hatte, und so schaute er sich die Spur des Zusammenstoßes noch einmal genauer an. »Das sieht nicht nach einem Schaden durch Photonentorpedos aus«, erklärte er. »Ich frage mich, ob der orionische Saboteur dafür verantwortlich ist.«

»Nun, er muß sich irgendwo im Hangar verborgen haben, um seine Phaserbombe in der *Hawking* anzubringen.« Uhuras Augen weiteten sich, als der Traktorstrahl die *Shras* in Richtung der massiven Hangartore zog, die sich jetzt öffneten, um sie einzulassen. Der hintere Teil des Hangars wurde durch eine Vakuumbarriere abgeschirmt, doch die transparente Aluminiumwand konnte die aufgerissenen und zerschmetterten Shuttles nicht verbergen, die sich an der Rückwand auftürmten. »Lieber Himmel, vielleicht hat der Saboteur alle Shuttles präpariert.«

»Es sieht eher aus, als hätte er sie einfach abgewrackt.« Sulu zählte die leeren Zwischenräume längs der Wände, während der Traktorstrahl sie sanft im Hangar absetzte. »*Brahe, Clarke, Kahoutek* – verdammt, er hat sich alle guten interstellaren Shuttles vorgenommen! Wenn sie ihn noch nicht erwischt haben, werde ich ihn jagen und persönlich erwürgen!«

Uhura bedachte ihn mit einem amüsierten Blick, während sich die Hangartore hinter ihnen schlossen. »Sulu, ich bin sicher, Starfleet wird uns neue Shuttles zur Verfügung stellen, wenn wir zur Überholung ins Dock müssen.«

»Darum geht es doch gar nicht!« Sulu folgte ihr zurück zum Leiterschacht. Er konnte bereits hören, wie sich Haslev ein Deck tiefer über irgend etwas beschwerte, als sich die Andorianer an der Luke sammelten. Draußen strömte komprimierte Luft brüllend in den Hangar und rüttelte an der Schiffshülle. »Ich mochte die Shuttles, die wir hatten! Ich wußte, welches sich am besten unter Mikrogravitation steuern läßt, welche für den Wiedereintritt in eine Atmosphäre gut geeignet waren ...«

Das Rumpeln, mit dem sich die Luke öffnete, unterbrach ihn, und Sulu ließ sich die letzten Stufen der Leiter einfach hinabfallen. Er ging hinter Uhura an den zögernden Andorianern vorbei. Genau wie sie konnte auch er es kaum erwarten, endlich wieder die vertraute Luft der Enterprise zu atmen.

»Sulu, Uhura.« Captain Kirk kam aus dem Eingang zum Turbolift auf der anderen Seite des Hangars und ging jetzt mit schnellen Schritten auf sie zu. Spock folgte ihm direkt auf den Fersen. Trotz eines Blutergusses, der seine Stirn zierte, bewegte sich der Captain mit seiner üblichen, rastlosen Energie. »Alles in Ordnung mit Ihnen?«

»Uns geht es gut, Captain.« Sulu drehte sich um und betrachtete die Zerstörungen im Hangar, die jetzt deutlicher als zuvor zu erkennen waren. »Hat der Saboteur noch weitere Shuttles präpariert, Sir?«

»Nein. Offenbar hatte er gerade genug Zeit, um noch ein weiteres Shuttle außer der *Hawking* zu sabotieren.« Ein schiefes Lächeln umspielte Kirks Mundwinkel, als er sich das Chaos anschaute. »Alles andere hat Chekov angerichtet, als er versuchte, den Saboteur aufzuhalten.«

»Chekov?« riefen Uhura und Sulu gleichzeitig und sahen sich verblüfft an. »Ich vermute, wir haben ihn in den Hangar gebeamt«, erklärte Uhura. Ihre Augen zeigten einen besorgten Ausdruck, als sie die Trümmer betrachtete. »Geht es ihm gut, Sir?«

Der Captain nickte. »Ein wenig angeschlagen, aber das ist üblich, wenn man sich auf einen Faustkampf mit einem Orioner einläßt. Dr. McCoy steht schon bereit, um ihn in die Krankenstation zu schaffen, sobald die Ingenieure ihn herausgeschnitten haben.«

Uhura blickte bestürzt drein. »Sie meinen, er sitzt in einem dieser Shuttles fest?«

»Ja.« Kirk bedachte sie mit einem raschen, verständnisvollen Lächeln. »Ich bin sicher, er wird sich über Ihre Gesellschaft freuen, während er wartet, Commander.«

Sie warf ihm einen dankbaren Blick zu und setzte sich in Bewegung. »Danke, Sir. Meinen vollständigen Bericht erhalten Sie morgen früh.«

»Gut.« Der Captain drehte sich um, als Schritte aus Richtung der *Shras* erklangen. »Captain Kanin.« Kirk begrüßte seinen Kollegen mit einer höflichen Verneigung, wie sie ein Andorianer zu schätzen wußte. »Wir danken Ihnen für die Unterstützung gegen die Orioner. Der mutige Einsatz Ihres Schiffes bei dieser Schlacht wird in meinem Bericht an Starfleet gebührend erwähnt werden.«

»Ich danke Ihnen, Sir.« Kanin erwiderte die Verneigung, während seine Antennen vor Vergnügen eine Lavendelfärbung annahmen. »Der größte Teil des Dankes muß jedoch Ihrem Piloten gelten. Er hat die Orioner hervorragend ausmanövriert.«

»Ja.« Kirk rieb sich die Schwellung auf seiner Stirn und warf Spock einen amüsierten Blick zu. »Wir hätten ihn an Bord der *Enterprise* auch gut brauchen können.« Seine Miene verwandelte sich in ein eisiges Lächeln, als sein Blick auf Muav Haslev fiel, der jetzt mit Handschellen an einen stämmigen andorianischen Sicherheitsmann gefesselt war. »Ah, Mr. Haslev – der Grund für all diese Verwüstung. Wir haben einen Besucher, der sich gerne mit Ihnen unterhalten würde.« Er nickte Spock zu, und der Vulkanier ging zum nächsten Interkom.

»Ich muß betonen, daß nichts von alledem mein Fehler war«, protestierte Haslev. »Wenn Sie nicht beschlossen hätten, mich nach Sigma Eins zurückzuschicken …«

»… dann wäre die *Hawking* genau hier explodiert, und wir alle wären jetzt tot«, fiel ihm Sulu ins Wort.

Der andorianische Physiker starrte ihn an. »Hören Sie, Sie sind doch derjenige gewesen, der alles erst …«

»*Kleine Ratte!*« Das unverkennbare Dröhnen einer orionischen Stimme schlug wie eine Sturmwelle über ihrem Streit zusammen. Sulu drehte sich um und entdeckte die wuchtige Gestalt des orionischen Commanders, der den Turbolift verließ und auf sie zukam, gefolgt von einer Handvoll Sicherheitsleute. Der weiße Verband quer über seinem bärtigen Gesicht ließ ihn keineswegs ungefährlicher erscheinen. »Sie haben uns angelogen!«

Haslev versuchte zurückzuweichen. Seine Antennen bogen sich ängstlich nach unten. »Äh … wann denn, Commander Ondarken?«

»Sie haben uns erzählt, mit Ihrer Transschild-Anode könnte ein Transporterstrahl jedes Schirmfeld durchdringen.« Der Orioner drängte sich durch die Gruppe um Haslev, und ein paar Andorianer wichen erschrocken vor ihm zurück. »Aber als wir versucht haben, unseren Agenten damit von diesem Schiff zu beamen, ist überhaupt nichts geschehen.« Er blieb stehen und ragte drohend über dem graugesichtigen Physiker auf. »*Wieso?*«

»Äh …« Haslevs Antennen zitterten nervös. »Nun, es gibt noch ein paar unbedeutende Details bezüglich der Transschild-Anode, die zu erklären ich noch keine Zeit gefunden hatte.«

»Zum Beispiel?« Ondarkens bronzefarbenen Augen verengten sich zu Schlitzen.

»Nun, zunächst kann man nur zur Anode hinbeamen, aber nicht von ihr fort.« Haslev schluckte. »Und ich fürchte, Sie können die Anode selbst nirgendwohin beamen – Sie müssen sie zu ihrem Bestimmungsort tragen.«

»Ganz zu schweigen davon, daß sie bei jedem Einsatz

einen Subraum-Puls an Bord des Schiffes auslöst«, ergänzte Sulu.

»*Was?*« Kirks erboste Stimme übertönte sogar das Grollen des Orioners. »Es war die Benutzung der Transschild-Anode, die unsere Instrumente lahmgelegt hat?«

»Das ist nur ein unbedeutender Begleiteffekt.« Haslev schien zu schrumpfen, als sich Ondarken mit gebleckten Zähnen über ihn beugte. »Ich bin sicher, mit ein wenig Forschungsarbeit läßt sich dieser Effekt beheben ...«

»Ich fürchte nicht, Mr. Haslev.« Die Sicherheit in Spocks ruhiger Stimme schnitt den Redeschwall des Andorianers ab. »Constance Duerrings ursprüngliche Theorie über die Elektrodynamik von Transportern beweist eindeutig, daß Energie generiert wird, sobald ein Transporterstrahl auf ein Kraftfeld trifft.« Der Vulkanier klopfte sich nachdenklich gegen das Kinn. »In den meisten Fällen wird die Energie durch die zufällige Neuordnung der Moleküle innerhalb der transportierten Objekte wieder ausgeglichen. Ihre Anode verhindert das jedoch, indem sie die Energie auf das umliegende Subraum-Bosonenfeld verteilt, von wo aus sie als niederfrequente Strahlung wieder freigesetzt wird.« Spock zog spöttisch eine Augenbraue hoch. »Wirklich, Mr. Haslev, Sie sollten eigentlich wissen, daß Sie das Erste Gesetz der Thermodynamik nicht umgehen können. Energie kann weder geschaffen noch vernichtet, sondern nur umgewandelt werden.«

»Ganz recht«, stimmte Pov Kanin zu und zeigte ein verschmitztes Lächeln. »Genau deshalb hat die andorianische Regierung sich geweigert, Haslevs Transporterforschung finanziell zu unterstützen.« Er warf einen maliziösen Blick auf den orionischen Commander. »Natürlich hätten wir nie vermutet, eine andere Regierung könnte naiv genug sein, Haslevs wilden Behauptungen Glauben zu schenken ...«

Ondarken fuhr knurrend zu dem Andorianer herum: »Wie haben Sie mich gerade genannt.«

»Lassen Sie es mich genauer erklären ...«

*»Gentlemen!«* Kirk trat zwischen die Kampfhähne, offensichtlich ohne auch nur einen Gedanken daran zu verschwenden, daß jeder der beiden von Planeten mit hoher Gravitation stammenden Aliens ihn ohne weiteres hätte niederschlagen können. Seine Stimme verriet entschlossene Autorität. »Wir sind hier, um über das Schicksal von Muav Haslev zu entscheiden, nicht um uns untereinander zu streiten.« Er sah Kanin an und ignorierte dabei das entsetzte Quieken des Physikers. »Der orionische Commander hat gebeten, Mr. Haslev an ihn auszuliefern, damit ihn seine Regierung wegen Verrats anklagen kann.«

»Das muß ich ablehnen«, meinte der andorianische Captain höflich, »und zwar aus dem einfachen Grund, daß Mr. Haslev zuvor *meine* Regierung verraten hat.«

Kirk Mund verzog sich zu einem Lächeln. »Das klingt einleuchtend.« Er wandte sich wieder Ondarken zu, als der Orioner sein Mißfallen knurrend kundtat. »Ich bin sicher, wenn Mr. Haslev seine Gefängnisstrafe verbüßt hat, wird die andorianische Regierung gern bereit sein, ihn auch der orionischen Anklagebehörde zu überstellen.«

»Wenn er dann noch lebt.« Pov Kanin ignorierte Haslevs jämmerliches Stöhnen. »Nun, Captain Kirk, darf ich um Ihre Erlaubnis bitten, für meine Mannschaft eine vorübergehende Unterkunft an Bord der *Enterprise* zu suchen – und eine sichere Zelle für meinen Gefangenen?«

»Genehmigung erteilt.« Kirk sah mit einem amüsierten Glitzern in den Augen zu Spock hinüber. »Mein Erster Offizier wird alles für Sie erledigen, Captain Kanin. Vielleicht kann er Mr. Haslev unterwegs das Erste Gesetz der Thermodynamik erläutern.«

»Vielen Dank.« Er winkte seiner Mannschaft, dem Vulkanier zu folgen, und blieb nur kurz stehen, um Ondarken einen triumphierenden Blick zuzuwerfen. Der Orioner starrte ihm finster nach, ein Grollen in seiner Kehle verriet seinen Ärger.

»Ich glaube, damit wären unsere Angelegenheiten hier beendet, Commander Ondarken«, sagte Kirk. »Es sei denn, Sie möchten noch bleiben, um ein paar Fragen darüber beantworten, wie Sie Ihren Agenten an Bord ...«

»Was ist mit unserem entwendeten Eigentum?« Der Orioner starrte auf Kirk hinab. »Was ist mit dem Schicksal der anderen Kriminellen?«

»Andere Kriminelle?« Kirk folgte Ondarkens Blick, der auf Sulu gerichtet war, und sein Mund verhärtete sich. »Commander, mein Steuermann hat Starfleet-Befehle ausgeführt, als er Ihr Begleitschiff dazu veranlaßte, auf Ihr Schiff zu feuern.«

»Das meine ich nicht!« heulte der Orioner frustriert auf. »Was er vorher getan hat, auf Sigma Eins. Er hat das gestohlene Eigentum von Haslevs Mitverschwörer erhalten, dem menschlichen Blumenhändler, der ihm bei der Flucht geholfen hat. Auf diese Weise hat er die Transschild-Anode an Bord der *Enterprise* geschmuggelt!«

»O mein Gott!« Sulus Magen verkrampfte sich, als er begriff, wovon Ondarken sprach. »Die Anode muß in meinem Lilienteich versteckt gewesen sein!«

»Doch nicht etwa dieses schwarze Marmording, das Chekov als Swimmingpool bezeichnet hat?« Kirk wirkte ebenfalls völlig verblüfft. »Lieber Himmel, das also wollte er mir sagen ...« Er erwiderte den finsteren Blick des Orioners mit einer ganz ähnlichen Miene. »Ich fürchte, Ihr gestohlenes Eigentum ist verloren – in die Luft gejagt worden, zusammen mit dem Shuttle, das Ihr Agent sabotiert hat, um die *Enterprise* zu vernichten.«

»Agent? Was für ein Agent?« Ondarken versuchte, seinem Gesicht einen überraschten Ausdruck zu verleihen. »Ich bestreite energisch ...«

»Natürlich tun Sie das.« Kirk winkte die Sicherheitsleute herbei. »Eskortieren Sie Commander Ondarken zum Transporterraum und sorgen Sie dafür, daß er auf sein Schiff zurückkehrt.«

»Aye, Sir.« Lemieux zog an einem der mächtigen Unterarme, ohne sich durch den Blick beeindrucken zu lassen, den sie dafür erntete. »Gehen wir, Commander Ondarken.«

»Meine Regierung wird die Kriminellen auf Ihrem Schiff verfolgen«, rief der Orioner, während er fortgeführt wurde. »Wir werden ihre Auslieferung beantragen, und Bestrafung ...«

Die Türen des Lifts unterbrachen ihn mitten im Satz, und Sulu spürte, wie sich seine Schultern endlich entspannten. Er hörte Kirk seufzen und registrierte plötzlich, wie erschöpft der Captain wirkte. Es war ein deutliches Zeichen für Kirks Willenskraft, daß Sulu während der gesamten Auseinandersetzung nichts davon bemerkt hatte.

»Sir?« fragte er zögernd. »Darf ich um Erlaubnis bitten, Chekov zu besuchen, solange er noch hier im Hangar ist?« Irgend etwas tief in seinem Innern wollte nicht glauben, daß der Russe noch lebte, solange er sich nicht persönlich davon überzeugt hatte.

»Gehen wir beide zu ihm.« Kirk schlug den Weg zum hinteren Ende des Hangars ein, wo die Techniker gerade die Vakuumbarriere abbauten. Der flüchtige Geruch flüssiger Schmiermittel vermischte sich mit dem stechenden Ozongestank von Metall, das von Phaserlanzen getroffen wird. Helles Licht zwischen den Shuttles zeigte, wo die Ingenieure noch immer mit Schneidearbeiten beschäftigt waren. Krankenpfleger bahnten sich einen Weg durch das verdrehte Metall und führten dabei eine Antigrav-Bahre mit sich. Eine einzelne Gestalt in einem Raumanzug kletterte hinter ihnen her, das dunkle Gesicht von Besorgnis gezeichnet.

»Die Ingenieure müssen ihn gerade herausgeholt haben.« Kirk beschleunigte seinen Schritt, um ihnen entgegenzueilen. »Pille! Ist mit Chekov alles in Ordnung?«

McCoy sah von der in Decken gewickelten Gestalt auf der Bahre hoch. Sein Gesicht zeigte ein schiefes Lächeln. »Nun, wenn man bedenkt, daß ich dachte, wir brauchten einen Dosenöffner, um ihn da herauszuholen, geht es ihm recht gut. Ein paar gebrochene Rippen, ein ganzes Arsenal von Beulen und Blutergüssen ...« Er sah nach unten, als Chekov ein blubberndes Geräusch von sich gab. »... und eine punktierte Lunge. Nichts, was ich nicht reparieren könnte.«

Kirk blieb neben der Bahre stehen, und Sulu drängte sich dicht hinter ihn. Chekov sah schrecklich aus – das Gesicht war von Abschürfungen purpurrot verfärbt, sofern es nicht von getrocknetem Blut in zumindest zwei verschiedenen Farben verkrustet war. Seine Brust bewegte sich in schmerzhaft flachen Atemzügen unter der Decke, und bei jedem Luftholen gurgelte es vernehmlich in seiner Kehle. Sulu spürte, wie sich seine eigene Kehle vor Mitgefühl verengte.

Der Sicherheitsoffizier sah zu Kirk hoch. »Ich hörte ... Orioner.«

»Der Commander der *Umyfymu* ist herübergekommen, um mit dem Verräter Haslev zu sprechen.« Kirks Stimme nahm einen leicht spöttischen Klang an. »Und um sein entwendetes Eigentum zurückzufordern.«

»Der Lilienteich ...« Chekov hustete und fand dann seine Stimme wieder. »Ich mußte ihn zerbrechen ... tut mir leid, Sir ...«

McCoy seufzte schwer. »Nicht schon wieder diese Geschichte.«

Kirk tauschte ein amüsiertes Lächeln mit Sulu. »Ich habe Ihnen ja gesagt, daß er sich Sorgen macht.«

»He, Pavel, das ist schon in Ordnung.« Sulu hockte sich neben den Russen und wünschte sich, irgendeine Stelle an seinem Freund sähe heil genug aus, um sie berühren zu können. »Ich brauche ihn ja nicht mehr, nachdem auch die Lilien zerstört sind.«

»Aber die Eidechsen ...« Chekovs Stimme behielt den

störrischen Tonfall eines Menschen bei, der gegen einen Schock ankämpft. »Wir müssen sie irgendwo unterbringen ... sie können nicht für immer in meiner Badewanne bleiben ...«

McCoy zog demonstrativ an der Bahre und schaute Sulu so lange finster an, bis der Steuermann sich erhob und den Weg freimachte. »Sie können zumindest dort bleiben, bis du aus der Krankenstation kommst.«

Uhura stellte sich auf die Zehenspitzen, um über Sulus Schulter hinweg McCoy anzusehen. »Aber, Doktor ...«

»Kein aber!« Er zielte mit dem Finger auf Sulu, der überrascht zurückwich und mit Uhura zusammenstieß. »Sie beide gehen jetzt in Ihre Kabinen oder wohin auch immer und suchen nach einem Heim für diese verdammten Eidechsen!« Er sah finster auf Chekov hinunter, der gerade den Mund öffnen wollte, um zu protestieren. »Und Sie sind jetzt auch still, sonst verpasse ich Ihnen ein Beruhigungsmittel.«

»Pille ...«

»Und *du!*« Der Doktor funkelte Kirk an, und Sulu fühlte sich gleich etwas besser, als er merkte, daß selbst Kirk eine schuldbewußte Miene aufsetzte. »Wenn du weißt, was gut für dich ist, marschierst du jetzt auf die Brücke und fliegst uns sofort nach Sigma Eins zurück, bevor diese drei uns in noch größere Schwierigkeiten bringen!«

# 21

Chekov sah vom Boden des Badezimmers hoch, als er hörte, wie Sulu seine Kabine betrat.

»Jemand daheim?«

Der Lieutenant dachte, im Dunkeln auf dem Boden des Badezimmers zu sitzen – die Jacke seiner Ausgehuniform hatte er über das Waschbecken geworfen, und mit einer Hand paddelte er in dem warmen Wasser der Badewanne –, wäre vielleicht nicht unbedingt die würdevollste Situation, in der man sich überraschen lassen konnte. Aber nachdem er in Socken während eines Lecks in der Schiffswand herumgelaufen war und sich von einem Fähnrich mit der Phaserlanze aus seinem Raumanzug hatte schneiden lassen müssen, hatte er vermutlich nicht mehr genug Würde übrig, um sich darüber Sorgen zu machen. Davon abgesehen gehörte Sulu schließlich nicht zu seiner Sicherheitstruppe. Er und der Steuermann kannten sich schon seit sehr langer Zeit. »Ich bin hier drin.«

Sulu tauchte als schlanker Schatten im Türrahmen auf. Das Licht der Kabine strahlte ihn von hinten an, so daß man seine Gesichtszüge nicht erkennen konnte. »Alles in Ordnung?« fragte er leise, und Chekov nickte.

»Ich habe nur nachgedacht.« Er stieß einen Schwamm mit den Fingern an und ließ ihn langsam quer durch die Badewanne treiben, während die Eidechsen, die als Passagiere darauf mitfuhren, glücklich zirpten. Wäre sein rechter Arm nicht noch immer bandagiert, hätte er vielleicht versucht, ihr Fischfutter vom Boden aufzuheben.

Doch so eingewickelt wie er war, schien selbst der Versuch nicht der Mühe wert.

»Worüber denkst du nach?« fragte Sulu und setzte sich ihm gegenüber auf den Boden. Er zog beide Knie an und stützte dann das Kinn in die Hände. »Über das wundervoll exotische Essen, daß Uhura und ich für dich geplant haben, nachdem wir uns jetzt wieder auf Sigma Eins aufhalten?«

»Nein.« Wenn man alles bedachte, was geschehen war, seit sie die Raumstation verlassen hatten, fand Chekov diese Vorstellung auf seltsame Weise amüsant. »Ich denke darüber nach, was für eine schreckliche Woche das gewesen ist.«

»He ...« Obwohl Sulu ihm einen spielerischen Schlag verpaßte, klang die Sorge in der Stimme des Steuermanns durchaus echt. »Du hast versprochen, die Gedenkfeier würde dich nicht in schlechte Laune versetzen.«

»Das hat sie auch nicht.« Chekov schüttelte das Wasser von seiner Hand, und die Echsen, die sich in der Nähe dieser Bewegung befanden, erstarrten für einen Moment und verstummten. Er wartete, bis sie wieder zirpten, bevor er sagte: »Ehrlich, ich bin froh, daß ich hingegangen bin.«

Angesichts von einhundertdreiundvierzig Toten hatte die Gedenkfeier für die Besatzung der *Kongo* den ganzen Morgen gedauert und in einem der Hangars von Sigma Eins stattgefunden, da es ansonsten keinen Raum gab, der groß genug gewesen wäre, um all die Mannschaftsmitglieder, Starfleetangehörigen und Stationsarbeiter aufzunehmen, die daran teilnehmen wollten. Chekov war allein zu der Feier gegangen und hatte sich etwas davor gefürchtet, mit den Emotionen konfrontiert zu werden, die er seit der ersten Meldung über das Unglück tief in seinem Innern verborgen hatte. An Bord der *Enterprise* war er der einzige Trauernde gewesen unter Menschen, die diese Tragödie nur aus der Distanz allgemeinen Mitgefühls betrachten konnten. Heute bei der Feier war er hingegen von Leuten umgeben, die ebenfalls Freunde, geliebte Gefährten oder geschätzte Kollegen verloren hatten; es war leicht gewesen, auf sie zuzugehen, mit ihnen zu reden und zu weinen.

»Ich habe die Chefingenieurin der *Kongo* kennengelernt«, erzählte er Sulu. Sie hatte keinerlei Ähnlichkeit mit Montgomery Scott aufgewiesen, so klein, dünn und fast zerbrechlich hatte sie in ihrer Blässe gewirkt. »Wir haben viel über Robert gesprochen und über das, was an jenem Tag geschehen ist.«

Sulu nickte und wußte nicht recht, was er darauf antworten sollte. »Hat sie ihn gut gekannt?«

»Gut genug.« Er schlang die Arme um die Knie und sah Sulu in der Dunkelheit an. »Sie sollte ursprünglich mit der Gruppe hinausgehen, die versuchen wollte, die Gondeln zu lösen. Robert überzeugte ihren Captain, er könne ihre Arbeit ebensogut erledigen, und es gäbe keinen Grund, sie mit hinauszuschicken.« Er stützte sich mit der gesunden Hand auf den Rand der Badewanne und erhob sich. »Sie hatte ihre Kinder zu der Feier mitgenommen.«

Sulu stand ebenfalls auf. »Dann hat er es also nicht umsonst getan«, sagte er und folgte seinem Freund in die Kabine, wo Chekov seine Uniformjacke suchte. »Wenn schon für nichts anderes, so hat er es zumindest für sie getan.«

»Das glaube ich auch, ja.«

Sulu schnappte sich die Jacke, als Chekov danach greifen wollte und erntete dafür einen warnenden Blick. »Du *glaubst* es?«

»Also schön.« Chekov holte sich die Jacke zurück. »Ja, sie war dankbar für das, was er getan hat. Und ich bin froh, daß etwas Gutes bei seinem Opfer herausgekommen ist.«

»Das klingt schon besser.« Sulu übernahm Uhuras inoffizielle Aufgabe, Chekovs Kragen festzuknöpfen und die Schultern glattzustreichen. »Aber wenn man alles bedenkt, wäre es mir trotzdem lieber, wenn du knurrig wärst statt bedrückt.«

Manchmal, dachte Chekov, lohnte sich der Versuch einfach nicht, mit seinen Freunden ein ernsthaftes Gespräch anzufangen. »Ich weiß gar nicht, warum ich mich überhaupt mit dir abgebe«, knurrte er und wandte sich zur Tür.

Sulu ging neben ihm her und grinste in dieser strahlenden, entwaffnenden Art, die Chekov zu seinem eigenen Ärger nur sehr schwer ignorieren konnte. »Weil mein Charme und mein Witz dein Leben bereichern?«

»Nein, das kann es nicht sein.«

»Weil ich dich füttere?«

»Ich *weiß*, daß es daran nicht liegt.« Er hielt die Tür auf und wartete, bis Sulu auf den Gang hinaustrat. »Vielleicht«, meinte er lächelnd, »weil du keinen Streit anfängst, wenn ich dir erzähle, daß ich deine Eidechsen behalten will.«

Sulu starrte ihn an. »Du willst meine Echsen behalten?«

»Darüber können wir uns auf dem Weg unterhalten.«

Chekov zögerte im Eingang des Restaurants und war sich nicht sicher, ob er Sulu weiter ins Innere folgen sollte. Aber mit etwas Ähnlichem hätte er eigentlich rechnen müssen. Die dschungelartige Dekoration aus Blumen und Hängegewächsen entsprach genau dem, was Sulu an einem Restaurant schätzen würde, und das auffällige Fehlen von Möbelstücken, die auch nur entfernt einem Tisch glichen, würde Uhura vermutlich als putzig empfinden. Chekov erinnerte das Ganze freilich eher an die Sorte von Regenwäldern, in denen Sicherheitsoffiziere regelmäßig von Eingeborenen, giftigen Insekten oder fleischfressenden Pflanzen umgebracht wurden.

»So, und wo willst du sie nun unterbringen?« fragte

der Steuermann und verlangsamte seinen Schritt, um Chekovs leeren Ärmel zu packen und ihn hinter sich herzuziehen. »Du hast doch selbst gesagt, sie könnten nicht für immer in deiner Badewanne bleiben.«

Ohne Sulus Begleitung wäre Chekov vermutlich zur *Enterprise* zurückgekehrt und hätte behauptet, das Restaurant nicht gefunden zu haben. Aber immerhin konnte er sich diesen Trick für zukünftige Einladungen merken. »Ich dachte mir, du überläßt mir vielleicht dein altes Aquarium.«

»Das in meinem Zimmer?« fragte Sulu. Zwischen den herabhängenden Pflanzen kam es ihm so vor, als müsse er nach einer Art Tür inmitten des Grüns suchen. »Dasjenige, dem es bei dem Leck genauso ergangen ist wie all meinen anderen Besitztümern?«

Dieser Umstand stellte offenbar ein gewisses Hindernis für Chekovs Pläne dar. »Wie wäre es, wenn wir eine Zoohandlung besuchen, bevor wir die Station verlassen?«

Sulu grinste und schob einen Teil des Dschungels beiseite. »Das klingt schon etwas vernünftiger.«

Der Speiseraum hinter dem lebenden Vorhang war zwar größer als die Lobby, wirkte aber keineswegs weniger tropisch. Kleine, einfache Tische standen wie Pilze inmitten des grünen Durcheinanders, und lange Blumenranken krochen aus jedem Winkel über den Boden. Inmitten des blühenden Pflanzenlebens winkte ihnen der einzige menschliche Gast des Restaurants zu, und Sulu verkündete ohne Einleitung: »Chekov behält meine Eidechsen.«

Uhura lehnte sich zurück, grinste sie an und spielte müßig mit einer Blüte. »Ich dachte, Sie hätten gesagt, das ewige Gezirpe würde Sie nachts wachhalten«, meinte sie zu Chekov.

Er zuckte die Achseln, als er auf dem leeren Sitz ihr gegenüber Platz nahm. »Ich habe mich eben geirrt.«

»Nun, dann behalte sie. Meinen Segen hast du.« Sulu

setzte sich, schnappte sich eine Blüte aus der Vase auf dem Tisch und schnupperte geistesabwesend daran. »Ich brauche sie nicht, solange ich auch keinen Lilienteich habe. Davon abgesehen ...« Er steckte die Blume mit betonter Lässigkeit zurück. »Wahrscheinlich werde ich viel zu sehr mit der Organisation einer Gruppe für Gymnastik im freien Fall beschäftigt sein, um viel Zeit mit den Eidechsen verbringen zu können.«

Chekov lächelte, gab aber keinen Kommentar ab. Also hatte wieder einmal ein Hobby nach einer Woche ausgedient.

»Habt ihr schon überlegt, was ihr bestellen wollt?« fragte Uhura die beiden und zog eine weitere Blüte aus der Vase. »Ich dachte schon, ihr würdet gar nicht mehr kommen.«

Chekov kippte die Vase weit genug, um in die Kelche verschiedener orchideenartiger Blüten schauen zu können, hielt jedoch die Vorstellung, sie zu verspeisen, für wenig ansprechend. »Wenn ich gewußt hätte, daß ihr mich mit Blumen füttern wollt, wäre ich wahrscheinlich auch nicht gekommen.« Er stellte die Vase wieder senkrecht hin. »Was ist das hier – das einzige Restaurant auf Sigma Eins, in dem es gesellschaftlich akzeptabel ist, mit nur einer Hand zu essen?«

Sulu grinste mit boshaftem Vergnügen. »Genau genommen sollte man seine Hände hier gar nicht benutzen. Aber da die Telleriten wissen, daß wir unterentwickelte Schnauzen haben, üben sie uns gegenüber eine gewisse Nachsicht.«

Chekov zog ein Gesicht, das ein Tellerit vermutlich als unzureichend erachtet hätte. »Das ist abscheulich.«

»Und *das* wiederum ist kulturelle Arroganz«, entgegnete Uhura. Sie knabberte an der Blume in ihrer Hand. »Manche Leute betrachten Eier vom Stör und fermentierten Kohl ebenfalls als widerlich.«

Chekov zuckte die Achseln, und Sulu winkte einem telleritischen Kellner. »Vielleicht entdecken wir ja eine örtliche Variante von Kohlköpfen, die er quälen kann«, meinte der Steuermann zu Uhura. »Das müßte ihn eigentlich bei Laune halten.«

Der Tellerit eilte an ihrem Tisch vorbei, ohne seine Geschwindigkeit zu verringern, und schob drei Speisekarten zwischen das Durcheinander aus Blättern und Blüten. Chekov schaute zu, wie Sulu und Uhura ihre Karten nahmen und eifrig studierten. Schließlich zog er seine Karte mit einem Finger näher heran, um sie überfliegen zu können, ohne sie tatsächlich hochzuheben. Nichts auf der langen Liste von Blumen und Efeu erschien ihm sonderlich eßbar. »Was meint ihr, wie lange die menschlichen Restaurants auf Sigma Eins geöffnet haben?«

»Wollen Sie wirklich riskieren, auf einen der Menschen zu stoßen, die sich auf dieser Station herumtreiben?« Uhura beugte sich vor und stupste ihn mit der halbverzehrten Blüte an. »Wissen Sie, daß Aaron Kelly nach Ihnen sucht?«

Chekov sah sie stirnrunzelnd an und war sich im ersten Augenblick nicht ganz sicher, ob sie wirklich dieselbe Person meinten. »Aaron Kelly, der Inspektor?«

Sulu lachte, und Uhura erklärte: »Ich habe ihn auf dem Weg hierher zufällig getroffen.« In ihren dunklen Augen funkelte es amüsiert. »Er sagt, nach allem, was auf dieser Reise geschehen ist, empfinde er eine besondere Verbundenheit mit Starfleet. Er möchte Ihnen danken und seine Wertschätzung aussprechen.«

Chekov stieß ein angewidertes Knurren aus, worauf ihn Sulu mit dem erhobenen Finger ermahnte. »Kein Grund, sich so zu benehmen«, erklärte der Steuermann. »Kelly glaubt, du könntest übers Wasser wandeln, seit du bei der Schießerei mit Purviance seinen Hintern gerettet hast. Er hat sich den Bericht des Captains über die Reise angesehen und daraufhin beschlossen, John Taylors Empfehlung an den Präsidenten des Rechnungshofs ein wenig aufzupolieren; sie werden also nicht versuchen, die Sicherheitsabteilung neu aufzubauen.« Chekov zog die Brauen hoch, und Sulu grinste. »Du und deine Abteilung, ihr seid gerettet.«

Der Sicherheitschef lehnte sich auf seinem Sitz zurück und fühlte sich sehr zufrieden. »Vielleicht sollte ich Inspektoren öfter mal die Nase brechen.«

»Chekov«, meinte Sulu seufzend, »ich fürchte, du hast aus allem wieder mal die falsche Lehre gezogen.«

Das Geräusch von Gestalten, die sich einen Weg durch das Grün bahnten, unterbrach ihr Gespräch. Chekov sah, daß Sulu besorgt zur Rückseite der kleinen Lichtung blickte und Uhura überrascht die Augenbrauen hochzog, während Captain Kirks Stimme versicherte: »Das ist alles nur ein Mißverständnis – kein Grund zur Sorge.« Und dann wurden sie von Sicherheitswachen der Station umzingelt.

»Oh, nein …« Chekov erhob sich, als eine aus dem runden Dutzend schwarzgekleideter Gestalten den Phaser auf ihn richtete. »Ich dachte, das wäre längst geklärt«, sagte er und hob den freien Arm, damit die Wachen ihn auf Waffen hin abklopfen konnten.

»Lieutenant Pavel Chekov, Sie stehen unter Arrest wegen Ruhestörung, Angriff mit einer tödlichen Waffe, Führens einer Feuerwaffe in einem ausschließlich zivilen Gebiet und Verletzung der Kautionsbedingungen ohne ausreichende gesetzliche Bürgschaft. Sie haben das Recht zu schweigen …«

Chekov warf dem Captain einen hilflosen Blick zu, und Kirk breitete die Hände in einer fast schon erschreckend zerknirscht wirkenden Geste aus. »Ich habe versucht, ihnen klarzumachen, daß die Orioner, die diese Anschuldigungen vorgebracht haben, nicht zur Verhandlung erscheinen werden«, sagte er, »aber …«

»Aber …« Die Sicherheitschefin von Sigma Eins drehte ihren Einsatzbefehl herum, als wollte sie zeigen, was darauf geschrieben stand, doch bevor Chekov auch nur ein Wort entziffern konnte, steckte sie die Karte schon wieder weg. »Es bleibt immer noch die Verletzung der

Kautionsbedingungen. Ganz gleich, wo Ihre Orioner stecken, nur ein Föderationsrichter kann laufende Ermittlungen einstellen. Und bis die ursprünglichen Anklagen fallengelassen werden, bin ich gesetzlich verpflichtet, Sie bis zur Hinterlegung einer angemessenen Kaution in Untersuchungshaft zu nehmen.«

»Aber Lieutenant Purviance ...« Noch während Chekov sprach, wurde ihm klar, daß es hier ein kleines Problem gab. »Vergessen Sie's.«

Kirk nickte zustimmend. »Genau.«

Wenigstens wirkte die Sicherheitschefin ebenfalls nicht sehr glücklich, als sie die Handschellen und den Haftgürtel von einem ihrer Leute entgegennahm. »Wer auch immer für Ihre Kaution gebürgt hat, Sir, es war nicht Lindsey Purviance. Tatsächlich wurde Lieutenant Purviance mehrere Stunden vor Ihrer Entlassung ermordet.«

»Aber ich *dachte*, es wäre Purviance!«

Sie nickte und öffnete den Gürtel. »Ganz gleich, was Sie dachten, Sir, ich fürchte, es handelt sich immer noch um ein Kautionsvergehen.«

Kirk trat vor und packte ihr Handgelenk, bevor sie den Gürtel um Chekovs Hüften schließen und seine Hände daran fesseln konnte. »Ist das wirklich nötig? Er trägt doch einen Arm in der Schlinge, um Himmels willen.«

»Uns wurde gesagt, er wäre gefährlich«, meinte einer der anderen Sicherheitsleute. »Unser Bericht vermerkt, daß er an Bord Ihres Schiffes einen orionischen Offizier erschlagen hat.«

Sulu brach in schallendes Gelächter aus, worauf Uhura ihn energisch mit dem Ellbogen anstieß. »Damals trug er auch einen Arm in der Schlinge«, rief der Steuermann, ohne auf Chekovs warnenden Blick zu achten.

Kirk fixierte den Steuermann, und Sulu verstummte, konnte seine Heiterkeit aber dennoch nicht völlig unterdrücken. »Das war nicht gerade hilfreich«, sagte der Captain kühl. Chekov war ganz seiner Meinung.

»Ich hoffe nur, hier taucht ein Richter auf, bevor wir wieder ablegen«, sagte Chekov zu Kirk. Die Wachen fesselten seine linke Hand an den Gürtel und zögerten dann bei seiner Rechten, als wären sie nicht ganz sicher, ob sie die Schlinge nun entfernen sollten oder nicht. Und Chekov hatte nicht die geringste Lust, ihnen einen entsprechenden Rat zu geben.

»Machen Sie sich keine Sorgen«, meine Uhura freundlich. »Wir bleiben noch drei Wochen hier – irgend jemand wird sicher bis dahin hier auftauchen.«

Chekov wußte, daß ihre Bemerkung als Ermutigung gedacht war, doch irgendwie war die Vorstellung, drei Wochen in der winzigen Arrestzelle von Sigma Eins zuzubringen, für seine Stimmung nicht gerade förderlich. Er fragte sich, ob er Sulu zur Beihilfe bei einem Gefängnisausbruch überreden konnte.

»Ich habe Sie in einer Stunde wieder draußen.« Kirk grinste, als sich alle zu ihm umdrehten, und Chekov erkannte das zufriedene Glitzern in seinen Augen. »Sie sind ein höchst gefährliches Exemplar«, erklärte Kirk mit einem gewissen Behagen. »Wenn Max Petersen Sie nicht meiner Obhut überstellen will, mache ich mit ihm einen Rundgang durch den Shuttlehangar der *Enterprise.*« Er warf seinem Sicherheitschef einen amüsierten Blick zu, während sein Lächeln breiter wurde. »Und dann drohe ich ihm damit, Sie hierzulassen, wenn wir abreisen.«

# STAR TREK™

in der Reihe
HEYNE SCIENCE FICTION & FANTASY

STAR TREK: CLASSIC SERIE
*Vonda N. McIntyre,* Star Trek II: Der Zorn des Khan · 06/3971
*Vonda N. McIntyre,* Der Entropie-Effekt · 06/3988
*Robert E. Vardeman,* Das Klingonen-Gambit · 06/4035
*Lee Correy,* Hort des Lebens · 06/4083
*Vonda N. McIntyre,* Star Trek III: Auf der Suche nach Mr. Spock · 06/4181
*S. M. Murdock,* Das Netz der Romulaner · 06/4209
*Sonni Cooper,* Schwarzes Feuer · 06/4270
*Robert E. Vardeman,* Meuterei auf der Enterprise · 06/4285
*Howard Weinstein,* Die Macht der Krone · 06/4342
*Sondra Marshak & Myrna Culbreath,* Das Prometheus-Projekt · 06/4379
*Sondra Marshak & Myrna Culbreath,* Tödliches Dreieck · 06/4411
*A. C. Crispin,* Sohn der Vergangenheit · 06/4431
*Diane Duane,* Der verwundete Himmel · 06/4458
*David Dvorkin,* Die Trellisane-Konfrontation · 06/4474
*Vonda N. McIntyre,* Star Trek IV: Zurück in die Gegenwart · 06/4486
*Greg Bear,* Corona · 06/4499
*John M. Ford,* Der letzte Schachzug · 06/4528
*Diane Duane,* Der Feind – mein Verbündeter · 06/4535
*Melinda Snodgrass,* Die Tränen der Sänger · 06/4551
*Jean Lorrah,* Mord an der Vulkan Akademie · 06/4568
*Janet Kagan,* Uhuras Lied · 06/4605
*Laurence Yep,* Herr der Schatten · 06/4627
*Barbara Hambly,* Ishmael · 06/4662
*J. M. Dillard,* Star Trek V: Am Rande des Universums · 06/4682
*Della van Hise,* Zeit zu töten · 06/4698
*Margaret Wander Bonanno,* Geiseln für den Frieden · 06/4724
*Majliss Larson,* Das Faustpfand der Klingonen · 06/4741
*J. M. Dillard,* Bewußtseinsschatten · 06/4762
*Brad Ferguson,* Krise auf Centaurus · 06/4776
*Diane Carey,* Das Schlachtschiff · 06/4804
*J. M. Dillard,* Dämonen · 06/4819
*Diane Duane,* Spocks Welt · 06/4830
*Diane Carey,* Der Verräter · 06/4848
*Gene DeWeese,* Zwischen den Fronten · 06/4862
*J. M. Dillard,* Die verlorenen Jahre · 06/4869
*Howard Weinstein,* Akkalla · 06/4879
*Carmen Carter,* McCoys Träume · 06/4898
*Diane Duane & Peter Norwood,* Die Romulaner · 06/4907
*John M. Ford,* Was kostet dieser Planet? · 06/4922

# STAR TREK™

*J. M. Dillard,* Blutdurst · 06/4929
*Gene Roddenberry,* Star Trek (I): Der Film · 06/4942
*J. M. Dillard,* Star Trek VI: Das unentdeckte Land · 06/4943
*David Dvorkin,* Die Zeitfalle · 06/4996
*Barbara Paul,* Das Drei-Minuten-Universum · 06/5005
*Judith & Garfield Reeves-Stevens,* Das Zentralgehirn · 06/5015
*Gene DeWeese,* Nexus · 06/5019
*D. C. Fontana,* Vulkans Ruhm · 06/5043
*Judith & Garfield Reeves-Stevens,* Die erste Direktive · 06/5051
*Michael Jan Friedman,* Das Doppelgänger-Komplott · 06/5067
*Judy Klass,* Der Boacozwischenfall · 06/5086
*Julia Ecklar,* Kobayashi Maru · 06/5103
*Peter Norwood,* Angriff auf Dekkanar · 06/5147
*Carolyn Clowes,* Das Pandora-Prinzip · 06/5167
*Diana Duane,* Die Befehle des Doktors · 06/5247
*V. E. Mitchell,* Der unsichtbare Gegner · 06/5248
*Dana Kramer-Rolls,* Der Prüfstein ihrer Vergangenheit · 06/5273
*Michael Jan Friedman,* Schatten auf der Sonne · 06/5179
*Barbara Hambly,* Der Kampf ums nackte Überleben · 06/5334
*Brad Ferguson,* Eine Flagge voller Sterne · 06/5349
*Gene DeWeese,* Die Kolonie der Abtrünnigen · 06/5375
*Michael Jan Friedman,* Späte Rache · 06/5412
*Peter David,* Der Riß im Kontinuum · 06/5464
*Michael Jan Friedman,* Gesichter aus Feuer · 06/5465
*Peter David/Michael Jan Friedman/Robert Greenberger,* Die Enterbten · 06/5466
*L. A. Graf,* Die Eisfalle · 06/5467
*John Vornholt,* Zuflucht · 06/5468
*L. A. Graf,* Der Saboteur · 06/5469
*Melissa Crandall,* Die Geisterstation · 06/5470
*Mel Gilden,* Die Raumschiff-Falle · 06/5471

STAR TREK: THE NEXT GENERATION
*David Gerrold,* Mission Farpoint · 06/4589
*Gene DeWeese,* Die Friedenswächter · 06/4646
*Carmen Carter,* Die Kinder von Hamlin · 06/4685
*Jean Lorrah,* Überlebende · 06/4705
*Peter David,* Planet der Waffen · 06/4733
*Diane Carey,* Gespensterschiff · 06/4757
*Howard Weinstein,* Macht Hunger · 06/4771
*John Vornholt,* Masken · 06/4787
*David & Daniel Dvorkin,* Die Ehre des Captain · 06/4793
*Michael Jan Friedman,* Ein Ruf in die Dunkelheit · 06/4814
*Peter David,* Eine Hölle namens Paradies · 06/4837

# STAR TREK™

*Jean Lorrah,* Metamorphose · 06/4856
*Keith Sharee,* Gullivers Flüchtlinge · 06/4889
*Carmen Carter u. a.,* Planet des Untergangs · 06/4899
*A. C. Crispin,* Die Augen der Betrachter · 06/4914
*Howard Weinstein,* Im Exil · 06/4937
*Michael Jan Friedman,* Das verschwundene Juwel · 06/4958
*John Vornholt,* Kontamination · 06/4986
*Mel Gilden,* Baldwins Entdeckungen · 06/5024
*Peter David,* Vendetta · 06/5057
*Peter David,* Eine Lektion in Liebe · 06/5077
*Howard Weinstein,* Die Macht der Former · 06/5096
*Michael Jan Friedman,* Wieder vereint · 06/5142
*T. L. Mancour,* Spartacus · 06/5158
*Bill McCay/Eloise Flood,* Ketten der Gewalt · 06/5242
*V. E. Mitchell,* Die Jarada · 06/5279
*John Vornholt,* Kriegstrommeln · 06/5312
*Laurell K. Hamilton,* Nacht über Oriana · 06/5342
*David Bischoff,* Die Epidemie · 06/5356
*Diane Carey,* Abstieg · 06/5416
*Michael Jan Friedman,* Relikte · 06/5419
*Michael Jan Friedman,* Die Verurteilung · 06/5444
*Simon Hawke,* Die Beute der Romulaner · 06/5413
*Rebecca Neason,* Der Kronprinz · 06/5414
*John Peel,* Drachenjäger · 06/5415
*Diane Duane,* Dunkler Spiegel · 06/5417
*Susan Wright,* Der Mörder des Sli · 06/5438

STAR TREK: DIE ANFÄNGE
*Vonda N. McIntyre,* Die erste Mission · 06/4619
*Margaret Wander Bonanno,* Fremde vom Himmel · 06/4669
*Diane Carey,* Die letzte Grenze · 06/4714

STAR TREK: DEEP SPACE NINE
*J. M. Dillard,* Botschafter · 06/5115
*Peter David,* Die Belagerung · 06/5129
*K. W. Jeter,* Die Station der Cardassianer · 06/5130
*Sandy Schofield,* Das große Spiel · 06/5187
*Lois Tilton,* Verrat · 06/5323
*Diane Carey,* Die Suche · 06/5432
*Esther Friesner,* Kriegskind · 06/5430
*Melissa Scott,* Der Pirat · 06/5434
*Nathan Archer,* Walhalla · 06/5512
*Greg Cox/John Gregory Betancourt,* Der Teufel im Himmel · 06/5513